MAIKE STEIN

Die Erben der Nacht – Kampf um Licht und Schatten

MAIKE STEIN

DIE ERBEN DER NACHT

KAMPF UM LICHT UND SCHATTEN

Das Buch zur TV-Serie (Staffel 2)

basierend auf den Romanen
von Ulrike Schweikert

cbt

Bei diesem Buch wurden die durch das verwendete Material und die Produktion entstandenen CO_2-Emissionen ausgeglichen, indem der cbj-Verlag ein Projekt zur Aufforstung in Brasilien unterstützt.
Weitere Informationen zu dem Projekt unter:
www.ClimatePartner.com/14044-1912-1001

FSC
www.fsc.org
MIX
Papier aus verantwortungsvollen Quellen
FSC® C014496

Wir produzieren
Klimaneutral
ClimatePartner.com/14044-1912-1001
Druckprodukt

Penguin Random House Verlagsgruppe
FSC® N001967

2. Auflage
Originalausgabe Dezember 2020

Lektorat: Tania Witte
Umschlaggestaltung: Geviert, Grafik und Typografie,
unter Verwendung von Motiven von © Lemming Film/Rolf Dekens
und Shutterstock.com (dwph, Independent birds, Chatchai.J)
Fotos im Bildteil: © Lemming Film/Rolf Dekens
kk · Herstellung: bo
Satz: KompetenzCenter, Mönchengladbach
Druck: GGP Media GmbH, Pößneck
ISBN 978-3-570-31401-2
Printed in Germany

www.cbj-verlag.de
Dieses Buch ist auch als E-Book erhältlich.

Aus dem Buch Dracul,
eine Vampirgeschichte,
Band I:

Der Beginn der Dämonenplage

(Autor: Abraham van Helsing,
Vampirjäger und Gründer der Rotmasken)

… und Graf Draculas Tränen vermischten sich mit dem Blut, und aus Blut und Tränen formten sich dreizehn Rubine. Die Rubine leuchteten in einem dunklen Rot und pulsierten tief in ihrem Inneren. Aus jedem Rubin wurde einer der dreizehn Vampirclans geboren. Und jeder Clan erhielt die Gabe seines Geburtssteins, der jedem Clan auch seinen Namen gab. Solange die Ehrwürdigen der Clans den Rubin tragen, verfügen alle im Clan geborenen Vampire über die Gabe, die der Rubin verleiht:

- *Die Dracas aus Norwegen können Gedanken lesen und in Gedanken miteinander kommunizieren.*
- *Die Nosferas aus Italien können die tödliche Wirkung geweihter Gegenstände überwinden.*
- *Die Vyrad aus England können das Wetter kontrollieren.*
- *Die Pyras aus Frankreich beherrschen alle Tiersprachen.*
- *Die Lycana aus Irland können ihre Gestalt wandeln.*
- *Die Upiry aus Rumänien können ihren Schatten unabhängig von ihrem Körper handeln lassen.*
- *Die Belov aus Russland vertragen das Sonnenlicht.*
- *Die Arrufat aus Spanien können mit den Toten sprechen.*
- *Die Tova aus Holland können die lähmende Wirkung von Wasser überwinden.*
- *Die Caminada aus der Schweiz können sich unsichtbar machen.*
- *Die Vikla aus Griechenland können Gegenstände durch Gedankenkraft bewegen.*
- *Die Grimur aus der Türkei können das Sonnenlicht einfangen.*
- *Die Vamalia aus Deutschland schließlich erhielten die Gabe der Liebe – und dieser Clan ist der Hüter des Funkens, der alles Vampirleben in der Welt auslöschen kann, wenn ein Vampir mit reiner Seele den Knoten löst.*

Alisa

Nach allem, was sie erlebt hatten, schien es Alisa unwirklich, wieder im Klassenzimmer zu sein. Doch von den anderen teilte offenbar nur Luciano ihre Gefühle. Er saß ebenso still wie sie an seinem Tisch und betrachtete das Treiben um sie herum aus seinen ernsten grauen Augen. Seit dem Tod der Contessa war er noch zurückhaltender als zuvor und verbrachte viel Zeit mit seinem Vater. Gerade beobachtete er Tammo und Joanne, die mit Seymour Fangen spielten. Der Lycana hatte sich in ein Frettchen verwandelt und schlüpfte seinen Jägern immer wieder durch die Finger, was weder Alisas Bruder noch die Pyras Joanne entmutigte. Malcolm vergnügte sich derweil damit, eine kleine Wolke über Ingers und Fannys Köpfen abregnen zu lassen. Eine Weile versuchten die Dracas-Schwestern, der Wolke zu entkommen, aber selbst mit Vampirschnelligkeit konnten sie die nicht abschütteln. Erst als Leo hereinkam und Malcolm zur Begrüßung auf den Rücken schlug, verlor der die Kontrolle über die Wolke, die sich prompt auflöste. Malcolm regte sich kurz auf, aber Leo flüsterte ihm etwas ins Ohr und brachte ihn zum Lachen.

Es wirkte alles so – normal. Nicht, als läge ihr Kampf gegen die Rotmasken nur wenige Nächte zurück. Und ganz sicher nicht, als wären sie in einem Wettlauf mit Graf Dracula. Einem Wettlauf, der, wenn sie ihn verlieren würden, alles verändern würde. Alisa fröstelte, obwohl ihr nicht kalt war. Wie konnten die anderen so sorglos sein?

Sie wissen weniger als wir. Leo lächelte ihr zu. *Ein bisschen beneide ich sie darum.* Seine Gedankenstimme vertrieb ihr Frösteln. Und als Leo sich auf den Stuhl neben ihrem fallen ließ und ihr einen Arm um die Schultern legte, verschwand es ganz. Sie lehnte sich an ihn.

Weißt du, wo Ivy ist?

Keine Ahnung. Leo zog sie noch ein wenig näher. *Sie wird schon …* Er verstummte, als Conte Claudio das Klassenzimmer betrat und laut in die Hände klatschte.

»Setzt euch, setzt euch.« Das Fangenspiel brach ab, und im Zimmer wurde es still, als alle an ihre Plätze gingen. Nur das Frettchen blieb leise quiekend vor Tammo und Joanne auf dem Tisch hocken. »Danke«, fuhr Conte Claudio fort. »Wir sind alle sehr stolz auf euch – ihr habt gelernt und gekämpft und keinen Vampir im Stich gelassen.« Er räusperte sich, schluckte. Alisa musste nicht in seine Gedanken schauen, um zu wissen, dass er an die Contessa dachte, die in diesem Kampf gestorben war. Der Conte fuhr sich kurz über das Gesicht. »Nun, jetzt ist es an der Zeit, den Unterricht fortzusetzen.« Ohne hinzusehen, warf er eine Decke über das Frettchen. »Seymour, würdest du bitte …?«

Unter der Decke zuckte und zappelte es, dann krachte Seymour in die Decke gewickelt zu Boden. »Autsch«, stöhnte er. Doch als er aufstand, die Decke um sich geschlungen, lächelte er bereits wieder und verbeugte sich. Conte Claudio scheuchte ihn zu einem der noch freien Tische.

»Va bene. Malcolm, die Klasse gehört dir. Du hast das im Griff?«

»Selbstverständlich, Sir.« Malcolm ging nach vorn, während Conte Claudio das Klassenzimmer verließ. An der Tür drehte er sich noch einmal um.

»Habt Spaß, bambini.« Damit zog er die Tür hinter sich zu.

Leo beugte sich zu Alisa. »Als ob wir noch Kinder wären.«

Alisa blickte zu ihrem jüngeren Bruder, der ein paar Tische weiter vorn mit Joanne und Luciano zusammensaß. »Manche sind's.«

Leo folgte ihrem Blick und zuckte mit den Schultern. »Gegen die Rotmasken haben sie jedenfalls wie die Großen gekämpft.«

Ein leiser Donner grollte durch das Klassenzimmer und endlich sahen alle nach vorn. Malcolm grinste ihnen zu. »Jetzt, wo ich euer aller Aufmerksamkeit habe, können wir beginnen. Schaut her.« Er ließ zwei kleine Gewitterwolken unter der Zimmerdecke entstehen, die zwischen den Tischreihen abregneten. »Wenn ich allein die Vyrad-Gabe einsetze, kann ich schon einiges bewirken. Wie diese kleinen Wolken zum Beispiel. Oder auch etwas Wind.« Kleider und Haare flatterten, bis Malcolm dem Wind wieder Einhalt gebot. Er fuhr sich durch die kurzen, krausen Locken. »Jetzt wisst ihr, warum wir Vyrad so kurze Haare haben.« Er zwinkerte ihnen zu, dann wurde er wieder ernst. »Aber das gesamte Wetter als Einzelner zu beeinflussen, erfordert viel Kraft. Gemeinsam ist viel mehr möglich! Lasst uns das austesten – mir nach! An Deck!«

Leo strich sich die blonden Haare aus dem Gesicht und verdrehte die eisblauen Augen. Alisa grinste. *Als würdest du nicht angeben, wenn du das alles schon perfekt beherrschen würdest.* Alle, bis auf ihn und sie, waren bereits aufgesprungen und drängten Malcolm hinterher nach draußen.

Wird bald so weit sein. Leo stand auf. »Kommst du?«

»Gleich.«

»Wie du willst.« Er drückte ihr einen Kuss auf die Wange und eilte den anderen hinterher. Alisa fuhr sich über die Haut, dort, wo seine Lippen sie berührt hatten. So ganz konnte sie das immer noch nicht glauben – Leo af Dracas mochte sie. Obwohl er wusste, dass sie nicht einmal ein voller Vampir war, sondern ein menschliches Herz hatte und weinen konnte. Und dass sie diesen verfluchten Funken trug und durch ihn mit Graf Dracula verbunden war. Aber das schreckte Leo nicht ab – nicht einmal, dass sie durch den Funken die Macht hatte, alles Vampirleben auszulöschen. Behauptete wenigstens das Buch über Graf Dracula.

Alisa starrte auf ihre Handfläche, der nichts anzusehen war von dem, was in ihr schlummerte. Im Moment jedenfalls. Der Funke war unberechenbar: Er konnte jederzeit aufleuchten und sie in Draculas Kopf schleudern, ihr zeigen, was er sah und hörte, während ihr Körper blieb, wo auch immer sie sich gerade befand.

Alisa rieb mit dem Daumen über ihre Handfläche und seufzte. Jetzt, mit allen Ehrwürdigen an Bord, waren viel zu viele anwesend, vor denen sie ihre Geheimnisse bewahren musste. Sie erinnerte sich an Nicu, nachdem der sie zum ersten Mal als Vampirin gesehen hatte. An die Angst in seinem Blick, die Ablehnung. Und an die winzige Hoffnung nach dem Kampf gegen die Rotmasken, als Nicu anerkennen musste, dass sie niemanden getötet oder auch nur ernsthaft verletzt hatten – diese winzige Hoffnung, dass er sie vielleicht doch nicht verachtete, vielleicht doch nicht für ein Monster hielt. Alisa seufzte. Gedanken an Nicu brachten nur die Erinnerung an seine Mutter zurück, Calvina, die im Schiffsbauch in einer Zelle hockte, weil Graf Dracula sie zu einer Schattenvampirin gemacht hatte. Entschlossen stand Alisa auf, um nach ihr zu sehen. Vielleicht ließ der Einfluss Draculas auf Calvina nach, je weiter sie sich von ihm entfernten.

Die Schattenvampirin lag in ihrer Zelle auf dem Boden, gefangen in einem unruhigen Schlaf. Alisa beschloss, sie nicht zu wecken, und huschte an der Zelle vorbei auf eine Gestalt zu, die sie weiter hinten erspähte. Ivy kauerte vornübergebeugt auf dem Boden vor einer Zelle mit blökenden Ziegen. Sie zuckte zusammen, als Alisa ihr auf die Schulter tippte.

»Entschuldige, ich wollte dich nicht erschrecken.« Alisa setzte sich zu ihr. »Was machst du hier?«

Ivy deutete auf das Notizbuch vor sich, auf die mit sinnlosem Gekritzel gefüllten Seiten. »Ich versuche, die Aufzeichnungen deiner Mutter zu entschlüsseln. Erfolglos.« Sie warf ihren roten Zopf über eine Schulter zurück. »Ich hab es mit Rückwärtslesen versucht, das Buch auf den Kopf gedreht – hilft alles nichts. Und du?«

Alisa strich über die Notizbuchseiten. Die hatte auch ihre Mutter berührt. Sie hatte sie gefüllt in dem Vertrauen, Alisa würde all das entschlüsseln können. Aber da hatte sie sich geirrt. »Ich wollte sehen, wie es ihr geht.« Sie nickte zu Calvina hinüber.

»Sie ist die meiste Zeit über ruhig gewesen, schläft viel.« Ivy hob kurz den Kopf, dann blätterte sie weiter in dem Notizbuch. Alisa beugte sich mit ihr über die Seiten. Aber sosehr sie es auch wollte, keines der Zeichen darin ergab irgendeinen Sinn.

»Warum hat deine Mutter es dir so schwer gemacht?« Ivy sprach aus, was Alisa sich selbst auch fragte. Ratlos zuckte sie mit den Schultern.

»Vermutlich hat sie mich für klüger gehalten.«

»Da hat sie sich wohl getäuscht.« Ivy grinste.

»He!« Sie stieß Ivy mit einer Schulter an und musste gegen ihren Willen lachen. Ivy zwinkerte ihr zu und stimmte in ihr Lachen ein. Es tat gut, einen Moment lang herumzualbern. Leider verflog der Moment, als ein Stöhnen hinter ihnen sie beide herumfahren ließ. Calvina setzte sich in ihrer Zelle auf und blickte verwirrt um sich.

»Alisa …?«

Alisa sprang auf. »Wie geht es dir? Brauchst du etwas?« Sie ging auf Calvinas Zelle zu, obwohl Ivy leise warnte: »Sei vorsichtig.«

»Schau sie dir an«, gab Alisa ebenso leise zurück. »Sie ist harmlos.« Sie trat nah an die Gitterstäbe. »Calvina? Ich bin hier.«

»Du!« Calvina sprang auf, bleckte ihre Fangzähne. Fauchend warf sie sich gegen die Gitterstäbe. Alisa schreckte zurück. Zum Glück waren die Zellen darauf ausgelegt, Vampirkräften standzuhalten. Alisa drückte sich an die Schiffswand, froh, außerhalb der Reichweite von Calvinas Armen zu sein. Die Schattenvampirin riss die Augen weit auf. Sie leuchteten gelb wie Draculas. »Du! Mein Gebieter wird mich belohnen, wenn ich dich in die Finger bekomme! Wenn ich dich zu ihm bringe!« Sie presste sich an die Gitterstäbe und versuchte, nach Alisa zu greifen.

Sie wird bald verurteilt werden, erklang Leos Stimme in ihrem Kopf, *und in die Sonne gehen müssen.* Er stand auf dem oberen Treppenabsatz und schlug die Tür zu, bevor er zu ihr hinuntereilte. Er zog Alisa von der Zelle weg und küsste sie auf die Wange. Alisa lächelte ihm kurz zu, dann blickte sie wieder zu Calvina. Sie wusste zu genau, wie es sich anfühlte, unter Draculas Einfluss zu stehen. »Das ist nicht gerecht. Sie kann nichts für ihren Zustand.«

Leo schnaubte höhnisch, und Ivy fuhr ihn an: »Solltest du nicht im Unterricht sein?«

»Ihr nicht auch?«, gab Leo unbeeindruckt zurück. »Und dein Mitgefühl wird sie nicht retten.« Er zog Alisa näher an sich. »Die Ehrwürdigen haben bereits entschieden.«

»Woher weißt du das?«

»Sie haben in der Kapitänskajüte darüber geredet.« Er zuckte mit den Schultern. »Ich war zufällig in der Nähe der Tür und –«

»Kannst du deinen Vater nicht um Gnade für sie bitten?« Alisa packte ihn an den Schultern und sah ihm eindringlich in die Augen. »Wenn Baron Magnus –«

»Wenn! Das ist ein großes Wenn! Und überhaupt: Warum sollte ich? Sie ist eine Gefahr für uns alle!«

»Aber das wird sie nicht bleiben! Klar, noch steht sie unter Draculas Einfluss, aber der wird nachlassen. Sie wird –«

»Ich weiß, dass du das glauben willst.« Leo blickte zu Calvinas Zelle. Die Schattenvampirin rutschte langsam an den Gitterstäben hinab zu Boden, als hätte ihr kurzer Ausbruch all ihre Kraft gekostet. Leo schüttelte den Kopf. »Aber wie kannst du dir so sicher sein? Sie ist Graf Draculas Schatten!«

Er legte seine Stirn an ihre und sprach ruhiger weiter. »Niemand von uns weiß, wie groß oder weitreichend seine Macht über sie ist. Es ist zu gefährlich. Sie darf nicht länger existieren.«

»Wie kannst du so grausam sein?« Alisa stieß ihn von sich weg.

»Wie kannst *du* so naiv sein?« Leo starrte sie an und ihr wurde innerlich kalt unter seinem Blick. Wie konnte er so ungerührt davon reden, einen Vampir in die Sonne zu schicken?

»Beruhigt euch, alle beide.« Ivy räusperte sich. »Bitte. Wir sollten uns auf die Sachen konzentrieren, die wir beeinflussen können. Oder?« Sie hielt demonstrativ das Notizbuch zwischen ihnen hoch. Von Deck schallten Donnergrollen und das Heulen eines auffrischenden Windes hinab. Alisa legte eine Hand auf Ivys Arm und drückte ihn sanft nach unten.

Leo. Bitte. Du musst doch verstehen –

»Ich fasse es nicht!« Leo stürmte zur Treppe. »Wieso musst du dich für die Mutter dieses Jungen einsetzen?« Seine Stimme hallte in ihr nach, als die Tür hinter ihm zukrachte. Alisa senkte den Kopf.

»Was sollte das?« Ivy legte einen Arm um sie. »Warum streitest du dich mit Leo? Und ausgerechnet wegen Calvina?«

Alisa schloss die Augen. Es war unmöglich, sich nicht für Calvina einzusetzen. Aber wie sollte sie Ivy das begreiflich machen? »Es ist meine Schuld, dass sie so ist.«

»Quatsch. Ist es nicht.«

»Wenn ich Nicu nie begegnet wäre, dann wäre das alles nicht passiert.«

Ivy drückte sie. »Woher willst du das wissen? Sie ist schon lange vor eurer Begegnung die Anführerin der Rotmasken gewesen. Früher oder später hätte Graf Dracula sie sowieso angegriffen.«

Ivy hatte leicht reden. Wenn sie sich das alles doch auch so einfach wegerklären könnte! Alisa seufzte. Wenn sie doch einfach aufhören könnte, an Nicu zu denken. An Nicu mit den dunklen Locken und den dunklen Augen und den Byron-Zitaten.

Ivy schüttelte sie leicht. »He, was ist mit dir los?«

»Ich kriege ihn nicht aus dem Kopf.«

»Leo?«

»Den auch nicht.«

»Nicu?«

Alisa nickte. »Verdammtes Herz!« Sie lächelte gequält. Ob alle so empfanden, die ein menschliches Herz hatten? War das die Erklärung?

»Wenn es groß genug für zwei ist …« Ivy stieß sie mit einer Schulter an. »Genieß es. Gehört alles zu den Vorzügen, ein Mädchen zu sein.«

»Was?«

»Probleme.« Ivy verzog das Gesicht.

»Als ob du welche hättest!«

»Echt jetzt?« Ivy wirkte, als würde sie plötzlich an Alisas Verstand zweifeln. Und Alisa wünschte sich, sie hätte erst nachgedacht und dann den Mund geöffnet. Denn gegen Ivys Probleme war die Tatsache, Gefühle für zwei Jungen zu haben, geradezu … trivial. War sie wirklich so selbstsüchtig, dass sie daran nicht einmal gedacht hatte? Ivy war immerhin eine Schattenvampirin, die sich allen gegenüber als Erbin ausgab und bei Entdeckung wer weiß was riskierte. Kein Wunder, dass sie sich lieber hier unten verkroch, als in den Unterricht zu gehen! Alisa könnte sich für ihre Gedankenlosigkeit treten.

»Ich – tut mir leid.« Sie schluckte. »Meine Lippen sind versiegelt.«

»Weiß ich doch.« Ivy tippte auf das Notizbuch. »Konzentrieren wir uns auf die wichtigen Dinge, ja? Wir müssen dieses Buch entschlüsseln und den Knoten finden, damit du die Welt retten kannst. Alles klar?«

»Ich hoffe, das ist leichter, als sich zwischen zwei Jungen zu entscheiden …«, erwiderte Alisa. Wenigstens würde es sie eine Weile lang ablenken. Sie blickte hinüber zu Calvina, die wieder in ihren unruhigen Schlaf versunken war, zuckte und die Lippen bewegte, als wollte sie etwas sagen. Aber Worte waren nicht zu hören.

»Es tut mir so leid, Nicu«, murmelte Alisa mehr zu sich selbst. Sie wollte sich von Calvina abwenden, wollte sich zu Ivy drehen, doch ein gleißendes Licht blendete sie, ließ sie erstarren, ließ sie fallen, herumwirbeln, stürzen.

Sie kennt den Ort, an dem sie zu sich kommt. Sie sitzt an eine Häuserwand gelehnt auf Kopfsteinpflaster, vor ihr öffnet sich die Gasse zu einem Platz mit einem Brunnen. Alisa blinzelt, ist irritiert von der Abwesenheit des Schwindels, der diese Wechsel sonst immer begleitet. Am Brunnen steht eine vertraute Gestalt. Nicu! Sonnenlicht streicht über seinen Kopf. Doch er scheint es nicht zu bemerken, sondern blickt konzentriert auf eine Münze, die er zwischen seinen Fingern reibt. Sie will zu ihm rennen, obwohl sie weiß, dass er sie nicht einmal sehen kann. Sie ist hier nichts als ein Geist – ein Geist, den nur einer wahrnehmen kann. Und der lauert auch schon im Schatten der Gasse gegenüber. Nicu bemerkt ihn nicht – und sie kann nichts tun, als zuzusehen, wie Graf Dracula sich tiefer in den Schatten der Gasse drückt und Nicu beobachtet. Ihr dummes Herz schlägt wie verrückt, als würde das jetzt irgendwie helfen.

Nicu blickt von der Münze zum Brunnen und wieder zurück. »Ich hätte auf dich hören sollen, Mom«, flüstert er. »Es tut mir so leid. Ich hätte an deiner Seite sein sollen … vielleicht hätte ich dich beschützen können. Ich hätte dir glauben müssen. Von Anfang an.« Er beißt sich auf die Unterlippe und wirft die Münze, auf der das Sonnenlicht funkelt. Dracula schießt aus dem Schatten hervor und schnappt die Münze aus der Luft, bevor sie in den Wunschbrunnen fallen kann. Geistesgegenwärtig reißt Nicu etwas aus seiner Jacke – einen Holzpflock! Er stürzt sich auf Dracula. »Ich bringe dich u–«

Dracula packt ihn am Hals, hebt ihn mühelos hoch und würgt ihm die Worte ab. Nicu windet sich in seinem Griff. Vergeblich.

Alisa zittert von der Anstrengung zu bleiben, wo sie ist. Alles in ihr schreit danach, sich auf Dracula zu stürzen, Nicu beizustehen – doch sie kann nicht. Machtlos sieht sie zu, wie Dracula Nicu den Holzpflock abnimmt. »Beruhige dich, Kleiner.« Er wirft den Holzpflock in den Brunnen, ohne Nicu loszulassen. Nicu zappelt in seinem Griff, schlingt die Hände um Draculas Arm.

»Du hast meine Mutter in ein Monster verwandelt!«, presst er hervor.

»Deine Ansicht.« Dracula lässt Nicu fallen.

Alisa zuckt zusammen, als sie sich vorzustellen versucht, was das für einen menschlichen Körper bedeutet. Nicu keucht und setzt sich vorsichtig auf. »Wegen dir habe ich sie verloren.«

Dracula lehnt sich an die Brunnenmauer und blickt auf Nicu hinab. »Ich kann sie dir zurückbringen.«

»Und was würde das helfen? Sie kann sich doch nicht einmal an mich erinnern!« Er springt auf, als sei er gegen jedes bessere Wissen bereit, sich erneut auf Dracula zu stürzen. Der verschränkt lächelnd die Arme, und Nicu ballt die Hände zu Fäusten, bleibt aber stehen.

»Ich könnte dafür sorgen, dass sie sich wieder an dich erinnert. Sie zurückverwandeln. Unter einer Bedingung. Ich helfe dir und dafür hilfst du mir.«

»Ich glaube dir kein Wort! Und ich werde dir niemals helfen!«

Dracula beugt sich gelassen vor und tippt Nicu auf die Brust. »Das werden wir sehen ... Wir haben schließlich alle etwas, das uns antreibt ... oder in den Wahnsinn treibt ... Was ist es bei dir, Nicu?« Sein Mund ist gefährlich dicht an Nicus Hals. Nicu weicht zurück.

Alisa bebt vor Wut. Vor Hilflosigkeit. Und auch ... vor Ungeduld. Denn eine kleine Stimme in ihr drängt Dracula, weiterzureden, zu erklären, was das zu bedeuten hat: zurückverwandeln.

Der Graf streicht mit einem Finger über Nicus Hals. Der steht stocksteif da, kann nicht weiter zurückweichen, weil eine Hauswand in seinem Rücken ist. Über Nicus Herz stoppt Draculas Finger. Er tippt darauf und neigt den Kopf, als würde er lauschen. »Was treibt dich an? Ich denke, es ist dieses Loch, das du in dir spürst. Diese Leere. Diese Einsamkeit. Dieser Betrug.« Er beugt sich nah an Nicus Ohr. »Alisa hat dich betrogen. Sie hat dein Vertrauen missbraucht, deine Liebe. Sie hat dir deine Mutter genommen. Ich habe Calvina nur verwandelt, weil Alisa mir gar keine andere Wahl gelassen hat.«

Alisa verwünscht ihre Vampirsinne. Als Mensch würde sie kein Wort von dem hören, was Dracula in Nicus Ohr raunt. Aber so fühlt es sich an, als würde er die Worte direkt aus ihrem Kopf nehmen. Sie hat Nicu verschwiegen, wer sie wirklich ist, hat seine Mutter und ihn in Gefahr gebracht. Es ist alles ihre Schuld.

Dracula tritt einen Schritt von Nicu zurück. »Ich kann sie dir wiedergeben, Nicu«, sagt er mit beschwörender Stimme. »Ungeschehen machen, was Alisa dir angetan hat. Denk darüber nach. Ich werde hier sein.« Er tippt sich an den Zylinder und wendet sich von Nicu ab. Mit einem Lächeln auf dem Gesicht schreitet er direkt auf sie zu. »Ich weiß, dass du hier bist, Alisa«, wispert er so leise, dass menschliche Ohren ihn nicht hören können. »Und ich bin euch auf den Fersen. Ich werde mir meine Rubine von euch holen.«

Sie presst sich an die Hauswand und starrt Dracula hinterher. Es wird heller, sie stürzt, fällt, taumelt, ist so geblendet, dass alles dunkel ist, sie stürzt durch Dunkelheit ins Bodenlose –

Splittriges Holz unter ihren Händen, kein Kopfsteinpflaster. Alisa blinzelte. Es war nicht mehr dunkel. Alles drehte sich um sie herum – oder sie drehte sich. Der Schwindel war also doch nicht fort. Sie drückte die Hände fester auf das Holz und lachte hilflos.

»Alisa? Was ist mit dir? War das …?«

Ivy. Alisa setzte sich langsam auf. Sie war niemals an diesem Brunnen gewesen, saß immer noch im Bauch des Schiffes, nicht weit von Calvinas Zelle entfernt.

»Was hast du gesehen?« Ivy hockte sich vor sie, versperrte ihr die Sicht auf Calvina. Die vielleicht zurückverwandelt werden konnte. Und wenn es für Calvina diese Chance gab, dann –

Alisa drückte einen Handballen gegen ihre Stirn, als könnte das ihre Gedanken ordnen, die letzten Reste des Schwindels vertreiben. »Vielleicht kannst du auch zurückverwandelt werden …«, murmelte sie.

»Zurückver… was?«

Das musste warten. Alisa sprang auf und stürmte zur Treppe. »Ich muss die Ehrwürdigen aufhalten!« Sie war schon an der Tür, als Ivy ihr hinterherrief.

»Was meinst du damit, Alisa? Wieso …?«

Später! Erst einmal musste sie dafür sorgen, dass die Ehrwürdigen ihr Urteil zurücknahmen. Es gab eine andere Möglichkeit als den Tod für Calvina! Wenn sie zurückverwandelt werden konnte, wäre sie für niemanden mehr eine Gefahr, das mussten die Ehrwürdigen einsehen. Sie mussten einfach!

Alisa hielt nicht inne, als sie das Deck erreichte, sie hielt nicht inne, als die Donner, Blitze und der Wind der anderen Erben verstummten – sie hielt auch an der Tür zur Kapitänskajüte nicht inne, riss sie auf und stürmte hinein.

»Kann ein Schattenvampir zurück in einen Menschen

verwandelt werden?«, rief sie in die fassungslose Stille. Alle fünf Ehrwürdigen starrten sie an. Großmutter fasste sich als Erste.

»Alisa!«, fuhr sie sie an. »Manieren!«

Doch Alisa war so aufgeregt, dass nicht einmal die scharfe Stimme ihrer Großmutter sie einschüchtern konnte. »Ist das möglich?«

Baron Magnus schob sich vor die Gruppe. Seine mächtige Brust bebte vor Zorn – ebenso wie seine Stimme. »Du hast kein Recht, hier zu sein! Dies ist eine Versammlung von Ehrwürdigen! Dein Platz ist im Unterricht bei den anderen Erben!« Er kam auf sie zu, als wollte er sie mit seiner bloßen Präsenz zur Tür hinausdrängen.

Alisa wich nicht vor ihm zurück. »Nein. Ich will jetzt die Wahrheit wissen. Kann ein Schatten zurückverwandelt werden?«

Conte Claudio trat neben Baron Magnus und berührte ihn sanft an der Schulter. »Per favore, Magnus, ich bitte dich.« Der hagere Conte wirkte zwar, als könnte ihn der kräftige Baron mühelos wegstoßen, doch zu Alisas Erstaunen ließ der sich zurückhalten. Conte Claudio richtete seine hellgrauen Augen auf sie. »Ja, es gibt ein Ritual … Der Gebieter eines Schattens kann ihn wieder freigeben – ihm seine menschliche Existenz zurückgeben.«

Also hatte Dracula nicht gelogen! Alisa schluckte. »Warum habt ihr uns das verschwiegen?« Ihr war, als würde sie wieder fallen. All die Schatten, denen ihre Erinnerungen geraubt worden waren, die jedem Befehl eines geborenen Vampirs gehorchen mussten, keinen freien Willen hatten – all diese Jahrhunderte lang! Es war so ungerecht. Alisa funkelte die versammelten Ehrwürdigen an. »Warum geben wir sie nicht alle frei?«

Madame Audry schüttelte sich, als hätte Alisa einen unanständigen Vorschlag gemacht. »Es ist unsere Tradition, Schatten zu haben.«

»Wozu?« Alisa wurde übel von dieser Gleichgültigkeit. »Damit sie uns dienen? Hinter uns aufräumen? All das tun, wozu Sie keine –«

»Alisa!«, zischte Großmutter. Aber Alisa ließ sich nicht aufhalten.

»Es ist ungerecht! Sie verlieren ihre Erinnerungen. Ihren freien Willen. Sie stehlen ihnen ihr ganzes Leben! Wie können Sie …?« Sie rang um Worte, die auf diesen Gesichtern vor ihr etwas anderes hervorrufen würden als Entsetzen und Verschlossenheit. Sie wandte sich an Großmutter. »Was ist mit Hindrik? Wie kannst du damit leben, dass er nur bei uns ist, weil er das muss, und nicht aus seiner eigenen freien Entscheidung heraus?«

»Ich kann Hindrik nicht freigeben, Alisa.« Großmutter seufzte und tastete Halt suchend nach Sir Miltons Arm. »Er würde danach … Er ist weit über hundert Jahre alt – älter, als ein Mensch jemals werden könnte. Das weißt du doch, Alisa. Er würde sofort nach dem Ritual sterben.«

Er würde sterben? Aber … sollte er nicht wenigstens jetzt die Wahl haben zwischen einem Leben, in dem er unfrei blieb, und … *dem Tod?*, zwang Alisa sich zu denken. Alles drehte sich in ihrem Kopf. Es war nicht gerecht! Wieso konnte es keine Rettung für alle geben? »Aber Calvina würde leben! Und Ivy auch!«, platzte sie heraus.

Wieso starrten die sie alle an? Was hatte sie –? Oh, nein.

Alisa schlug sich eine Hand vor den Mund. Aber es war zu spät.

Mit zusammengezogenen Brauen lehnte Baron Magnus sich vor. »Ivy of Lycana ist – ein Schatten?!«

Ivy

Ivy starrte auf Hindriks Rücken und versuchte, an nichts zu denken. Niemanden anzusehen. Doch der Last der Blicke, die auf ihr ruhten, konnte sie nicht entkommen, während sie an Ehrwürdigen vorbeiging. Sie folgte Karen und Hindrik, der ihren Sarg aus dem Schlafquartier der Mädchen trug. Auf dem Gang hatten sich zu beiden Seiten die Erben aufgestellt. Sie zuckte zusammen, als Seymour nach ihr rief, aber sie lief stur weiter, hörte, wie Malcolm und Leo ihren Bruder zurückhielten, ihm sagten, er würde es nur schlimmer machen. Aber es war die nächste Stimme, die es schlimmer machte. Alisa.

»Es tut mir so leid.«

Ivy biss sich auf die Unterlippe und hielt inne.

»Ich wollte dich nicht verraten. Ivy, bitte …« Alisas flehender Tonfall machte es nicht besser. Ob Absicht oder nicht – im Ergebnis bedeutete das keinen Unterschied. Ohne Alisa anzusehen, streckte sie ihr das Notizbuch ihrer Mutter hin.

»Hier. Das war sowieso nie für eine wie mich bestimmt.« Sie ließ das Buch los. Sollte es ruhig fallen, wenn Alisa noch nicht zugegriffen hatte.

Es fiel nicht.

Ivy straffte die Schultern und hob das Kinn. Sie würde

sich nicht die Blöße geben, ihre Scham zu zeigen. Als sie sich wieder in Bewegung setzte, um Hindrik und Karen weiter in das Quartier der Schatten zu folgen, stellte Fanny sich ihr in den Weg.

»Wusste ich doch, dass mit dir was nicht stimmt!«

Ivy blickte stur geradeaus, auch noch, als Fanny sie schubste und lachte und – von Inger weggezogen wurde. »Lass sie in Ruhe, Fanny!«

»Was ist denn mit dir los?« Fanny lachte ungläubig auf. »Sie ist nur ein Schatten –«

»Sie ist meine Schwester!«, rief Seymour. Die Wut in seiner Stimme stärkte Ivy den Rücken, als sie weiterging. Auch dass Inger leise mit ihrer Schwester stritt, tat gut. Trotzdem war sie erleichtert, als Hindrik hinter ihr die Tür des Schattenquartiers zuzog.

Die Särge zum Schlafen standen zwischen Bottichen und Fässern, überall dort, wo gerade Platz war. Wäscheleinen waren kreuz und quer durch den Raum gespannt und auf der Suche nach einem Platz für Ivys Sarg mussten Hindrik, Karen und sie unter trocknenden Kleidern und Tüchern hindurchtauchen. Schließlich fanden sie eine halbwegs freie Stelle an der Schiffswand. Hindrik schob einen Waschbottich zur Seite, um etwas mehr Platz zu machen, dann stellte er den Sarg ab.

Karen legte ihr einen Arm um die Schultern. »Nimm es nicht so schwer.«

Ivy starrte auf ihren Sarg, auf die Berge von Schmutzwäsche, die durch den Wellengang hin und her schaukelnden Kleider auf den Leinen. Das war also jetzt ihr Leben. Für die anderen würde der Unterricht weitergehen – und sie würde ihre Wäsche waschen. Ihnen das Essen servieren. Befehlen gehorchen müssen. Sie senkte den Kopf und wünschte sich, sie könnte weinen wie Alisa, wünschte sich, sie hätte nicht an Alisa gedacht. Hindrik räusperte sich hinter ihr.

»Ich bin sicher, Alisa hat das –«

»Bitte.« Ivy hasste, wie ihre Stimme zitterte. »Nicht jetzt.«

Wenn sie wenigstens all das zurücknehmen könnte, was sie je zu Alisa gesagt hatte. All die Worte über Freundschaft, das Gefühl, hier eine Familie gefunden zu haben. Wenn sie doch bloß abgehauen wäre, sich Seymour geschnappt und verschwunden wäre, nachdem sie ihren Rubin endlich zurückbekommen hatten! Aber nein – sie hatte bleiben und helfen wollen. Und das hatte sie jetzt davon. Ein tiefer Seufzer durchbrach ihre Gedanken.

»Wir müssen gleich das Essen auftragen«, sagte Hindrik. Wenn das sein Versuch war, sie aufzumuntern, war er darin nicht besonders gut. »Sieh zu, dass du danach schnell in deinen Sarg kommst. Wir müssen früh raus, du wirst deinen Schlaf brauchen.«

Karen drückte sie. »Wird schon werden. Wir Schatten halten zusammen.« Die beiden älteren Vampire nickten einander zu. Sie schienen sich auch ohne Worte oder die Gabe des Gedankenlesens zu verstehen. »Nimm dir ein paar Momente«, riet Karen. »Wir sehen dich dann gleich in der Messe.« Sie ging mit Hindrik hinaus, ohne eine Antwort abzuwarten. Ivy ließ sich auf ihren Sarg sinken. *Ein paar Momente.* Als könnten die ihre Situation verändern! Nichts würde mehr sein wie vorher. Und sie konnte nicht einmal abhauen, weil sie auf einem verdammten Schiff auf dem verfluchten Meer war. Ivy stieß einen wütenden Schrei aus. Ha!

Das fühlte sich ein wenig besser an. Sie ließ einen zweiten folgen. Und einen dritten. Wut. Ja! Daran konnte sie sich festhalten.

Der Nachhall ihrer Schreie, den sie noch in sich spürte, gab ihr die Kraft, die Messe zu betreten. An einem Tisch saßen alle Ehrwürdigen bis auf Baron Magnus zusammen. Ivy war froh, wenigstens ihm nicht begegnen zu müssen. Die Ehrwürdigen blickten nicht einmal auf, als sie hereinkam, blieben in ihre Gespräche vertieft, während Karen ihnen Schüsseln mit Rot servierte. Ivy ging zu Hindrik hinüber, der weitere Schüsseln aus einem großen Topf befüllte. Sie wünschte, sie könnte ihre Wut wie eine Glocke um sich tragen. Dann würden die flüsternden Stimmen der Erben daran abprallen, sie nicht berühren. Aber sie trafen, wie unzählige Nadeln aus Silber.

Hindrik reichte ihr eine Schüssel. »Der Trick ist, nicht zuzuhören. Stell dir einfach vor, sie würden eine Sprache sprechen, die dir unbekannt ist.« Und damit schickte er sie ausgerechnet zu dem Tisch, an dem Alisa sich niedergelassen hatte, etwas abseits von den anderen. Schien, als hätte ihr Verrat ihr nicht nur Pluspunkte eingebracht.

Kein Mitleid, ermahnte sich Ivy und konzentrierte sich darauf, die Schüssel ruhig zu halten, während sie auf Alisa zuging. Nicht einmal Leo saß bei ihr – allerdings auch nicht bei den anderen. Er glänzte genauso durch Abwesenheit wie sein Vater. Ivy fixierte den Tisch und stellte die Schüssel mit dem Rot leise und ohne jedes Schwappen vor Alisa ab. Sie hielt den Blick weiter gesenkt, ganz wie es sich für einen ordentlichen Schatten gehörte.

»Ivy, ich wollte dich nicht –«

»Du hast mir dein Versprechen gegeben.« Ivy bebte. Zur Hölle mit dem Schattenbenehmen! Mühsam klammerte sie sich an den Rest ihrer Vernunft, die ihr gebot, leise zu sprechen. »Aber das Wort einer Erbin gilt wohl nichts. Zumindest nicht einem Schatten gegenüber.« Sie drehte sich um und ging. Sie wollte keine Antwort hören. Sie wollte nicht wissen, wie Alisa ihre Worte aufnahm. Sie wollte nicht einmal mehr hier sein. Aber sie durfte erst gehen, nachdem alle mit dem Essen fertig waren, sie Karen und Hindrik geholfen hatte, das Geschirr einzusammeln, das sie gemeinsam ins Schattenquartier trugen.

Dort lag sie in ihrem Sarg, lauschte den Spülgeräuschen, den leisen Stimmen von Hindrik und Karen, die sich am Spülfass abwechselten, sobald ihre Hände vom Wasser zu taub wurden, und wünschte sich, sie könnte alle ihre Sinne genauso betäuben wie Wasser einen Vampirkörper.

Leo

Leo ging zögerlich aufs Deck hinaus. Er hatte keine Eile, seinem Vater zu begegnen, auch wenn Karen deutlich gemacht hatte, dass der ihn umgehend zu sehen wünschte. Er starrte über die See, diese bewegte Dunkelheit, auf der das Licht der Sterne silbern glänzte. Silber – das war ein guter Schutz für seine Gedanken. Leo gönnte sich einen Moment, um den Schutzwall in seinem Kopf mit einem Anstrich aus Silber zu überziehen. Das sollte selbst seinem Vater ein paar Schwierigkeiten bereiten. Er lief über das Deck, um die Kapitänskajüte herum und zu der Treppe, die auf ihr Dach führte, wo sein Vater am Steuer stand. Leo sah ihn nicht an. »Du wolltest mich sehen?«

»Ja.« Er trat einen Schritt zurück und schob Leo vor sich. »Nimm du das Steuer.«

Das von vielen Händen und Jahrhunderten geglättete Holzrad fühlte sich viel zu klein an, um ein so großes Schiff wie die Elisabetha zu lenken. Leo hielt es ruhig, lauschte dem Auf und Ab der Wellen und dem Schweigen seines Vaters. Der hatte ihn, da war er sich sicher, nicht nur rufen lassen, um zu sehen, wie er sich am Steuer machte.

»Wie lange wird es noch dauern?«, fragte er und hielt den Blick auf den weit entfernten dunklen Streifen gerichtet, wo sich Meer und Nachthimmel trafen. Er konnte dort kein

Land ausmachen, schon gar nicht die vertraute norwegische Küste.

»In zwei Monden sind wir da.« Die Hände seines Vaters legten sich wie Eisengewichte auf seine Schultern. »Eines Tages wirst du unseren Clan anführen, Leo. Und du wirst deine Sache gut machen.«

»Woher willst du das wissen?«

Sein Vater klopfte ihm von hinten auf die Schultern und lachte. »Mein Blut fließt in deinen Adern. Daher.«

Es war ungewohnt, seinen Vater solche Dinge sagen zu hören. Leo richtete sich ein wenig gerader auf. Vielleicht war das der richtige Moment – Leo räusperte sich, wandte den Blick nicht vom Horizont ab. »Wegen der Gefangenen – kannst du nicht ...« Der Druck auf seine Schultern verstärkte sich, ließ seine Worte ersterben.

»Leo.«

So viel dazu. Er packte das Steuer fester, versuchte, die Hände seines Vaters auf seinen Schultern zu ignorieren.

»Ich möchte, dass du dich von dieser Vamalia fernhältst. Sie – sie macht nichts als Schwierigkeiten.«

Leo ruckte mit den Schultern, um sich zu entziehen, doch es gelang ihm nicht. »In Italien hat Alisa uns allen das Leben gerettet.« Er würde seinem Vater nicht den Gefallen tun, ihren Namen zu unterschlagen. »Alisa hat uns nicht nur vor den Rotmasken, sondern auch vor Graf Dracula gerettet.«

»Und dafür bin ich dankbar. Gewiss.« Sein Vater roch nach Meer und Schnee und Kiefern. Nach zu Hause. Doch seine Finger bohrten sich in Leos Schultern. »Aber sie sieht die Welt anders als wir. Sie will alles verändern, mit unseren Traditionen brechen. Das dürfen wir nicht zulassen. Das verstehst du doch?« Die tiefe Stimme war so nah und eindringlich, dass sie ihn mit seinem Vater in eine eigene Welt einzuschließen schien. Eine Welt, die all die Weite um sie herum ausschloss. »Glaub mir, es sind immer die Vamalia, die sich gegen unsere Gesetze auflehnen. Bislang konnte ich sie im Zaum halten.« Leo stand stocksteif da, wünschte sich, er hätte den Mut, sich aufzulehnen. »Ich weiß, dass du sie magst. Aber ich will, dass du jeden Umgang mit ihr einstellst. Sie wird dich verändern. Und du darfst nie vergessen, wer du bist. Ein Dracas. Mein Sohn. Stärker als alle anderen.«

Leo umklammerte das Steuer so hart wie sein Vater seine Schultern. Möglich, dass Alisa ihn veränderte. Aber war Veränderung etwas so Schlechtes? Er verzog das Gesicht. Die Antwort seines Vaters kannte er nur zu gut: Die Dracas waren allen überlegen, unbesiegbar und immer im Recht. Und sie kannten nur eine Loyalität, die dem eigenen Clan gegenüber. Leo senkte den Kopf. Apropos Loyalität … Alisa hatte sich Ivy gegenüber nicht als loyal erwiesen. Gegen seinen Willen musste er sich eingestehen, dass dieser Verrat, diese Schwäche an ihr ihn enttäuschte. Allerdings hatten auch die Ehrwürdigen ihn enttäuscht, die nicht einmal über eine andere Reaktion nachdachten, als Ivy umgehend zu degradieren. Leo runzelte die Stirn. Eines war ganz sicher: Vor Alisa hätte er sich niemals so viele Gedanken gemacht.

Sein Vater schüttelte ihn leicht. »Haben wir uns verstanden?«

Leo nickte knapp. Widerworte waren ohnehin sinnlos. Der schmerzhafte Griff um seine Schultern lockerte sich.

»Geh und iss etwas. Du musst stark bleiben.«

Alisa saß allein an einem der Tische, und bevor Leo zu einer Entscheidung kommen konnte, ob er sich überwinden und zu ihr gehen sollte oder nicht, zog Malcolm den leeren Stuhl neben sich zurück und winkte ihn heran.

»Endlich erwachsene Gesellschaft!« Er grinste Leo zu.

»Noch nicht.« Leo ließ sich auf den Stuhl fallen. »Und du wirst vor mir volljährig, oder?«

Malcolm tauchte seinen Löffel ins Rot. »Kann gar nicht schnell genug passieren«, murmelte er und starrte in die Schüssel mit dem Rot. Leo widmete sich seinem eigenen Essen. Er konnte sich gut vorstellen, woran sein Freund dachte: an Tonka, die Upiry, die ihn auf Graf Draculas Geheiß dazu gezwungen hatte, Ur-Rot zu trinken, und daran, wie er in der Folge ausgerastet war ... was letzten Endes nicht nur zu Tonkas Tod geführt hatte, sondern auch zu dem von Contessa Viola di Nosferas. Kurzum, ganz sicher nichts, worüber Malcolm sich unterhalten wollte. Der legte seinen Löffel beiseite und sagte: »Ich werde es ganz bestimmt nicht vermissen, unter Zwang gestellt zu werden.«

Tammo, der die ganze Zeit wortlos mit Joannes Hausratte Easy gespielt hatte, schaltete sich ein. »Darf ich dich an diesen Satz erinnern, falls du in Versuchung kommst, jemanden von uns zu etwas zu zwingen?«

»Keine Sorge.« Malcolm lehnte sich zurück und ließ sein Grinsen wieder aufblitzen. »Solange ihr euch gut benehmt ...« Das Grinsen wurde zu einem Lachen, in das auch die anderen einstimmten. Es war ansteckend und Leo fühlte sich so leicht wie lange nicht mehr. Doch als Fanny sich über den Tisch zu Tammo und Joanne beugte, verging der Moment ebenso plötzlich, wie er gekommen war.

»Unter Zwang oder nicht – ihr Kleinen geht besser schlafen, wir müssen morgen alle früh raus«, sagte sie bedeutungsschwanger.

Seit wann kümmerte es seine Cousine, ob andere genug Schlaf bekamen? Leo schüttelte den Kopf. »Wieso das denn?«

Fanny zog die Augenbrauen hoch. »Na, wegen Calvina. Ich dachte, deswegen wollte Onkel Magnus dich sehen.«

»Calvina? Was ist mit ihr?« Alisas Stimme war nur ein Flüstern, ließ ihn aber trotzdem zusammenzucken. Leo drehte sich nicht um, auch nicht, als Fanny sich mit einem gehässigen Grinsen an Alisa wandte.

»Die Ehrwürdigen haben ihr Urteil gefällt. Sie muss morgen in die Sonne gehen.« Fanny starrte weiter über Leos Schulter hinweg, und Leo hatte das Gefühl, als hätte ihn jemand mit Wasser übergossen. Er wollte sich rühren, konnte aber nicht. Auch nicht, als hinter ihm ein Stuhl zu Boden krachte. Und er blieb weiter wie gelähmt, als Alisa an ihnen allen vorbeistürmte, die Tür aufriss und hinter sich zuschlug.

»Uh, Drama.« Fanny verdrehte die Augen.

Halt die Klappe, Fanny.

Du hast mir gar nichts zu sagen.

Fannys Gedankenstimme löste seine Starre. Leo sprang zur Tür. Auf dem Gang sah er gerade noch, wie Alisa im Schlafquartier der Mädchen verschwand. Hinterher! Wenigstens würden sie dort allein sein. Er stieß vorsichtig die Tür auf, gerade als Alisa den Deckel ihres Sarges zuknallte. Es hatte ihn nie zuvor in seinem Leben so viel Mut gekostet, einen Raum zu durchqueren. Zögernd legte er eine Hand auf den Sarg. Als könnte sie das spüren … Leo ballte die Hand zur Faust.

Alisa?

Keine Reaktion. Er schloss die Augen, versuchte, das Chaos in seinem Kopf wegzudrängen. Warum musste sie ausgerechnet Nicus Mutter verteidigen, was war so wichtig an diesem Menschen, an überhaupt einem Menschen, warum musste sein Vater so stur sein, warum musste er sich mit diesen Zweifeln herumschlagen, warum …? So viele Fragen. Sie mussten warten. Leo konzentrierte sich auf Alisa. *Es tut mir leid, Alisa. Ich habe versucht, meinen Vater umzustimmen – wegen Ivy – wegen Calvina –*

Der Sargdeckel flog auf und Leo machte einen Satz rückwärts. Alisa stand in ihrem Sarg und funkelte ihn voller Wut und mit Tränenspuren auf den Wangen an. »Nichts davon hast du getan!« *Ich kann deinen Trick mit dem Gedankenlesen jetzt auch. Solltest du eigentlich wissen.* In Gedanken klang sie nicht weniger wütend. Leo senkte den Kopf.

»Es tut mir leid.«

»Hab einfach eine eigene Meinung! Lern endlich, deinem Vater zu widersprechen!« Alisa schlug ihren Sargdeckel wieder zu und gab keinen Ton mehr von sich. Leo rieb sich über das Gesicht. Die hatte leicht reden! Natürlich hatte er seinem Vater nicht entschieden genug widersprochen. Niemand tat das. Zumindest nicht mehr, seit seine Mutter gestorben war. Er schluckte. Seine Mutter … Vielleicht war sie die Stärkste im Dracas-Clan gewesen und nicht sein Vater.

Er blickte auf Alisas geschlossenen Sarg. Doch ihm fiel nichts ein, was er sagen könnte, um das zwischen ihnen zu retten. Leo fluchte still vor sich hin, verfluchte sich selbst, während er langsam den Raum verließ, um zu seinem eigenen Sarg zu gehen.

Alisa

Alisa lauschte auf ihren Herzschlag. Tammo hatte sie einmal gefragt, ob der wehtäte. Sie hatte stumm den Kopf geschüttelt. Dieser Moment schien mindestens so weit entfernt wie Hamburg, obwohl es erst Wochen her war, dass er die Frage gestellt hatte.

Jetzt riss jeder Schlag ein Loch in ihre Brust. Sie blieb reglos liegen, als sie die anderen Mädchen ins Schlafquartier kommen hörte. Joanne unterhielt sich leise mit Easy. Fanny zog noch immer über Ivy her, fragte, warum die für ihren Betrug nicht gleich mit in die Sonne geschickt würde, wie Calvina. Inger zischte wütend, dass sie endlich den Mund halten solle, wenn sie nichts anderes als Schwachsinn von sich geben könnte.

»Was hast du nur mit der Lycana?«, fragte Fanny, offensichtlich unbeeindruckt von Ingers Wut.

»Nichts. Du nervst einfach.« Inger klang wenig überzeugend, fand Alisa. Fanny hingegen schien sich mit der Antwort abzufinden – oder die beiden setzten ihre Unterhaltung in Gedanken fort. Weder Joanne noch Easy gaben einen Laut von sich. Alisa starrte in die Dunkelheit, die sie umgab, und in der es keinen Unterschied machte, ob sie die Augen schloss oder offen hielt. Von draußen hörte sie nur noch Schritte, keine Stimmen mehr. Dann klappten drei Sargdeckel zu.

Es war still. Zeit verging. Oder auch nicht.

Sie sollte schlafen. Unmöglich. Wie konnten die Ehrwürdigen so grausam sein? Es musste eine Möglichkeit geben, Calvina vor diesem Urteil zu bewahren! Sie hatte nichts getan, was ein Todesurteil rechtfertigte – das war genauso ungerecht, wie das Urteil gegen Hindrik gewesen war. Genauso ungerecht wie alles, was Schattenvampire betraf.

Vermutlich sollte sie dankbar sein, dass Ivy für ihre Täuschung nicht mit dem Tod bestraft wurde. Würde sie sich das je verzeihen können? Ein paar blöde Sekunden der Unbedachtheit – und Ivy hatte alles verloren. Wegen ihr. Warum hatte sie auch ihren Mund nicht halten können? Dann wäre alles noch gut! Nicht alles, korrigierte Alisa sich und presste die Hände gegen ihre Brust, als könnte sie damit ihr pochendes Herz besänftigen. Je mehr sie von der Welt sah, desto mehr Ungerechtigkeiten offenbarten sich ihr. Wie konnte Leo vor all dem die Augen verschließen? Sogar dieser sturköpfige Dracas müsste begreifen, dass sich etwas grundlegend ändern musste.

Sie drückte ihre Hände noch fester gegen ihren Brustkorb, als das Kribbeln auf der Handfläche begann. Nicht schon wieder! Bitte, nicht schon … Aber das Licht des Funkens drang zwischen ihren Fingern hervor, vertrieb die Dunkelheit in ihrem Sarg, riss sie mit sich fort, wirbelte unten und oben durcheinander, ließ sie stürzen, aufsteigen, stürzen und fallen und –

Wieder die Gasse, die auf den Platz mit dem Wunschbrunnen hinausgeht. Alisa lehnt sich an eine Hauswand, weil etwas Festes im Rücken den Schwindel schneller vertreibt.

Sie will nicht zum Brunnen schauen, weil sie schon weiß, wen sie dort sehen wird, denn sie kennt die zwei Stimmen nur zu gut. Sie will nicht, aber sie muss. Alisa strafft die Schultern und blickt zum Brunnen. Nicu steht mit ausgestreckter Hand vor Dracula.

»Gib mir meine Münze zurück«, verlangt er, ohne den Vampir anzusehen. Dracula lässt wortlos die Münze auf Nicus Handfläche fallen. Der schließt die Finger darum und drückt die Faust an seine Brust. *Renn weg! Flieh!*, will Alisa ihm zurufen, auch wenn sie weiß, wie nutzlos das ist. Erstens würde er sie nicht hören, zweitens würde er Dracula niemals entkommen. Mit einer ruckartigen Bewegung schleudert Nicu die Münze ins Wasser.

»Was hast du dir gewünscht?«, fragt Dracula – ganz so, als wäre das ein Geplänkel zwischen Freunden.

Alisa presst sich fester gegen die Hauswand, um nicht vorzustürzen und ihn von Nicu wegzureißen, schluckt gegen die Schreie an, die in ihr aufsteigen, hinauswollen. Sie beißt die Zähne aufeinander.

Nicu packt den Griff des Silberdolches, der in seinem Gürtel steckt. »Was muss ich tun, damit du meine Mutter zurückbringst?«

Alisa schüttelt den Kopf. *Du darfst dich auf keinen Handel mit ihm einlassen! Bitte.* Sie legt alle Kraft in ihre Gedanken, kann nicht aufhören zu hoffen, dass sie ihn irgendwie doch erreichen kann. Aber Nicu nimmt sie nicht wahr.

»Komm mit mir«, sagt Dracula zu Nicu – und so wild sie auch den Kopf schüttelt und Nicu innerlich »Tu es nicht!« zubrüllt, es nutzt nichts. Lediglich Dracula hebt den Kopf und lächelt ihr zu, während er Nicu bedeutet, ihm zu folgen. »Komm«, wiederholt er. Nicu umklammert seinen Dolch noch fester. Aber er zieht ihn nicht, auch nicht, als Dracula ihm den Rücken zuwendet, losgeht. Nicu folgt dem Vampir.

Nein, nein, nein! Alisa stößt sich von der Hauswand ab, will den beiden hinterher. Doch ihr Schritt geht ins Leere. Sie fällt und stürzt, taumelt, ohne jeden Halt –

Dunkelheit fing sie auf. Alisa presste die Hände gegen die Seitenwände ihres Sarges. *Das kann nicht alles gewesen sein! Komm schon, zeig mir mehr!* Der Funke reagierte nicht auf ihr Wüten. Natürlich nicht. Der reagierte nie auf das, was sie wollte. So wie ihr auch sonst niemand zuhörte, auf das hörte, was logisch und gerecht war! Alisa stieß ihren Sargdeckel auf. Sie konnte nicht länger hier liegen und nichts tun. Sie musste wenigstens das verhindern, was sie verhindern konnte. Was auch immer Nicu für Dracula tun musste, sie würde nicht zulassen, dass sein Einsatz am Ende umsonst gewesen wäre.

Alisa sprang aus ihrem Sarg und hielt inne. Lauschte. Aus keinem der Särge kam ein Geräusch. Entweder hatte keine der anderen sie bislang gehört, oder sie ignorierten den Lärm, den Alisa veranstaltete. Glück gehabt. Sie nahm sich vor, ab sofort bedachter vorzugehen, auch wenn die Zeit drängte. Sie eilte aus dem Schlafquartier und durch den Gang nach hinten. An der Tür, hinter der es hinunter zu den Zellen ging, blieb sie stehen und horchte. Doch da waren nur das vertraute Schiffsknarren und das Rauschen der Wellen. Also weiter.

Auch Calvina schlief nicht. Sie stand in der Mitte ihrer

Zelle und blickte Alisa wachsam an. Alisa hielt Abstand zu den Gitterstäben. Die Erinnerung an Calvinas Angriff war noch zu frisch.

»Tut mir leid, dass ich vorhin so auf dich losgegangen bin«, entschuldigte sich Calvina. »Ich weiß nicht, was da über mich gekommen ist.«

Alisa wagte sich ein wenig näher. »Ist nicht deine Schuld gewesen. Das ist Draculas Einfluss, weil er dich – verwandelt hat.« Sie schluckte. »Wie fühlst du dich jetzt?«

»Besser. Leichter irgendwie. Als wäre ein Druck von mir gewichen …«

»Das ist gut.« Alisa zögerte noch einen Moment, doch dann wagte sie sich dicht an die Zelle heran und redete weiter, redete gegen ihr heftig pochendes Herz an. »Das heißt, Draculas Einfluss auf dich wird schwächer – je weiter du von ihm entfernt bist, desto weniger Kontrolle hat er über dich.« Sie legte die Hände um die Gitterstäbe. Calvina näherte sich ihr langsam, blieb allerdings wenige Schritte vom Gitter entfernt stehen.

»Warum bin ich eingesperrt?«

Alisa schloss die Augen und war froh, dass Calvina ihre Gedanken nicht lesen konnte. Denn ein Bild davon zu sehen, wie man selbst unter der Sonne zu Asche verbrannte, würde jeden Vampir zum Ausrasten bringen. Auch ganz ohne Draculas Einfluss. »Die Ehrwürdigen halten dich für eine Gefahr – für uns alle.«

»Was werden sie mit mir tun? Mich auf ewig gefangen halten?«

Alisa zwang sich, ihre Augen wieder zu öffnen. Aber sie konnte Calvina nicht ansehen, starrte stattdessen auf die

Gitterstäbe, auf ihre eigenen Finger, die sie immer fester um das Metall klammerte.

»So schlimm?«, hakte Calvina sanft nach.

Alisa nickte. Aber sie würde das nicht zulassen. Abrupt wandte sie sich um und eilte die Treppe hinauf. Gleich neben der Tür hingen die Schlüssel zu den Zellen. Sie klirrten hell gegeneinander, während sie zurück zu Calvinas Zelle rannte. Und sie klirrten auch, als sie nach dem richtigen Schlüssel für die Zelle suchte und ihn mit zittrigen Fingern ins Schloss steckte.

»Was tust du da?«

»Ich hole dich hier raus.« Alisa zog die Zellentür auf. »Weißt du noch, wie man mit einem Boot umgeht?«

»Ich glaube schon.« Calvina trat zögernd aus der Zelle. Als fürchte sie, Alisa könnte es sich jeden Moment anders überlegen. »Danke.«

»Dank mir, wenn wir es geschafft haben.« Alisa legte einen Finger an die Lippen. »Kein Wort mehr ab jetzt.«

Calvina nickte. Alisa ging voraus, vergewisserte sich an jeder Tür, vor jedem Gang, dass sie allein waren, bevor sie der Schattenvampirin bedeutete, ihr zu folgen.

Warte hier, schickte sie Calvina in Gedanken, als sie den Fuß der Treppe erreichten, die aufs Deck führte. Sie huschte allein hoch. Spähte umher. Es war mehr Zeit vergangen, als sie gedacht hatte. Die Nacht war bereits auf dem Rückzug, der Himmel zeigte erstes Grau. Noch würde die Sonne nicht aufgehen, aber sie musste unbedingt dafür sorgen, dass eine lichtdichte Plane in Calvinas Rettungsboot lag. Sie spähte umher.

Bis auf Baron Magnus war niemand an Deck zu sehen. Er

vertäute bereits das Steuer mit einem Seil, damit das Schiff tagsüber Kurs hielt. Das hieß, er würde gleich zu den anderen Ehrwürdigen in die Kapitänskajüte gehen. Alisa winkte Calvina nach oben. Nebeneinander pressten sie sich an das Treppengeländer und warteten, bis die Tür der Kapitänskajüte hinter Baron Magnus ins Schloss fiel. Jetzt musste es schnell gehen. Alisa spurtete los.

Sie würde nicht an all das denken, was schieflaufen konnte. Niemand würde jetzt noch an Deck kommen. Niemand würde hören, wie sie das Rettungsboot zu Wasser ließen. Niemand würde schlaflos aus einem der falschen Fenster spähen – Alisa stoppte bei einem der Rettungsboote und begann mit zittrigen Fingern dessen Vertäuung zu lösen. »Nimm du die andere Seite«, wisperte sie, ohne sich zu Calvina umzudrehen.

Keine Antwort. Nicht einmal eine Reaktion. »Calvina?« Alisa fuhr herum und sah gerade noch, wie Calvina die Tür der Kapitänskajüte aufriss und hineinstürmte. Alisa unterdrückte einen Schrei und stürzte ihr hinterher in die Kajüte.

Noch bevor sie wirklich erfassen konnte, was geschah, hatte Calvina sich eine Armbrust samt Pfeil vom Tisch in der Mitte der Kajüte geschnappt und zielte auf Baron Magnus, der mit dem Rücken zu ihr vor den Särgen stand. Einen Moment lang schien das Bild vor ihren Augen ebenso zu erstarren wie sie selbst. Dann stieß Alisa einen Warnschrei aus – genau in dem Augenblick, in dem Calvina den Pfeil von der Armbrust schnellen ließ. Baron Magnus konnte sich nicht einmal umdrehen, bevor die silberne Spitze in seinen Rücken eindrang. Er stürzte neben seinem Sarg zu Boden.

Sofort warf Calvina sich auf ihn und zerrte am Kragen des regungslosen Barons.

»Her mit den Rubinen! Die gehören meinem Gebieter!«

Alisa riss sich aus ihrer Erstarrung. Mit einem Satz war sie hinter Calvina und packte sie, hob sie mit all ihrer Kraft hoch, schleuderte sie in Baron Magnus' offen stehenden Sarg und knallte den Deckel zu. Calvina trommelte von innen gegen den Sargdeckel, Alisa konnte ihn nur mühsam geschlossen halten. Alles schien gleichzeitig zu passieren.

Auf einmal war Großmutter an ihrer Seite, lehnte sich mit ihr gegen den Sargdeckel.

Calvina tobte und brüllte.

Conte Claudio, Madame Audry und Sir Milton beugten sich über Baron Magnus.

Bitte lass ihn nicht sterben, bitte lass ihn nicht sterben – sie wusste nicht einmal, an wen sie ihre Bitte richtete, aber sie konnte nicht damit aufhören. Sie presste die Hände noch fester auf das Holz, als Sir Milton den Silberpfeil aus dem Rücken des Barons zog. *Bitte lass ihn nicht sterben. Bitte.* Leos Vater zuckte zusammen, als Madame Audry und Sir Milton ihn auf den Rücken drehten. Conte Claudio legte die Hände um seinen Kopf, und Alisa sah, wie die Augenlider des Barons zuckten. Dennoch gab Conte Claudio keine Antwort, nur seine Lippen bewegten sich lautlos. Es mochte Einbildung sein, aber Alisa meinte, er würde wieder und wieder den Namen seines Sohnes formen. *Leo.* Sie schluckte. Leo würde ihr das nie vergeben. Sie selbst würde sich das nie vergeben.

Alisa wünschte sich, sie könnte flüchten, so weit fort, dass niemand sie jemals wiederfinden würde. Das Gefühl vertiefte sich und dann … begann ihre Hand erneut zu kribbeln. Sie konnte nicht einmal denken *Nicht jetzt!*, bevor der Funke aufstrahlte, das Licht zwischen ihren Fingern hervorbrach, der Schwindel sie ergriff –

– und sie dieses Mal nicht an einen anderen Ort bringt. Sie ist noch immer in der Kajüte, aber die Töne um sie herum fallen weg. Sie hört nicht mehr, wie Calvina in dem Sarg wütet, sie hört die besorgten Stimmen der Ehrwürdigen nicht mehr, die um Baron Magnus herum knien – eine Stimme allerdings hört sie. Die ihrer Großmutter. »Alisa! Du … das kann nicht – du hast den Funken.«

Die Stille ist absolut. Sie spürt die fassungslosen Blicke der Ehrwürdigen auf sich. Sie kann keinen davon erwidern. Sie starrt zur Tür, die einen Spalt breit geöffnet ist. In dem Spalt steht Graf Dracula. Er tippt sich an den Zylinder und schüttelt leicht grinsend den Kopf. »Du machst es mir so leicht, Kleine.« Das erste Morgenlicht schimmert durch seinen Körper hindurch, fällt auf den Boden der Kajüte. Dracula tippt sich erneut an den Zylinder. Es wirkt, als würde das Morgenlicht seinen Körper immer durchscheinender werden lassen. Alisa hat keine Chance, etwas zu sagen, sich zu fassen, zu begreifen, sie fällt, stolpert –

– und sie stützte sich noch immer auf den Sarg, in dem es still geworden war. Dafür war es um sie herum umso lauter. Madame Audry und Sir Milton schoben zwei Särge zur Seite, Conte Claudio redete auf den Baron ein, er solle durchhalten, sich auf seine Stärke besinnen, an seinen Sohn denken, an seinen Clan, sie alle bräuchten ihn hier. Einzig ihre Großmutter schwieg und starrte auf Alisas Handrücken. Alisa brachte keinen Ton hervor. Sie waren in einer Hülle aus Schweigen gefangen, während um sie herum alle weitermachten, als ob es sie gar nicht gäbe.

Vielleicht hatte niemand außer ihrer Großmutter den Funken bemerkt. Alisa klammerte sich an dieses Vielleicht.

Ein lautes Knarren ließ sie herumfahren. Sir Milton hatte eine Falltür im Boden der Kajüte geöffnet. Conte Claudio und Madame Audry trugen den Baron zwischen sich und stiegen mit seinem leblos wirkenden Körper durch die Öffnung im Boden eine Treppe hinab. Sir Milton blieb neben der Falltür stehen. Er wechselte einen Blick mit Alisas Großmutter und räusperte sich. Großmutter nickte. »Alisa, geh mit ihnen hinunter und schick uns Karen und Hindrik herauf. Sie sollen Calvina wieder in ihre Zelle bringen. Sofort!«, endete sie scharf. Alisa verkniff sich eine Erwiderung und stürmte gehorsam los.

Am Fuß der Treppe war eine Tür, auch sie stand offen und führte direkt in die Messe. Conte Claudio und Madame Audry legten den Baron auf zwei zusammengeschobene Tische. Alisa schlich so leise sie konnte in den Gang. Sie kam nur ein paar Schritte weit, da eilten ihr die anderen Erben bereits entgegen. Hinter ihnen drängten die Schattenvampire auf die Messe zu. Natürlich war Leo ganz vorn.

»Was ist passiert?«

Alisa wich seinem Blick aus. »Dein Vater – er … es tut mir so leid.«

»Was ist mit ihm?« Leos Stimme zitterte.

»Silber. Er ist – verletzt.« Sie starrte auf den Boden und verschloss ihre Gedanken so gut sie nur konnte. Leo stürmte an ihr vorbei, Fanny und Inger waren gleich hinter ihm, alle anderen folgten. Alisa verharrte in dem Strom von Vampiren, unfähig, sich zu rühren, bis Hindrik sie sanft schüttelte.

»Alisa, was geht hier vor?«

Sie wollte sich in seine Umarmung flüchten, wie sie es als Kind getan hatte. Stattdessen schob sie sachte seine Hände von sich weg. »Großmutter braucht dich und Karen oben in der Kapitänskajüte. Es gibt einen Weg durch die Messe hinauf.« Sie musste ihm nichts erklären, in der Messe würde er mit eigenen Augen sehen, was geschehen war – und Großmutter würde ihm den Rest erzählen. Und danach würde er sie nie wieder mit diesem sorgenvollen Blick ansehen, sondern nur noch mit Verachtung.

Es war alles ihre Schuld. Sie hatte Calvina befreit. Naiv wie ein Kind oder als stünde sie selbst unter Draculas Einfluss! Alisa ließ Hindrik stehen und rannte an Deck, an den einzigen Ort, an den ihr niemand folgen konnte, mitten ins erste Sonnenlicht.

Hätte sie doch ihr Haus in Hamburg nie verlassen! Sie führte alle, denen sie begegnete, ins Unglück. Nicu. Calvina. Ivy. Die Contessa. Und jetzt Baron Magnus – und Leo. Alisa schlug mit der Faust auf die Handfläche, dort, wo sich der Funke verbarg. Mit dem hatte alles angefangen. »Verschwinde! Ich will dich nicht! Hörst du? Ich habe nie um dich gebeten, du hast dich einfach bei mir eingenistet! Hau ab! Ich will dich nicht! Und deine Verbindung zu Dracula will ich erst recht nicht!«

Sie wusste, wie sinnlos und lächerlich ihr Ausbruch war, aber sie konnte nicht damit aufhören, auf ihre Handfläche einzuschlagen. Die Segel knatterten im auffrischenden Wind und warfen ungestüme Schatten über das Deck. Alisa ließ von ihrer Hand ab und hielt ihr Gesicht in den Wind, vergrub die Hände in den Taschen ihres Mantels. In der rechten steckte noch immer das Notizbuch ihrer Mutter.

Es tut mir leid, Mama, aber du hast mir zu viel zugetraut. Wenigstens kannst du nicht mehr erfahren, was für eine Enttäuschung deine Tochter ist. Sie zog das Buch aus der Tasche. Die Aufzeichnungen darin blieben nach wie vor ein Rätsel, unverständliche Linien und Zeichen, die sie keiner ihr bekannten Schrift zuordnen konnte. *Wie kann ich dazu bestimmt sein, diesen verfluchten Knoten zu finden, wenn ich nicht einmal das hier entschlüsseln kann? Was hast du dir dabei gedacht, Mama?*

Sie griff wahllos eine Seite und riss sie heraus. Es fühlte sich gut an. Sie riss die nächste aus dem Buch. Und die nächste. Eine nach der anderen. Warf die losen Blätter hoch in die Luft, wo die Sonne durch sie hindurchleuchtete, der Wind sie tanzen ließ. Alisa legte den Kopf in den Nacken und sah dem Tanz der Blätter zu. Sie schaukelten im Wind wie kleine Boote auf hohen Wellen. Schaukelten sich langsam tiefer und tiefer hinab.

Entgegen ihrer Hoffnung, die nutzlosen Seiten würden ins Meer fallen und verschwinden, landeten sie vor ihr zu Boden. Alisa starrte darauf. Einen Moment lang waren ihre Gedanken wie eingefroren. Langsam ging sie in die Knie. Vorsichtig schob sie die Seiten näher zusammen, bis die Kanten sich berührten und die Linien einer Seite auf die der nächsten trafen. Alisa blinzelte.

Was war das?

Vor ihr lag ganz eindeutig ein Teil einer Karte. Sie starrte noch immer fassungslos auf die Seiten, als Hindrik unter Deck ihren Namen rief. Hastig sammelte sie die Seiten zusammen und stopfte sie zurück in das Notizbuch. Die Schritte und Stimmen unter Deck näherten sich der Treppe.

»Weißt du, wo Alisa ist?« Das war Hindrik.

»Nein«, kam von Ivy.

»Alisa!«, rief Hindrik erneut. Er würde nicht an Deck kommen können – aber wenn er vom Fuß der Treppe hinaufschaute, würde er sie sehen. Alisa rannte hinter die Kapitänskajüte. Hier war sie vor Blicken geschützt. Sie lehnte sich mit dem Rücken gegen die Kajütenwand und schloss die Augen. Eine Karte – das Notizbuch war eine Karte! Vielleicht war doch noch nicht alles verloren. Vorausgesetzt, sie überlebte, was immer die Ehrwürdigen als ihre Strafe festlegen würden. Alisa drückte das Notizbuch an ihre Brust und ließ sich langsam zu Boden sinken. Den Tag über war sie hier sicher – aber die Nacht würde kommen.

Leo

Leo drängte sich durch die Ehrwürdigen. *Silber* war das einzige Wort, das in seinem Kopf Platz hatte. Sein Vater lag aufgebahrt auf eilig zusammengeschobenen Tischen. Er schien zu leben, zuckte, murmelte vor sich hin. Conte Claudio und Madame Audry redeten beruhigend auf ihn ein, doch das änderte nichts. Sie traten beide zur Seite, damit Leo sich über seinen Vater neigen konnte.

Seine Haut hatte einen grauen Schimmer, und es fühlte sich falsch an, dass er so schmal wirkte, schmaler als Leo. Er nahm eine Hand seines Vaters zwischen seine. Sie war feucht und kalt. »Ich bin hier«, flüsterte er und beugte sich noch näher über ihn, aus Angst, sein Vater könnte ihn nicht hören. »Ich bin hier.« Und endlich verstand er, was sein Vater wieder und wieder vor sich hinmurmelte: »Die Vamalia …« Dann verstummte er. Sein Kopf fiel zur Seite.

Alisa? Was ist mit Alisa? Aber sein Vater antwortete nicht. Leo presste die Hände fester um die leblosen Finger seines Vaters. *Du darfst nicht sterben, hörst du?*

Er wandte sich an Conte Claudio. »Was ist passiert?«

Alle verstummten, während der Conte gestikulierte und nach Worten suchte, die er offenbar nicht fand. Leo erwog, die Erklärung in dessen Gedanken zu suchen, als Freifrau Elina und Sir Milton hereinkamen. Alisas Großmutter räusperte sich. »Wie es aussieht, hat meine Enkelin die Schattenvampirin freigelassen.« Sie deutete auf Leos Vater, während sie sprach. »Calvina hat auf ihn geschossen. Ein Pfeil mit Silberspitze.« Alisas Großmutter sackte ein wenig in sich zusammen und Sir Milton legte beschützend einen Arm um sie. Die Stille umschloss sie alle wie langsam höher steigendes Wasser.

Alisa. Alisa hatte – er konnte das nicht einmal denken. Deswegen hatte sie das vorhin gesagt. Vorhin. Er wusste nicht einmal, ob das Stunden oder Sekunden her war. Er spürte eine Berührung an seinem Rücken und zuckte zusammen. Inger und Fanny waren neben ihn getreten. Ihre Hände lagen ruhig und stärkend auf seinem Rücken, erinnerten ihn daran, dass die Dracas niemals verzweifelten. Leo straffte sich, umklammerte aber weiter die Hand seines Vaters. Vielleicht konnten sie mit ihrem Schweigen die Zeit anhalten. Vielleicht verging die in dieser Stille einfach nicht.

»Wir –« Ingers Stimme klang rau. Sie räusperte sich. »Wir müssen doch etwas tun können.«

Er spürte, wie Fanny den Kopf schüttelte, und fürchtete, dass sie die magische Stille weiter zerstören würde. Wenn die beiden doch nur – aber Fanny würde ihrer Schwester natürlich antworten. »Niemand kann etwas für ihn tun.« Sie strich seinem Vater über den Arm, und bevor Leo begriff, was sie vorhatte, streckte sie ihm die Rubine entgegen, die eben noch auf der Brust seines Vaters geruht hatten.

»Hast du völlig den Verstand verloren?«, zischte er sie an.

»Du bist sein Erbe.« Fanny ließ sich nicht einschüchtern. »Willst du unserem Clan die Kräfte der Rubine vorenthalten?« Als er sich immer noch nicht rührte, streifte sie ihm die Ketten mit den Rubinen kurzerhand über. »Niemand kann etwas für ihn tun«, wiederholte sie.

Niemand? Unmöglich. Leo wollte weder diese Worte noch die vertrauten Stimmen hören. Die Rubine hingen wie tonnenschwere Steine an seinem Hals. »Die sind nur geliehen«, wisperte er. Er würde nicht auch noch seinen Vater verlieren. Leo schüttelte die Hände seiner Cousinen ab. »Zu Hause können sie ihm helfen!« Als er auf verständnislose Blicke stieß, fügte er hinzu: »Die Noaidi! Sie wird ihm helfen können. Sie muss!« Er wartete keine Antwort ab, rannte auf die Tür der Messe zu. »Malcolm, Sir Milton, ich brauche eure Hilfe!«

»Alles, was nötig ist.« Malcolm schloss sich ihm an und dann war auch Sir Milton hinter ihnen. Sosehr es Leo widerstrebte innezuhalten, er musste trotzdem am Fuß der Treppe stehen bleiben, denn durch die Öffnung fiel bereits das Sonnenlicht herein.

Malcolm, könntest du …?

Malcolm nickte knapp und konzentrierte sich. Leo spannte sich an, meinte jeden Moment, den er stillhalten musste, zu bersten. Endlich, endlich zog sich das Sonnenlicht zurück, und Leo war mit zwei Sprüngen die Treppe hinauf, sah sich nicht um, ob die Vyrad ihm gefolgt waren, sondern stürmte weiter auf das fest vertäute Steuerrad zu. Seine Finger zitterten vor Ungeduld, während er das Seil löste. Es klatschte zu Boden. Leo ergriff das Steuerrad. Dann erst blickte er sich nach Malcolm um. Der stand neben seinem Vater an Deck, alle Aufmerksamkeit auf die Wolke gerichtet, die er vor die Sonne geschoben hatte. »Sir Milton!«, rief Leo gegen den viel zu schwachen Wind an. »Wir brauchen mehr Wind aus Richtung Süden!«

Sir Milton bekam denselben konzentrierten Gesichtsausdruck wie Malcolm und gleich darauf füllte ein starker Wind die Segel. »Bist du dir sicher über den Weg, Junge?«

Leo korrigierte das Steuerrad und wünschte sich, sie könnten über das Wasser fliegen wie Vögel in der Luft. »Mein Vater hat mir beigebracht, wie ich immer zu unserem Fjord zurückfinde! Mehr Wind!«

Sir Milton legte eine Hand auf Malcolms Schulter, und der Wind verstärkte sich, brüllte in Leos Ohren, trieb ihm die Haare ins Gesicht, zerrte an seiner Kleidung. Er schloss die Hände fester um das Steuerrad und richtete den Blick auf den Horizont. Dorthin, wo irgendwann Land auftauchen musste. Rechtzeitig.

Alisa

Als sie die Stimmen gehört hatte, hatte Alisa das Notizbuch zurück in ihre Manteltasche gestopft und war in die Kapitänskajüte geflüchtet. Sie konnte Leo unmöglich gegenübertreten. Nicht jetzt. Bis vor Kurzem wäre er der Erste gewesen, dem sie von ihrer Entdeckung erzählt hätte. Er oder Ivy. Und jetzt? Alisa wischte sich über die Augen. Wie hatte sie alles so zerstören können?

Draußen heulte der Wind, fegte um die Kajüte, jagte das Schiff übers Wasser.

Wie hatte sie alles so zerstören können? Sie blickte sich in der Kajüte um. Jemand hatte Baron Magnus' Blut aufgewischt. Lediglich ein paar dunkle Streifen und ein schwacher Geruch nach Eisen erinnerten an das, was geschehen war. Und nicht weit von hier lag Baron Magnus und kämpfte gegen das Silber in seinem Körper. Oder hatte den Kampf bereits verloren. *Nein*. Der Baron war stark. Die Dracas waren zäh. Calvina durfte ihn nicht umgebracht haben.

Bevor sie es sich anders überlegen konnte, zog sie die Falltür auf und eilte die Treppe hinunter in die Messe, wo Baron Magnus lag. Karen hielt neben ihm Wache und beäugte die hereinstürmende Alisa skeptisch. Aber sie hinderte sie nicht daran, zu dem Baron zu gehen.

Schweiß stand auf seiner Stirn und hinter den geschlossenen Lidern bewegten sich seine Augen hin und her. Immerhin ein Lebenszeichen. Unvermittelt riss der Baron die Augen auf und schnappte Alisas Handgelenk. »Britt … bist du das?« Seine Stimme war heiser und leise. Er sah sie an, aber schien zugleich durch sie hindurchzusehen.

Alisa schüttelte den Kopf. »Nein – ich – ich bin Alisa. Es tut mir so leid.« Sie schluckte. »Ich wollte –«

»Vamalia.« Es war nur ein Wort, doch es lag eine ganze Welt von Verachtung darin. Der Baron hustete so stark, dass sein ganzer Körper geschüttelt wurde. Alisa zwang sich, hinzusehen. Sie hatte ihm das angetan.

»Ich wollte das nicht.«

»Lüg mich nicht an.« Der Griff um ihr Handgelenk verstärkte sich, als wollte der Baron ihre Knochen zerquetschen, als konzentrierte sich alles, was ihm an Kraft geblieben war, in seinen Fingern. »Du bist deinem Herz gefolgt – und jetzt siehst du, wozu das führt.«

»Aber –«

Mit einem Ruck an ihrem Arm brachte Baron Magnus sie zum Schweigen. »Du willst das wiedergutmachen?«

Sie nickte.

Er hob mühsam den Kopf. »Dann halte dich von meinem Sohn fern.« Mit den Worten schien die Kraft aus ihm zu fließen. Der Griff um ihre Hand wurde lose. Baron Magnus sank zurück auf den Tisch. Seine Augen fielen zu.

»Ist er …?« Alisa konnte sich nicht rühren.

»Nein. So schnell gibt er nicht auf«, antwortete Karen. Sie klang nicht sonderlich überzeugt. »Er ist zäh. So leicht wird er sich dem Silber nicht ergeben.« Mit einem Tuch wischte sie dem Baron den Schweiß von der Stirn. »Er ist zäh.«

Alisa wünschte sich, sie könnte etwas tun. Zumindest Leo an Deck beistehen! Aber sie war ganz sicher die Letzte, die er jetzt neben sich haben wollte. Sie biss sich auf die Unterlippe. Was, wenn der Baron seine letzten Worte auf etwas verschwendet hatte, das sie ohnehin schon wusste? Ihr Herz machte sie schwach und zu einer Verräterin.

»Alisa.«

Sie fuhr herum. Ihre Großmutter stand an der Tür. Aufrecht und verschlossen wie immer. »Geh ins Schlafquartier, und warte dort, bis wir dich rufen. Wir werden uns zu gegebener Zeit mit dir und deinen Taten beschäftigen.«

Der Befehl verschaffte ihr eine kleine Erleichterung. Wenigstens wusste sie jetzt, wohin mit sich. Alisa senkte den Kopf und ging eilig an ihrer Großmutter vorbei. Es reichte, die Enttäuschung in ihrer Stimme zu hören, sie musste sie nicht auch noch in ihrem Blick sehen.

Sie begegnete niemandem auf dem Gang und auch das Schlafquartier war verlassen. Vielleicht halfen sie alle mit dem Wind – oder unterstützten Malcolm dabei, die Wolken vor der Sonne zu halten. Das jedenfalls würde sie selbst tun, wenn – Alisa schluckte. Zu viele Wenns. Sie hockte sich auf ihren Sarg und zog die Knie an.

Sie hatte nur Calvina vor einem ungerechten Todesurteil retten wollen und dank ihrer Handlungen drohte jetzt zwei Vampiren der Tod. Alisa stützte ihr Kinn auf einem Knie ab. Aber wenn sie nichts getan hätte, wäre Calvina schon tot. Wenn sie sie zumindest besser im Blick behalten hätte! Und da waren sie wieder: die Wenns.

Eine Spinne schob sich über die Kante des Sargdeckels, lief auf langen, dünnen Beinen über die Linien im Holz.

Alisa beneidete das Tier um seine Zielstrebigkeit. Obwohl die Spinne im Zickzackkurs von einer Seite zur anderen huschte, schien sie doch genau zu wissen, wo sie am Ende hinwollte. Alisa legte eine Hand flach auf das Holz, wartete, ob sie die Neugier der Spinne wecken konnte. Die krabbelte auf ihre Finger zu, zögerte, streckte ein Bein aus und ein zweites, stellte sie dann beide gleichzeitig auf Alisas Fingerkuppen. Die Berührung war so leicht, dass Alisa sich vollkommen darauf konzentrieren musste, sie zu spüren. Die Spinne verharrte, als wollte sie um Erlaubnis fragen. »Na los, komm schon.«

Die Spinne überquerte Alisas Handfläche und weiter zu ihrem Handgelenk. Alisa drehte langsam ihren Arm, sah zu, wie die Spinne entgegengesetzt der Bewegung ihren Arm umkreiste, bot ihr auch den anderen Arm an, ließ sie von Hand zu Hand laufen – es tat gut, ein Geschöpf zu beobachten, das nichts außer dem Laufen im Kopf zu haben schien. Beneidenswert. Und selbst wenn eine Spinne einen Fehltritt machte, hatte sie immer noch ihren Faden, ihr Rettungsseil. Alisa hob die Hand mit der Spinne an, bis sie auf Augenhöhe waren. »Was, meinst du, werden sie mit mir tun? Wie werden sie mich bestrafen?«

Die Spinne stand ganz still da. Alisa zuckte schließlich mit den Schultern. »Sei froh, dass du mich nicht verstehst. Meine Sorgen willst du gar nicht haben, glaub mir.« Behutsam ließ sie den Arm sinken und die Spinne wieder zurück auf das Holz krabbeln. »Tut mir leid, dass ich dich aufgehalten habe«, schickte sie ihr leise hinterher, als die Spinne über den Sargdeckel davoneilte und schließlich hinter dem Kopfende verschwand.

Wie sehr sie sich wünschte, sie könnte das auch. Verschwinden.

Bevor ihre Gedanken wieder zu sehr ins Kreiseln geraten konnten, fischte sie das Notizbuch aus der Tasche und nahm die losen Seiten heraus. Schnell war sie darin vertieft, sie zu arrangieren, herauszufinden, welche Linien zusammenpassten. Sie erkannte Umrisse einzelner Länder, die sich über mehrere Seiten erstreckten. Schraffuren wurden zu Gebirgen, sich schlängelnde Linien zu Flüssen. Hinter ihr räusperte sich jemand und Alisa fuhr herum.

»Was machst du da?«, fragte Hindrik. Durch ihre hektische Bewegung waren einige der Seiten zu Boden geflattert. Hindrik bückte sich nach ihnen. »Du musst vorsichtiger mit denen sein. Was, wenn jemand anders an meiner Stelle hereingekommen wäre?«

Alisa war zu erleichtert – und zu froh, dass endlich jemand da war, mit dem sie ihre Erkenntnisse teilen konnte –, um seinen Worten große Beachtung zu schenken. Sie nahm Hindrik die Seiten ab. »Ich glaube, ich verstehe jetzt, was meine Mutter mir hinterlassen hat.« Sie schwenkte die Seiten triumphierend durch die Luft. »Es ist eine Karte, Hindrik! Es ist eine Karte mit dem Weg zum Knoten!«

»Versteck die Seiten. Sofort!« Hindriks Blick huschte zur Tür. »Die Ehrwürdigen sind auf dem Weg hierher. Sie dürfen dich nicht damit sehen, deine Mutter hat ihnen nicht vertraut. Nicht damit.« Er tippte auf das Notizbuch. »Und jetzt wissen sie auch noch, dass du den Funken hast.« Er half ihr, die losen Seiten wieder in das Notizbuch zu schieben. »Ich habe keine Ahnung, was sie mit dir vorhaben – wie ich dich …« Er schüttelte den Kopf und verstummte.

Alisa senkte den Kopf. »Was passiert, wenn niemand den Knoten löst?«

»Ich nehme an, dann bleibt alles, wie es ist. Aber Graf Dracula wird niemals aufgeben.« Hindrik blickte wieder zur Tür und sah sich dann im Raum um, als gäbe es irgendwo ein Versteck, in dem sie vor dem Urteil der Ehrwürdigen sicher wäre. Oder vor Dracula. Es gab keines. Alisa presste das Notizbuch an ihre Brust.

»Dann gibt es nur eine Lösung: Ich muss vor ihm dort sein.« Sie hatte keine Ahnung, wie sie das anstellen sollte. Oder sich selbst retten. Oder Calvina. »Wie geht es dem Baron?«

»Nicht gut.« Hindrik senkte den Kopf. »Er klammert sich an sein Leben, aber wie lange noch, das kann niemand –« Die Tür wurde aufgerissen und Hindrik schnellte vor sie. Alisa sprang auf. Sie verschränkte die Arme auf dem Rücken, das Notizbuch fest umklammert, und stellte sich neben Hindrik. Sie schaute ihre Großmutter geradeheraus an. Ihr Herz raste.

»Du kommst mit mir, Alisa.« Ihre Großmutter gab ihr keine Gelegenheit zu einer Erwiderung, machte auf dem Absatz kehrt. Hinter ihrem Rücken drückte Alisa Hindrik das Notizbuch in die Hände. Dann folgte sie wortlos ihrer Großmutter.

Im Klassenzimmer waren die Tische zu einer langen Reihe gegenüber der Tür zusammengeschoben. Dahinter thronten die Ehrwürdigen. Großmutter deutete auf einen einsamen Stuhl vor der Tischreihe und nahm selbst neben Conte Claudio Platz. Alisa setzte sich auf den ihr zugewiesenen Stuhl. Er fühlte sich zu klein an. Oder sie zu groß. Sie wusste nicht, wohin mit ihren Armen, ihren Händen. *Haltung*, mahnte sie sich, *zeig ihnen nicht auch noch, wie nervös du bist*. Sie stützte die Hände auf die Knie, um nicht länger mit ihnen herumzufuchteln. Gerade rechtzeitig, denn Conte Claudio musterte sie eindringlich.

»Wir sind hier, um ein angemessenes Urteil für deine Handlungen zu finden, Alisa.« Nichts von seiner sonstigen Nachsicht lag in seiner Stimme. Alisa straffte die Schultern. »Calvina wird morgen in die Sonne gehen«, fuhr Conte Claudio fort. »Aber du – was sollen wir mit dir machen? Hast du irgendetwas zu deiner Verteidigung vorzubringen?«

Alisa räusperte sich. »Ich habe getan, was ich getan habe.« Sie lehnte sich vor, als könnte sie die Ehrwürdigen auf diese Art dazu bringen, ihr besser zuzuhören, sie wirklich zu verstehen. »Ihr habt so viel Angst – und ich weiß nicht einmal wovor. Aber ich weiß, dass das Urteil gegen Calvina ungerecht ist. Sie ist gegen ihren Willen zu einem Schatten gemacht worden. Ihr sagt selbst, dass sie unter Graf Draculas Einfluss handelt. Wie kann sie dafür mit dem Tod bestraft werden? Sie ist ein Opfer!« Sie hatte sich Mut zugesprochen, genug, um aufzuspringen. »Sie verdient unsere Hilfe und nicht, in Asche verwandelt zu werden!« War sie überzeugend? Begriffen sie? Ihr Blick flog von einem zum anderen.

Madame Audry schüttelte sanft den Kopf. Conte Claudio sah vor sich auf den Tisch – und Großmutter umklammerte ihre Brosche mit dem Vamalia-Rubin.

Alisa setzte erneut an. »Wie können wir sie töten, wenn es die Möglichkeit gibt, dass sie wieder ein Mensch werden kann? Dass sie zu ihrem Sohn zurückkehrt? Wie können wir –«

»Es reicht!« Ihre Großmutter schoss von ihrem Stuhl auf. »Setz dich sofort wieder hin und rede nicht länger über Dinge, die du nicht verstehst!«

»Nein!« Alisa ballte die Hände zu Fäusten, um ihre Wut zu beherrschen. Sie musste ruhig sprechen, wenn sie die Ehrwürdigen erreichen wollte. »Es tut mir unendlich leid, dass Baron Magnus bei all dem verletzt worden ist. Das wollte ich nicht. Aber Calvina hat unser Mitgefühl verdient. Verständnis statt Rache.« Sie presste ihre Fäuste noch fester zusammen. »Ich habe das Richtige getan. Und ich stehe dazu.« Auch wenn sie innerlich zitterte, hielt sie sich aufrecht. Niemand sagte ein Wort.

Schließlich schob Conte Claudio seinen Stuhl zurück und erhob sich. Er legte ihrer Großmutter eine Hand auf die Schulter und nickte ihr zu. »Wir werden uns beraten und später über dich entscheiden. Du wirst in einer der Zellen auf unser Urteil warten.« Niemand widersprach ihm. Ihre Großmutter gönnte ihr keinen Blick. Alisa biss sich auf die Unterlippe und ließ sich schweigend aus dem Zimmer führen. Erst als sich die Tür ihrer Zelle schloss, löste sie ihre Fäuste und massierte sich die steifen, schmerzenden Finger, starrte auf ihre Handfläche. Wenigstens hatten sie den Funken nicht einmal erwähnt. Vielleicht war das ein gutes Zeichen. *Na klar*, spottete eine Stimme in ihr, die verdächtig nach Leo klang.

Alisa lehnte sich an die Rückwand und ließ sich zu Boden sinken. Vielleicht sollte sie sich zusammenrollen wie Calvina in der Zelle neben ihr, alles ignorieren. Möglicherweise half das.

Nachdenklich betrachtete sie die Schattenvampirin. Als

hätte die ihren Blick gespürt, richtete sie sich halb auf. »Wo bin ich?«, fragte sie verwirrt.

»Was ist das Letzte, woran du dich erinnerst?«

»Das ist alles ganz verschwommen.« Calvina schüttelte den Kopf. Ihr zu erzählen, was vorgefallen war, würde nichts besser machen. »Versuch zu schlafen.« Alisa rang sich ein Lächeln ab. »Versuch zu schlafen.«

Calvina legte sich zögerlich auf den Boden. Aber ihre Augen, die Alisa unweigerlich an Nicu erinnerten, behielt sie offen. Dasselbe tiefe Braun. Dieselbe Ernsthaftigkeit. »Ich habe deinem Sohn versprochen, mich um dich zu kümmern«, sagte Alisa leise. »Und nicht einmal das bekomme ich hin.«

»Meinem Sohn?« Calvina blinzelte. »Ich habe einen Sohn? Ich – ich kann mich nicht an ihn erinnern …« Sie runzelte die Stirn.

»Ich weiß.«

Calvina fuhr mit einem Finger durch den Staub auf dem Boden. »Erzähl mir von ihm.«

Alisa schloss die Augen. Doch das ließ Nicu nur umso deutlicher vor ihr stehen. Wie er ihr eine Hand hingestreckt hatte, damals auf dem Dach in Hamburg, bei ihrer ersten Begegnung. Und wie sie dagestanden hatte und nicht gewusst, was sie mit der Geste anfangen sollte. Sein übermütiges Lächeln. Seine Leidenschaft für Bücher. Sein Herzschlag – das stetige Pochen, mit dem sie geglaubt hatte ganz allein auf der Welt zu sein. Sein enttäuschter Blick, als er begriffen hatte, wer – was – sie war. Alisa rieb sich die Augen. Doch das Bild in ihrem Kopf blieb.

»Bitte.« Calvina war aufgestanden, lehnte sich an die Gitterstäbe, die ihre Zellen voneinander trennten.

Alisa nickte. »Er – er ist stark. Klug. Witzig.« Das würde Calvina nicht weiterhelfen. »Er hat deine Augen.« Sie schluckte. »Er liebt dich sehr.« Alisa starrte vor sich auf den Boden. »Ich habe ihn das erste Mal auf einem Dach in Hamburg getroffen – ihr habt dort gewohnt. Er hat auf dem Dach gesessen und gelesen.« Jedes einzelne Wort fiel ihr schwer. Aber wenn ihre Erinnerungen an Nicu Calvina helfen würden, sich an ihr Menschenleben zu erinnern, würde sie jede einzelne davon erzählen. »Wir mögen beide Byron. Er hat dieses Gedicht von ihm zitiert. *She walks in beauty in the night.*« Wie anders alles hätte ausgehen können, wenn sie da einfach umgekehrt und nach Hause gegangen wäre. Dann wären ihr die Rotmasken nicht zu ihrem Haus gefolgt, sie hätten nicht flüchten müssen – sie … Alisa zwang ihre Gedanken zu Nicu zurück, zwang sich zum Weiterreden.

Ivy

Ivy nahm das nächste schwere Tischtuch aus dem Wäschekorb und streckte sich, um es auf die Leine zu hängen. In der kurzen Zeit ihrer Degradierung hatte sie mehr über die unzähligen Aufgaben von Schattenvampiren gelernt, als sie je hatte wissen wollen. Dass sie selbst von den Privilegien der Geborenen profitiert hatte, seit sie hier an Bord gekommen war, lastete auf ihrem Gewissen und hielt sie davon ab, sich bei Hindrik, Karen und den anderen über ihr Schicksal zu beschweren. Im Vergleich zu ihnen hatte sie bislang ein wirklich freies Leben gehabt! Und falls Seymour sich dazu entschied, nach Irland zurückzukehren, konnte sie das sogar zurückbekommen. Was mehr war, als andere Schattenvampire erwarten konnten. *Falls* … Ivy schlug die Falten aus einem Kleid. Es war eines von Fannys Kleidern, und die Versuchung, es zu beschädigen, war groß – aber jeder Riss, mit dem sie es verunstalten würde, wäre nur eine kurze Freude. Danach würde sie oder ein anderer Schatten das verdammte Ding wieder flicken müssen.

Die Gedanken an Fanny führten zu Gedanken an Inger. Und um die wegzudrängen, blieben ihr nur Gedanken an Alisa. An die wiederum wollte sie nicht denken, weil sie sich um die frühere Freundin sorgte. Ivy seufzte. Was sie auch tat, ihre blöden Gefühle ließen sich weder vermeiden noch umgehen. Sie musste nicht einmal einen Fuß aus dem Schattenquartier setzen, um alles zu erfahren, was auf dem Schiff vor sich ging. Wenn den geborenen Vampiren klar wäre, wie viel die Schattenvampire über sie wussten und redeten, würden sie garantiert alle Schatten unter den Zwang stellen, sofort alles zu vergessen, worüber in ihrer Gegenwart gesprochen wurde.

Ivy wollte gegen den Wäschekorb treten, aber die Spinne, die über das oberste Tuch lief, lenkte sie ab. Jeder ihrer Schritte hinterließ dunkle Spuren auf dem hellen, frisch gewaschenen Stoff. Ivy stöhnte.

Die Spinne blieb in der Mitte des Tuches stehen und winkte ihr mit den Vorderbeinen zu. Das war ja wohl …! »Seymour! Was soll das? Siehst du nicht –« Sie brach ab, als die Spinne seitlich über den Wäschekorb verschwand und gleich darauf als Seymour hinter einem Laken auftauchte. Mit Kleidern, die er frisch von der Leine genommen hatte. Wahrscheinlich fand er das witzig. Ivy rieb an den kleinen Flecken, die er auf dem Tuch hinterlassen hatte. Sie waren kaum zu sehen. Aber trotzdem.

»Jetzt lass das doch mal.« Seymour kam um den Korb herum. Ivy drehte sich von ihm weg. »Ivy.« Er drängte sich in ihr Gesichtsfeld. »Ich muss dir was sagen. Es geht um Alisa.«

Natürlich. Ivy schüttelte das Tuch aus und hängte es auf die Leine, sodass es vor Seymours Gesicht fiel. Er schlug es zur Seite.

»Ivy. Bitte.«

»Das geht mich alles nichts mehr an.« Wäscheberge, die gingen sie etwas an. Bei Tisch bedienen. Dafür sorgen, dass Kerzen ersetzt wurden, sobald sie heruntergebrannt waren. Das Deck schrubben. Den Erben hinterherputzen.

»Sie hat irgendein Buch entschlüsselt und war ziemlich aufgeregt deswegen. Es soll eine Karte sein. Zu einem Knoten?«

Demonstrativ wandte Ivy ihm erneut den Rücken zu und schnappte sich das nächste Wäschestück. Eine Karte würde jetzt auch nichts mehr nutzen, da Alisa in einer Zelle hockte und auf das Urteil der Ehrwürdigen wartete. Im Schattenquartier gab es viel Gewisper darüber – manche waren überzeugt, Alisa würde wie Calvina zum Tod verurteilt werden, andere vermuteten eher eine lebenslange Gefängnisstrafe. Wieder andere munkelten, bestimmt würde sie aus Clan und Vampirgesellschaft verstoßen und müsse auf ewig einsam durch die Welt streifen. Ivy schüttelte die Hose aus, die sie aus dem Korb genommen hatte, als könnte sie damit den Tratsch und die Mutmaßungen abschütteln. Sie stellte sich auf die Zehenspitzen und hängte die Hose auf die Leine. Seymour schnaubte.

»Kannst du mal aufhören, dich wie ein Schatten zu benehmen?« Er griff nach ihrem Handgelenk und riss sie herum.

Wütend funkelte sie ihn an. »Ein Schatten, genau. Das ist, was ich bin. Gewöhn dich dran.«

Seymour schaute sie einen Augenblick lang an, dann begann er zu lachen. Er lachte! Laut. Er lachte und hielt sich die Seiten und kämpfte darum, etwas zu sagen. Ivy verschränkte die Arme vor der Brust. Sie tappte mit einem Fuß. Sie zählte die Sekunden. Alles, um ihre Mundwinkel zu kontrollieren, die nach oben zucken wollten.

»Ein Schatten: du!«, prustete er. »Hörst du dir selbst eigentlich zu?« Er fing sich, schraubte das Lachen zu einem breiten Grinsen zurück. »Ein Schatten hätte nie so mit mir gesprochen.« Er legte die Hände auf ihre verschränkten Arme. »Du bist meine Schwester, Ivy. Mir ist egal, wer etwas anderes behauptet. Sie können nichts daran ändern.«

Diesem Grinsen hatte sie noch nie lange widerstehen können. Sie zuckte mit den Schultern, aber Seymour ließ sich nicht so leicht abschütteln. Ivy schluckte und dann erlaubte sie sich endlich ein Lächeln. »Das ist gut zu hören.« Sie zog ihren Bruder in eine Umarmung. »Danke«, murmelte sie und fügte hinzu: »Wir hätten nie an Bord gehen sollen.«

Seymour schob sie von sich weg und blickte sie zweifelnd an. »Wirklich? Dann wäre ich jetzt immer noch ein Wolf.«

»Kannst du nicht wissen.« Vielleicht hätten sie auch allein die Rubindiebin stellen können.

»Du auch nicht.«

Auch wieder wahr. »Wenigstens hätte ich dann nie Alisa kennengelernt …« Die Bitterkeit in ihrer Stimme entging Seymour nicht.

»Sie ist deine beste Freundin, Ivy.« Er stieß sie leicht an. »Immer noch. Sie hat dich nicht absichtlich verraten – und das weißt du auch. Klar, sie hat einen Fehler gemacht. Aber mir hast du von denen auch schon so einige vergeben. Und einer von denen war schlimmer.« Er versuchte so verzweifelt, ernst dreinzuschauen, dass Ivy wieder schmunzeln musste. Er hatte recht. Auch wenn sie das nicht laut sagen würde. Wenn sie ihm vergeben konnte, dass er sie zu einem Vampir gemacht hatte, sollte sie auch Alisa vergeben können. Grinsend stupste sie ihn an.

»Seit wann bist du so schlau geworden?«

Seymour stupste sie ebenfalls. »War ich immer.«

»Na klar!« Ivy gab ein leises Wolfsheulen von sich und Seymour verdrehte die Augen. Er schnappte sich das nächste Stück Wäsche aus dem Korb.

»Hau schon ab.«

Ivy drückte ihm einen Kuss auf die Wange und zwinkerte ihm zu, als er sich eilig mit dem Handrücken über die Stelle fuhr. Dann lief sie los, ehe der Zweifel sie einholen konnte. Der erwischte sie erst, als sie vor der Zelle stand, in der Alisa hockte, und verschluckte ihre Stimme. Alisa schaute zu ihr hoch und erhob sich rasch vom Zellenboden. Sie machte ein paar Schritte auf sie zu, dann verharrte sie unsicher.

»Hey«, sagte Alisa.

Ivy räusperte sich. »Hey.« Ihre Stimme gab ihr den nötigen Schub für die letzten Schritte bis zur Zellentür. »Ich hab gehört, du hast das Notizbuch deiner Mutter entschlüsselt.«

»Ich …« Alisa rührte sich nicht vom Fleck. Einige Momente lang war nur Calvinas leises Wimmern zu hören, die in der Nebenzelle unruhig schlief. »Ich glaube schon«, fuhr Alisa fort. »Es ist kein Code im eigentlichen Sinn – es ist ein Puzzle.«

»Ein Puzzle?« Ivy lehnte sich gegen die Gitterstäbe, wünschte sich, es wären die Wände von Alisas Sarg. Wünschte sich, sie würden darin liegen und den Tag verschwatzen, statt zu schlafen, wie sie es so oft getan hatten. Alisa überwand die Distanz zwischen ihnen und in stummem Einverständnis hockten sie sich beide auf der eigenen Seite der Gitterstäbe auf den Boden. Alisas Mund war dicht an Ivys Ohr, und sie sprach so leise wie an jenen Tagen, als noch alles gut gewesen war zwischen ihnen.

»Die einzelnen Seiten, richtig nebeneinandergelegt, ergeben eine Karte. Auf der muss meine Mutter eingetragen haben, wo der Knoten versteckt ist.«

»Das klingt … erstaunlich unkompliziert.«

Alisa seufzte. »Als wäre irgendetwas von all dem unkompliziert – schau dir nur an, wo ich bin.« Kurz war wieder nur Calvinas leises Wimmern zu hören. »Oder du«, fügte sie noch leiser hinzu.

Ivy legte eine Hand um Alisas Finger, dort, wo sie das Gitter umfasste. »Ich weiß, dass du mich nicht absichtlich verraten hast.«

»Es tut mir so leid. Wenn ich das rückgängig –«

»Ich weiß. Ich weiß.« Sie rüttelte leicht an den Gitterstäben. »Ich wünschte, ich könnte dich hier rausholen!«

Alisa nickte schweigend. Ivy schwindelte von dem rasenden Tempo ihrer Gedanken. Sie hatte ihre beste Freundin gerade erst wieder, sie musste etwas tun, um sie nicht zu verlieren. Das Rätsel des Notizbuches war endlich gelöst, auch das durfte nicht umsonst gewesen sein. Und Graf Dracula war immer noch irgendwo dort draußen, auf der Jagd nach den restlichen Rubinen und auf der Suche nach dem Knoten – den sie jetzt finden könnten, wenn sie Alisa nur hier herausbekäme! »Weißt du, was die Ehrwürdigen mit dir vorhaben?«

»Noch haben sie nichts ge–« Das Schiff ruckte und schlingerte so heftig, dass sie beide umhergeschleudert wurden. »Was war das?« Alisa stemmte sich hoch.

Das Schiff schaukelte weiterhin. Ivy sprang ebenfalls auf die Füße. »Ich geh nachsehen!« Sie eilte die Treppe hinauf und weiter nach oben aufs Deck. Vor ihr erstreckte sich nicht mehr das Meer bis zum Horizont, sondern eine weite Schneefläche. Sie hatten Land erreicht. Ivy stürmte weiter zur Reling. Der Schnee leuchtete unter einem seltsam schillernden Himmel. In Blau–, Grün- und Violetttönen streckten sich Lichtstreifen über den dunklen Himmel, schlängelten und wiegten sich zwischen den Sternen, zuckten über Wasser und Schnee und weit hinten über einen Wald, der den Rest des Landes verbarg. Der Tanz der Lichter war magisch – es war, als wisperten sie Ivy etwas zu in einer Sprache, die sie nicht verstand und doch verstehen könnte, wenn sie nur aufmerksam genug lauschte.

»Ivy!« Die Stimme zerschlug den Bann und Ivy drehte sich widerwillig um. Karen scheuchte sie unter Deck und hieß sie, den anderen Schattenvampiren zu helfen. Sie betteten den bewusstlosen Baron Magnus auf eine Bahre, trugen Fackeln zusammen, füllten Feldflaschen mit Rot für ein Frühstück unterwegs. Innerhalb weniger Minuten war alles für den Aufbruch bereit, und Ivy sprang an Hindriks Seite an Land, wo die Erben bereits ungeduldig warteten. Leo weigerte sich, von der Seite seines Vaters zu weichen, und packte einen Griff der Trage. Hindrik bedeutete Ivy, mit einer Fackel neben Leo zu laufen. Sie zogen los, bevor sie fragen konnte, was mit Alisa geschehen würde, die nun alleine mit Calvina auf dem Schiff zurückblieb. Sie würde sich an Bord zurückschleichen, sobald sie Gelegenheit dazu bekam, schwor sich Ivy.

In der Dunkelheit des Waldes verstand sie den Sinn der Fackeln. Vampirsinne hin oder her, hier war es so finster wie in einem Sarg. Ohne das Licht der Flammen wäre sie gegen den nächsten Baum gestolpert. Fanny und Inger führten ihren kleinen Tross an, und als sie den Wald verließen, machte sie weiter hinten Seymour aus, der neben Tammo und Joanne und Malcolm lief.

Plötzlich hörte der Wald auf und das Dorf der Dracas lag vor ihnen. Doch sie blieben nicht stehen, nicht einmal, als immer mehr Vampire aus den Hütten traten und sich ihnen anschlossen. Ivy hörte ihre besorgten Fragen und die erschrocken-wütenden Ausrufe, als die Worte »Silbervergiftung« und »Baron Magnus« fielen.

Vor einem großen Zelt aus Fellen kamen sie endlich zum Stehen. Rauch stieg aus einer Öffnung am Dach des Zeltes und verlor sich in den schillernden Lichtern des Nachthimmels. Leo und die Schattenvampire stellten die Trage mit Baron Magnus behutsam auf dem Schnee ab. Nach und nach drängte sich der gesamte Dracas-Clan um sie herum. Eine Weile lang herrschte ziemliches Durcheinander, bis schließlich einer der Vampire des Ortes die Umstehenden energisch auseinanderschob. Er eilte auf Inger und Fanny zu, dicht gefolgt von einer Vampirin, die wie eine ältere Version der beiden Schwestern aussah. So herzlich der Dracas Fanny begrüßte, so steif gab er sich Inger gegenüber. Ihre Mutter schloss die Schwestern in ihre Arme, während der Mann, von dem Ivy vermutete, dass es der Vater der beiden war, an die Trage trat. Er ging auf die Knie und legte seine Stirn an die des Barons. Dann erhob er sich und grüßte Leo. Mehr als den Namen des Vampirs – Ragnar – verstand Ivy nicht. Er wirkte auf sie wie die verbitterte Version von Baron Magnus.

Ragnar schlug ein Fell am Zelteingang zurück, damit Leo und der Rest der Familie eintreten konnten. Bevor es hinter ihnen zufiel, schlüpfte Ivy ebenfalls hinein. Sie wusste selbst nicht warum. Es fühlte sich einfach richtig an.

Zwei große Trommeln standen gegenüber dem Eingang.

Die Luft über den straff gespannten Fellen schien zu vibrieren – oder vielleicht war das eine Täuschung, weil der Rauch von Fackeln und Kerzen sich darüber sammelte.

Leo verbeugte sich tief vor der kleinen Frau, die hinter den Trommeln hervortrat. Dunkle Linien und Muster zogen sich über ihr Gesicht, liefen ihren Hals hinab, schlängelten sich von ihren Händen über ihre Arme, zeigten sich sogar auf ihren Füßen. Und obwohl sie offenbar Leos respektvollen Gruß erwiderte, neigte auch Ivy den Kopf. Jemand zupfte an ihrem Mantel und sie schrak zusammen.

»Hey«, wisperte Inger.

»Hey«, gab Ivy zurück und starrte weiter die kleine Frau mit den Linien auf dem Körper an, innerlich darauf gefasst, jeden Moment hinausgeworfen zu werden.

»Das ist die Noaidi«, flüsterte Inger, als würde das alles erklären. »Sie hat gesagt, dass sie Leo bereits erwartet hat.«

Ivy stand stocksteif da, während Inger ihr das Gespräch zwischen Leo und der Noaidi übersetzte, mit dem Mund so dicht an ihrem Ohr, dass die Worte sie kitzelten und eine leichte Gänsehaut ihren Hals überzog.

»Dann weißt du also, wie es um meinen Vater steht.«

»Die große Mutter weiß alles. Ich bin nur ihre Botin.«

Ragnar schnaubte verächtlich. Weder Leo noch die Noaidi beachteten ihn, aber an ihrer Seite spürte Ivy, wie Inger zusammenzuckte.

»Du musst ihm helfen.«

»Seine Zeit ist gekommen, Leo af Dracas. Wir dürfen den Kreis nicht durchbrechen.«

»Du musst meinen Vater retten! Ich weiß, dass du das kannst. Hilf ihm!«

»Es ist gefährlich, dem natürlichen Lauf des Lebens unseren Willen aufzuzwingen.«

»Ich befehle dir, ihm zu helfen!« Leos Wut füllte das ganze Zelt aus. Er umfasste die beiden Rubine, Dracas und Grimur, die jetzt um seinen Hals hingen. »Ich befehle es dir bei der Macht von Graf Draculas Tränen!« Er streckte der Noaidi, die seiner Wut ruhig und gelassen standhielt, die Rubine entgegen. »Ich bin jetzt das Oberhaupt der Dracas, du musst mir gehorchen!«

Die Noaidi strich über ihre Trommeln und blickte dabei Leo an. Lange. Niemand im Zelt sagte ein Wort oder wagte, sich zu rühren. Momente dehnten sich, zogen sich zusammen. Inger stand noch immer so nah, dass ihre Lippen fast Ivys Ohr berührten. Mit einem kühlen Kribbeln lief die Gänsehaut ihr vom Hals über den Rücken. Aber Ivy rührte sich nicht.

Dann zerstörte ein scharfer Trommelschlag die Stille. Die ersten Worte der Noaidi verstand Ivy ohne Übersetzung. *Alisa von Vamalia.* Sie lehnte sich an Inger und wisperte: »Was will sie mit Alisa?«

Inger schüttelte den Kopf. »Ich weiß nicht – sie hat nur gesagt, dass sie sie hierherbringen sollen.«

Alisa

Alisa schwirrte der Kopf von allem, was eben passiert war. Hindrik und Karen hatten sie aus ihrer Zelle geholt, keinerlei Fragen beantwortet, sie in Windeseile über den Schnee geführt, unter diesem bunt schimmernden Himmel, den sie nicht einmal richtig betrachten konnte, bevor die Finsternis des Waldes sie verschluckte. Und kaum hatte sie sich daran gewöhnt, ließen sie den Wald bereits hinter sich und eilten an Hütten mit offen stehenden Türen vorbei. Eine Gruppe von Vampiren stob vor ihnen auseinander. Zwischen Fackeln, die im Schnee steckten, lag der Baron auf seiner Trage, noch immer bewusstlos. Leo kniete im Schnee an seiner einen Seite – ihm gegenüber stand eine kleine Frau, die sich ihr zuwandte, als Alisa wenige Schritte vor ihr stoppte. Ihr Gesicht, ihr Hals und auch die Hände waren mit geheimnisvollen Zeichen geschmückt. Die Frau streckte ihr die Hände entgegen.

»Willkommen, mein Kind. Es ist mir eine Ehre.« Sie umschloss Alisas Hände, drückte sie. Die Hand mit dem Funken hielt sie ein wenig länger fest als die andere. »Ich kenne alle«, sagte sie mit wissendem Blick. »Ich weiß alles.«

Alles? Ruckartig zog Alisa ihre Hände zurück und verbarg sie hinter dem Rücken. Was ging hier vor? Warum war sie hier? Die Ehrwürdigen, die sich am Kopfende der Trage versammelt hatten, würdigten sie keines Blickes. Also war sie nicht hergebracht worden, um ihr Urteil zu hören. Warum dann?

Auch Leo ignorierte sie. Er würde ihr nie vergeben können. Niemals. Nicht, wenn der Baron starb.

»Lass dich nicht von seinen Gefühlen ablenken. Wir brauchen dich mit einem unbeschwerten Geist«, murmelte die kleine Frau.

Alisa wusste nicht einmal, wann sie sich das letzte Mal unbeschwert gefühlt hatte. Ganz zu schweigen davon, wie sie in dieser Situation zu einem unbeschwerten Geist kommen sollte. Sie musste Leo nicht anschauen, um seine Wut und Verzweiflung zu spüren.

»Ja, er ist wütend«, fuhr die kleine Frau fort, als würde sie Alisas Gedanken lesen. »Und er ist verletzt. Er gibt dir die Schuld an all dem.«

Links von ihr schnaubte Seymour. »Das hilft ihr bestimmt dabei, sich von seinen Gefühlen nicht beeinflussen zu lassen!«

»Dein Sarkasmus genauso wenig«, wies Malcolm ihn zurecht.

Du kannst ihr vertrauen, ertönte eine Stimme in ihrem Kopf. Inger! Sie stand nicht weit vom Zelteingang mit Ivy zusammen, die ihr ein schnelles Lächeln schenkte. *Sie ist die Noaidi, unsere weise Frau. Sie weiß, wie du den Baron retten kannst.*

Ihn retten? Ich? Bevor Inger ihr antworten konnte, sprach die Noaidi schon weiter.

»Auch sein Respekt für dich ist noch da. Seine Liebe. Aber selbst diesen Gefühlen darfst du jetzt keine Beachtung schenken.«

»Aber …?« Alisa blickte zu Hindrik, der neben ihrer Großmutter stand und einen Arm um Tammo gelegt hatte. Der Lichtschein der Fackeln zuckte über die drei hinweg. Die Situation war vollkommen absurd. Warum hielt niemand die Noaidi auf? Und wie sollte sie Baron Magnus retten? Ausgerechnet sie, die daran schuld war, dass Calvina ihn überhaupt hatte angreifen können! Sie nahm ihren Mut zusammen und wandte sich der Noaidi zu. »Was muss ich tun?«

»Das Silber in seinem Körper hält seinen Geist gefangen«, erklärte die Noaidi, laut genug, dass es alle hören konnten. »Er schwebt zwischen Leben und Tod. Zwischen Licht und Dunkelheit. In diesem Zustand ist er in seinen Erinnerungen gefangen – und dort will ihn das Silber festhalten. Du musst ihn finden, bevor er sich entschließt, dort zu bleiben.«

»Ich soll in seinen Kopf gehen?«, fragte Alisa entgeistert.

»Du allein kannst ihn retten. Sein Sohn, sein Bruder, alle aus seiner Familie sind durch zu viele Erinnerungen mit ihm verbunden. Sie würden sich in ihnen verlieren, genau wie er. So würde es auch den Ehrwürdigen ergehen. Sie teilen zu viel Leben mit ihm. Wir brauchen deinen unbeschwerten Geist, um ihn zu uns zurückzuführen.«

»Wie gefährlich ist das für sie?« Hindriks Besorgnis war deutlich zu hören. Eine Besorgnis, die auch Alisa fühlte.

»Sie könnte sich in seinen Erinnerungen verlieren und mit ihm in ihnen gefangen bleiben. Dann würde sie sein Schicksal teilen und mit ihm dahinschwinden.« Schweigen folgte den Worten der Noaidi. Alisa straffte die Schultern. Sie war schuld an der Silbervergiftung des Barons, also war es ihre Aufgabe, alles zu tun, um ihn zu retten.

»Ich bin bereit.«

»Nein«, entfuhr es ihrer Großmutter, die die Szene bis dahin schweigend verfolgt hatte. »Alisa, ich bitte dich. Nein!«

Doch Alisa hatte ihre Entscheidung getroffen. Die Ruhe der Entschlossenheit verlieh ihr neue Kraft. »Ich muss das tun, Großmutter. Leo hat dasselbe für mich getan. Er hat mich zurückgebracht. Jetzt bin ich dran.« Niemand widersprach ihr. Alisa nickte der Noaidi zu. »Fangen wir an.«

Die Noaidi führte sie zum Kopfende der Trage und bedeutete ihr, sich dort hinzuknien und die Hände an die Schläfen des Barons zu legen. Alisa spürte Leos Anspannung, der noch immer an der Seite seines Vaters kniete. Er wich nicht zurück, als sie die Anweisungen der Noaidi befolgte, nahm aber auch keinen Kontakt zu ihr auf. Sie durfte sich davon nicht verunsichern lassen, sie musste sich ganz auf den Baron konzentrieren. *Ein unbeschwerter Geist.* Sie schloss die Augen und richtete ihre gesamte Aufmerksamkeit auf den reglos daliegenden Baron. Hinter ihr ertönten Trommelschläge, die tief in ihrem Körper widerhallten. Ein dunkler, warmer Ton, der sie trug und hielt, ihrem Körper einen Anker bot, während sie ihre Gedanken nach dem Geist des Barons ausstreckte.

Es war anders, als in die Verbindung zu Dracula hineingezogen zu werden. Kein Schwindel, kein Fallen – nur ein Vorwärtsgehen. Sie fand sich zwischen Felswänden, von Schnee und Eis und Flechten bedeckt. Über ihr wölbte sich ein weiter Sternenhimmel, doch als sie hinaufstarrte und ihn bewunderte, legte sich ein dichter Nebel vor die Sterne, sank hinab, verhüllte den Boden vor ihren Füßen, füllte den Raum zwischen den Felswänden rechts und links von ihr aus. Vor ihr im Nebel rief jemand nach Leo. Die Stimme klang wie Karens. Ein Kinderlachen mischte sich darunter.

»Leo af Dracas!«, rief Karen erneut. »Komm sofort zurück! Du darfst nicht allein in den Wald!«

Zögernd betrat Alisa den Nebel, orientierte sich an der Stimme und dem glücklich klingenden Lachen. »Karen?« Sie bekam keine Antwort, aber vor ihr war der Nebel etwas dünner, und eine Gestalt verschwand um eine Ecke. Als sie die Stelle erreichte, hatte der Nebel bereits wieder alles verschluckt – die Gestalt ebenso wie die Stimme. Alisa tastete sich voran, hoffte, sie tat das Richtige. Wie sollte sie hier drinnen den Baron finden, wenn sie nicht einmal wusste, wohin sie ging?

Plötzlich lichtete sich der Nebel.

Alisa befand sich vor einer Höhle, deren Eingang leuchtete wie ein Vorhang aus reinem Sonnenlicht. Doch es blendete sie nicht – im Gegenteil, sie konnte hindurchsehen. Im Inneren der Höhle standen Kerzen in Nischen und auf Felsvorsprüngen und auf einem kleinen Schreibpult, das wirkte, als wäre eben erst jemand davon weggegangen. Darauf: ein aufgeschlagenes Notizbuch, ein offenes Tintenfass, ein Füllfederhalter. Alisa wagte sich näher und versuchte durch den Sonnenlichtvorhang hindurch zu entziffern, was auf den Seiten des Notizbuchs stand. Die Handschrift kam ihr vertraut vor.

»Alisa?«

Sie kannte diese Stimme, genau wie die Handschrift. »Mama?« Alisa fuhr herum. »Mama?«

Jeder Zweifel in ihr erstickte, als sie die Frau hinter sich sah. Als wäre sie dem Familienporträt in Hamburg entstiegen – oder direkt aus ihrer Erinnerung getreten. Die dunklen Haare, die aufrechte Haltung, sogar ihr zögerndes Lächeln, all das war so vertraut, dass Alisa sich wieder wie die Vierjährige fühlte, die von ihrer Mutter Abschied nehmen musste. Bevor eine von ihnen noch ein Wort sagen konnte, wurde ihre Mutter durch den Lichtvorhang gestoßen. Alisa erkannte einen der Vampire, den sie kurz vor dem Zelt der Noaidi gesehen hatte. Ihre Mutter schrie auf.

»Bitte, nein! Ragnar, ich bitte dich!« Sie versuchte, den Lichtvorhang erneut zu durchqueren, aus der Höhle zu kommen, doch sie riss ihre Hände mit einem Schmerzensschrei zurück. »Ragnar, bitte, lass mich hinaus. Ich muss ihn lösen, ich muss!« Die Verzweiflung auf dem Gesicht ihrer Mutter stach Alisa ins Herz.

Ragnar hingegen blieb kühl. »Sie werden sich von einer alten Prophezeiung nicht alles ruinieren lassen, Anna.«

Ihre Mutter blickte an Ragnar vorbei. »Viola …«

Viola? Die Contessa? Alisa drehte sich um. Im Gang hinter ihr hatten sich alle Ehrwürdigen versammelt. Inklusive ihrer Großmutter und einer noch sehr lebendigen Contessa Viola di Nosferas. Erst in diesem Moment begriff Alisa, dass sie eine Erinnerung sah. Sie presste eine Hand auf ihre Brust. Ihr Herz hämmerte. Contessa Viola trat einen Schritt auf ihre Mutter zu.

»Anna …«

»Bitte …« Ihre Mutter streckte flehend ihre Hände aus, hielt aber kurz vor dem Licht inne. Die Contessa wandte sich an Alisas Großmutter.

»Elina, wir dürfen ihr das nicht antun.«

»Es ist die einzige Möglichkeit …«

»Mama.«

Das Wort hallte von den Felswänden wider. Alisas Großmutter schloss die Augen. Aber die Verzweiflung auf ihrem Gesicht konnte sie nicht verbergen. Niemand der Ehrwürdigen sagte etwas, sogar Ragnar blickte zur Seite. Schließlich trat Baron Magnus von außen an den Lichtvorhang. »Dann ist es entschieden. Anna von Vamalia, du wirst hier gefangen bleiben – bis ans Ende aller Zeiten.« Er drehte sich um und eilte mit langen Schritten davon.

Alisa starrte ihm hinterher. Sie wollte ihm nicht folgen. Sie wollte hierbleiben, bei ihrer Mutter. Selbst wenn sie nur eine Erinnerung im Kopf des Barons war – so nah wie in diesem Augenblick war sie ihr seit ihrer Kindheit nicht mehr gewesen. Aber je weiter der Baron sich entfernte, desto durchscheinender wurden die Gestalten um sie herum. *Nein!* Verzweifelt versuchte Alisa, das Bild klar zu halten. Vergebens. Ihre Mutter verblasste. Mit einem lauten Schrei stürzte Alisa dem Baron hinterher.

Schnell war sie zurück in dem Labyrinth aus Fels, Schnee und Flechten. Ein Vampir stürzte mit gezogenem Schwert auf sie zu. Alisa presste sich an die Felswand – und der Vampir stolperte, fiel vor ihr in den Schnee. In seinem Rücken steckte ein Schwert. Baron Magnus ragte über dem gefallenen Vampir auf. Er wirkte in dieser Erinnerung jünger, als sie ihn kannte – beugte sich hinab und riss das Schwert aus dem Rücken des Getöteten. Dann drehte er ihn um, mit einer Hand, als wäre es nichts, und packte mit seiner freien Hand den Rubin, der an einer Kette um den Hals des Toten hing. Ein leises Reißen. Baron Magnus sprang lachend auf, reckte die Faust mit dem Rubin empor. »Jetzt gehört der Grimur-

Rubin unserem Clan!«, schrie er triumphierend. »Wir haben die Macht, das Licht der Sonne einzufangen. Alle, die dieses Schlachtfeld lebend verlassen wollen, beugen jetzt besser das Knie vor uns Dracas!«

Eine Erinnerung aus den Clankriegen. Alisa schauderte. Sie wusste, dass niemand sie hier sehen konnte. Was sich da vor ihren Augen abspielte, war alles längst vergangen. Es waren Bilder, Erinnerungen im Kopf des Barons. Und doch wirkten sie … so lebendig. Genau wie Ragnar, der jetzt angerannt kam.

»Magnus! Komm schnell, er ist verletzt.«

Die beiden Dracas eilten davon. Alisa stieß sich von ihrer Felswand ab und hetzte ihnen hinterher. Sie holte sie ein, als Baron Magnus stoppte, sein Schwert fallen ließ und vor einem alten Vampir auf die Knie sank. »Vater.«

Der alte Vampir drückte seine Hände gegen die Brust. »Meine Zeit ist gekommen, mein Sohn.« Er fuhr Baron Magnus leicht über die Wange. Alisas Herz zog sich zusammen, als sie den Schmerz des Barons spürte.

»Nein …«, flüsterte Magnus und umfasste das Handgelenk seines Vaters. Erstaunt registrierte Alisa diese zärtliche Geste, die so gar nicht zu dem Baron zu passen schien, wie sie ihn kennengelernt hatte.

Der alte Vampir griff nach dem Dracas-Rubin, der an einer Kette um seinen Hals hing, streifte ihn mit langsamen Bewegungen ab und streckte ihn Baron Magnus entgegen.

»Du wirst ein gutes Clan-Oberhaupt sein.«

»Aber Ragnar – er ist der Älteste.«

Der Alte schüttelte den Kopf. »Du bist stärker als er. Du musst unseren Clan anführen. Ragnar …« Er blickte über

Baron Magnus' Schulter. »Du wirst nie über unseren Clan herrschen können. Auf deiner Seele liegt Dunkelheit.«

Sosehr Alisa sich bemühte und die Augen zusammenkniff, sie konnte Ragnars Reaktion nicht erkennen. Er stand hinter Baron Magnus – als wäre er eine Puppe, die jemand in einer Ecke abgestellt hatte – und beobachtete, wie der sich über seinen Vater beugte, dessen Hände hielt, während der alte Vampir langsam in sich zusammensank.

Erst da begriff sie: Magnus hatte die Reaktion seines Bruders nicht gesehen, also hatte er auch keine Erinnerung daran – und sie konnte ganz offensichtlich nur sehen, woran Baron Magnus sich erinnerte. Seine Stimme riss sie aus ihren Überlegungen.

»Pa? Pa?« Magnus umklammerte die Hände seines Vaters und legte den Kopf zurück, schickte einen lang gezogenen Schrei in den Himmel. »Pa!«

Niemand sollte so den eigenen Vater verlieren. In einem unsinnigen Krieg. Niemand sollte so irgendwen verlieren. Alisa schlang die Arme um sich. Zu gern würde sie wegrennen. Aber wohin? Der Schrei eines Babys mischte sich unter die Klage des Barons.

Alisa wandte sich in die Richtung der neuen Stimme und folgte ihr. Wie viele Erinnerungen des Barons würde sie miterleben müssen, bevor sie ihn selbst fand? Die Noaidi hatte gesagt, er wäre zwischen seinen Erinnerungen gefangen, aber bislang hatte sie noch keine Spur des heutigen Barons entdeckt.

Nach wenigen Schritten erreichte sie einen Raum voller Kerzen – ein langer Tisch stand darin und auf einem Podest ein Stuhl, der aus Geweihen geformt war. Das Baby lag in

Felle gewickelt in den Armen einer blonden Vampirin. Baron Magnus beugte sich lachend darüber und kitzelte es unter dem Kinn. Das Baby gluckste vor sich hin. In dieser Erinnerung hatte der Baron noch keinen Rubin um den Hals, sie musste also noch weiter zurückliegen.

Magnus legte dem Baby zwei Finger auf die Stirn. »Lass mich deine Gedanken lesen, mein Sohn. Willst du ein Janus sein?« Er lächelte das strahlende Baby an. »Nein?« Er hob den Kopf und zwinkerte der blonden Vampirin zu. »Er ist kein Janus.« Er wandte sich wieder dem Baby zu. »Björn? Oh – wirklich? Leo?« Das Baby quietschte fröhlich. Magnus lachte dröhnend. »Leo af Dracas.« Er küsste seinen Sohn auf die Stirn.

Es war schwer, diesen fröhlichen Magnus mit dem Krieger aus der vorigen Erinnerung zusammenzubringen – oder auch mit dem strengen, überheblichen Ehrwürdigen, den sie kennengelernt hatte. Wie konnte er auf der einen Seite liebenswert und auf der anderen grausam sein?

Die blonde Vampirin lehnte sich an seine Schulter. »Dein Vater wird sich freuen, dass du ihm einen Enkelsohn geschenkt hast.«

»Ich?« Magnus drückte die Frau an sich. »Du hast doch die ganze Arbeit gemacht, Britt.« Er küsste sie.

Das musste Leos Mutter sein. Alisas Handfläche begann zu kribbeln und sie schloss die Finger schnell zur Faust. *Nicht jetzt, nicht hier!* Aber schon strahlte der Funke auf, schickte sein Licht wie einen Sonnenstrahl durch den Raum. Baron Magnus fuhr zu ihr herum. Ein tiefes Knurren stieg aus seiner Kehle und seine Fangzähne schossen hervor. Von einem Moment auf den nächsten stand der Krieger vor ihr.

»Wer bist du?«

»Du kannst mich sehen?«

»Was machst du hier?« Baron Magnus griff nach seinem Schwert. Alisa rührte sich nicht von der Stelle.

»Ich bin hier, um dich zurückzubringen.«

»Zurück wohin? Ich bin, wo ich hingehöre, bei meiner Familie!« Er schob sich vor seine Frau und seinen Sohn, starrte misstrauisch auf ihre leuchtende Hand.

Alisa verfluchte den Funken. Warum jetzt? Warum hier? Sie musste Magnus dazu bringen, ihr zu vertrauen. Ihn beruhigen. Überzeugen. »Das hier ist nicht die wirkliche Welt. Du bist verletzt worden und hast Silber in deinem Körper. Es will dich hier festhalten. Deswegen zeigt es dir all diese Erinnerungen. Es will, dass du dich in ihnen verlierst. Dass du stirbst.« Sie redete schneller und schneller. »Du bist in deinem eigenen Geist gefangen. Ich bin hier, um dich zu befreien.«

Der Baron schaute zu Britt und Leo. Nein! Zu den Erinnerungen an die beiden. »Das ist nicht real, Leo ist dort draußen. Er wartet auf dich. Bitte hör auf mich!« Sie konnte selbst nicht fassen, wie sie mit Baron Magnus sprach, aber es schien Eindruck auf ihn zu machen. Erste Zweifel schlichen sich in seinen Blick.

»Bleib«, mischte Britt sich ein. »Ich brauche dich.« Sie drückte das Baby an sich. »Wir brauchen dich.«

»Sie ist nicht echt, sie ist nur eine Erinnerung«, setzte Alisa nach. Doch Magnus knurrte sie schon wieder an. Auch Britt zeigte ihre Zähne und fauchte, machte drohend ein paar Schritte auf sie zu. Alisa zwang sich stillzustehen. Furcht vor einer Erinnerung würde Baron Magnus ganz sicher nicht beeindrucken. »Schau sie an. Ist das wirklich Britt?«

Bei ihren Worten blieb die blonde Vampirin stehen und zog ihre Fangzähne wieder ein. Sie lächelte Magnus zu, wiegte Leo in ihren Armen. »Bleib. Schau, Leo ist hier.«

»Das ist nur das Silber, das dir das einreden will«, beschwor Alisa den zweifelnd dreinblickenden Baron.

»Hör nicht auf sie«, kreischte Britt. »Bleib bei uns!«

Magnus fuhr zurück, obwohl Britt ihn nach ihrem Ausbruch beschwichtigend anlächelte. Das schien seine Zweifel nur zu vertiefen. »Bleib hier«, bat Britt ihn sanft.

»Bitte, vertrau mir«, drängte Alisa.

Britt streckte dem Baron das Baby entgegen. »Wir sind hier. Leo ist hier.«

Natürlich wollte er ihr glauben. Und was hatte sie dem schon entgegenzusetzen? Alisa redete gegen ihre eigene Verzweiflung an. »Bitte. Du musst mir vertrauen. Leo ist auf der anderen Seite. Er braucht dich. Du musst überleben – wenn schon nicht für dich, dann wenigstens für ihn!«

Magnus' Blick irrte zwischen Alisa und der sanft lächelnden Britt hin und her, die zu ihm eilte, während ihr Lächeln wie festgefroren wirkte. Sie schlang einen Arm um Magnus, presste mit dem anderen das Baby an sich. »Du gehörst mir. Du gehörst mir. Du gehörst mir.« Sie krallte die Finger in seine Seite. Magnus stieß sie von sich weg.

»Bitte.« Alisa wagte einen Schritt auf ihn zu. »Vertrau mir.«

Magnus schrie auf, als würde er seinen Vater erneut sterben sehen. Er wandte Britt und Leo den Rücken zu. »Was muss ich tun?«, fragte er rau, während Britt hinter ihm in einem fort wiederholte: »Du gehörst mir.« Ihre Stimme wurde immer flehentlicher.

Alisa bot ihm ihre leuchtende Hand. »Nimm meine Hand.«

Baron Magnus schwankte, als stünde er in einem heftigen Sturm auf hoher See, und blickte misstrauisch auf ihre Handfläche und schien fortzugleiten. Hörte er sie noch? »Bitte, lass mich dich retten.«

Endlich! Baron Magnus umschloss ihre Hand.

Alisa blinzelte und brauchte einen Moment, um sich zu orientieren. Sie kniete wieder im Schnee, vor ihr lag Baron Magnus. Er stöhnte und zuckte, warf den Kopf hin und her, doch seine Augen blieben geschlossen. Dann, sehr plötzlich, sank sein Kopf nach links, und er wurde ruhig. Alisa konnte den Blick nicht von ihm lösen. Hatte sie es geschafft?

»Warum wacht er nicht auf?«

Die Noaidi legte ihr eine Hand auf die Schulter. »Das wird er. Du hast ihn gerettet. Er wird leben. Aber sein Körper braucht noch etwas Zeit zum Heilen. Ich kann dir allerdings versichern, dass er vollständig genesen wird.« Bei diesen Worten brach Jubel unter den Umstehenden aus. Die Noaidi half ihr auf. Alisa konzentrierte sich auf den frisch-kühlen Geruch des Schnees, um ganz zu begreifen, dass sie zurück war, dass sie es geschafft hatte. Bevor sie sich ganz gefasst hatte, riss sie jemand in seine Arme, drückte sie. Leo.

»Danke. Danke«, murmelte er. Und dann war er schon wieder fort, umarmte Karen, lachte seinen Cousinen zu, verschwand in der jubelnden Menge. Alisa blieb reglos stehen, wo sie war. Nichts von all dem um sie herum war wichtig. Es zählte nur eins – nur eine von Magnus' Erinnerungen, die so klar vor ihr stand, als wäre sie noch mitten darin. Und deren Bedeutung sie erst jetzt wirklich begriff.

»Alisa?« Ivy trat neben sie. »Was ist los?«

Alisa konnte die Erkenntnis, die ihr im Kopf herumging, kaum fassen – auch nicht, als sie sich Ivy zuwandte und sie aussprach: »Meine Mutter lebt vielleicht noch.«

Leo

Sie hatten seinen Vater in einen Sarg gebettet, damit er in Ruhe von dem Silber heilen konnte. Leo hielt sich mit einer Hand an der Holzkante fest und schloss die andere um den Dracas-Rubin.

Ich verwahre unseren Clan-Stein nur für dich, hörst du? Natürlich kam keine Antwort. Noch war der Schlaf seines Vaters zu tief.

»Alles in Ordnung mit dir?« Malcolm legte eine Hand neben seine auf den Sargrand. Leo nickte. Neben Malcolms wirkten seine eigenen Finger noch blasser als sonst, fast schon, als leuchteten sie – wie Schnee im Mondlicht.

Es kommt mir wie Verrat vor, unseren Rubin zu tragen.

Eins ist mal sicher: Er ist bei dir gut aufgehoben, erwiderte Malcolm. *Sonst könnte ich das mit der Gedankensprache jetzt nicht mehr.*

Du hast recht.

Natürlich hab ich recht.

Malcolm stieß ihn mit einer Schulter an. Zum ersten Mal, seit er seinen Vater in diesem Dämmerzustand gesehen hatte, spürte Leo ein echtes Grinsen in sich aufsteigen. Doch er unterdrückte es gleich wieder, als sein Onkel Ragnar sich zu ihnen gesellte. Malcolm nickte ihm kurz zu und zog sich zurück. Leo wäre am liebsten mit ihm gegangen, irgendwo in der Menge des Clans verschwunden, der das Fest zu Ehren seines Vaters vorbereitete.

»Werde gesund, Vater. Ich halte den Clan zusammen, bis du wieder bei uns bist.« Er ließ den Dracas-Rubin los und wollte den Sarg schließen, doch die Stimme seines Onkels ließ ihn innehalten

»Du bist sehr mutig, Leo.« Ragnar beugte sich zu ihm und sprach leise weiter. »Ich weiß, dein Vater und du, ihr seid nicht immer derselben Meinung – und in deinem Alter seine Stelle einzunehmen, das erfordert Mut. Das Überleben unseres gesamten Clans liegt in deinen Händen.«

Wenn sein Onkel ihm Angst machen wollte, kam er zu spät. Leo hatte längst begriffen, welche Verantwortung der Zustand seines Vaters für ihn mit sich brachte. Doch er hatte keine Wahl – sein Onkel sollte das nur zu gut wissen. Leo schloss den Sarg und wandte sich an die vier Schattenvampire, die in respektvollem Abstand auf seine Anweisungen warteten. »Bringt ihn in den Smaragdwald, damit seine Heilung beginnen kann. Ich will, dass Tag und Nacht bei ihm gewacht wird, bis er vollständig genesen ist.«

Die Schatten neigten ihre Köpfe und traten an den Sarg. Sie hoben ihn auf ihre Schultern. Alle Dracas versammelten sich links und rechts des Weges, erhellten die Nacht mit Fackeln und guten Wünschen für seinen Vater. Einige schlossen sich den Sargträgern an, folgten in einer lang gezogenen Reihe. Leo schritt als Letzter hinter ihnen über den breiten Weg zwischen den Häusern, lauschte den leisen Stimmen derer, die ihnen leuchteten. Erst am Ende des Dorfes blieb er stehen und sah der stillen Prozession nach, bis sie im Wald verschwand.

Der Dracas-Rubin hing schwer um seinen Hals, erinnerte ihn, dass er ihnen nicht hinterherrennen durfte, um sich an seinen Vater zu klammern. Er musste seinen Schmerz beherrschen, sein Versprechen halten. Sein Clan brauchte ihn, jetzt, hier. Es hatte keinen Sinn, es länger hinauszuzögern: Er musste zu ihnen sprechen. Aber was sollte er sagen?

Das Gewicht um seinen Hals erinnerte ihn auch an etwas anderes: *Er ist bei dir gut aufgehoben.* Malcolms Worte. Leo drehte sich langsam zu seinem Clan um.

Gerade öffnete er den Mund, um etwas zu sagen, da trat Ragnar neben ihn und legte ihm einen Arm um die Schultern, so schwer, als wollte er ihn zu Boden drücken. »Was für eine denkwürdige Nacht!«, rief sein Onkel den versammelten Vampiren zu. »Eine glorreiche Nacht, die wir feiern wollen! Feiern wir unser neues Clan-Oberhaupt! Leo af Dracas!«

Jubel brandete auf, und bevor Leo etwas sagen konnte, spielte die Musik auf, Vampire drängten auf den Weg, begannen zu tanzen und zu singen. Onkel Ragnar schlug ihm auf den Rücken, dann spazierte er in die Menge hinein, verweilte hier und da, redete mit den Clan-Leuten.

Leo runzelte die Stirn. Sein Onkel benahm sich, als wäre er es, der den Dracas-Rubin trug. Aber … Er kniff die Augen zusammen. Vielleicht war er auch schlicht zu misstrauisch. Vielleicht sorgte sein Onkel einfach für gute Stimmung unter den Vampiren, versicherte ihnen, dass sie in guten Händen waren. Um ihnen zu zeigen, dass er für sie sorgen würde. Leo versuchte sich zu erinnern, wie sein Vater sich bei Festen verhalten hatte. Eins war sicher: Er hatte nicht am Rand gestanden und zugesehen. Besser, er mischte sich selbst ebenfalls in die Menge.

Leo erspähte Karen inmitten der Feiernden. Er wäre gerne zu ihr gelaufen, aber sie war in ein Gespräch mit Hindrik vertieft. Außerdem sähe es bestimmt nicht gut aus, wenn er wie ein Kleinkind zu der Schattenvampirin rannte, die ihn seit seiner Geburt umsorgt hatte. Er schritt langsam zwischen den Gruppen aus tanzenden, trinkenden, schwatzenden und lachenden Dracas umher und hielt Ausschau nach den anderen Erben. Ausgerechnet die, auf die er am allerwenigsten treffen wollte, stürzte auf ihn zu, Ivy in ihrem Schlepptau. Die beiden sprachen also wieder miteinander.

»Wir müssen mit dir reden.« Alisa stellte sich ihm in den Weg, als wäre nichts zwischen ihnen vorgefallen. Als dürfte sie das! Ja, sie hatte seinen Vater gerettet. Aber ohne ihren Leichtsinn hätte sie ihn gar nicht erst retten müssen!

Leo riss die Mauern um seine Gedanken hoch, hoffte, dass sein Gesicht nichts als kühle Gelassenheit zeigte. Alisa redete ungerührt weiter, hektisch, als wäre sie in einer anderen Welt gefangen. »Dein Vater – nicht nur er, alle Ehrwürdigen – sie haben –« Alisa schluckte und fuhr sich durch die Haare. »Ich habe in den Erinnerungen deines Vaters gesehen, wie sie –«

»Leo!« Onkel Ragnar tauchte aus der Menge auf und Alisa verstummte. Ragnar gönnte ihr kaum einen Blick. »Die Ehrwürdigen der anderen Clans erwarten dich. Du wirst deine Freundinnen auf später vertrösten müssen.« Er blinzelte Leo zu. Was bildete der sich ein? Leo drehte sich von ihm weg und blickte Alisa direkt in die Augen. Der Lärm um sie herum verstummte. Alles Geschehene fiel von ihm ab. Ihre Augen leuchteten tiefer als jeder Rubin.

Rubin. Bei dem Gedanken spürte er wieder das Gewicht

um seinen Hals, das so viel leichter wog als die Verantwortung, die der Stein mit sich brachte. Leo räusperte sich. Er nickte Alisa zu. »Ich komme zu euch, sobald ich kann.« *Und dann reden wir, versprochen*, fügte er hinzu. Bevor Alisa etwas erwidern konnte, drängte er sich an Ragnar vorbei und ging auf das Versammlungshaus in der Mitte des Dorfes zu.

Nicht dran denken, dass der Geweihstuhl meinem Vater gehört. Leo kam Ragnar beim Öffnen der Tür zuvor. Sein Onkel zog die Augenbrauen nach oben, ließ ihm aber den Vortritt. Aber er spürte ihn hinter sich wie einen Schatten, der den Auftrag hatte, ihn zu begleiten, und sich nicht abschütteln ließ, gleich, was man tat.

Am langen Tisch seines Vaters saßen die Ehrwürdigen: Conte Claudio, dessen hagere Gestalt die Trauer um den Tod der Contessa gekrümmt hatte. Freifrau Elina, Alisas Großmutter, deren Strenge so gar nicht zu seinem Bild der Vamalia passen wollte. Alisa selbst passte da allerdings auch nicht hinein. Leo unterdrückte ein Lächeln und ging an Madame Audry vorbei, die Zwiesprache mit einem Falter hielt. Und schließlich an Sir Milton, der sich stets korrekt gab und seine wildere Seite nur herausließ, wenn er seine Wetterkräfte einsetzte – oder mit Freifrau Elina flirtete. Auch diesen Gedanken schob Leo schnell beiseite. Schließlich stand er vor dem wuchtigen Thron aus Geweihen und Fellen, eindeutig zu groß für Leo. Er legte eine Hand auf die Rückenlehne. *Zögern ist Schwäche*, hörte er seinen Vater spotten. Er drehte sich zu den Ehrwürdigen, nickte ihnen knapp zu – wie auf einen Befehl schoben sie alle ihre Stühle zurück und erhoben sich.

Leo unterdrückte den Impuls zu fliehen. Alle Augen ruhten auf ihm. Alle erwarteten etwas von ihm. Hilflos ließ er sich auf dem Thron seines Vaters nieder. Die Geweihenden bohrten sich in seinen Rücken. Die Ehrwürdigen nahmen wieder Platz. Nur Ragnar blieb neben dem Thron stehen.

Conte Claudio legte die Hände flach auf den Tisch. »Va bene. Fangen wir an.«

Ivy

Verfluchter General Ragnar! Hätte der nicht ein paar Momente später kommen können? Dann hätten sie Leo von Alisas Mutter erzählen können. Ihn fragen, ob es hier eine Höhle mit einem Vorhang aus Sonnenlicht gab, wie Alisa sie in der Erinnerung des Barons gesehen hatte. Es könnte wahr sein – immerhin besaßen die Dracas den Grimur-Rubin, sie konnten Sonnenlicht einfangen. Ivy betrachtete Alisa, die auf die geschlossene Tür der großen Hütte starrte, in der Leo mit seinem Onkel verschwunden war. Ihnen blieb nichts anderes übrig, als zu warten.

Ivy blickte sich um. Die Dracas waren immer noch am Feiern, und die anderen Erben standen zusammen am Feuer, beobachteten das Treiben um sie her. »Willst du zu ihnen gehen?« Ivy deutete mit dem Kinn zum Feuer. Alisa schüttelte stumm den Kopf und lehnte sich an den Baumstamm einer hohen Kiefer. Schnee rieselte auf sie hinab, doch Alisa schien das nicht einmal zu bemerken. Ivy lehnte sich neben sie. Alisas Gegenwart garantierte ihr einen gewissen Schutz. Solange sie hier mit ihr stand, würde niemand sie für irgendeine Arbeit wegholen, weil sie annehmen würden, Alisa bräuchte sie für etwas. Für den Augenblick würde sie sich über diese Tarnung nicht beschweren, auch wenn der Gedanke dahinter erniedrigend war.

Am Feuer wandte sich Inger von der Gruppe der Erben ab und beobachtete die Hütte in der Mitte des Dorfes. Sie beugte sich vor, als wollte sie das Gespräch darin belauschen. Was natürlich unmöglich war. Die Gabe des Gedankenlesens funktionierte nur, wenn man die Person sah, in deren Kopf man eindringen wollte, so weit erinnerte Ivy sich an den Unterricht dazu. Was würde sie darum geben, die Gedanken der Dracas lesen zu können! Dann wüsste sie, wie Inger zu ihr stand. Aber als Schatten hatte sie keinen Zugriff auf die Gaben der Rubine. Ungerechte Welt!

Ingers Blick traf ihren, als hätte sie Ivys Gedanken gespürt. Schnell schaute Ivy zu Boden. Vielleicht war es besser, nicht zu wissen, wie Inger ihr gegenüber empfand. Schließlich war sie immer noch eine Dracas. Eine Dracas, die nett zu ihr gewesen war. Mehr als das. Ivy biss sich auf die Lippe. Aber da hatte sie vorgegeben, eine Erbin zu sein, hatte alle angelogen. Um nicht länger darüber nachzudenken, richtete Ivy ihre Aufmerksamkeit auf die Stimmen, die vom Feuer herüberklangen.

»Was machen die da drin?«, fragte Tammo.

»Keine Ahnung«, erwiderte Joanne.

»Sie entscheiden über die Strafe für deine Schwester«, mischte Fanny sich ein und hatte offenbar großen Spaß an Tammos schreckgeweiteten Augen. »Und sie beraten über Calvinas Todesart.«

Inger drehte sich wieder zu der Gruppe um. »Unser Vater will sie beide nach den Gesetzen der Dracas verurteilen.«

»General Ragnar?« Tammos Stimme zitterte ein wenig, als er begriff. »Der ist euer Vater?«

Inger nickte und schwieg – im Gegensatz zu Fanny.

»Unsere Gesetze sind streng. Und grausam. Ich sage das nur, damit du weißt, worauf du dich gefasst machen musst.«

»Halt die Klappe, Fanny«, fuhr Malcolm dazwischen. »Noch ist gar nichts entschieden. Mach ihnen nicht noch mehr Angst, als sie ohnehin schon haben.«

»Ich bin nur ehrlich.« Fanny zuckte mit den Schultern.

»Ehrlich, entbehrlich.« Malcolm legte einen Arm um Tammos Schultern. »Leo wird da nicht mitspielen.«

Fanny schnaubte herablassend und winkte Inger zu. Sie sagte etwas auf Norwegisch, doch Inger schüttelte den Kopf. Worauf Fanny einen verächtlich klingenden Kommentar von sich gab und allein davonstiefelte.

Ivy ließ den Kopf neben Alisas gegen den Baumstamm sinken. Hoffentlich hatte Malcolm recht. Sie tastete nach Alisas Hand und bedeckte sie mit ihrer. Keine von ihnen sprach ein Wort. Ivy schloss die Augen. Bis eben hatte sie gehofft, Leo würde schnell zurückkehren. Aber jetzt … *Wir sollten fliehen, solange wir noch können.*

»Ich kann euch helfen.« Das war nicht Alisa. Ivy riss die Augen auf. Inger stand vor ihnen. Feuer und Wasser! Hatte Inger etwa ihren Gedanken gelesen? Bevor sie etwas sagen konnte, stieß Alisa sich vom Baum ab und baute sich vor Inger auf.

»Ach ja? Wieso das jetzt plötzlich?«

Inger wich nicht vor Alisas schneidender Stimme zurück, senkte allerdings den Blick. »Wie wir euch behandelt haben – also, wie Fanny und ich euch beide behandelt haben, das war falsch. Es tut mir leid.« Sie hob den Kopf. »Ich möchte das wiedergutmachen. Wenn ich darf. Ich möchte euch helfen. Bitte.«

Sie wirkte so aufrichtig, dass Ivy einen Stich in der Brust spürte. Eine Sehnsucht nach der Inger, die mit ihr am Mast der Elisabetha gelehnt hatte. Sie verschränkte die Arme vor der Brust. Als würde das helfen.

»Helfen wobei?« Alisa gab keinen Zentimeter nach.

»Dabei, deine Mutter zu finden.« Sie sprach so leise, dass das ferne Knistern der Flammen von Lagerfeuern und Fackeln ihre Worte fast übertönte. Dann, als hätte sie die Geduld verloren, packte sie Alisa und Ivy an den Armen und zog sie mit sich, weg von den Feiernden. Sie stolperten mit ihr mit, bis der Wald sie verschluckte und Inger stehen blieb. »Ich habe deine Gedanken gelesen, Alisa«, gestand sie, als sie die beiden losließ. »Tut mir leid.«

Immerhin nicht meine, dachte Ivy.

»Schon okay«, erwiderte Alisa. »Was weißt du über meine Mutter?«

»Ich weiß nichts sicher – nur …« Inger verstummte.

»Nur was?«, fauchte Alisa. »Raus damit! Du hast gesagt, du kannst uns helfen!«

»Vielleicht. Ich habe in deinen Gedanken einen Vorhang aus Sonnenlicht gesehen – und in einer Höhle dahinter deine Mutter.«

»Und?«

Ivy kannte diesen Ton von ihrer Freundin: Wenn Inger nicht gleich deutlicher wurde, würde Alisa vor Anspannung zerspringen. Sogar die Luft um sie herum schien zu beben.

»Das kann nur eins bedeuten. Sie ist im Gefängnis des ewigen Lichts.«

»Des was?«

»Gefängnis des ewigen Lichts. Dieser Lichtvorhang lässt

sich nur in einer Richtung durchqueren. Wer einmal dahinter in der Höhle ist, bleibt auf ewig darin gefangen.«

»Was? Das ist grausam.« Ivy schüttelte sich.

Alisa sprach über ihren Einwand hinweg. »Wo ist dieses Gefängnis?«

»Tief in den Wäldern. Die Erwachsenen haben uns verboten, dorthin zu gehen. Sie behaupten, es ist seit Jahrhunderten leer und es würde darin spuken.« Sie lachte auf. »Als könnten sie uns mit Gespenstergeschichten einschüchtern!«

»Du kannst uns hinführen?«, fragte Alisa.

»Sicher.«

»Dann los!«

Als hätte sie nur auf die Aufforderung gewartet, stürmte Inger voran, und Ivy musste einen weiten Satz machen, um den Anschluss nicht zu verlieren. Während sie hinter Inger herpreschte, hoffte sie mit aller Kraft, dass die Dracas kein Spiel mit ihnen spielte. Hoffte es für Alisa. Und auch für sich selbst.

Leo

Auch wenn er hörte, was gesprochen wurde, konnte er nicht glauben, dass es wirklich geschah. Die Ehrwürdigen redeten über Alisas Tod! Leo umklammerte die Armlehnen seines Stuhls.

»Die Sonne ist die gnädigste Option«, dozierte Conte Claudio mit erhobener Stimme, und Leo musste sich beherrschen, um vor lauter Hoffnung nicht zu lächeln. Die Sonne konnte Alisa nichts anhaben, solange Dracula den Belov-Rubin in sich trug. Wenn die Ehrwürdigen diese Todesart beschließen würden, könnte er mit Alisa einen Plan zu ihrer Rettung schmieden. Irgendwie würden sie ihren Tod vortäuschen und sie in Sicherheit bringen –

»Leo!« Sein Onkel Ragnar riss ihn aus seinen Gedanken. »Das Gesetz der Dracas verlangt die Bestrafung durch Wolfszähne. Dein Vater würde –«

Leo sprang auf. »Mein Vater ist nicht hier!«

»Aber du!« Ragnars Augen funkelten vor Wut. »Und du bist es ihm schuldig! Alisa hat Calvina befreit, die deinen Vater fast umgebracht hat. Mein Bruder liegt dort draußen im Wald und kämpft noch immer gegen das Silber!«

Fast hätte Leo laut aufgelacht, so entlarvend war Ragnars Reaktion. Das war es also! Sein Onkel hatte nie verwunden, dass ihm sein jüngerer Bruder in der Thronfolge vorgezogen worden war. Leo ergriff eines der Geweihe, die die Rückenlehne des Throns bildeten. Es kostete ihn alle Kraft, sich nicht brüllend auf Ragnar zu stürzen. »Ohne Alisa würde mein Vater jetzt nicht einmal mehr kämpfen können«, sagte er mühsam beherrscht.

Sein Onkel verzog das Gesicht. Vielleicht sollte es wie Mitgefühl aussehen, aber auf Leo wirkte es wie reine Verachtung. »Ich habe ja gesehen, dass du die Vamalia magst«, fuhr Ragnar mit ruhiger Stimme fort. Ruhig – aber keineswegs beruhigend. Sein Blick streifte den Thron. »Aber unser Gesetz verlangt, dass du sie bestrafst. Wenn du dich dem verweigerst, dich über das Gesetz stellst, bist du ein schlechtes Vorbild für unseren Clan.«

»Ich kenne das Gesetz.« Leo setzte sich wieder auf den Thron. Es gefiel ihm nicht, aber was sein Onkel sagte, stimmte.

»Meine Enkelin hat nichts von all dem in böser Absicht getan«, mischte Freifrau Elina von Vamalia sich ein. »Sie wollte nicht, dass … das geschieht.«

»Aber es ist geschehen.« Sir Milton seufzte. »Und auch du hast sie gehört – sie würde es wieder tun. Für eine Schattenvampirin. Das können wir nicht dulden.« Er schüttelte den Kopf. »Sosehr ich es bedauere, aber in dieser Sache kann ich dich nicht unterstützen, Elina. Vielleicht verdient Alisa nicht die Todesstrafe, aber bestrafen müssen wir sie.«

Ein Grinsen huschte über Onkel Ragnars Gesicht. »Stimmen wir ab.«

Niemand der Ehrwürdigen widersprach, und Leo hatte keine Ahnung, wie er sie aufhalten konnte. Conte Claudio hob als Erster die Hand, um für Alisas Tod zu stimmen. Madame Audry schloss sich ihm an – und nach einem kurzen

Blick auf Alisas Großmutter hob auch Sir Milton eine Hand. Freifrau Elina sah sie alle der Reihe nach an. Sie schwieg und hob keine Hand.

»Nur eine Stimme dagegen«, dröhnte Ragnars Stimme in der Stille. »Ich denke, damit ist die Entscheidung klar. Leo?«

Das konnte nicht wahr sein. Er konnte nicht hier sitzen und Alisas Tod zustimmen. Egal, was das Gesetz von ihm verlangte, er würde nicht gegen sein Gewissen entscheiden. Und wenn er sich damit den Zorn seines Vaters und seines gesamten Clans zuzog! Leo hob an zu sprechen, da wurde die Tür aufgestoßen.

Sie fuhren alle herum. Seymour schlenderte herein, grinsend, als wäre dies die schönste Nacht auf Erden. »Ich bin hier, um mit abzustimmen. Und ich stimme für Alisas Freiheit. Vielleicht auch gleich Calvinas.« Er zuckte mit den Schultern.

»Das ist unerhört!«, regte Conte Claudio sich auf. »Das hat es noch nie –«

»Wie kannst du es wagen!«, rief Madame Audry.

»Du hast kein Recht –«

»Doch, das hat er«, fuhr Leo seinem Onkel über den Mund. Der verstummte ebenso verblüfft wie alle anderen. »Seymour of Lycana hat jedes Recht, an dieser Versammlung teilzunehmen. Er ist der letzte Überlebende seines Clans. Das macht ihn zu einem Ehrwürdigen.«

»Hör auf mich, Leo«, drängte Onkel Ragnar. »Du weißt, was getan werden muss. Was richtig ist. Du weißt, dass sie beide bestraft werden müssen! Du bist das Oberhaupt der Dracas, also benimm dich wie ein Mann! Wie dein Vater.«

Wie sein Vater entscheiden würde, wusste Leo nur zu gut.

Ebenso wie er wusste, dass *er* so nicht entscheiden wollte. Seymour zwinkerte ihm von der Tür her zu, als wäre das alles ein Spiel. Aber das war es nicht! Es war Ernst, blutiger Ernst, und es ging um Alisas Leben. Leo knirschte mit den Zähnen. Er musste Zeit gewinnen.

»Mein Vater hat mich zum Oberhaupt des Clans bestimmt, Onkel. Nicht dich. Du führst weder den Clan an, noch bist du ein Ehrwürdiger. Du hast keine Stimme in dieser Versammlung. Du gehörst nicht einmal hierher. Im Gegensatz zu Seymour.« Er hatte seinen Onkel noch nie sprachlos erlebt, aber jetzt fehlten ihm offenbar die Worte, obwohl er die Fäuste hob und seine Fangzähne aufblitzten. Niemand von den Ehrwürdigen erhob die Stimme zu Ragnars Unterstützung.

Sein Onkel verharrte einen ungläubigen Moment lang, dann knurrte er und stürmte hinaus, ließ die Tür hinter sich offen.

In dem Schweigen, das weiterhin den Raum füllte, ging Leo zur Tür. Draußen wurde immer noch gefeiert. Sein Onkel schubste jeden Vampir zur Seite, der ihm im Weg stand, seine eigene Frau stieß er so heftig beiseite, dass sie taumelte und gestürzt wäre, hätte Fanny sie nicht aufgefangen. »Hat er dich verletzt, Mutter?«

»Schon gut.« Sie drückte Fanny an sich. »Er ist in letzter Zeit nicht er selbst.«

Leo zögerte. Aber er konnte sich jetzt nicht mit Familienangelegenheiten beschäftigen. Er sah, wie Fanny ihrem Vater folgte, der in Richtung Wald verschwand. *Später*, beschloss er und zog die Tür zu. Jetzt musste er zu dieser Versammlung zurück. Mit Seymour stimmten drei für Alisas Tod und drei dagegen. Aber ein Unentschieden würde sie nicht retten.

Alisa

Ein Fluss zerschnitt den Wald, drängte die Bäume auseinander und ließ so mehr Licht zu ihnen durch. Inger hetzte an seinem Ufer entlang, doch dann stoppte sie abrupt und wartete, bis Ivy und sie zu ihr aufgeholt hatten.

»Hier müssen wir das Wasser überqueren.« Inger deutete auf den Fluss, der an dieser Stelle etwas langsamer strömte als zuvor.

Alisa verwünschte einmal mehr Graf Dracula und dessen Entschluss, alle seine Rubine im Belov-Grab zu verwahren, statt sie zu nutzen. Wenn der den Tova-Rubin tragen würde, wäre sie vor der Lähmung geschützt, die das Wasser verursachte. Alisa trat von einem Fuß auf den anderen, konnte sich jedoch ebenso wenig wie die beiden anderen dazu entschließen, den ersten Schritt ins Wasser zu tun. *So breit ist der Fluss gar nicht*, versuchte sie sich gut zuzureden. Doch auch der Blick ans andere Ufer brachte keine Aufmunterung. Ein Skelett hing an einem Baum, schwankte im Wind leicht hin und her. »Nicht sehr einladend«, murmelte sie.

»Soll es auch nicht sein. Kommt.« Inger machte einen Schritt ins Wasser.

Alisa zögerte, bis Ivy sie leicht von hinten anstupste. Sie hatte recht. Irgendwo dort drüben war ihre Mutter. Entschlossen setzte Alisa einen Fuß in den Fluss.

Selbst die schwache Strömung zerrte an ihr, und das Wasser umklammerte ihre Beine, stieg bis hoch zu ihren Knien. Alisa biss die Zähne zusammen. *Vorwärts, vorwärts, vorwärts.* Sie spürte ihre Zehen nicht mehr und hielt den Blick fest auf das sichere Ufer gerichtet, wo Inger schon aus dem Wasser stieg. Was eine Dracas konnte, konnte sie auch! Sie stapfte weiter, hörte Ivy gleich hinter sich Flüche ausstoßen. Das half ein wenig gegen die Taubheit, die von ihren Füßen immer weiter hochstieg. Unterhalb ihrer Knöchel spürte sie schon nichts mehr. Als liefe sie auf Nichts. Sie hielt den Blick fest auf den Flussboden gerichtet. Es war unheimlich, sehen zu können, wohin sie die Füße setzte, aber den Untergrund nicht zu spüren. Sie schwankte und hatte Mühe, das Gleichgewicht zu halten. Trotzdem ignorierte sie die Hand, die Inger ihr entgegenreckte. Ivy hingegen ließ sich von der Dracas ans Ufer helfen.

»Hier lang.« Inger deutete an dem Skelett vorbei auf einen Pfad, der sich weiter am Fluss entlangschlängelte. Alisa stampfte mit den Füßen, bis so etwas wie Gefühl in sie zurückkehrte. Der Schmerz beim Weichen der Taubheit war besser als das Nichts. Mit dem Stechen und Kribbeln in ihren Gliedern kehrte auch der Zweifel zurück. Sie packte Ivy am Arm.

»Was, wenn sie nicht dort ist? Was, wenn sie …« Alisa presste die Lippen zusammen. Das Wort wollte sie nicht einmal denken. »Was, wenn sie dort ist und mich nicht erkennt? Wenn sie mich nicht sehen will?«

»Bist du verrückt?« Ivy drückte ihre Hand. »Natürlich will sie dich sehen!«

Inger, die ihnen bereits ein Stück voraus war, drehte sich zu ihnen um. »Kommt ihr?«

»Los.« Ivy stupste sie an. »Glaub mir, sie will dich sehen. Ganz bestimmt.« Obwohl das ihre Zweifel nicht vollständig beruhigte, ließ Alisa sich von Ivy an die Hand nehmen und rannte mit ihr weiter. Was für ein seltsames Land das war, es schien nichts zu geben außer Schnee, Wasser, Bäumen und Felsen. Es erinnerte sie an die Landschaft in Baron Magnus' Kopf. *Mama!* Der Schrei ihrer Mutter gellte ihr wieder in den Ohren und mit ihm stieg das Bild ihrer Großmutter auf, der stummen Verzweiflung auf ihrem Gesicht. Sie rannte schneller – und stieß fast mit Inger zusammen, die vor einer Felswand innegehalten hatte. In den Felsen war eine breite Tür eingelassen.

»Ist es das?«, fragte Alisa und hörte die Anspannung in ihrer Stimme.

Inger nickte. Ivy musterte die hohe Tür. »Bist du bereit?« Jetzt war es an Alisa, stumm zu nicken.

Gemeinsam zogen sie die schwere Doppeltür auf. Dahinter lag ein von Fackeln beleuchteter Tunnel. Alisa trat als Erste ein.

Nur das Echo ihrer Schritte und das leise Knistern der Flammen waren zu hören. Die Luft schmeckte trocken, roch wie die Seiten wirklich alter Bücher. Der Tunnel bog immer wieder unvermittelt ab, wie das Labyrinth in Baron Magnus' Gedanken. Allerdings gab es hier keine Abzweigungen. Alisa bog erneut um eine Ecke. Aber wieder erwartete sie kein Lichtvorhang mit einer Höhle dahinter, sondern ein weiteres Stück Tunnel. Doch von weiter vorn erklang plötzlich eine Stimme.

»Ich habe mich schon gefragt, ob mir heute überhaupt noch jemand etwas zu essen bringt.«

Alisas Herz pochte so laut, dass es das Geräusch ihrer Schritte übertönte. Sie rannte schneller als ihr Herzschlag. Sie stoppte ab, als sie um eine Ecke kam und den Lichtvorhang vor sich sah. Er hing in der Luft, genau so, wie sie ihn im Kopf des Barons gesehen hatte. Ihr Herzschlag dröhnte ihr in den Ohren. Sie konnte keinen Schritt weiter machen.

Die Höhle hinter dem Vorhang aus Sonnenlicht war ihr ebenfalls aus der Erinnerung des Barons vertraut: ein Schreibtisch, Kerzen, eine Feuerstelle. Die vollgeschriebenen Papiere, die an der Felswand über dem Schreibtisch hingen, waren neu. Die Gestalt am Schreibtisch kannte sie aus ihren eigenen Erinnerungen.

»Mama?«

Sie wusste nicht, ob sie schrie oder flüsterte, aber die vertraute Gestalt schnellte von ihrem Hocker hoch und eilte an den Vorhang.

»Alisa!«

Sie war es. Alisa stürmte vorwärts.

»Alisa! Bleib stehen!« Ihre Mutter hob warnend beide Hände. »Wenn du den Lichtschild durchquerst, kannst du nicht mehr zurück. Du würdest zu Asche verbrennen.«

Alisa stoppte nur Millimeter vor dem Licht. So viele Worte wollten gleichzeitig aus ihr heraus, dass sie stumm blieb. Ihre Mutter! Lebendig. Nur eine Armeslänge von ihr entfernt. Lebendig. Keinen Augenblick länger würde sie auch nur einen Millimeter Abstand zwischen ihnen ertragen. Alisa machte einen Schritt nach vorn, »Alisa! Nein!«, und trat durch das Licht in die Höhle.

»Alisa! Nein!«

Sie warf sich in die Arme ihrer Mutter, spürte, wie ihre

Arme sich um sie schlossen, schmiegte sich an sie, roch den vertrauten Veilchenduft unter dem nach Wachs und Rauch. Sie war wieder vier Jahre alt und wunderte sich, wie sie fast so groß sein konnte wie ihre Mutter. Die drückte sie an sich, als müsste sie sich vergewissern, dass Alisa kein Trugbild war.

»Kind, was hast du nur getan?«

»Nichts«, murmelte Alisa und vergrub ihr Gesicht in den dunklen Haaren ihrer Mutter. »Der Lichtschild kann mir nichts anhaben, Mama. Dracula hat den Belov-Rubin – ich kann dem Licht der Sonne standhalten.«

»Du – du hast den Funken.« Ihre Mutter strich ihr über die Haare, und Alisa wünschte sich, sie wäre wirklich wieder vier Jahre alt und ihre Mutter wäre nie fortgegangen und sie könnten einfach dort anknüpfen, wo alles zusammengestürzt war. Sie schloss die Augen, spürte die Schulterknochen ihrer Mutter an ihrer Wange.

»Ja.« Sie zwang sich zu dem Wort, denn sie war kein Kind mehr. »Fluch und Segen«, wisperte sie in die Haare ihrer Mutter. »Dieses Gefängnis kann mich nicht halten, und …«, sie drückte sich an ihre Mutter, »ich habe dich so vermisst.« *Endlich*, dachte sie. *Endlich hab ich dich wieder.* »Warum haben die Ehrwürdigen dir das angetan?«

Ihre Mutter hielt sie umschlungen, als wollte auch sie ihre Tochter nie wieder gehen lassen. »Deine Großmutter dachte, sie hätte keine andere Wahl.«

»Warum?« Alisa lehnte sich ein wenig zurück.

»Weil die Ehrwürdigen Angst hatten. Sie wollten ihre Familien, ihre Clans vor mir beschützen. Weil ich den Knoten lösen wollte. Sie fürchten sich davor, zu Menschen zu werden, alles zu verlieren, was sie kennen und lieben …«

»Sie haben behauptet, du wärst tot!« Alisa riss sich los. Sie zitterte am ganzen Körper. »Ich habe geglaubt, du wärst tot.«

»Ich weiß.« Ihre Mutter zog sie erneut an sich, küsste sie auf die Stirn und wiegte sie wie ein Kind. »Ich weiß. Ich weiß.« Alisa schmiegte sich an sie. Hier war sie sicher.

»Was ist mit Tammo?«, fragte ihre Mutter leise. »Geht es ihm gut?«

Alisa nickte, ohne den Kopf zu heben. »Er ist so groß geworden! Und er wird außer sich sein. Vor Freude, meine ich«, fügte sie eilig hinzu. Tammo. So gerne sie diesen Moment ausdehnen und alles andere ignorieren wollte – sie musste ihrem Bruder erzählen, dass ihre Mutter lebte. Der Gedanke an ihn zog sie in die Realität zurück. Widerstrebend löste sie sich aus der Umarmung. »Mama, das sind Ivy, meine beste Freundin, und –«

»Inger af Dracas.« Inger trat näher an den Lichtschild. »Sehr erfreut.« Ihr förmliches Verhalten klang seltsam in dieser Umgebung und für den Moment sagte keine von ihnen ein Wort. Ihre Mutter starrte Inger an, bis diese unter dem unnachgiebigen Blick von einem Fuß auf den anderen trat, unsicher zu Ivy sah, als könnte die sie retten.

»Dein Vater, General Ragnar, ist mein Gefängniswärter. Er wacht im Namen des Barons über mich.«

Inger zuckte unter den Worten zusammen und zog sich an Ivys Seite zurück. Die schob sich halb vor sie. »Inger kann nichts dafür, wer ihr Vater ist.«

»Und der Baron hat seinem Sohn Leo die Herrschaft über die Dracas gegeben«, fügte Alisa hinzu. Leo. Der Gedanke tat weh. Ja, er war ihr dankbar gewesen, dass sie seinen Vater gerettet hatte. Aber würde er ihr auch vergeben können?

»Das verstehe ich nicht.« Ihre Mutter runzelte die Stirn. »Was ist passiert? Der Baron würde doch nie freiwillig seine Macht …«

Alisa seufzte. Wo sollte sie anfangen?

Auf der anderen Seite des Lichtschilds stieß Ivy Inger leicht an. »Komm«, tuschelte sie. »Geben wir den beiden etwas Zeit.« Sie nickte Alisa zu und die beiden verschwanden Hand in Hand um die nächste Biegung des Tunnels. Alisa rieb über ihre Handfläche, in der sich der Funke verbarg. Mit dem hatte alles angefangen.

Leo

Die Ehrwürdigen hatten sich nach der unentschiedenen Abstimmung an den Kamin zurückgezogen, wo sie sich leise berieten. Leo gab sich keinerlei Mühe, das Gesagte zu belauschen. Er brauchte kein weiteres Für und Wider – er brauchte einen Ausweg. Und den konnte auch Seymour ihm nicht bieten, der nach seinem ersten rettenden Auftritt mit hängenden Schultern allein an dem langen Tisch saß. Leo trommelte auf den Geweih-Armlehnen herum. Er konnte sich nicht einmal wünschen, dass sein Vater statt seiner hier säße, denn dann wäre Alisa längst zum Tode verurteilt worden. Er schüttelte den Kopf. Wie war er in all das hineingeraten? Die plötzliche Stille am Kamin ließ ihn aufblicken.

»Es tut mir sehr leid, Leo«, setzte Sir Milton an, hinter dem sich die anderen Ehrwürdigen versammelten. »Du musst eine Entscheidung treffen. Wir sind auf dem Land deines Clans. Hier gelten die Gesetze der Dracas. Für uns alle. Daher liegt es an dir als Oberhaupt der Dracas, nach euren Gesetzen zu entscheiden, wie Calvina und Alisa bestraft –«

»Ich werde niemanden bestrafen.« Leo umklammerte die Armlehnen. »Nicht jetzt. Nicht heute. Ich brauche Zeit, um mit klarem Kopf entscheiden zu können.« Er entspannte sich ein klein wenig, als ihm endlich eine Lösung einfiel. »Bis dahin werden wir die beiden in das Gefängnis des ewigen Lichts sperren.«

Conte Claudio räusperte sich. »Das geht nicht.«

»Wie bitte?« Nach allem, was Sir Milton eben gesagt hatte, widersprach der Ehrwürdige der Nosferas ihm einfach so? »Warum?«

Es war Sir Milton, der antwortete. »Darin ist bereits jemand eingesperrt.«

»Mein Vater hat gesagt, es sei seit Jahrhunderten unbenutzt.« Leo musterte die Ehrwürdigen. Nur einer von ihnen erwiderte seinen Blick: Sir Milton.

»Er hat gelogen.«

Es fühlte sich an, als hätte sich ein Loch unter ihm aufgetan. Ein endloser Abgrund, der darauf wartete, ihn zu verschlingen. »Wer ist darin eingesperrt?«

Jetzt schloss sich Malcolms Vater dem Schweigen der anderen an. Es war Conte Claudio, der schließlich den Mund aufmachte.

»Das können wir nicht –«

»Wer – ist – darin – eingesperrt?« Leo schleuderte den Ehrwürdigen jedes Wort wie ein Messer entgegen. Conte Claudio wirkte, als bereute er seinen kleinen Schritt bereits. Die Stimmen der Feiernden von draußen klangen herein, ihre Fröhlichkeit vertiefte die Stille im Raum. Wagte wirklich niemand der Ehrwürdigen, seine Frage zu beantworten? Leo schoss von seinem Stuhl hoch. »Ich habe ein Recht, es zu erfahren! Ich bin das Oberhaupt der Dracas! Zwingen Sie mich nicht dazu, meinen Rubin einzusetzen. Wer ist dort eingesperrt?«

»Elina …?«, hauchte Madame Audry.

Freifrau Elina von Vamalia richtete sich auf und blickte ihn geradeheraus an. »Meine Tochter Anna.«

Alisas Mutter? Alisas tote Mutter! Sie lebte? Wie hatte die Ehrwürdige der Vamalia das ihrer Enkelin antun können? Sein ganzer Körper war gelähmt, als hätte ihn jemand mit Wasser übergossen. Jahrhunderte vergingen. Oder Sekunden. Er musste Alisa finden. Alles andere war jetzt gleichgültig. Leo riss sich aus seiner Erstarrung und stürmte aus der Hütte.

Erst nahm er draußen gar nichts wahr, dann orientierte er sich an den Gesprächen, aus denen er vertraute Stimmen herausfiltern konnte. Malcolm, Luciano, Tammo, Karen und Hindrik standen beisammen. »Wisst ihr, wo Alisa ist?« Stehen kam ihm wie Zeitverschwendung vor, doch er musste abwarten, bis irgendwer antworten würde.

»Sie ist mit Inger und Ivy in den Wald gelaufen«, sagte Hindrik schließlich. Er runzelte die Augenbrauen. Wenn er nicht schnell weiterredete, würde Leo doch seine guten Vorsätze über Bord werfen und seine Gedanken lesen müssen. »Dort entlang.« Hindrik zeigte ihm die Richtung. »Was ist denn los?«

Doch Leo hatte keine Zeit für Erklärungen – in der von Hindrik angezeigten Richtung lag das Gefängnis. Und Inger war mit Alisa gegangen. *Vermutungen, alles nur Vermutungen und Gefühle*, spottete eine Stimme in seinem Kopf. Leo schenkte ihr keine Beachtung. Er rannte los.

»Wo ist Joanne?«, hörte er Tammo fragen – schon weit hinter ihm. Nach der würden die anderen suchen müssen. Wenn Alisas – und Tammos – Mutter wirklich im Gefängnis des ewigen Lichts eingesperrt war, hatte sie mit ihrer Warnung an Alisa recht gehabt. Sie sollte den Dracas nicht trauen, hatte sie in ihr Notizbuch geschrieben. Und er war so wütend auf Alisa gewesen, weil sie den Worten ihrer toten Mutter mehr Glauben geschenkt hatte als ihm.

Wenn sie wirklich lebte, all diese Jahre als Gefangene, dann hatte sein Vater ihn angelogen. Dann hatten die Ehrwürdigen sie alle angelogen! Was für Monster verschwiegen einer Tochter, dass ihre Mutter noch lebte? Leo sprang mit einem weiten Satz in den Fluss und stapfte hindurch ans andere Ufer, schenkte dem vom Baum hängenden Skelett keine Aufmerksamkeit, spurtete mit gesenktem Kopf weiter.

»Leo!«

Er prallte gegen ausgestreckte Hände, taumelte einen Schritt zurück, fing sich. »Was?«, knurrte er, sobald er sein Gleichgewicht wiedergefunden hatte. Fanny, die mit schreckgeweiteten Augen vor ihm stand, schien ihn gar nicht zu hören. Sie packte ihn an der Jacke.

»Wo ist mein Vater? Hast du ihn gesehen?«

»Nein.« Er wollte ihre Hände abstreifen, wollte weiter, aber sie klammerte sich an ihm fest.

»Wo ist er?«

Leo schüttelte den Kopf. »Ich habe keine Zeit! Ich muss –« Es hatte keinen Sinn. Er legte Fanny die Hände auf die Schultern. Sie zitterte und blickte sich hektisch um, als könnte ihr Vater jederzeit hinter einem der Bäume auftauchen oder vom Himmel herabschweben wie ein Geist. »Was ist denn passiert?«

»Ich –« Fanny riss die Augen noch weiter auf. »Ich habe Graf Dracula gesehen.« Sie starrte ihn an, als hoffte sie, er würde ihr versichern, das sei unmöglich und alles Einbildung.

»Mit meinem Vater zusammen«, fügte sie flüsternd hinzu. Ihr Blick war stumpf und leer, als hätte sie wochenlang kein Rot getrunken.

»Fanny.« Er drückte ihre Schultern, bis sie vor Schmerz zusammenzuckte. Aber wenigstens sah sie jetzt wieder etwas lebendiger aus. »Du musst die anderen warnen.« Er drehte sie in Richtung des Dorfes. »Lauf zu den anderen. Warne sie. Ich bin so schnell wie möglich bei euch. Verstanden?« Er gab ihr einen leichten Stoß. Fanny stolperte, fing sich, zögerte – schaute über die Schulter zu ihm zurück. Leo zwang sich zur Ruhe. *Du musst sie warnen. Los!* Fanny nickte und eilte in Richtung des Dorfes davon. Die Fragen überschlugen sich in Leos Kopf. Wie konnte Graf Dracula so schnell hergekommen sein? Konnte er? Und was hatte sein Onkel mit ihm zu tun? Leo schob die Gedanken beiseite. Wenn Graf Dracula wirklich hier war, musste er Alisa umso dringender einholen.

Malcolm

Malcolm starrte auf die dunkle Linie der Bäume, hinter der Leo ohne jede Erklärung verschwunden war. Tammo zupfte an seinem Jackett und auch die anderen Erben und Schatten hinter ihm schienen unruhig. Aber Malcolm drehte sich erst um, als er die Stimmen der Ehrwürdigen herannahen hörte.

»Diese ganze Situation ist – unerfreulich.«

Typisch sein Vater. Vielleicht würden die Ehrwürdigen ihnen zur Abwechslung einmal sagen, was vorgefallen war. Doch ein Blick auf seinen Vater und die Hoffnung zerstob. Alles würde so sein wie immer. Wobei … nicht ganz. Ein Grinsen huschte über sein Gesicht, als ihm bewusst wurde, dass eben nicht alles war wie immer. Er hatte jetzt mehr Fähigkeiten als noch vor wenigen Wochen. Er musste nicht unwissend bleiben.

»Wo ist Joanne?«, durchbrach Tammo seine Gedanken. Alle blickten sich um, aber Joanne war nirgendwo zu sehen. Bestimmt jagte sie mal wieder ihrem Haustier nach. Wozu bitte hielt man sich eine Ratte?

Seymour gesellte sich zu Tammo. Die beiden Jungen suchten nach Fußspuren im Schnee, was ziemlich aussichtslos schien nach all dem Getrampel vom Tanzen und Feiern. Sein Vater und Freifrau Elina von Vamalia sonderten sich ein Stück weit von ihrer Gruppe ab. Als könnten sie sich so unsichtbar machen! Malcolm schnaubte leise. Von ihm verlangte sein Vater Anstand und tadelloses Auftreten, während er selbst sich in Gegenwart der Vamalia wie ein verblendeter Jungvampir aufführte. Und das im Trauerjahrhundert!

Er konnte nicht wegschauen, so wenig ihm gefiel, was er beobachtete. Jetzt strich sein Vater der Vamalia auch noch über den Arm! Was war das mit den Vampirinnen dieses Clans, dass ihnen die Vampire so verfielen? Sein Vater und die alte Vamalia – Leo und Alisa. Unverständlich. Sein Vater zog die Vamalia in seine Arme. »Es wird schon alles gut werden«, hörte Malcolm ihn wispern.

Fassungslos schüttelte er den Kopf. *Alles wird gut!* Als wäre das jemals wahr gewesen. Freifrau Elina schien die Beschwichtigung seines Vaters genauso wenig zu überzeugen wie ihn. »Alisa wird mir niemals vergeben«, murmelte sie mit gesenktem Kopf. Dann verstummten sie beide.

Die Neugier kitzelte Malcolm so sehr, dass er vorsichtig seine Gedanken ausstreckte. Sein Vater hatte zwar Barrieren in seinem Kopf errichtet – immerhin waren sie hier im Land des Dracas-Clans –, aber für jemanden, der ihn kannte, bildeten die roten Backsteinmauern kein wirkliches Hindernis. Sie weckten nur kurz die Sehnsucht nach London. Heimat. Doch dabei verweilte Malcolm nicht. Kurz entschlossen schwang er sich über die Mauer.

Und wünschte sich gleich darauf zurück, als er sah, was er sah. Malcolm lehnte sich an die Mauer und blickte sich mit weit mehr Vorsicht um als zuvor. In den Gedanken seines Vaters war Leo – noch bleicher als sonst. So fest, wie er die Armlehnen seines Sitzes umklammerte, würden die gleich brechen. Er schleuderte den Ehrwürdigen eine Frage entgegen. *Wer – ist – darin – eingesperrt?* Malcolm war überrascht von dem Gefühl des Bedauerns, das er in seinem Vater wahrnahm. Bedauern für Leo, weil er von der Lüge des Barons erfahren musste. Weil Leo sich Aufgaben stellen musste, für die er zu jung war. Klar, sein Vater fand jeden unter fünfzig zu jung für irgendetwas.

Es war Freifrau Elina, die Leos Frage schließlich beantwortete. Das war doch … Malcolm konnte nicht glauben, was ihm die Gedanken seines Vaters verrieten. Alisas Mutter lebte? Kein Wunder, dass Alisas Großmutter glaubte, ihre Enkelin würde ihr nie verzeihen. Er an ihrer Stelle würde das bestimmt nicht über sich bringen. Eine derartige Lüge! Was bildeten die Ehrwürdigen sich ein?

Malcolm zog sich aus dem Kopf seines Vaters zurück, so schnell er konnte. Eines war ganz klar: Auf die Ehrwürdigen war kein Verlass. Er blickte sich um. Tammo, Luciano und Seymour suchten im zertrampelten Schnee immer noch nach Spuren von Joanne. Wo steckten die anderen? Er würde Tammo auf keinen Fall mit der Neuigkeit überfallen – nicht solange seine Schwester nicht dabei war. Er musterte Hindrik, der Tammo beobachtete. Wusste der Schatten der Vamalia Bescheid?

Bevor er sich länger darüber Gedanken machen konnte, näherten sich drei Dracas der Gruppe der Ehrwürdigen. Ihre gleichförmige Kleidung wirkte wie eine Uniform. Sie liefen im Gleichschritt, blieben gleichzeitig stehen. Aber nur der Vorderste sprach. Er wandte sich an die Ehrwürdige der Pyras. »Madame Audry, General Ragnar möchte Sie sprechen.«

»Sagen Sie ihm, ich komme, sobald ich meine Tochter

gefunden habe.« Madame Audry gönnte dem Dracas nur einen kurzen Blick.

»Der General duldet keinen Aufschub, Madame.«

»Was erlauben Sie sich?«, fuhr Madame Audry ihn an. Die anderen Ehrwürdigen versammelten sich hinter ihr.

Was war da los? Einen Streit konnten sie jetzt wirklich nicht brauchen. Malcolm trat eilig hinzu.

»Gehen Sie nur, Madame de Pyras. Wir werden Joanne finden«, sagte er. Tammo und Seymour nickten bestätigend, aber erst als auch Hindrik und Karin ebenfalls beistimmten, ließ die Ehrwürdige sich überzeugen. Der erste Dracas ging voran, Madame Audry folgte ihm, und die beiden anderen Dracas bildeten den Abschluss. Als würden sie eine Gefangene abführen. Malcolm schüttelte über sich selbst den Kopf. *Immer so dramatisch*, rügte er sich still mit den Worten seines Vaters und schaute den vier Gestalten hinterher, die zwischen den Hütten des Dracas-Dorfes verschwanden. Dann wandte er sich an die anderen. »Teilen wir uns auf und suchen nach Joanne«, schlug er vor. »Tammo, Seymour, ihr –«

Wie ein heftiger Windstoß prallte Fanny gegen ihn, ließ ihn zwei Schritte zur Seite taumeln, während sie sich an seinen Arm klammerte. »Wo ist mein Vater?« Ihre Augen waren weit aufgerissen und ihre Stimme zitterte. Er versuchte, sich aus ihrem Griff zu befreien, aber sie ließ sich nicht abschütteln. »Wo ist er?«

»Irgendwo dort.« Malcolm nickte in die Richtung, in der Madame de Pyras mit den Dracas verschwunden war. Fanny bebte am ganzen Körper.

»Geht das etwas genauer?«, zischte sie und blickte hektisch um sich, als erwartete sie, ihren Vater jeden Moment hinter einem Baum hervorspringen zu sehen.

»Was ist denn passiert?« Malcolm legte ihr vorsichtig eine Hand auf den Arm. Nicht sicher, ob sie das beruhigend auffassen würde – oder ihm eine Ohrfeige verpassen. Er traute ihr beides zu. Fanny blinzelte und lehnte zu seiner Überraschung die Stirn an seine Schläfe.

»Ich … ich habe Graf … Graf Dracula gesehen«, wisperte sie.

»Hier?« Malcolm sprach kaum lauter als sie. Er legte einen Arm um Fanny, deren Zittern zwar langsam nachließ, die aber keinen vollständigen Satz mehr herausbrachte, nur immer wieder murmelte: »Mein Vater …« Malcolm drehte vorsichtig den Kopf, bis seine Stirn an ihrer lehnte.

»Darf ich?«, fragte er leise und spürte sie nicken. Gleich darauf wurde er in ihre Erinnerung gezogen.

General Ragnar stand vor einem flachen Stein und zog ein gekrümmtes Messer aus dem Gürtel. Er schnitt sich eine Haarsträhne ab, verbrannte sie über einer Metallschüssel, die auf dem Stein stand, löschte schließlich die Flammen mit etwas Ur-Rot. Der Geruch ließ Malcolm schaudern. Zu deutlich stand ihm der Wutrausch vor Augen, in den ihn das Ur-Rot versetzt hatte, das er unter dem Zwang der verfluchten Upiry hatte trinken müssen. Er wollte wegschauen, so sehr brannte die Scham über seine Schwäche. Doch Fanny legte die Hände um sein Gesicht, wie eine stumme Bitte. Malcolm drängte die eigenen Gefühle weg und schaute weiter hin.

»Mächtiger Gebieter, ich bitte dich, erscheine.« General Ragnar starrte in den Rauch, der über der Schüssel aufstieg.

Der Rauch flackerte, dehnte sich aus, zog sich zusammen – und war fort. An seiner Stelle erschien Graf Dracula.

»Deine Bitte sei dir gewährt.« Graf Dracula schwebte über dem Stein in der Luft. Was …? Malcolm zuckte zurück, bevor er sich daran erinnerte, dass er nicht wirklich erlebte, was er hier sah. Nicht er, Fanny hatte das Geschehen beobachtet. Er stand still, während General Ragnar die Gestalt des Grafen voller Wut anfauchte.

»Du hast mich angelogen! Mein Bruder ist nicht gefallen – im Gegenteil! Er wird wieder gesund, wird stärker, während mein Neffe den Clan anführt.« Er spuckte aus. »Du hast mir etwas anderes versprochen! Ich sollte der Anführer der Dracas sein. Ich!«

»Du Narr! Für wen hältst du dich, so mit mir zu sprechen? Auf die Knie mit dir!«

Ohne Widerworte sank General Ragnar vor Graf Dracula auf die Knie. Malcolm spürte, wie er Fannys Schultern packte. Es war beruhigend zu wissen, dass sie vor ihm stand – weder der General noch der Graf in diesem Moment hier waren.

»Du wirst alles bekommen, was ich dir versprochen habe«, fuhr Graf Dracula fort. »Du wirst über die Dracas herrschen, genau wie über alle anderen Clans. Du wirst ihnen endlich zeigen können, dass dein Vater dich statt Magnus zu seinem Nachfolger hätte wählen sollen.« Graf Dracula blickte lächelnd auf den knienden General hinab. »Aber erst musst du etwas für mich tun.«

»Alles, was Ihr verlangt, Gebieter. Alles.«

Graf Draculas Lächeln vertiefte sich – und dann stand Malcolm plötzlich wieder vor Fanny, und die Flammen der

Fackeln warfen ihr Licht über den Schnee. Die Erinnerung war zu Ende.

»Ich bin weggerannt«, flüsterte Fanny und trat einen Schritt zurück. »Was mache ich denn jetzt?«

Ja, was? In seinem Kopf drehte sich alles. General Ragnar hatte sich mit Graf Dracula verschworen. Der gar nicht wach sein dürfte – zumindest nicht, wenn er den Worten der Ehrwürdigen noch trauen konnte. Aber konnte er das? Schließlich hatten sie auch behauptet, Alisas Mutter sei tot. *Verdammt, Leo, wir brauchen dich hier und nicht auf der Jagd nach der Vamalia!* Malcolm blickte sich um. Die feiernden Dracas hatten sich in ihre Hütten zurückgezogen. Er konnte Licht in den Fenstern sehen, Gespräche und Lachen hören – hier draußen standen nur noch die, die von Bord der Elisabetha gekommen waren. Er zuckte zusammen, als Wolfsgeheul hinter ihnen ertönte. Alle rückten näher zusammen.

»Das gefällt mir nicht«, sagte Freifrau von Vamalia leise. Sein Vater nickte und schob Seymour und Tammo zu Fanny und ihm herüber. Luciano drückte sich eng an seinen Vater. Conte di Nosferas tätschelte ihm den Rücken.

Das Wolfsheulen kam eindeutig aus mehreren Kehlen und hallte weit durch die Nacht. »Bleibt zusammen«, befahl sein Vater mit der drängenden Stimme, die Malcolm nur zu gut kannte. Er wollte aufbegehren, schließlich war er fast volljährig und sicherlich kein Kind mehr – doch sein Vater deutete mit dem Kinn zur Seite. Malcolm folgte seinem Blick und erstarrte. General Ragnar stürmte auf sie zu. Er schleifte Joanne hinter sich her, hielt sie an der Kehle gepackt, ihre Füße berührten kaum den Boden. Madame de Pyras hetzte neben ihm her, flehte ihn an, ihre Tochter freizugeben. Malcolm wollte einen Satz nach vorn machen, doch sein Vater schob sich vor ihn. »Was hat das zu bedeuten, Ragnar?«

General Ragnar blieb stehen. Er grinste und streckte ihnen einen Rubin entgegen. Den Pyras. Das Wolfsheulen wurde lauter. »Wisst ihr, was das bedeutet?«, höhnte er. »Das bedeutet, dass ich hier das Sagen habe.« General Ragnar hob Joanne mühelos mit seiner anderen Hand hoch in die Luft. Als Madame de Pyras aufschrie, intensivierte General Ragnar seinen Griff um Joannes Kehle. »Und jetzt gebt mir eure Rubine! Sonst …« Er schüttelte Joanne, die würgte und sein Handgelenk umklammerte.

»Bitte, Vater.« Fanny eilte auf ihn zu, stoppte aber, als ein Rudel Wölfe aus dem Wald hervorschoss. Mit wenigen Sprüngen waren die Tiere bei ihnen, knurrten, fletschten die Zähne, heulten und trieben Fanny zu Malcolm zurück. Aber auch dann verstummten sie nicht, umkreisten sie und die anderen Vampire, während General Ragnar hämisch auflachte.

Conte Claudio schob Luciano bestimmt zu Seymour und Tammo. »Ein paar Wölfe können uns nichts anhaben, Ragnar.«

»Euch vielleicht nicht.« General Ragnar zog die Augenbrauen hoch. »Aber den Kleinen! Ich habe dem Rudel befohlen, die Schwächsten zuerst anzugreifen. Die können keinen Wolfsbiss überleben. Wenn ihr meint, ihr könnt sie alle retten …« Der General zuckte mit den Schultern. Conte di Nosferas, Freifrau von Vamalia, sein Vater sowie Hindrik und Karen schlossen einen Kreis um die jüngsten Erben. Malcolm wechselte einen Blick mit Fanny und sie schlossen sich dem Kreis um die Jüngeren an. Die Wölfe umrundeten die Gruppe, kamen mit jeder Umrundung ein wenig näher, bleckten die Zähne, schnappten nach ihnen – waren aber nicht nah genug, um sie wirklich zu erwischen. Noch nicht.

»Wie viele eurer Kinder wollt ihr für eure geliebten Rubine opfern?«, höhnte General Ragnar. Er schüttelte Joanne ein weiteres Mal provozierend. Madame de Pyras fauchte hilflos. Die Furcht in Joannes Augen drückte Malcolm die eigene Kehle zusammen.

»Genug!«, rief Freifrau von Vamalia. Sie löste die Brosche mit dem Rubin von ihrem Kleid und schleuderte sie General Ragnar entgegen. Sein Vater folgte ihrem Beispiel – ebenso wie Conte di Nosferas. Nur Seymour zögerte, schloss die Hand mit seinem Rubinring zur Faust.

Was ist los mit dir?, herrschte Malcolm ihn an.

Wenn ich schnell genug bin, kann ich mich verwandeln und ihm selbst ein paar Wolfsbisse –

Wenn! Und wenn nicht? Willst du wirklich Joannes Leben aufs Spiel setzen?

Mit deutlichem Widerstreben zog sich Seymour den Ring vom Finger und streckte ihn dem General entgegen. »Lassen Sie Joanne frei!«

»Wie du willst.« General Ragnar ließ Joanne achtlos zu Boden fallen und schnappte sich Seymours Ring. Er streifte ihn über, während Madame de Pyras zu ihrer Tochter stürzte und sie an sich drückte. Schneller als er blinzeln konnte, standen die beiden wieder bei ihnen. Madame de Pyras schob Joanne hinter sich und funkelte den General voller Wut an. »Das wird ein Nachspiel haben, Ragnar.«

»Rührend«, ätzte der General. »Aber nutzlos. Ihr ...« Er deutete auf die Ehrwürdigen. »Milton, Elina, Audry, Claudio – Seymour. Ihr kommt mit mir.« General Ragnar gab den Wölfen einen Befehl. Sie unterbrachen ihr wildes Kreisen, knurrten aber weiter und fletschten die Zähne.

Hilflos sah Malcolm zu, wie die Ehrwürdigen auf den General zugingen. Sein Vater nickte ihm kurz zu. Malcolm verstand. Er war jetzt der Älteste hier. Er trug die Verantwortung. Und er fühlte sich nackt, konnte nichts anderes tun als zusehen, wie General Ragnar, nun im Besitz ihrer Rubine, die Ehrwürdigen vor sich her in den Wald trieb. Kaum waren sie fort, kam wieder Bewegung in die Wolfsgruppe.

»Die Fackeln«, befahl Fanny mit beherrschter Stimme. »Die Wölfe fürchten sich vor Feuer.«

Wenigstens etwas.

Malcolm zog die Fackeln neben sich aus dem Schnee und reichte sie Fanny. Er ging langsam auf die nächste zu. Mit dem Feuer in der Hand fühlte er sich etwas besser. Karen und Hindrik hatten sich ebenfalls Fackeln geschnappt. Wortlos bildete er mit ihnen und Fanny wieder einen Ring um die Jüngeren, stellte sich zwischen sie und die knurrenden Wölfe. Die zuckten zwar vor den Flammen zurück, aber sie verschwanden nicht.

Aus dem Wald drang das erste Vogelgezwitscher und mischte sich unter das Knurren der Wölfe. Malcolm erstarrte. Selbst wenn sie sich die Wölfe mit den Fackeln vom Leib halten konnten – gegen die Sonne würden sie machtlos sein.

Ivy

Ivy wunderte sich noch immer über ihren Mut, Inger einfach so an der Hand zu nehmen. Genauso wie sie sich darüber wunderte, dass Inger sie ergriffen hatte und immer noch festhielt, als sie aus dem Tunnel hinaus in die Nacht traten. Sie war dankbar für den Kontakt. So fühlte sie sich etwas weniger verloren.

Irgendwo heulten Wölfe. Ivy schauderte. Wölfe, die nicht Seymour waren, hatten eindeutig etwas Furchteinflößendes. Inger drückte ihre Hand. »Keine Sorge, die sind weit weg.« Sie wies über ihre Schulter zurück auf die Türen zum Tunnel. »Und wenn sie zu nah kommen, können wir uns da drin verbarrikadieren.«

Aufmunternd zog sie Ivy vom Tunneleingang fort und ein Stück den Hügel hinauf. Ein kurzer Ruck an ihrer Hand und Ivy landete neben Inger im Schnee. Überrascht lachte sie auf und verstummte dann angesichts des Lichterspiels am Himmel.

Inger zeichnete mit den Fingern die zuckenden Lichter in der Luft nach. »Aurora borealis. Die Griechen haben Aurora als die Schwester von Sonne und Mond gesehen. Sie preschte in ihrer bunten Kutsche über den frühen Morgenhimmel, um ihren Geschwistern den Sonnenaufgang anzukündigen. Vielleicht wollte sie ihre Geschwister auch einfach vor der

Sonne warnen … vielleicht war sie eine von uns.« Ingers Stimme umschloss Ivy wie ein Kokon, sperrte alles andere aus. Das ferne Heulen der Wölfe ebenso wie Graf Draculas Existenz, seine Jagd nach den Rubinen. Hier waren nur Inger und sie und die Lichter und das leise Flüstern, das sie überall in dieser Landschaft begleitete, von der Erde, den Bäumen, dem Wasser, der Luft selbst auszugehen schien.

»Wunderschön«, flüsterte sie und wusste nicht, was genau sie damit meinte. Alles wahrscheinlich. Und insbesondere Inger. Die setzte sich auf, zog Ivy mit hoch und strich ihr über die Haare. Dann nahm sie viel zu schnell ihre Hand zurück und schaute weg.

»Es tut mir leid, was wir dir angetan haben. Dass ich da mitgemacht habe – ich hätte Fanny dabei niemals …« Der Rest ihrer Worte war ein kitzelndes Flüstern an Ivys Finger, den sie ihr an die Lippen gelegt hatte, um sie zu unterbrechen. Sie brauchte keine weiteren Entschuldigungen von Inger.

»Ich glaube«, sagte sie, »die meisten fürchten sich vor dem, was ihnen unbekannt ist – und vor denjenigen, die anders sind als sie selbst.« Sie sah Inger dabei nicht an, wollte nicht daran erinnert werden, dass auch sie selbst in Ingers Augen eine andere sein musste. Eben nur eine Schattenvampirin.

»Wir sind aber nicht verschieden.« Inger legte ihre Hand auf Ivys, warm trotz der Kälte. Ivy wagte wieder aufzublicken. Da waren Ingers eisblaue Augen, ihr Gesicht ganz nah vor ihrem eigenen. Ihre Lippen so dicht an ihrem Mund, dass sie die Berührung schon spüren konnte, obwohl noch ein Hauch von Luft zwischen ihnen war.

»Stimmt es?«

Die harsche Stimme ließ den Kokon platzen. Wie ertappt fuhren sie auseinander und sprangen auf die Füße.

»Was?«, stießen sie beide zugleich hervor.

Leo stand vor ihnen, die Haare zerzaust vom Rennen, den Körper angespannt, als könnte jedes Geräusch ihn wieder losrennen lassen. »Ist Alisas Mutter da drinnen eingesperrt?«

Ivy nickte, spürte neben sich Inger mit derselben Bewegung. Leo nickte ebenfalls, dann schnellte er davon. Erst als die Türen zum Gefängnis des ewigen Lichts hinter ihm zuschlugen, konnte Ivy ihr Nicken stoppen.

Sie wollte zurück in den Moment hiervor. Aber der war verloren. Inger und sie standen unbeholfen nebeneinander. Das Heulen der Wölfe klang lauter als zuvor. Kam das aus der Richtung des Dorfes?

Alisa

Alisa musste ihre Mutter berühren, immer wieder. Nur so konnte sie sich selbst davon überzeugen, dass sie kein Trugbild war, dass sie sich ihre Stimme nicht nur einbildete.

»Du weißt, was geschieht, wenn Dracula den Knoten löst?«, fragte ihre Mutter. Alisa nickte. Ihr schauderte bei dem Gedanken – besonders, weil sie nach all ihren Begegnungen mit dem Grafen keine Sekunde daran zweifelte, dass er wirklich alle Menschen zu Schattenvampiren machen würde, um die Tore zum Totenreich zu öffnen. Um seine Elisabetha zurück in die Welt der Lebenden holen zu können. Trotz ihres Nickens fuhr ihre Mutter fort: »Die gesamte Menschheit wäre ausgelöscht. Sie wären ein Heer von Schatten, über das Dracula gebieten würde. Aber die Ehrwürdigen wollen verhindern, dass ihm jemand von uns zuvorkommt und den Knoten löst, weil sie fürchten, das könnte ihr eigenes Ende bedeuten.«

»Warum muss überhaupt jemand den Knoten lösen?« Alisa erwischte sich dabei, wie sie die Haare ihrer Mutter in Strähnen teilte, als wollte sie ihr Zöpfe flechten. Als wäre sie noch ein Kind. »Warum können wir ihn nicht einfach in Ruhe lassen, und alles bleibt, wie es ist?«

Ihre Mutter strich sich die Haare über die Schultern zurück. »Manche Dinge lassen sich nicht aufhalten, sosehr wir das auch wollen. Der Lauf der Zeit und –« Sie verstummte, als sich Schritte näherten.

»Alisa.«

»Leo?

»Was machst du –« Alisa biss sich auf die Unterlippe, schluckte ihre Worte hinunter. Leos Anblick, wie er auf der anderen Seite des Lichtschilds stand … Sie fasste sich schnell. »Mama, das ist Leo, der Sohn –«

»Ich weiß«, unterbrach ihre Mutter sie. »Das ist unübersehbar.«

Leo ließ die Musterung über sich ergehen, zeigte nichts von der alten Arroganz. »Mir ist klar, dass Sie uns Dracas nicht vertrauen.« Er blickte von ihrer Mutter zu ihr. »Aber ich bin nicht wie die anderen.« Seine Stimme, der Blick aus den Augen, die sie so lange für eisblau gehalten hatte, bis sie den strahlend blauen Mittagssommerhimmel gesehen hatte – alle Erinnerungen an ihre nahen Momente strömten zurück, weil dort der Leo stand, der sich ihr einmal geöffnet hatte.

Ich weiß, dass du meinen Vater nicht verletzen wolltest, sagte er in ihre Gedanken. *Du hast vor einer unmöglichen Entscheidung gestanden.*

Glaub mir, wenn ich das rückgängig machen könnte –

Hast du doch längst.

Ihre Erleichterung schmerzte. Ein glücklicher Schmerz.

»Du kannst ihm vertrauen«, versicherte sie ihrer Mutter, ohne den Blick von Leo abzuwenden. Sein Lächeln war ansteckend.

»Dann holen wir euch mal hier raus.« Leo griff nach dem Grimur-Rubin. Unvermittelt zog der Lichtschild am Ausgang der Höhle sich zusammen, schrumpfte zu einem einzelnen Sonnenstrahl und schoss mitten in den Rubin hinein.

Der Weg in den Tunnel war frei!

»Komm.« Alisa strahlte ihre Mutter an, doch die rührte sich nicht von der Stelle. Sanft drängte Alisa sie Richtung Tunnel. »Komm schon, Mama. Du bist frei.«

»Nein.« Ihre Mutter schüttelte den Kopf und das Glücksgefühl in Alisa schwand.

»Aber …«

Ihre Mutter seufzte und strich ihr über den Kopf.

»Alisa«, sagte sie. »Hör mir genau zu. Du bist die Auserwählte. Du musst den Knoten lösen. Nicht ich. Du warst schon immer dazu bestimmt – ich wollte das nicht sehen, aber jetzt … Der Funke ist nur zu mir gekommen, um dich zu finden …«

Nein! Sie wollte das nicht hören, sie wollte mit ihrer Mutter aus dieser Höhle flüchten und nie wieder etwas von diesem Knoten wissen. Oder von Dracula. Oder dem Ende der Welt. Sie wollte auch Leo nicht hören, der vor sich hinmurmelte: »Dann haben die anderen Sie hier eingesperrt, weil Sie den Funken hatten?«

Sie wollte das alles nicht! Auch den verfluchten Funken nicht. Den schon gar nicht! Alles, was sie wollte, war, dass ihre Mutter ihr über die Haare streichelte.

»Ich muss hierbleiben.«

Alisa riss sich los. »Auf keinen Fall!«

Ihre Mutter lächelte traurig. »Es gibt keine andere Lösung, Alisa. Du musst den Knoten lösen, das ist das Einzige, was zählt. Ich muss hierbleiben, damit sie weiterhin glauben, dass ich den Funken habe. Nur so bist du in Sicherheit.«

»Zu spät. Sie haben längst gesehen, dass ich den Funken habe.« Sie schloss die Augen, als sie sich an den Kampf in der Kajüte erinnerte. Sie hatte einen furchtbaren Fehler gemacht. Aber Leo hatte ihr vergeben. Er stand dort und hatte ihre Mutter befreit. Alisa zwang ihre Augen wieder auf. »Du kannst mit uns kommen, mir helfen, den –« Sie hielt inne, als sie erneut Schritte hörte. Jemand rannte durch den Tunnel auf das Gefängnis zu. Leo schnellte herum. Alisa war an seiner Seite, bevor sie darüber nachdenken konnte, wer da auf sie zukommen mochte.

»Sie kommen! Versteckt euch! Sofort!«, erklang eine Stimme, die sie kannte, aber nicht gleich zuordnen konnte. Schon bog die Gestalt, die zu der Stimme gehörte, um die letzte Ecke und stoppte vor ihnen.

»Abraham …?« Ihre Mutter klang so verwirrt, wie Alisa sich fühlte.

»Anna …«

»Was machst du hier?« Verwirrt sah Alisa von ihrer Mutter zu dem Fremden, die nur Augen füreinander zu haben schienen. *Abraham* – sie hatte den Namen schon einmal gehört, ihn schon einmal gesehen. Alisa versuchte, ihre vagen Erinnerungen mit dem zusammenzubringen, was hier geschah. Leo starrte den Unbekannten an, las offenbar in dessen Kopf.

»Mein Onkel – er ist auf dem Weg hierher …« Leo musterte den Unbekannten, konzentrierte sich weiter. »… mit allen Ehrwürdigen … etwas ist passiert – nichts Gutes.«

»Ihr müsst euch verstecken!«, drängte der Unbekannte – *Abraham* – sie. Dann machte er auf dem Absatz kehrt und stürmte davon. Alisa kämpfte immer noch mit ihren Erinnerungen. Sie kannte dieses Gesicht mit dem einen braunen und dem anderen weißlich-blau-trüben Auge, mit der verblassten Narbe, die senkrecht darunter verlief. *Abraham van Helsing!* Der Friedhof mit dem Belov-Grab und dem Schuppen voller Kreuze, in den er Dracula gesperrt hatte – der Friedhof, auf dem sie fast mit dem Grafen gestorben war, gefangen in seinem Kopf. In dem Leo sie gefunden und gerettet hatte. *Van Helsing!* Wie kam der Vampirjäger hierher? Und warum?

»Alisa.« Die drängende Stimme ihrer Mutter. »Er hat recht, sie dürfen dich hier nicht finden. Wir müssen den Funken beschützen!« Sie deutete auf den Sarg, der weiter hinten in der Höhle stand. »Beeil dich, das ist das einzige Versteck!« Sie scheuchte Alisa darauf zu.

»Warte.« Alisa suchte Leos Blick. »Was ist mit dir?«

»Ich komm schon klar.« Er tippte auf die zwei Rubine auf seiner Brust. »Geh!«

Pass auf dich auf!

Versprochen.

Sie schlüpfte in den Sarg und zog den Deckel zu, ließ aber einen winzigen Spalt zwischen Deckel und Kante, sodass sie hinausspähen konnte. Ihre Mutter stand direkt am Höhlenausgang – zwei Schritte nur und sie wäre frei. Doch sie verharrte reglos, nickte Leo zu, der nach dem Grimur-Rubin griff. Alisa kniff die Augen zusammen, als er das Sonnenlicht freigab. Sofort versperrte es schimmernd die Höhle, sperrte ihre Mutter ein. Leo hielt sich aufrecht und gerade, drehte sich nicht um, als hinter ihm Stimmen und Schritte näher kamen.

Der Lichtschild würde Alisa nicht aufhalten! Wenn er

Hilfe brauchte, würde sie ihn durchdringen und ihm beistehen, versuchte Alisa sich zu beruhigen. Es nutzte nichts, ihr Herz schlug hart aus Angst um ihn. Leo wirkte klein neben General Ragnar, der im Gefolge der Ehrwürdigen um die Ecke des Tunnels bog. »Leo, wie gut, dass du hier bist!« Der General schlug ihm so hart auf die Schulter, dass Leo zur Seite stolperte. »Ich sehe, du hast Alisas verschollene Mutter bereits gefunden. So fügt sich alles zusammen …«

Leo fing sich, war mit einem Sprung zwischen General Ragnar und dem Lichtschild. »Was hast du vor, Onkel?«

»Geh mir aus dem Weg, Leo.« Ohne abzuwarten, ob Leo seinen Worten folgen würde, packte General Ragnar Sir Milton am Kragen und schleuderte ihn auf die andere Seite des Lichtschilds. Und Alisa begriff, warum die Ehrwürdigen sich nicht wehrten: Leos Onkel trug alle ihre Rubine. Als Nächstes stieß er Madame Audry hinter den Sonnenschild.

»Stopp!«, brüllte Leo. »Ich befehle dir –«

»Als würde ich auf dich hören, Junge«, höhnte General Ragnar. »Mir befiehlt niemand etwas! Nie mehr!« Ein Licht zuckte in der Hand des Generals auf. Alisa fuhr zusammen, als er die Hand hob und einen Blitz auf Leo schleuderte. Leo fiel zu Boden. Alisa riss die Hand vor den Mund, um einen Schrei zu unterdrücken. Ehe sie das Zittern in ihrem Körper in den Griff bekommen konnte, hatte der General bereits Conte Claudio am Kragen gepackt. Er schleuderte ihn zu den anderen in die Höhle und stieß als Letzte ihre Großmutter zusammen mit Seymour hinterher. Alle Ehrwürdigen saßen fest!

Aber Leos Onkel war noch nicht fertig. Er beugte sich über Leos reglose Gestalt – *bitte, bitte, du darfst nicht tot sein.*

Alisa wusste nicht, ob sie das nur dachte, flüsterte oder schrie. General Ragnar zerrte die beiden Rubine von Leos Hals und hängte sie sich um.

Alisa wollte aus dem Sarg springen, zu ihm stürzen – aber mit all den Rubinen, die der General jetzt trug, konnte sie nichts gegen ihn ausrichten. So musste sie hilflos zusehen, wie er Leo packte und hinter sich herzog. Bevor sie um die Ecke verschwanden, richtete Leo den Kopf auf. Alisa drückte den Sargdeckel etwas weiter hoch, damit er sie sehen konnte. Ihre Blicke trafen sich.

Doch obwohl sie sicher war, dass Leo versuchte, sie in Gedanken zu erreichen, hörte sie seine Stimme nicht. Dann war er fort.

Alisa starrte auf die Stelle, wo der Tunnel abbog. Die Stelle, an der der General mit Leo verschwunden war. Ihre Glieder fühlten sich an, als wäre sie unter Wasser: taub und gelähmt. Dabei war in ihr ein Schrei, der sie beinahe zerriss, weil er hinauswollte, aber nicht durfte. Sie sah, was in der Höhle passierte, aber das war eine andere Welt.

Ihre Mutter und ihre Großmutter standen einander gegenüber. Ihre Stimmen drangen nur schwach durch das Rauschen in ihrem Kopf zu ihr vor.

»Anna … liebste Anna, es tut mir so leid. Was habe ich nur getan? Was habe ich dir nur angetan … Ich wollte dich niemals …«

»Ich weiß … ich weiß … ich habe dich so sehr vermisst.«

Die beiden umarmten sich. Als wäre jetzt die Zeit für Reden und Vergebung! Alisa drückte den Sargdeckel auf und stieg aus dem Sarg. Marschierte geradewegs zum Lichtschild, um die Höhle zu verlassen. Aber ihre Großmutter versperrte ihr den Weg zum Höhlenausgang, zu Leo. Sie strich ihr über eine Wange und Alisa zuckte zurück.

»Was habe ich euch beiden angetan. Alisa –«

»Nicht jetzt!«

»Es tut mir so leid«, murmelte ihre Großmutter, aber Alisa hatte keine Zeit für diese Reue, keine Zeit für die Ehrwürdigen und ihr aufgeregtes Flüstern.

»Wir müssen uns beeilen! Wir müssen Leo befreien!« Schnelle Schritte im Tunnel hielten sie auf. War das Leo? Konnte er sich selbst –? Moment, das waren Schritte von zwei Personen! Ivy und Inger stoppten gerade noch rechtzeitig vor dem Lichtschild ab.

Ivy starrte zu ihnen hinein. »Was ist passiert?«

»Was ist in meinen Vater gefahren?«, fragte Inger gleichzeitig.

Das wüsste ich auch gerne, dachte Alisa. Seymour drängte sich an ihr vorbei, ging so nah an den Lichtschild heran wie möglich. Er schloss und öffnete die Hände, als wollte er sich an nicht vorhandenen Gitterstäben festhalten. »Deine Schwester hat gesagt, er hätte mit Graf Dracula gesprochen.« Seine Worte ließen endlich das Gemurmel der Ehrwürdigen ersterben.

»Das – das ist unmöglich.« Ingers Stimme riss Alisa aus ihren sich überschlagenden Gedanken.

»Wenn General Ragnar mit Dracula gemeinsame Sache macht«, stammelte sie, »wenn er die Rubine zu ihm bringt –« Sie schluckte. Das durfte nicht passieren. Das musste sie verhindern – aber wie? Sie wusste ja noch nicht einmal, wo Dracula steckte. Und sie konnte auch nicht von hier fort, solange General Ragnar Leo in seiner Gewalt hatte! Sie spürte alle

Blicke auf sich. Und dann spürte sie noch etwas: ein Kribbeln in ihrer Handfläche. Sie ballte die Hand zur Faust, aber natürlich nutzte das nichts. Schon strahlte der Funke auf, schon zerrten Taumel und Dunkelheit an ihr, rissen sie mit sich fort.

Sie steht in einer unbeleuchteten Gasse, ist froh um die Hausmauer, an der sie sich abstützen kann. Noch dreht sich alles. Alisa will einen Punkt auf dem Boden fixieren, aber da ist nur Nebel. Er fließt über ihre Füße und aus der Gasse hinaus auf den Platz, der sich vor ihr öffnet. Sie kennt den Brunnen darauf, weiß noch genau, wie sie selbst eine Münze hineingeworfen und sich etwas gewünscht hat. Nicu war bei ihr gewesen. Doch es ist nicht Nicu, der am Brunnen steht, es ist Dracula. Alisa drückt sich mit dem Rücken an die Hausmauer.

Er tippt seinen Zylinder an, verrückt ihn leicht und reißt sich eine Haarsträhne aus, zuckt dabei nicht einmal. Das Zischen eines Streichholzes, das über die Reibefläche der Zündholzschachtel gezogen wird – das gelbrote Licht flackert, springt auf die Haarsträhne über, die Dracula daranhält. Seine gelben Augen leuchten hell auf. Die glimmende, brennende Haarsträhne fällt in den Brunnen. »Ich bitte um eine Audienz, Mächtiger«, tönt seine Stimme über den Nebel.

Nichts geschieht. Alisa wagt zu hoffen, dass, wen immer der Graf gerufen hat, dieser nicht erscheinen wird. Kratzende Geräusche – wie von einer Messerklinge über Stein – klingen aus dem Brunnen herauf. Alisas Hoffnung verpufft.

»Deine Bitte soll dir gewährt werden.« Eine Gestalt schiebt sich über den Brunnenrand. Alisa jagt ein Schauer über den Rücken, als sie erkennt, wer da aus dem Brunnen klettert: Elisabetha, Draculas tote Geliebte. Der Graf eilt zu ihr.

»Elisabetha … Liebste.« Der Graf eilt zu ihr und zieht sie in seine Arme.

Sie schmiegt sich an ihn. »Ich habe dich so sehr vermisst«, flüstert er.

Die Worte berühren Alisa gegen ihren Willen. Sie weiß, wie sich das anfühlt, eine in die Arme zu schließen, die man tot geglaubt hat. Nur dass Elisabetha wirklich tot sein müsste. Aber am Brunnen halten Dracula und sie einander immer noch fest. Küssen sich. Wie ist das –

Als würde er ihre Gedanken hören, spricht Dracula ihre Frage aus. »Wie ist das möglich? Wie kannst du hier sein? Ich habe den Arrufat-Rubin nicht bei mir.« Er streicht ihr über die dunklen Haare. Elisabetha greift nach seiner Hand.

»Der Teufel hat mich geschickt. Ich soll dir sagen, dass die Zeit knapp wird.« Sie schmiegt sich erneut an ihn. »Ich muss bald zurück.« Elisabetha blickt zu dem Brunnen. In ihren dunklen Augen liegt eine Furcht, die auch Draculas feste Umarmung nicht vertreiben kann.

»Ich tue, was ich kann«, verspricht er. »Aber ich brauche Zeit, um eine Armee aufzustellen. Dann kann ich endlich alle meine Rubine zurückerobern und dich befreien, Elisabetha.«

»Wir haben keine Zeit mehr, Vlad. Die Finsternis steht kurz bevor.«

Dracula nimmt ihr Gesicht zwischen beide Hände. »Ich werde dich retten. Ich muss dich retten. Wir werden wieder zusammen sein.«

»Ich weiß, dass du dein Bestes gibst.« Elisabetha schließt ihre Finger so fest um seine Handgelenke, dass ihre Knöchel bleicher scheinen als der Nebel, der noch immer Alisas Füße umfließt. »Ich will aus dieser Hölle gerettet werden, glaub mir. Aber wann wird es zu viel? Wie viele werden noch leiden müssen, bevor du gewinnst? Erinnere dich an unseren Sohn …« Sie verstummt. Eine Träne rinnt über ihr Gesicht. Dracula streicht sie mit einem Daumen fort, küsst ihre Wange.

»Mir ist egal, wer leiden muss, damit du wieder frei bist – und wir vereint sind. Er hat versprochen, dich freizugeben, wenn ich den Knoten finde und in seinem Namen löse. Er hat es versprochen.«

»Und er wird sein Versprechen halten.« Elisabetha sieht Dracula eindringlich an.

Etwas an dieser Frau jagt Alisa mehr Angst ein als der Graf selbst. Vor Jahrhunderten hatte sie sich in ihr Schwert gestürzt, um nicht zu einem Monster zu werden. *Aber vielleicht hat die lange Einsamkeit im Totenreich sie genau dazu gemacht.*

»Du musst vorsichtig bleiben, Vlad.« Elisabethas Stimme reißt Alisa aus ihren Gedanken. »In diesem Vamalia-Mädchen steckt mehr Macht, als du glaubst. Als sie selbst glaubt. Der Teufel hat mich geschickt, damit ich dir sage: Hilfe ist unterwegs. Und ich soll dir sagen –« Unvermittelt schnellt Elisabetha herum.

Alisa blickt direkt in ihre dunklen Augen. Wie in einen Abgrund, in den sie zu stürzen droht und sich weder festhalten noch abwenden kann. »Dir soll ich sagen, dass er auch dich beobachtet.«

Der Abgrund reißt sie hinab. Sie taumelt. Alles ist Schwindel, Furcht und –

– jemand hielt sie fest. Im ersten Moment erschrak sie beim Anblick der dunklen Augen – doch es war nicht Elisabetha, es waren die Augen ihrer Mutter, in die sie schaute. Ihre Mutter. Alisa erlaubte sich, gegen sie zu sinken, sich festzuhalten.

Wenigstens war Dracula noch in Italien. *Hilfe ist unterwegs*. Damit musste der General gemeint sein. Der General, der die verbliebenen Rubine hatte. Und Leo.

Alisa erschauderte und riss sich von ihrer Mutter los. *Leo!* Sie musste Leo retten. Sie stürmte wortlos durch den Lichtschild, ignorierte den Aufschrei hinter sich, winkte Ivy und Inger, ihr zu folgen, packte Ivy am Arm, als die zögerte. Aber erst, als Seymour sich einschaltete, setzte sich auch Ivy in Bewegung.

»Ich komm klar«, versprach der Lycana seiner Schwester. »Geh schon. Ihr müsst den anderen helfen!«

»Schnell«, drängte jetzt auch Inger, murmelte etwas von Wölfen und dem drohenden Morgen. Doch Alisa hörte nicht wirklich zu, rannte den Tunnel entlang, stolperte nach draußen, fing sich gerade noch ab, bevor sie in den Schnee fallen konnte, rannte weiter. Die scharfe Luft schnitt über ihre Wangen, weckte ihre Sinne. Die Nacht wich bereits zurück, am Himmel zeigte sich das Graublau des drohenden Sonnenaufgangs.

»Ivy!«, hörte sie Inger hinter sich rufen. Alisa drehte sich im Rennen um. Ivy war stehen geblieben und starrte eine Baumgruppe an, schien nichts um sich herum wahrzunehmen.

»Ivy! Was ist los?« Alisa winkte ihr ungeduldig zu. »Wir müssen weiter!« Sie fegte auf den Wald zu, ohne eine Antwort abzuwarten. Hinter ihr knirschten schnelle Schritte im Schnee. Von zwei Paar Stiefeln. Zwei. Gut. Sie hetzte voran.

»Was ist – was hast du gesehen?« Ingers Stimme drang von hinten zu ihr.

»Die Noaidi«, erwiderte Ivy zögerlich. »Glaube ich. Sie hat mich angesehen, als wollte sie mir etwas sagen. Dann war sie plötzlich weg. Vielleicht hab ich mir das alles auch nur eingebildet ...?«

»Wer weiß. Die Noaidi haben ihre eigenen Wege. Wenn sie etwas von dir will, wird sie dich finden.«

Und wenn wir uns nicht beeilen, finden wir vielleicht niemanden mehr lebend vor, dachte Alisa und rannte noch schneller.

Malcolm

»Hilfe!«, brüllte Fanny durch das Heulen, Knurren und drohende Schnappen der Wölfe, die sie, Hindrik, Karen und ihn selbst immer enger umkreisten. »So helft uns doch!« Doch die Türen der Hütten blieben geschlossen. Nur ein gelegentliches Flattern von Vorhängen verriet, dass die Hütten nicht leer waren. Malcolm schnaubte.

Die tapferen Dracas waren eine verdammte Bande von Feiglingen ohne ihre Rubine. Und angesichts der Morgendämmerung. Er schlug mit seiner Fackel zum hundertsten Mal nach einem Wolf, der gefährlich nah an ihn herankam. Der Wolf fletschte die Zähne, zog sich aber erneut vor den Flammen zurück. Lange würden auch die Fackeln nicht mehr durchhalten. Nicht, dass das noch von Bedeutung wäre, wenn die Sonne aufging. Er stieß Fanny in die Seite, damit sie ihre wütenden Hilfeschreie aufgab.

»Wir müssen die Viecher ablenken«, schlug er vor und schaute über die Schulter zurück zu Tammo, Joanne und Luciano, die sich ängstlich in der Mitte ihres Kreises zusammendrängten. »Dann haben wenigstens die Kleinen eine Chance, sich in Sicherheit zu bringen.«

»Wir lassen euch nicht im Stich!«, protestierte Tammo.

»Niemand hat dich um deine Meinung gebeten«, fuhr Fanny ihn an und wandte ihm den Rücken zu. Malcolm zog die Augenbrauen hoch, doch Fanny redete schon weiter. »Wenn wir die Fackeln auf die Wölfe werfen und in verschiedene Richtungen rennen, können wir sie kurz verwirren. Vielleicht lange genug, damit die Kleinen sich in eine Hütte retten können.«

Der Plan war vollkommen verrückt. Aber besser ein verrückter Plan als keiner. Besser, als dass die Wölfe sie alle erwischten. Oder die Sonne. Er nickte. »Versuchen wir es. Tammo, Joanne, Luciano – auf mein Zeichen rennt ihr zur nächsten Hütte, verstanden? Keine Heldentaten!«

Alle drei schrien durcheinander. Die Wölfe heulten noch lauter. Malcolm wünschte sich, er könnte sie mit einem Donnerschlag zum Schweigen bringen. Es war Tammos Stimme, die über das Getöse hinweg zu ihm durchdrang.

»Wir lassen nicht zu, dass ihr euch als Wolfsfutter –«

»Ruhe!«, übertönte Hindrik ihn. »Niemand von euch wird Wolfsfutter.«

»Oder Asche«, sagte Karen in die plötzliche Stille.

Hindrik blickte über die Köpfe der Kleinen direkt in Malcolms Augen. Malcolm nickte. »Wir beide lenken die Wölfe ab«, beschloss Hindrik. »Ihr bringt euch in Sicherheit. Alle.«

Tammo sah aus, als wollte er gegen die Entscheidung aufbegehren, doch dazu kam er nicht. Denn eine schreiende Irre brach aus dem Wald hervor und stürzte auf das Dorf zu. Mit fuchtelnden Armen rannte sie direkt auf die Wölfe zu. »Hey! Seid ihr hungrig? Kommt her!«

Die Köpfe der Wölfe zuckten zu ihr.

»Nein!«, entfuhr Hindrik. »Alisa! Nein!« Warnend schwenkte er seine Fackel. »Alisa!«

Doch Alisa beachtete ihn nicht. Sie tänzelte vor den Wölfen herum, stachelte die knurrenden Viecher weiter auf. Der größte Wolf zog die Lefzen hoch und sprang mit einem weiten Satz auf sie zu. Und Alisa rannte. Die Wölfe stürzten ihr heulend hinterher.

Bevor Tammo eine Dummheit machen und seiner Schwester hinterherspurten konnte, schnappte sich Malcolm den kleinen Vamalia. Alisa würde ihm den Kopf abreißen, wenn Tammo sich in Gefahr begab. Falls sie diese Aktion überlebte. Tammo wehrte sich gegen seinen Griff, aber er war nicht stark genug, ihm zu entkommen.

In diesem Augenblick stürmten zwei weitere Gestalten aus dem Wald – Inger und Ivy. »Schnell«, befahl Inger, ohne zu stoppen, »da rein!« Sie deutete auf eine der Hütten. Malcolm zog den immer noch widerstrebenden Tammo mit sich. Erst, als sie alle in der Hütte waren, Inger die Tür zuknallte und sich mit Ivy dagegen lehnte, ließ er ihn los. Mit erhobenen Fäusten stürmte Tammo auf die beiden zu.

»Lasst mich raus! Alisa! Was ist mit –«

Ivy hielt mühelos seine Fäuste fest. »Sie kann der Sonne widerstehen, Tammo.«

»Aber nicht den Wölfen.« Inger lugte durch ein kleines Fenster neben der Tür hinaus. »Wir müssen ihr helfen.«

»Wie?«

Gute Frage, Ivy. Malcolm schob vorsichtig einen schweren Vorhang zur Seite, nur so weit, dass er hinausspähen konnte. Sonnenlicht kroch über die Dächer. Sie konnten nicht mehr nach draußen, wenn sie nicht zu Asche zerfallen wollten. Die Wölfe heulten und kläfften. Die Vamalia hetzte über den Dorfplatz, auf dem er selbst um sein Leben gefürchtet hatte, dann verschwand sie um eine Ecke. Sie war schnell – aber die

Wölfe waren ihr gefährlich nah auf den Fersen. »Wenn uns nicht gleich was einfällt ...« Malcolm warf einen Blick zu Tammo und verstummte.

Inger riss den schweren Teppich vom Fußboden hoch. »Wo sind sie lang?« Sie beugte sich zu einem Eisenring im Boden, zog daran.

Eine Falltür! Er warf wieder einen Blick nach draußen, wo Alisa erneut vorbeihetzte und diesmal nach links abbog. Er deutete in die Richtung.

»Alles klar, los, kommt mit!« Ohne zu zögern, sprang Inger hinunter in die Dunkelheit. Tammo schloss sich ihr als Erster an. *Hoffentlich sind die unterirdischen Gänge der Dracas trockener als die Londoner Kanalisation*, dachte Malcolm, dann sprang er hinterher. Ja, sie waren trocken. Trocken, dunkel, leicht muffig. Er folgte dem Geräusch der Schritte vor ihm. Es blieb nur wenige Augenblicke dunkel, dann knarrte es vorne und von weiter oben – Inger musste eine weitere Falltür geöffnet haben. Flackerndes Licht fiel durch die Öffnung und an der Leiter hinauf entstand Gedränge. Malcolm ließ Tammo, Ivy und Luciano den Vortritt, bevor er selbst die wenigen Sprossen emporkletterte, Hindrik und Karen folgten ihm dicht auf den Fersen.

Er fühlte sich seltsam erleichtert, als er sah, wie Inger die Hüttentür aufriss, die Vamalia in die Hütte zerrte und die Tür im Handumdrehen wieder verriegelte. Gerade noch rechtzeitig! Draußen prallten Tierkörper gegen das Holz, jaulten und japsten die Wölfe ihrer entkommenen Beute hinterher.

»Bist du verrückt?« Inger starrte Alisa an. »Weißt du nicht, wie schnell die Biester sind?«

Alisa sah halbwegs verlegen drein. »Jetzt schon.« Zu mehr kam sie nicht, denn Tammo warf sich in ihre Arme. Malcolm ließ sich gegen eine Wand sinken. Sie hatten es geschafft. Sogar die Wölfe schienen das allmählich einzusehen, zumindest klang es, als ließen sie nach und nach von der Tür ab, während Hindrik und Karen auf Alisa einredeten, sich vergewisserten, dass sie wirklich unverletzt war.

Fanny lehnte sich neben ihn an die Wand. Schweigend. *Was denn, keine ätzenden Bemerkungen über Alisas leichtsinnige Aktion?* Er musterte die Dracas. Fanny ließ die Schultern hängen und blickte niemanden an. Bevor er einen bissigen Kommentar machen konnte, zupfte Luciano sie am Ärmel.

»Was hat dein Vater mit unseren Eltern vor? Und mit Seymour? Wo hat er sie hingebracht?« All die anderen leisen Gespräche verstummten nach Lucianos Frage. In dem Schweigen hallte Fannys Stimme umso lauter.

»Ich weiß es nicht. Wirklich.« Sie blickte immer noch nicht auf. »Ich weiß, ich bin … nicht immer nett gewesen …« Sie biss sich auf die Lippe.

Niemand von uns ist immer nett gewesen, versuchte Malcolm ihr in Gedanken zu schicken. Aber entweder machte er etwas falsch, oder Fanny ignorierte ihn – oder General Ragnar hatte auch Leo erwischt und ihm die Rubine abgenommen.

»Ich weiß wirklich nicht, was er vorhat.« Fanny blickte auf und fügte, flehend fast, hinzu: »Das ist die Wahrheit, wirklich!«

»Aber ich weiß es.« Alisa klang ruhig, als wäre sie nicht gerade erst von Wölfen gejagt worden und ihnen nur um Haaresbreite entkommen. Sie blickte von Inger zu Fanny.

»General Ragnar hat sich mit Graf Dracula verschworen und will ihm die Rubine bringen.«

In dem darauffolgenden schockierten Stimmengewirr ließ sich kein Wort mehr ausmachen. Malcolm hörte nicht einmal, was er selbst sagte. Die Rubine auf dem Weg zu Graf Dracula? Sie alle komplett machtlos, der Gnade des Grafen ausgeliefert, alle Ehrwürdigen verschwunden? Malcolm schüttelte den Kopf, als könnte er seine Gedanken so sortieren. Oder die Realität verneinen. Nichts davon geschah. Alisa hob eine Hand.

»Hört mir zu. Bitte.«

Bis auf ihn drängten sich alle um sie zusammen. Vermutlich hofften sie auf gute Nachrichten nach dem Schock. Zumindest hielt sich Malcolm an dieser Hoffnung fest, genauso verkrampft wie Joanne an Tammos Schulter. Alisa blickte sie alle der Reihe nach an und Malcolm spürte seine Hoffnung schwinden. Bei Alisas nächsten Worten löste sie sich vollends auf.

»General Ragnar hat die Ehrwürdigen ins Gefängnis des ewigen Lichts gesperrt. Er hat Leo als Geisel genommen und ist mit ihm verschwunden. Aber jetzt am Tag wird auch er sich irgendwo Schutz gesucht haben müssen. Solange die Sonne scheint, kann er nicht weg.«

Sollte das ein Trost sein? Malcolm fuhr sich über den Kopf. »Aber was nützt uns das?«, fragte er. »Niemand von uns kann also auf die Rubine zugreifen – und niemand von uns kann …« Er hielt inne, als ihm klar wurde, dass Alisa sehr wohl nach draußen gehen konnte. Doch wie sollte sie an nur einem Tag alleine das Versteck des Generals finden? Und selbst wenn sie ihn durch pures Glück aufstöbern würde –

er verfügte über die geballte Macht von sieben Rubinen. Sieben! Da würde ihr die Belov-Gabe auch nichts nutzen. »Du kannst ihn nicht allein –«

»Da ist noch etwas«, unterbrach ihn Alisa. Sie wandte sich an Tammo. Der junge Vampir zitterte und umklammerte ihre Arme. »Es ist etwas Gutes«, fügte sie schnell hinzu. »Unsere Mutter lebt.«

Tammo wirkte wie vor den Kopf geschlagen. Malcolm bezweifelte, dass er noch irgendetwas von dem wahrnahm, was Alisa danach sagte. Dass ihre Mutter ebenfalls im Gefängnis des ewigen Lichts festsaß, die ganzen Jahre über dort eingesperrt gewesen war. Bestimmt spürte er nicht einmal mehr Joanne an seiner Seite.

Wenn die Ehrwürdigen Alisas Mutter wegen des Funkens weggesperrt hatten, hätten sie mit Alisa sicher dasselbe getan. Obwohl er noch unentschieden war, was diese ganze Funken-Sache anging, konnte Malcolm sich nicht für den Gedanken für eine im Gefängnis sitzende Alisa erwärmen. *Wenn unsere Alten nicht solche Geheimniskrämer wären – wenn sie uns auch nur ein bisschen vertrauen würden ... Ha! Eher zieht eine ewige Nacht herauf.*

»Will sie mich sehen?«, durchbrach Tammos dünne Stimme das Chaos in seinem Kopf. Und egal, wie häufig Alisa ihm versicherte, dass sie das natürlich wollte, wirkte Tammo nicht völlig überzeugt. Malcolm winkte die anderen zu sich, um den Geschwistern wenigstens den Anschein von Privatsphäre zu gönnen. Nur Hindrik blieb bei ihnen, aber schließlich war er auch ihr Schatten. Joanne ging zögerlich von Tammo weg. Als sie sich neben ihn an die Wand drückte, tätschelte Malcolm ihr die Schulter. Nur das »Alles wird gut«

verbiss er sich. Schließlich wollte er sich nicht zum Lügner machen.

Inger legte einen Arm um Fanny. »Was ist nur mit unserem Vater geschehen, dass er so … ich meine, er war schon immer …« Sie presste die Lippen aufeinander.

»Ich weiß es nicht.« Fanny wirkte klein im Arm ihrer Schwester. »Er muss verrückt geworden sein. Ihm war völlig egal, ob ich verletzt werde oder … oder getötet.« Sie verstummte und Inger drückte sie an sich. Ivy schob sich neben die beiden, griff nach Ingers freier Hand. Joanne wiederum lehnte sich an Ivy, die ihr über den Kopf strich. Nun gesellte sich auch Karen zu den Dracas-Schwestern. Die beiden schienen Trost aus ihrer Nähe zu ziehen. Schließlich kam auch Alisa mit Hindrik und Tammo zu ihnen. Der Vamalia-Schatten legte Karen eine Hand auf die Schulter, und Malcolm spürte, wie kühle Finger sich zwischen seine schoben. Luciano. Der junge Nosferas stand reglos neben ihm. Malcolm schloss die Finger um seine. Eins war klar: Sie waren auf sich gestellt. Sein Blick traf Alisas.

»Wir lassen keinen Vampir zurück«, sagte die Vamalia.

Wie auch immer sie das anstellen würden, Malcolm würde alles dafür tun, dass sie recht behielt.

Leo

Der Stoß, den Ragnar ihm versetzte, war so heftig, dass Leo stolperte. Aber wenigstens war es ein Stoß in Sicherheit. Er fing sich und blickte sich in der Hütte – nein, es war eine Kirche – um. Ausgerechnet. Immerhin waren die Fenster verbarrikadiert, und das einzige Licht hier drinnen kam von ein paar Kerzen, die sein Onkel entzündete. Die Flammen zuckten, warfen Schatten über Wände und Boden, über die Kreuze weiter vorn auf dem Altar. Leo hielt so weit wie möglich Abstand von ihnen. »Was machen wir hier?«

»Uns vor der Sonne verbergen, was sonst!«, gab sein Onkel missmutig zurück. Er strich über die Rubine auf seiner Brust. »Noch habe ich den Belov-Rubin schließlich nicht«, murmelte er. »Noch.« Er schritt auf den Altar zu, murmelte weiter vor sich hin. Leo brauchte einen Moment, bis er die Worte der Entweihung erkannte. Ragnar griff nach dem Holzkreuz auf dem Altar und lachte laut auf, als er mühelos eine Hand darum schloss. »All diese Macht!«, jubelte er. Er hob das Kreuz und schwenkte es umher. »Spürst du sie auch?«

»Wie sollte ich?« Leo wünschte, er könnte seinen Onkel zur Vernunft bringen. »Du bist nicht der wahre Erbe unseres Clans. Du schwächst alle Dracas, wenn du die Rubine für dich behältst!« Vielleicht konnte er zu seinem Onkel durch-

»Mit dir gehe ich nirgendwohin«, gab Leo zurück. Wenigstens klang seine Stimme überzeugend. *Er braucht mich lebendig*, sagte er sich wieder und wieder in Gedanken.

»Dir kann ich vielleicht nichts anhaben«, knurrte Ragnar. »Aber wenn die Sonne fort ist, kann ich ins Dorf zurückkehren und mich um alle kümmern, die dir etwas bedeuten.« Mit jedem Wort wurde sein Grinsen breiter. »Alisas Bruder sah sehr ... zerbrechlich aus. Vielleicht nehme ich ihn mir als Ersten vor. Was meinst du, wie würde ihr das gefallen? Falls er nicht längst von Wölfen zerfetzt ist. Oder von der Sonne zu Asche verbrannt wie alle anderen deiner Freunde.«

»Hör auf!« Leo versuchte, die Bilder aus seinem Kopf zu verbannen. Sie konnten nicht tot sein. Sie würden einen Weg in Sicherheit gefunden haben. Sie mussten. Und er musste seinen Onkel von ihnen fernhalten. Nur so konnte er sie beschützen. Er zitterte von der Anstrengung, sich zurückzuhalten, sich nicht auf seinen Onkel zu stürzen, nicht auf ihn einzuschlagen. Als könnte der seine Wut spüren, grinste er noch breiter.

»Bei Sonnenuntergang setzen wir die Segel.« Herablassend tätschelte er Leos Wangen.

Er zwang sich, nicht zurückzuzucken. »Wohin?«

»Nach Russland.« Sein Onkel stieß ihn achtlos von sich weg. Leo taumelte rückwärts – und dieses Mal gab er sich keine Mühe, seinen Sturz zu verhindern. Hart schlug er auf den Boden. Der Schmerz fuhr durch seinen Körper und verschaffte ihm Gewissheit: Er würde einen Weg finden, die Pläne seines Onkels zu durchkreuzen. Er musste ihn aufhalten, um Alisa Zeit zu verschaffen.

Freifrau Elina von Vamalia auf der Elisabetha

Alisa von Vamalia und Leo af Dracas nach dem Sieg über die Rotmasken

Fanny und Inger af Dracas mit ihrem Clan vor dem Zelt der Noaidi

Die Ehrwürdigen diskutieren über eine gerechte Strafe für Alisa.

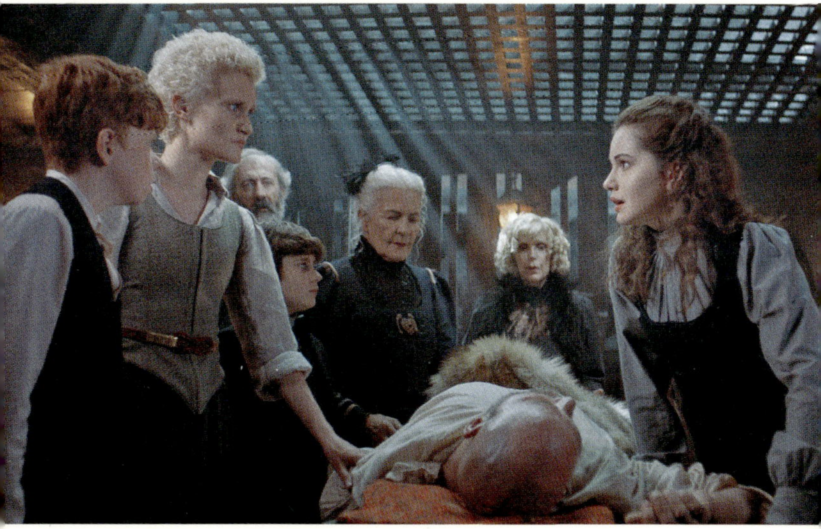

Baron Magnus af Dracas kämpft um sein Leben.

Alisa mit dem Notizbuch ihrer Mutter

Alisa hat eine unerwartete Begegnung.

In Norwegen haben die Erben Grund zum Feiern.

Leo soll über Alisas Schicksal entscheiden.

Inger af Dracas und Ivy of Lycana beobachten Alisa mit den Wölfen.

Malcom of Vyrad, Joanne de Pyras und Luciano di Nosferas

Aufbruch Richtung Russland

Die Zurückbleibenden beim Ablegen der Elisabetha

Luciano di Nosferas hat ein Geheimnis.

Malcolm macht eine Entdeckung.

Alisas Funke leuchtet.

Alisa

Die anderen werden es verstehen, redete Alisa sich ein, als sie leise die Tür von draußen schloss. Schließlich war sie die Einzige, die nach Leo suchen konnte. Sie blinzelte in den Himmel. Die Sonne hatte ihren höchsten Stand bereits hinter sich gelassen. So viel Zeit war mit Planen, Verwerfen, Reden und wieder Planen vergangen. Zu viel Zeit. Sie musste fort, musste Leo finden. Wenn sie ihn fand, wenn es ihnen gelang, den General zu überwältigen, bevor er zu Dracula aufbrechen konnte, wenn sie ihre Rubine zurückerobern konnten – dann hätten sie etwas Zeit gewonnen. Und immer noch eine Chance gegen Dracula. *Wenn, wenn, wenn –*

Doch am wichtigsten war es, Leo zu befreien. Alisa hastete den Weg entlang, den sie mit Ivy und Inger genommen hatte. Wenn sie ganz ehrlich zu sich war, gab es noch einen weiteren Grund, sich aus der Hütte zu stehlen. Sollten alle Wenns nicht gelingen, musste sie den General verfolgen – und Tammo wollte nicht einsehen, dass er nicht mitkommen durfte. Aber früher oder später musste sie Dracula stellen, verhindern, dass er den Knoten löste. Und wie sollte sie das tun, wenn sie sich dabei Sorgen um ihren kleinen Bruder machen musste?

Sie musste es alleine schaffen. Mit etwas Glück würde sie am Eingang zum Gefängnis Spuren des Generals finden, denen sie folgen konnte. Weiter war ihr Plan noch nicht gediehen.

Sie überquerte den Fluss, ignorierte das Skelett und erreichte schließlich den Tunnel.

Der Schnee am Eingang zum Tunnel war vollkommen zertrampelt. Unmöglich, da einzelne Spuren zu erkennen. Hätte sie doch wenigstens Ivy mitnehmen können, die hatte Erfahrung im Verfolgen. Vielleicht war ihr Aufbruch doch zu impulsiv gewesen. Alisa biss sich auf die Unterlippe und ging vorsichtig zwischen den vielen Fußspuren umher, versuchte ein Muster zu erkennen. Nur welches? Sie wusste nicht einmal, wie die Spuren von General Ragnar aussahen – oder die von Leo. Ihr Blick landete immer wieder auf den Türen zum Gefängnis. Ihre Mutter war so nah. Die Ehrwürdigen sollten erfahren, dass alle die Wölfe überlebt hatten, in Sicherheit vor der Sonne waren. *Außerdem hat bestimmt wer von den Ehrwürdigen Erfahrung im Spurenlesen und kann mir sagen, worauf ich achten muss*, redete sie sich ein, als sie die schwere Doppeltür öffnete. Mit schnellen Schritten durchmaß sie den Tunnel, um sich davon abzulenken, dass sie keine Ahnung hatte, wie alles ausgehen würde, oder ob sie ihre Mutter jemals wiedersehen würde, wenn sie sich dem General stellte. Oder Dracula.

Alisa hielt nicht einmal vor dem Lichtschild inne, lief einfach hindurch und in die Arme ihrer Mutter. Sie ließ sich von ihr festhalten, sprudelte aus der sicheren Umarmung alles hervor, was geschehen war. Als die Ehrwürdigen erfuhren, dass ihre Kinder in Sicherheit waren, breitete sich ihre Erleichterung wie ein frischer Luftzug in der Höhle aus. Sie sog dieses Gefühl auf, drückte die Stirn an die Schulter ihrer

Mutter. Warum konnte sie nicht einfach hierbleiben? Sie lauschte den leisen Stimmen der Ehrwürdigen, ohne dem Gespräch wirklich zu folgen. Nach einer Weile spürte sie neben der Erleichterung noch etwas anderes. Es dauerte eine Weile, um es zu erkennen, denn es war ein Gefühl, das nicht zu den Ehrwürdigen passte. Verunsicherung. Beinahe Angst.

Traurig hob Alisa den Kopf. Ihr Blick schweifte von ihrer Mutter zu den anderen Ehrwürdigen. Versuchte ein Lächeln. Sie würde gehen müssen. Hoffentlich klang sie zuversichtlicher, als sie sich fühlte. »Ich werde Leo finden und den General«, sagte sie. »Wenn wir die Rubine zurückhaben –«

»Nein!« Ihre Mutter schob sie ein Stück von sich fort, sah ihr in die Augen. »Alisa, du musst den Knoten lösen. Alles andere ist unwichtig. Der Knoten ist deine Bestimmung. Du darfst dich davon nicht ablenken lassen!«

Was? Sie musste sich verhört haben. »Aber … Ich kann Leo nicht im Stich lassen! Und wenn wir mit dem Grimur-Rubin zurückkommen, können wir euch alle befreien.«

»Das ist viel zu gefährlich«, beschwor ihre Mutter sie. Großmutter sprang ihr bei: »Nur für einen Jungen darfst du nicht alles aufs Spiel setzen, Alisa. Du musst an die Zukunft denken.«

Alisa riss sich los. »Wie könnt ihr …! Wegen mir ist Leos Vater fast gestorben. Ich muss ihn retten, natürlich muss ich ihn …!«

»Alisa.« Ihre Mutter versuchte, sie zu fassen zu bekommen. »Kein Leben – nichts – ist wichtiger als der Knoten.«

»Der Knoten kann warten!« *Der ist mir egal, solange Leo in Gefahr ist!*, fügte sie nicht hinzu.

Ihre Mutter schüttelte den Kopf. »Du weißt, dass das

nicht stimmt. Deine Großmutter hat recht, den Dracas-Jungen zu retten, ist selbstsüchtig. Das ist nicht die Art der Vamalia, das –«

»Ich habe nichts von all dem gewollt!« Alisas Stimme überschlug sich, aber sie konnte die Worte, die aus ihr hervorbrachen, nicht aufhalten. »Ich habe mir nichts von all dem ausgesucht! Nicht den Funken, nicht, eine Vamalia zu sein, auch nicht, ein Herz zu haben! Oder mein Leben lang zu glauben, dass meine Mutter tot ist, während sie die ganze Zeit über am Leben war! Und … und … und alles, woran du denken kannst, ist der verfluchte Knoten?!« Ihre Kehle schmerzte. Ihre Mutter griff erneut nach ihr, doch Alisa war schneller. Sie sprang durch den Lichtschild, dorthin, wo ihre Mutter ihr nicht folgen konnte.

»Alisa!«

Mit gesenktem Kopf stürmte sie fort – prallte gegen einen Körper, taumelte, wurde aufgefangen.

»Alisa«, sagte eine vertraute Stimme. Hindrik. Er nahm sie in die Arme, redete so leise weiter, dass die Worte nur ihre Ohren erreichten. »Geh nicht im Zorn von ihr weg.« Er klang so ruhig, während ihr Herz hart und heftig schlug, sie den Schmerz in ihrer Kehle spürte, der greifbarer und leichter zu ertragen war als ihre Enttäuschung. Es war ungerecht, dass sie vernünftig sein sollte, dass sie das jahrelange Lügen verzeihen sollte und einfach tun, was ihre Mutter verlangte. Die war doch überhaupt nur hier eingesperrt, weil sie den Knoten über alles andere – über sie und Tammo – gestellt hatte. Und jetzt erwartete sie von ihr, dasselbe zu tun? Und das sollte dann Liebe sein? Hindrik strich ihr über den Rücken, und sie merkte, wie sie zitterte.

»Warum bist du hier eingesperrt?«, fragte Tammo hinter ihr. Er musste zum Lichtschild weitergelaufen sein. »Bist du eine schlechte Vampirin …?«

»Nein, Tamm.« Das war Großmutter. »Deine Mutter – sie hat das hier nicht verdient. Es ist unsere Schuld. Wir hatten Angst vor Veränderung … wir haben gedacht, wir müssen sie aufhalten, wir dachten, wir würden damit alle beschützen – auch sie vor sich selbst. Wir wollten, dass alles beim Alten bleibt. Deswegen haben wir sie eingesperrt. Es tut mir so leid …«

Alisa wollte das ehrliche Bedauern in der Stimme ihrer Großmutter nicht beachten. Aber es fand einen Weg, schlich sich gegen ihren Willen in ihr Herz. Trotzdem hielt sie sich weiter an Hindrik fest, weigerte sich, irgendwen anzuschauen. Sie hörte, wie Hindrik den Ehrwürdigen versprach, sich um sie zu kümmern, später auch Luciano und Joanne herzubringen. Etwas von seiner Ruhe und dem Mitgefühl in seiner Stimme ließ ihr Herz endlich ruhiger schlagen. Doch dann ließ ein neuer Gedanke sie zusammenzucken – wenn Hindrik und Tammo hier waren, musste es schon Abend sein. Die Zeit rann ihr aus den Händen.

Obwohl sie sich nicht wirklich bereit dazu fühlte, löste sie sich von Hindrik. Jetzt erst sah sie, dass er Ivy mitgebracht hatte. Die Lycana lächelte ihr zu. Wir haben schon so viel miteinander durchgestanden, schien das Lächeln zu sagen, zusammen sind wir stark genug für alles. Was es auch sein mochte. Alisa schöpfte Mut. Sie war nicht allein. Langsam wandte sie sich zu ihrer Mutter um. »Es tut mir leid.« Sie wischte sich mit dem Handrücken über die Augen. »Ich habe das nicht so gemeint …« Alisa ging an den Lichtschild, griff nach den Händen ihrer Mutter. »Ich bin so froh, dass du lebst.« Jedes Wort machte das nächste leichter. Klarer. »Ich liebe dich, Mama. Aber was immer du glaubst, was meine Bestimmung ist, ich muss zuerst Leo helfen. Ich kann nicht anders. Bitte versteh das.« Sie drückte die Hände ihrer Mutter und zog sich zurück.

»Ich liebe dich auch, Alisa«, flüsterte ihre Mutter. »Bitte sei vorsichtig. Bitte … triff die richtige Entscheidung.«

Alisa presste die Lippen zusammen, damit ihr auf diese letzten Worte nicht noch eine Bemerkung entschlüpfte, die sie später bedauern würde. Sie musste los. Sie hatte viel zu viel Zeit hier vergeudet. Doch bevor sie auch nur einen Schritt in den Tunnel machen konnte, schnappte Tammo ihren Arm.

»Ich komme mit.«

»Das ist viel zu gefährlich, Tamm.«

»Eben darum!« Tammo funkelte sie aus seinen dunklen Augen an.

Sie konnte sich nicht auch noch mit ihm streiten. Nicht mit ihm. »Unsere Mutter braucht dich. Für mich, Tamm, bitte. Kümmere dich um sie.«

»Ich kenne sie doch gar nicht«, protestierte Tammo weiter. »Du bist mehr Mutter für mich, als sie je sein kann. Du weißt, wie es sich anfühlt, eine Mutter zu vermissen.« Seine Stimme brach, auch wenn die Wut noch immer in seinen Augen glänzte. »Ich will dich nicht vermissen müssen.«

Alisa schloss die Augen und drückte ihn an sich. Er wehrte sich, aber sie hielt ihn fest. Noch war ihr kleiner Bruder nicht stärker als sie. Zum Schweigen brachte ihn eine Umarmung allerdings nicht. »Hindrik kann sich um sie kümmern.«

»Bitte, Tamm. Ich muss dich in Sicherheit wissen.«

Endlich hörte er auf zu zappeln. »Versprich mir, dass du zurückkommst«, forderte er schließlich mit leiser Stimme. Alisa antwortete nicht. Sie wollte es ihm so gern versprechen. Aber sie konnte ihn nicht anlügen. Tammo stieß sie von sich weg – sie stolperte rückwärts, fing sich nur mit Hindriks Hilfe. Als sie wieder in den Tunnel blickte, war er leer. »Tammo!« Sie stürzte ihm hinterher.

Draußen dämmerte es. Die Zeit hätte niemals so schnell vergehen dürfen! Sie rief nach Tammo, suchte die Landschaft ab, konnte ihn aber nirgendwo entdecken. Vor ihr die vielen Spuren im Schnee, aus denen sie nicht schlauer wurde als zuvor. Alles, was sie wusste, war, dass eine davon zu Leo gehören musste und eine andere zu Tammo.

Es zerriss sie, aber sie musste ihren Bruder loslassen. Hindrik würde sich um Tammo kümmern, er würde ihm alles erklären, er würde für ihn da sein. Sie musste los, musste Leo finden, bevor General Ragnar ihn wer weiß wohin verschleppte. Alisa ging in größer werdenden Kreisen die Spuren ab, bis sie eine mit zwei verschiedenen Stiefelabdrücken fand. Sie rannte los – und fiel, wollte sich festhalten, abstützen, fiel weiter, als gäbe es keinen Boden, nur Dunkelheit und das Kribbeln in ihrer Hand.

Alles schwankt weiter, auch als sie sich fängt. Sie sitzt in einer Kutsche, hört das rhythmische Klappern von Hufen. Alisa stützt sich mit beiden Händen auf der Bank ab, auf der sie gelandet ist. Ihr gegenüber mit dem Rücken zur Fahrtrichtung: Graf Dracula. Neben ihm auf der Bank steht ein Kästchen, das augenscheinlich aus Silber geschmiedet ist, und um seinen Hals trägt er einen Schlüssel, vermutlich ebenfalls silbern. Er hebt eine Hand und wischt sich über die Augen. Weint er? Alisa imitiert die Geste und spürt Tränen auf ihren eigenen Wangen.

»Schwere Abschiede?«, erkundigt Dracula sich und lässt die Hand sinken.

Als würde sie ausgerechnet ihm etwas darüber erzählen. Alisa sucht seinen Blick. »Ich werde dich finden«, sagt sie kalt.

»Ah.« Dracula schlägt die Beine übereinander. Er lehnt sich entspannt zurück. »Wir werden uns also endlich wirklich treffen. Ich kann es kaum erwarten.« Er grinst. »Stell dir vor, ich habe sogar einen Gast für dich dabei.« Er zieht an einem Ring in der Kutschenwand hinter ihm. Eine Klappe springt auf. Sie fährt entsetzt zusammen, als sie erkennt, wer auf dem Kutschbock sitzt. Nicu! Er beugt sich zu der Öffnung, blickt zu ihnen hinein.

»Was ist?«

»Nichts weiter. Ich wollte mich nur vergewissern, dass du meinen Anweisungen folgst.« Dracula ignoriert Alisa ebenso komplett wie Nicu, der nichts von ihrer Anwesenheit bemerkt – nichts davon bemerken kann. Alisa ballt die Hände zu Fäusten.

»Ich bin nicht Ihr Sklave!«, protestiert Nicu.

»Noch nicht.« Draculas Zähne blitzen auf, als er lächelt. »Und wenn du ein braver Junge bleibst, werde ich dich auch zu nichts zwingen – oder dich gar in einen Schatten verwandeln.«

Alisa wird übel von diesem Schauspiel, das Dracula ganz klar nur wegen ihr aufführt. Es verfehlt seine Wirkung nicht: Es ist stärker als jede direkte Drohung.

»Warum tust du es nicht endlich?«, schnauzt Nicu Dracula an. Die Verzweiflung in Nicus Augen lässt sie die Fäuste noch fester zusammenpressen. »Dann würde ich endlich meine Mutter vergessen und dieses Loch in meiner Brust nicht mehr spüren.«

»Aber dieses Loch ist der Grund für alles, Nicu. Eines Tages wirst du das verstehen.« Dracula zieht den Ring erneut, die Klappe knallt zu. Mit einem selbstzufriedenen Gesichtsausdruck wendet er sich wieder Alisa zu. »Sein Leben liegt in deinen Händen, Alisa. Komm und rette ihn.«

Sein Zwinkern folgt ihr in die Dunkelheit, in die sie fällt, durch die sie stürzt und taumelt, in der sie nicht weiß, ob sie schreit oder schluchzt –

Sie lag auf dem Rücken im Schnee. Sterne glitzerten über ihr. Bis auf ihr rasendes Herz war alles ganz friedlich. *Komm und rette ihn*. Alisa hämmerte die Fäuste in den Schnee. *Wie?*, wollte sie Dracula entgegenschleudern. Wie sollte sie Nicu retten? Und gleichzeitig Leo? Wie sollte sie überhaupt nur einen von ihnen retten? Alisa schrie ihre Hilflosigkeit zu den Sternen hinauf. Sie schrie, bis es zu schneien begann, schrie, bis sie begriff, dass ihr Geschrei nichts ändern würde. Ändern konnte nur sie selbst etwas. Alisa sprang auf.

Die Spur, der sie gefolgt war, war noch da. Den Blick fest auf die Stiefelabdrücke im Schnee geheftet, hastete sie los.

Sie würde sie beide retten. Sie musste.

Zuallererst musste sie Leo finden und ihn befreien. Gemeinsam würden sie aus General Ragnar herausbekommen, wo Dracula mit Nicu hinwollte. Und dann konnten sie auch ihn retten.

Alisa hörte nichts als das Knirschen ihrer Schritte im Schnee, das Rauschen der Bäume, an denen sie vorüberrannte, spürte nur die zunehmende Dunkelheit, sah nur das immer dichter werdende Schneetreiben, in dem die Spuren im Schnee schwächer und schwächer wurden.

Plötzlich verdichtete sich die Dunkelheit vor ihr. Alisa erstarrte. Sie stand vor einem Gebäude mit spitzen Giebeln, dunklen Fenstern. Sie schaute zu Boden, suchte nach den Stiefelabdrücken, aber die Spur war endgültig im Schneetreiben verschwunden. Oder … Endete sie hier? Hatte sie hierhergeführt?

Vorsichtig näherte sie sich dem Gebäude, öffnete die Tür einen Spalt weit und schlüpfte hinein. So leise sie konnte, schloss sie die Tür, lehnte sich dagegen. Vor ihr lag ein großer Raum mit Holzbänken – weiter vorn flackerte Kerzenlicht auf einem Podest. Im Gang zwischen den Bänken lag ein Holzpflock. Alisa schauderte. Da sie niemanden ausmachen konnte, schlich sie durch den Gang und hob den Holzpflock auf. Ihr Mund war trocken, es rauschte in ihren Ohren, als sie ihn vor ihr Gesicht hielt und daran roch. Kein Blut. Vor Erleichterung hätte sie am liebsten gelacht. Doch in diesem Moment berührte sie etwas von hinten an der Schulter. Alisa wirbelte herum, riss den Pflock hoch und ließ ihre Fangzähne vorschnellen.

Van Helsing machte einen Satz zurück. Er hob beide Hände. »Alisa, bitte, ich will dir nichts tun.«

»Woher –?« Sie ließ weder den Pflock sinken, noch zog sie ihre Zähne wieder ein. Natürlich kannte er ihren Namen – er war im Gefängnis des ewigen Lichts gewesen, kannte ihre Mutter. Van Helsing hielt den Abstand zwischen ihnen aufrecht, aber ließ die Hände sinken. Er musterte sie einen Augenblick, ehe er ihre ungestellte Frage beantwortete.

»Ich habe von dir gehört, seit ich Dracula verfolge. Eine Vamalia, die das Sonnenlicht verträgt. Du hast ihn in Russland vor mir gerettet.«

»Woher kennst du meine Mutter?«

»Wir sind uns begegnet. Vor deiner Geburt.« Er zuckte mit den Schultern und lehnte sich an eine der Holzbänke.

»Was machst du hier? Ist Dracula –?«

»Nein. Ich bin den Rubinen gefolgt … also der Elisabetha und euch allen. Die Rubine sind der Schlüssel! Wenn ich sie habe, kann ich endlich Dracula besiegen.«

Endlich erlaubte sich Alisa, den Holzpflock sinken zu lassen. »Warum bist du hinter dem Grafen her?«

»Unwichtig.«

»Von wegen.«

»Ich bin keine Gefahr für dich, Alisa. Du kannst mir vertrauen.«

Sie lachte auf. Natürlich, sie konnte einem Vampirjäger vertrauen. Noch dazu diesem. Van Helsing, der vermutlich mehr Vampire auf dem Gewissen hatte als alle Rotmasken zusammen.

»Ich will ihn vernichten«, erklärte van Helsing ruhig.

»Und dazu willst du meine Hilfe? Du bist verrückt.«

»Ich möchte, dass wir uns gegenseitig helfen.« Van Helsings Lächeln zog die senkrechte Narbe unter seinem weißlich-trüben Auge in die Länge. »Du willst Dracula doch auch aus dem Weg haben.«

»Niemals!« Alisa schleuderte den Holzpflock auf ihn. »Ich werde niemals einem Vampirjäger helfen!«

Mit einer Hand fing van Helsing den Pflock und warf ihn lässig zur Seite. »Der einzige Vampir, den ich noch jage, ist Dracula. Ich gebe dir mein Wort, dass ich weder dir noch deinen Freunden etwas tun werde, wenn du mit mir zusammenarbeitest.«

»Und das soll ich dir glauben?« Alisa lehnte sich ebenfalls an eine Holzbank und verschränkte die Arme vor der Brust. Sie musste sich an etwas festhalten – und hier hatte sie nur sich selbst. »Gib mir einen guten Grund dafür.«

Van Helsing lächelte noch breiter. »Ich weiß, wohin General Ragnar unterwegs ist. Mit den Rubinen – und mit Leo.«

Sie presste die Arme fester an den Körper, damit ihr Herz nicht zersprang. »Wohin?«, presste sie hervor.

»Haben wir einen Deal?«

»Wohin?« Er würde kein anderes Wort von ihr hören, bevor er ihr das nicht verriet. Der Vampirjäger schien ihre Entschlossenheit zu spüren.

»Nach Russland.«

Sie schwieg und starrte ihn ungläubig an.

»Und ich weiß genau, wohin in Russland.«

Alisa starrte weiter. Schwieg weiter.

»Komm schon.« Van Helsing hob eine Schulter. »Ich kann nicht alle meine Karten aus der Hand geben. Aber ich brauche dich.«

»Warum?«

»Wenn Dracula alle dreizehn Rubine bekommt, ist er zu mächtig für mich.« Van Helsing stieß sich von der Bank ab und kam auf sie zu. »Aber du hast eine Verbindung zu ihm. Du teilst seine Kräfte. Er fürchtet sich vor dir. Und das kann ich, nein, das können wir ausnutzen. Er hat die Rubine, die er bereits besitzt, im Belov-Grab versteckt, damit sie vor dir sicher sind – genauso wie vor mir und allen anderen Vampiren.« Er verstummte, als hätte er zu viel gesagt. Hatte er auch.

Vor mir und allen anderen Vampiren. Allen anderen. »Du bist ein …?«, fragte sie überrascht.

»Etwas in der Art.« Van Helsing wich ihrem Blick aus.

»Was soll das heißen, etwas in der Art?«

»Das spielt keine Rolle.« Er schüttelte leicht den Kopf, dann sah er sie wieder direkt an. »Ich brauche deine Hilfe, um die Rubine aus dem Grab zu holen, bevor Dracula es tut. Ich weiß, wo das Grab ist. Du bist Dracula ebenbürtig. Helfen wir einander?« Er streckte ihr eine Hand hin.

Sie traute ihm nicht. Aber wenn sie Leo retten wollte, hatte sie keine Wahl, als einzuschlagen. Sie hatte das Belov-Grab zwar gesehen, doch sie hatte keine Ahnung, wo der Friedhof sich befand. Allein würde sie den in Russland niemals finden. Kein Grab, kein Leo, kein Nicu. Das war die widerliche Wahrheit. Also nickte sie. Also schüttelte sie seine Hand. »Gehen wir.« Sie ließ van Helsing den Vortritt. Deal hin oder her, sie würde ihm niemals den Rücken zuwenden.

Er grinste, als könnte er ihre Gedanken lesen, dann trat er vor ihr durch die Tür. Gerade, als sie abwägte, ob sie van Helsing mit zu den anderen nehmen sollte oder ob es besser wäre, wenn er irgendwo anders auf sie wartete, stürzten drei Gestalten aus dem Wald auf sie zu und blieben direkt vor ihnen stehen. Fanny, Inger und Karen. »Was macht ihr hier?«, fragte Alisa gleichzeitig mit Ingers misstrauischem: »Wer ist das?«

»Sobald die Sonne untergegangen ist, haben wir uns in

mehreren Gruppen auf die Suche nach Leo gemacht«, erklärte Karen ruhig.

»Wer ist das?«, wiederholte Inger.

»Erkläre ich später«, wehrte Alisa ab. »Wir müssen die Elisabetha startklar machen. Sofort.«

Sie wollte losstürmen, aber Inger hielt sie fest.

»Wo ist Leo?«

»Auf dem Weg nach Russland.« Alisa machte sich unwillig los. »Mit deinem Vater. Wir müssen uns beei–«

»Russland?«

»Ja, Russland. Zu Draculas Rubinen. Zu Dracula.« Sie wandte sich an van Helsing. »Warte am Hafen auf uns.« Ohne weitere Kommentare oder eine Reaktion abzuwarten, rannte sie los.

Ivy

In Ivys Kopf wirbelte alles durcheinander. Der Knoten, Alisas Bestimmung, wenn es nach ihrer Mutter ging, Tammos wütende Zurückweisung seiner Schwester, Alisas verzweifelter Schrei, als sie ihrem Bruder hinterhergestürzt war. Ivy blinzelte. Was machte sie noch hier? Sie musste Alisa nach, ihr helfen! Sollte Hindrik doch sagen, was er wollte, sie musste …

»Die beiden kriegen das schon hin«, beteuerte er zum tausendsten Mal. Tun sie immer.«

Ivy zögerte. Hindrik kannte die beiden besser als sie. Länger. Sie nickte, und dann, um sich abzulenken, sagte sie das Erste, das ihr in den Sinn kam. »Alisa hat ein Herz? Ein echtes Herz?«

Hindrik bejahte. Ivy legte sich eine Hand auf die Brust. Wenn sie sich erinnern könnte, wie es war, ein Mensch zu sein, würde sie auch wissen, wie sich ein Herzschlag anfühlte. Aber es war, wie es war, und da schlug nichts in ihrer Brust.

»Wirst du mit ihr gehen?«, fragte Hindrik leise.

»Natürlich!« Ivy musste keine Sekunde nachdenken. Sie hatte zwar keine Ahnung, wohin Alisa gehen würde, aber sie würde ihr folgen. Wohin auch immer.

»Versprich mir, dass du auf sie Acht gibst.« Er legte ihr eine Hand auf die Schulter. »Als wäre sie deine Familie.«

»Sie ist meine Familie.« Sie sprach es zum ersten Mal aus, aber gespürt hatte sie es schon lange. Alisa war genauso ihre Familie wie Seymour.

Hindrik beugte sich zu ihr. »Annas Notizbuch mit der Karte zum Knoten – ich habe es in meinem Sarg auf dem Schiff versteckt«, flüsterte er. Und fügte, leiser als ein Windhauch, hinzu, wo sie den Hebel in seinem Sarg finden konnte, der das Geheimversteck öffnete. Als hinter dem Lichtschild sein Name gerufen wurde, richtete er sich eilig auf. »Alles verstanden?«, vergewisserte er sich.

»Ja«, wisperte sie. Hindrik drückte ihre Schulter, dann eilte er zum Lichtschild, hinter dem Alisas Mutter ihn ungeduldig heranwinkte.

»Hindrik, bitte, du musst sie aufhalten. Sie muss ihrer Bestimmung folgen, nicht diesem Dracas-Jungen hinterherlaufen.«

»Sie hat deinen Kampfgeist, Anna. Ich werde sie von ihrem Entschluss nicht abbringen können – und sie hat mich gebeten, hierzubleiben, mich um die Kinder zu kümmern. Ich habe es ihr versprochen.« Hindrik klang zugleich entschuldigend und unnachgiebig. Gar nicht so demütig, wie er sonst mit geborenen Vampiren sprach. Doch Ivy hatte keine Zeit, sich darüber zu wundern, denn Seymour pfiff gedämpft und zwinkerte ihr zu. Sie verwünschte den Lichtschild, der sie voneinander trennte, und eilte zu ihm.

»Ich komme zurück und hol dich hier raus. Versprochen.«

»Hauptsache, du beeilst dich …« Wer Seymour nicht so gut kannte wie sie, würde die Verzweiflung in seiner Stimme nicht hören. Er grinste, und sie wünschte sich, sie könnte ihn wenigstens berühren. Seymour deutete mit dem Daumen hinter sich. »Wenn du mich zu lange hier schmoren lässt, färben diese Dinosaurier noch auf mich ab.«

»Versprochen.« Ivy zwang sich, zurückzulächeln. Vermutlich durchschaute er sie genauso wie sie ihn. Wenn sie noch lange hier stehen blieb, würde ihr abwesendes Herz in der Brust zerreißen. Gerade als sie sich abwenden und den Tunnel zum Eingang nehmen wollte, rief Alisas Mutter sie zurück.

»Ivy, warte! Du bist Alisas beste Freundin, nicht wahr?«

Ivy schwieg mit gesenktem Blick. Nur weil Anna von Vamalia sich mit Hindrik auf vertrauter Ebene unterhielt, bedeutete das nicht, dass sie alle Schattenvampire als ebenbürtig betrachtete.

»Alisa muss nach Hamburg gehen. Zum Haus unseres Clans. Dort habe ich den Schlüssel für die Karte zum Knoten versteckt. Sag ihr das: Er ist immer genau hinter dir gewesen.«

»Er ist immer genau hinter dir gewesen?«, echote Ivy. Klarer konnte sie sich nicht ausdrücken? Offenbar nicht, denn Alisas Mutter scheuchte sie mit einer ungeduldigen Geste fort.

»Sie wird verstehen, was ich meine. Du musst sie überzeugen, ihren Plan zu ändern. Geh!« Hinter dem Befehl las Ivy eine Bitte in ihren Augen. Ivy nickte wortlos. Besser kein lautes Versprechen abgeben, denn dass sie Alisa zu irgendetwas würde überreden können, bezweifelte sie stark. Sie warf einen letzten Blick auf Seymour, der stumm mit den Lippen *Beeil dich* formte, dann eilte sie durch den Tunnel nach draußen.

Die Dunkelheit hatte zugenommen und frischer Schnee war gefallen. Er verdeckte die Vertiefungen der Fußspuren nicht völlig, und Ivy brauchte nicht lange, bis sie Alisas ausgemacht hatte. Hoffentlich trieben sich die Wölfe hier nicht mehr herum. Sie zog ihren Mantel enger um sich, obwohl ihr nicht kalt war. Nutzlos. Der Stoff würde sie vor keinem Wolfsbiss schützen. Sie hätte Inger bitten sollen, mit ihr mitzukommen. Aber als Hindrik mit Tammo aus dem Dorf aufgebrochen war, war Inger in ein Gespräch mit ihrer Schwester vertieft gewesen, und Ivy hatte es nicht gewagt, sie zu unterbrechen. Zumal Fanny definitiv immer noch etwas gegen sie hatte.

Ivy drängte die Sorgen weg, gegen die sie jetzt sowieso nichts tun konnte, und machte sich an die Verfolgung der Spuren. Am Waldrand mündete die Spur in eine große aufgewühlte Schneefläche. Als wäre Alisa hier gestürzt. Oder hatte es einen Kampf gegeben?

Ivy ging in die Hocke, um die Stelle genauer zu betrachten. Der neu gefallene Schnee erschwerte die Sache, aber nein, soweit Ivy das einschätzen konnte, sah es nicht aus, als wäre Alisa hier jemandem begegnet. Allerdings fand sie auch nichts, worüber sie gestolpert und gefallen sein konnte. Was war hier geschehen?

Unvermittelt spürte Ivy ein Prickeln im Nacken. Wurde sie beobachtet? Hatte es doch einen Angriff gegeben und … war der Angreifer noch in der Nähe? Oder waren es … Wölfe? Sie erhob sich behutsam und drehte sich ebenso behutsam um.

Zwischen zwei Bäumen erblickte sie die Noaidi. Genau wie beim ersten Mal, als sie mit Alisa und Inger aus dem Tunnel gekommen war, stand sie einfach da und schaute sie an. Allerdings verschwand sie dieses Mal nicht. Nebel kroch über den Boden auf Ivy zu. Die Noaidi winkte sie mit einer Hand näher. Obwohl Ivy wusste, dass die Zeit drängte, dass sie sich nicht aufhalten lassen sollte, konnte sie der Geste nicht widerstehen. Wie unter Zwang schritt sie auf die Frau mit den Mustern auf Gesicht und an den Armen zu.

»Was willst du von mir?«, rief sie. Zur Antwort erhielt Ivy ein Lächeln und das beharrliche Winken. Zögerlich ging sie näher, und schließlich, als sie sie fast erreicht hatte, streckte sie der Noaidi ebenfalls ihre Hand entgegen. Als sich ihre Finger berührten, verschwand der Wald, und sie befanden sich auf einem Kieselstrand, nicht weit von der Elisabetha entfernt. Die Noaidi hielt Ivys Hand noch immer fest, sanft, aber unnachgiebig. Diese Berührung vermittelte ihr Sicherheit.

Sie sollte hier sein. Das Raunen des Windes, das Rauschen des Meeres, das Klackern der Steine in der Brandung, die kleine, runzelige Frau vor ihr – all das zusammen ergab Sinn. Es ergab Sinn, oder … sie wurde verrückt. Ivy schluckte.

Die Noaidi legte einige Kieselsteine auf Ivys Handfläche, rund und kühl ruhten sie auf den Linien in ihrer Haut. »Es geht nicht um mich«, sagte die Noaidi und platzierte einen weiteren Stein. »Oder dich. Es geht um alles. Um das Gleichgewicht zwischen allem. Um unser aller Schicksal.«

Das Gefühl von Sinn verschwand so schnell, wie es gekommen war. »Schicksal?«, stammelte Ivy. »Gleichgewicht? Was soll das bedeuten …?«

Falls sie wirklich durchdrehte, dann würde das bedeuten, dass sie sich das alles einbildete, dass sie mit einem Trugbild sprach. Die Berührung eines Trugbildes spürte. Denn die Hände, die sich jetzt um ihre Hand mit den Steinen darauf legten, fühlten sich sehr echt an.

»Du wirst es verstehen.« Die Noaidi legte ihre Stirn an Ivys. Ein Schauer lief durch ihren Körper, als erwachte etwas in ihr, das bisher geschlafen hatte. Sie wuchs, sie dehnte sich aus und blieb doch, wer und wo sie war. Sie spürte die Hände der Noaidi, spürte die Stirn der weisen Frau an ihrer Stirn, spürte die Erde, auf der sie standen, durch die sich die Wurzeln der Bäume erstreckten, spürte die Bäume mit ihren schneeschweren Ästen und die Pflanzen, die unter der Schneedecke ruhten. Sie spürte das Vor und Zurück der Wellen und den Wind, der alles miteinander verband. Sie wisperten ihr etwas zu in einer Sprache, die sie nicht verstand, noch nicht verstand, nur das Versprechen darin begriff sie, dass sie bald verstehen würde. Und dann, plötzlich, ein Wort, das sie kannte.

»Ivy?«

Alisa? Alisa!

»Ivy? Was ist mit dir?«

Ivy blinzelte – und schaute direkt in Alisas Augen – und dann in Ingers. Sie wirkten beide besorgt. Ivy blickte sich weiter um. Wo war die Noaidi? Und wieso war sie am Waldrand und nicht am Meer? »Ich …« Sie rieb sich über die Stirn, betrachtete ihre Hände. Obwohl sie das Gewicht der kleinen Kieselsteine noch spüren konnte, waren da keine. Es lagen auch keine Steine im Schnee. »Ich hab gedacht, ich hätte die Noaidi gesehen – wie ist das … eben war ich …« Hatte sie sich das Ganze doch eingebildet?

»Du bist allein gewesen, als wir hier angekommen sind.«

»Alles in Ordnung?«, erkundigte sich Inger.

Keineswegs sicher nickte Ivy. Sie griff nach Ingers Hand, brauchte etwas, das sie in der Wirklichkeit verankerte. Dieser

Wirklichkeit. »Mir geht's gut. Ehrlich.« Hoffentlich klangen die Worte für Inger überzeugender als für sie selbst. Ein leichter Händedruck nur, denn Alisa drängte zum Aufbruch. Während sie auf das Dorf der Dracas zuliefen, brachte Inger sie auf den neuesten Stand.

Zurück in der Hütte im Dorf hielt sich Ivy im Hintergrund, so gut sie konnte, beobachtete, wie Inger sich von ihrer Schwester verabschiedete, die bleiben würde. Die zwei Schwestern standen einander gegenüber, legte die Stirnen aneinander. *Es muss seltsam für sie sein, keine Gedanken mehr lesen zu können*, schoss es Ivy durch den Kopf. Aber vielleicht war im Moment auch entscheidender, dass sie sich womöglich nicht mehr wiedersehen würden. Die beiden wirkten völlig unbeeindruckt von dem Gewusel um sie herum. Ivy zog sich nach draußen zurück und lehnte sich an die Hüttenwand.

Die Begegnung mit der Noaidi hatte sich so … echt angefühlt. Genauso echt wie die Unterhaltung mit Alisas Mutter. Auch wenn deren Forderung, dass Ivy Alisa von ihrem Plan abbringen sollte, ihr genauso unrealistisch vorkam, wie der Noaidi wirklich begegnet zu sein.

Es fing schon damit an, dass nicht einmal eine Vampirin so plötzlich auftauchen und verschwinden konnte. Nicht ohne den Caminada-Rubin, mit dem Geborene sich unsichtbar machen konnten. Ivy schnaubte. Mit Rubinen war das Vampirleben um einiges einfacher. Und momentan gab es nur drei Vampire auf der ganzen Welt, die über Rubinkräfte verfügten. General Ragnar. Graf Dracula. Alisa.

Wenn es ihnen nicht gelingen würde, wenn sie dem Grafen nicht zuvorkamen … Ivy mochte nicht daran denken, aber sie wusste genau, was das bedeuten würde: Wenn Graf Dracula erst alle Rubine in seinem Besitz hatte, würden sie ihn nicht mehr davon abhalten können, den Knoten zu lösen. Er würde das Tor zum Totenreich öffnen und alle Menschen würden zu seinen Schattenvampiren werden. Und dann?

Schaudernd lauschte Ivy dem Wispern des Windes und des Schnees, dem Gesang, der zugleich tief aus der Erde und von den Sternen kam. Sie verstand noch immer nicht, was sie sagten, aber sie spürte mit Gewissheit, dass das alles ausgelöscht würde, wenn Dracula dieses Tor öffnete.

Hatte Alisas Mutter etwa recht?

Durften sie das alles wegen eines einzigen Vampirs riskieren? Trotz ihrer kreiselnden Gedanken hatte das Wispern um sie herum etwas Beruhigendes. Ivy lauschte ihm mit geschlossenen Augen, spürte das rissige Holz der Hütte an ihrem Rücken, atmete. Erst als jemand ihr auf die Schulter tippte, riss Ivy die Augen auf. Inger!

»Bereit? Wir brechen auf.«

War sie bereit? Dieses Mal war es Inger, die nach ihrer Hand griff. Das Wispern erstarb und Ivy schob ihre verwirrenden Gedanken beiseite. Sie beobachtete, wie sich ein Zug Richtung Küste formte, an seiner Spitze Alisa. Inger und sie reihten sich mit Malcolm und Karen ein. Hinter ihnen folgten Hindrik und viele der Dracas mit Fackeln und Gesängen.

»Wo sind Luciano, Tammo und Joanne?«, flüsterte sie Inger zu.

»Vielleicht bei den Ehrwürdigen?«, mutmaßte Inger und blickte sich ebenfalls um, aber die drei waren nirgends zu entdecken. Ivy beruhigte sich damit, dass Hindrik bestimmt Bescheid wissen würde, er hatte immer alles im Blick und würde wissen, wo die drei sich herumtrieben.

Kaum, dass sie den Hafen erreichten, blieb ihr keine Zeit mehr, sich Gedanken um die jüngsten Erben zu machen. Der Unbekannte, von dem Inger erzählt hatte, schloss sich ihnen an. Alisa stellte ihn weder vor, noch gab sie ihnen Zeit, Fragen zu stellen. Sie drängte die Gruppe an Bord, verteilte Aufgaben, verfügte, Calvina zu befreien, und eilte selbst an Deck zurück, um das Steuer zu übernehmen. Der Unbekannte folgte ihr. Gleich darauf ertönte das Klirren der Ankerkette.

Ivy erspähte Karen, die Calvina den Gang entlang Richtung Messe führte und dabei sehnsüchtig zur Treppe blickte, die hoch ans Deck führte. Ivy lief zu ihr.

»Ich kümmere mich um Calvina«, bot sie an. Karen lächelte dankbar und verschwand die Treppe hinauf. Das Schiff setzte sich langsam in Bewegung. Ivy winkte Calvina, ihr in die Messe zu folgen, wo Malcolm ihnen zwei Schüsseln mit Rot reichte.

»Ich wünschte, ich könnte uns einen Wind rufen«, seufzte er und verzog das Gesicht. »Das Leben ohne Rubine ist echt – lästig. Wie haltet ihr das aus?«

Ivy verdrehte die Augen. War das sein Ernst? »Übung«, erwiderte sie. Vielleicht tat es den Geborenen ganz gut, mal eine Weile lang zu erfahren, wie das Leben ohne besondere Kräfte war. Sie setzte sich mit Calvina an einen Tisch, tunkte ihren Löffel ins Rot. Erst mit dem ersten Schluck fiel ihr auf, wie hungrig sie war. Calvina hingegen hielt den Löffel zögernd über ihrer Schüssel und betrachtete die Flüssigkeit darin mit gerunzelter Stirn. »Keine Sorge, man gewöhnt sich daran«, versprach Ivy.

Calvina lächelte ihr zu, dann tauchte sie den Löffel entschlossen in die Schüssel, kostete. Sie leckte sich über die Lippen. Nahm noch ein paar Löffel, doch schließlich senkte sie die Hand auf den Tisch. »Es ist nur … Ich fühle mich, als würde mir etwas fehlen«, sagte sie, ohne aufzusehen.

»Und das ist nicht dein Appetit.«

»Allerdings nicht, nein.«

Sie lachten beide. Leise. Kurz. Das Geräusch passte nicht zu der Situation und verschaffte doch ein wenig Erleichterung. »Ich weiß, wie sich das anfühlt.« Sie beugte sich näher zu Calvina und senkte ihre Stimme. »Wenn wir zu Schatten werden, verschwinden alle Erinnerungen an unser menschliches Leben – wir vergessen, wer wir waren, damit wir unseren neuen Gebietern dienen können.« Sie schob ihre Schüssel von sich weg, plötzlich nicht mehr hungrig. »Ohne unsere Erinnerungen bindet uns nichts mehr an unser menschliches Leben. Aber am Anfang, da …« Es schien so weit zurückzuliegen. »Also da hinterlassen die Erinnerungen noch Spuren – als müsste etwas da sein, das nicht mehr da ist. Eine unbestimmte Sehnsucht.« Ivy zuckte mit den Schultern. »Das spürst du vermutlich gerade. Es wird vorübergehen.«

Calvina strich über die dunkle Tischplatte. »Ich weiß gar nicht, ob ich das möchte. Das, was da fehlt – es ist meine letzte Verbindung zu meinem Sohn.«

Nicu. Der Menschenjunge, für den Alisa Gefühle entwickelt hatte. Ivy beschloss, diese Information für sich zu behalten. Sie war Nicu mit seinen dunklen Locken und blitzenden Augen nur kurz begegnet – aber Calvina würde sich nicht einmal mehr daran erinnern. Sie verstummte, und Ivy war erleichtert, als Alisa alle nach oben rief. Inger und Karen waren bereits in der Kapitänskajüte, als sie sich mit den anderen hineindrängte. Nur der Unbekannte fehlte, sie hatte einen kurzen Blick auf ihn erhascht, wie er am Steuer stand. Alisa musste ihm wirklich sehr vertrauen, wenn sie ihm diesen Posten so einfach überließ.

Am Tisch in der Mitte der Kajüte, auf dem mehrere Seekarten ausgebreitet lagen, lehnte Alisa. Sie scharten sich in einem Halbkreis um sie herum, und es war Calvina, die als Erste mit der Frage herausplatzte, die sie ganz sicher alle beschäftigte.

»Wen hast du da mit an Bord gebracht, Alisa?«

»Abraham van Helsing.« Alisa hielt den Blicken stand. Den fassungslosen Blicken. Ivy wollte gerade empört aufschreien, als Malcolm die Stille unterbrach.

»Du hast einen Vampirjäger an Bord gelassen?«, fragte er ungläubig. »Den Vampirjäger aller Vampirjäger? Soll das eine Sammlung werden? Erst die Anführerin der Rotmasken«, er deutete mit dem Kopf auf Calvina, »und dann den Übelsten von allen?«

Alisa hob beschwichtigend die Hände. »Er hat mir glaubhaft versichert, dass er nur noch hinter einem einzigen Vampir her ist. Dracula.«

»Und du vertraust den Worten eines Vampirjägers?« Malcolm zog die Silben des letzten Wortes betont auseinander.

Alisa schüttelte den Kopf. »Ich vertraue ihm nicht. Aber ich brauche ihn.«

»Warum?«, schaltete sich Ivy ein. Wie konnte Alisa das alles so ruhig von sich geben?

»Er weiß, wohin General Ragnar Leo verschleppt. Van Helsing ist der Einzige, der uns den Weg zeigen kann. Wir segeln nach Russland.«

Wie bitte? Baute darauf etwa Alisas Plan auf? Auf der Unterstützung eines Vampirjägers? *Des* Vampirjägers?

»Wie bitte?«, fuhr auch Malcolm auf.

»Das ist verrückt!«, schloss sich selbst die sonst so gelassene Karen an.

Alisa stieß sich vom Tisch ab und stand ihnen nun aufrecht, aber am ganzen Körper bebend gegenüber. »Leo ist in Gefahr – und ich bin schuld daran!«

»Nein, bist du nicht«, widersprach Ivy. »Diese ganze Sache ist General Ragnars Schuld. Er hat –«

»Aber Leo wäre gar nicht erst in diese Lage geraten, wenn sein Vater nicht von …« Alisa verstummte.

»… von mir angegriffen worden wäre«, führte Calvina den Satz zu Ende.

»Schon. Aber.« Alisa rang die Hände, bis sie endlich auszusprechen wagte, was sie seit Tagen beschäftigte. »Aber ich habe dich aus der Zelle gelassen. Es ist meine Schuld. Du hattest dich noch nicht unter Kontrolle. Ich muss das wiedergutmachen.« Sie wehrte jeden Einspruch mit einem Blick ab. »Alles andere spielt keine Rolle. Der General hat Leo und ihr Ziel ist das Belov-Grab. Zu dem auch Dracula unterwegs ist. Wir müssen ihm zuvorkommen! Und nur van Helsing weiß, wo das Grab liegt. Ich werde Leo folgen. Ich kann nicht zulassen, dass er …« Sie schwieg, schluckte sichtbar, dann setzte sie erneut an, diesmal etwas ruhiger. »Ich brauche ihn und ich brauche euch. Helft ihr mir?«

Das durfte ja wohl nicht wahr sein! Alisa hatte sich vollkommen in dieses Schuldding hineingesteigert. Ivy biss sich auf die Innenseiten ihrer Wangen. »Lasst ihr uns mal kurz allein?«, bat sie mühsam beherrscht. Die anderen gehorchten, ohne zu murren. Als sie hörte, wie die Tür leise ins Schloss gedrückt wurde, platzte sie. »Was ist denn in dich gefahren, Alisa? Hast du das mal durchdacht? Du führst van Helsing zu Dracula – mit dem du durch den Funken verbunden bist. Was passiert mit dir, wenn er den Grafen tötet?« Ivy sah sie vielsagend an, aber Alisa schwieg hartnäckig, also musste sie es aussprechen. Ivy ließ sie keinen Moment aus den Augen. »Das wäre auch dein Ende.«

Alisas Blick glitt von ihr weg. »Van Helsing wird Dracula nichts tun. Nicht, bevor er alle Rubine hat«, murmelte sie.

»Das kannst du nicht mit Sicherheit wissen.«

Alisa seufzte. »Ich sage doch gar nicht, dass ich ihm vertraue, aber wenn – und falls – Dracula verletzt wird …«

»Und du.«

»Ja. Und ich.«

Sie blickten einander an. Obwohl Ivy ganz nah vor ihr stand, hatte sie das Gefühl von einem gähnenden Abgrund zwischen ihnen. Einer, der zu breit für jeden Sprung war.

»Zu diesem Risiko bin ich bereit. Wir lassen keinen Vampir zurück, weißt du noch?« Alisas Lächeln reichte über den Abgrund, aber es war unnachgiebig.

»Aber genau darauf zählt Dracula doch!« Ivy konnte nicht aufgeben. »Wir sollten das tun, womit er nicht rechnet, uns einen Vorsprung zum Knoten verschaffen, während er auf seine Rubine wartet. Wenn er den Knoten vor dir erreicht, dann wäre auch Leos Rettung ganz umsonst! Dann war alles umsonst! Deine Mutter hat gesagt –«

»Wir werden vor Dracula bei dem Knoten sein«, unterbrach Alisa sie. »Wir werden ihn besiegen. Irgendwie. Ich weiß noch nicht, wie, aber ich bin mir sicher. Ich … ich fühle es einfach! Und genauso sicher bin ich, dass ich zuerst Leo retten muss.« Nicht einmal, als sie Ivys Hände ergriff, fühlte es sich an, als würde sich der Abgrund zwischen ihnen schließen. »Ich muss das tun, Ivy. Wir müssen Leo retten.«

Ivy wusste, dass es keinen Sinn hatte, mit Alisa zu streiten. Sie musste einen anderen Weg finden, ihre Freundin zu überzeugen. Im Moment konnte sie nichts anderes tun, als stumm zu nicken und Alisa aus der Kajüte zu folgen.

Der Heimatfjord der Dracas an Norwegens Küste fiel immer weiter hinter ihnen zurück. Noch konnte Ivy die Flammen der Fackeln erkennen, die die Vampire des Clans hochhielten. Sie gesellte sich zu Inger, die den Blick fest auf diese kleiner werdenden Lichter gerichtet hielt, und umfasste die Reling neben ihr. Alisa ging hinter ihnen zum Steuer.

»Wir werden den Jungen rechtzeitig einholen«, hörte Ivy van Helsing sagen.

»Die beiden Jungen«, verbesserte Alisa.

Beide? Wie ist Nicu da mit reingeraten? Ivy klammerte sich fester an die Reling und lauschte weiter.

»Ich übernehme das Steuer nachts und du tagsüber. Damit sollten wir schneller sein als sie. Geh, ruh dich aus, solange du noch kannst.«

»Danke, dass du mir hilfst.«

Wie konnte sie sich diesem Vampirjäger gegenüber so zutraulich geben? Am liebsten würde Ivy Alisa schütteln und anschreien, aber sie wusste, es würde nichts helfen. Sie presste die Hände so fest um die Reling, dass sie meinte, das Holz knirschen zu hören.

»Vergiss nicht«, drang van Helsings Stimme durch ihre Verzweiflung, »ich helfe vor allem mir selbst. Trotzdem: gern geschehen.«

Hörte Alisa das nicht? Der sagte doch klipp und klar selbst, dass man ihm nicht über den Weg trauen durfte. Sie musste … In diesem Moment spürte sie, wie sich ein kleiner Finger gegen ihren drückte. Inger. Ivy erwiderte den Druck und Ruhe strömte in ihren Körper. Aber bevor sie das Gefühl weiter auskosten konnte, verschwammen die Küste und die Lichtpunkte vor ihren Augen – und dann spürte sie runde Kieselsteine unter ihren Füßen statt der Holzplanken der Elisabetha. Haltlos umschloss sie die Reling fester, doch da war keine Reling mehr. Sie kniff die Augen zusammen, öffnete sie wieder. Sie war zurück auf dem Strand, von dem die Elisabetha abgelegt hatte. Aber alle Vampire, die sie bis hierher begleitet hatten, waren fort. Stattdessen stand die Noaidi vor ihr und schaute sie an.

Ivy blinzelte ein weiteres Mal, aber die Szene blieb gleich. Wie zuvor stand sie der Noaidi gegenüber, nur schien diese sie nicht mehr anzusehen, sondern durch sie hindurchzublicken. Trotzdem konnte Ivy den Blick nicht abwenden. Die Noaidi kniete sich hin – und unter ihr waren keine Steine, nur nackte Erde. Sie stützte sich mit den Händen darauf und grub die Finger hinein. Die Markierungen auf ihrem Gesicht, ihrem Hals, an ihren Armen wurden lebendig, schlängelten sich über ihre Haut, liefen nach unten, der Erde entgegen. In sie hinein. Die Noaidi wirkte nackt ohne sie. Eine alte Frau, die ihre Finger tiefer in die Erde grub. Lächelte.

»Es war mir eine Ehre, dir zu dienen«, sagte sie. »Aber meine Zeit ist gekommen, ich muss diesen Körper verlassen. Ein neuer Morgen wartet. Eine neue Stimme muss das alte Wissen lernen, eine neue Tochter für Mutter Erde werden …«

Ivy konnte sich nicht rühren. Vor ihr sank die Noaidi in sich zusammen. Und dann war sie einfach fort. Nur noch ihre leere Robe lag auf der Erde und der Wind spielte damit.

Nach dem nächsten Zwinkern war der Boden unter ihren Füßen wieder glatt. Sie spürte die Bewegung des Meeres – und die Küste war so weit fort, dass sie nicht einmal mehr die Lichter der Fackeln sehen konnte. Ivy schauderte.

»Alles gut?«

Ingers leise Stimme ließ sie zusammenschrecken. Aber sie nickte. Sie war hier. Auf dem Schiff. Sie drehte nicht durch. Sie durfte nicht durchdrehen.

Ivy zwang sich, ihre Finger zu entspannen, mit denen sie noch immer die Reling umklammert hielt. Sie musste an etwas anderes denken, sich auf etwas anderes konzentrieren. Und zum Glück wusste sie auch, woran. »Wie gut bist du mit Puzzeln?« fragte sie.

»Ziemlich mies.« Inger verzog das Gesicht.

»Hilfst du mir trotzdem?«

»Klar doch.«

Malcolm

Malcolm blickte sich in der Kajüte um und kam sich überflüssig vor. Er hasste das Gefühl. Calvina stand ebenso nutzlos wie er in der Kajüte. Sie schwiegen, während draußen die Wellen gegen die Schiffswände klatschten. Calvina räusperte sich und beugte sich über die Karten auf dem Tisch. Als ob es dort irgendetwas Hilfreiches zu entdecken gäbe. Malcolm wollte gerade aus der Kabine stürmen, um anderswo überflüssig zu sein, als Alisa wieder hereinkam. Er stellte sich ihr mit verschränkten Armen in den Weg. »Also, wie sieht der Plan aus?«

Vorausgesetzt, sie hat einen! Und zwar bitte einen besseren, als alles diesem Vampirjäger zu überlassen. Alisa drückte sich kommentarlos an ihm vorbei und trat zu Calvina an den Tisch. Unter den Seekarten zog sie eine weitere hervor. Sie strich das Papier glatt. *Russland*, stand oben auf einer Ecke. Alisa tippte mit einem Finger mitten hinein. »Laut van Helsing ist hier das Belov-Grab. Unser Ziel.«

Calvina neben ihr schnaubte. »Was, wenn er lügt? Ich traue ihm keine Hand breit.«

Da konnte Malcolm der Schattenvampirin ausnahmsweise zustimmen. Er beugte sich über die Karte. Wenigstens schien der Friedhof nicht allzu weit von der Küste zu liegen.

Alisa richtete sich auf. »Ich vertraue ihm ja auch nicht. Natürlich nicht.«

»Warum werfen wir ihn dann nicht über Bord?« Malcolm unterdrückte das Schaudern, das ihn bei seinen eigenen Worten überkam. Er erinnerte sich allzu gut daran, wie es sich angefühlt hatte, nachdem er in seinem Blutrausch über Bord gesprungen war. »Das Wasser hier ist tief«, zwang er sich weiterzusprechen. Als ob es auf die Tiefe ankäme. Sobald man unter der Oberfläche verschwand, sank, griff die Lähmung nach einem. Man spürte die Bewegung des Wassers um sich herum, die Strömungen trieben einen vor und zurück – aber niemals hinauf. Ganz zuletzt hatte das Wasser auch seine Augenlider gelähmt. Und seine blöden Augen waren offen gewesen. Er hatte nicht einmal die Augen schließen und so tun können, als wäre er irgendwo anders. Malcolm drängte die grässlichen Erinnerungen fort und ging in der Kajüte auf und ab. »Wir wissen doch jetzt, wo das Grab ist. Damit ist er entbehrlich! Und nach allem, was mein Vater mir von van Helsing erzählt hat, hat der ein nasses Grab mehr als verdient. Wo immer er sich blicken lässt, sterben Vampire.«

»Ein Grund mehr, ihn nicht aus den Augen zu lassen«, gab ihm Alisa recht. »Aber Wasser? Wir brauchen ihn! Selbst mit dieser Karte werden wir den Weg zum Friedhof kaum finden, dafür ist sie viel zu grob.« Sie seufzte und schob die Karte zur Seite. »Aber er ist so versessen darauf, Dracula die Rubine abzunehmen, dass er uns bis dorthin ganz sicher mitnimmt.«

»Es bleibt ein gefährlicher Plan, Alisa.«

Hör auf die Ex-Vampirjägerin, wollte Malcolm herausplatzen, aber er hielt die Worte zurück. Wenn Alisa schon nicht auf ihresgleichen hörte, dann würden sie auch die Worte eines Schattens nicht überzeugen.

»Vielleicht.« Alisa zuckte mit den Schultern und sah Calvina nachdenklich an. »Aber es ist der einzige, bei dem Dracula dich wieder zurück in einen Menschen verwandelt.«

»Als ob!«, entfuhr es Malcolm. Wovon fantasierte die denn tagsüber?

Alisa lächelte schmal. »Glaub mir, er wird. Er wird sie alle gehen lassen. Gehen lassen müssen. Calvina, Leo, Nicu – alle.«

Es fehlte nicht viel und Malcom hätte sich mit der flachen Hand vor die Stirn geschlagen. Hatte van Helsing die Vamalia unter Drogen gesetzt? Hatte sie Ur-Rot getrunken? »Warum sollte er das bitte tun?«

»Weil ich ihm im Austausch dafür mich geben werde.«

Wie bitte? Alisa war eindeutig verrückt geworden. »Das ist nicht dein Ernst!«

Alisa stand ganz ruhig hinter dem Tisch. Sie lächelte sogar. »Und ob. Er will mich. Dracula fürchtet sich vor mir.«

Das war nicht nur verrückt, das war eine neue Dimension von verrückt. Malcolm war so fassungslos, dass er kein Wort mehr hervorbrachte. Am Steuer stand der übelste Vampirjäger aller Zeiten und sie wurden von einer Verrückten angeführt.

»Ich bin das Hindernis zwischen Dracula und dem Knoten«, erklärte Alisa in aller Seelenruhe. »Wenn er glaubt, mich unter seiner Kontrolle zu haben, kann ihn nichts mehr aufhalten. So besessen van Helsing von den Rubinen ist, so besessen ist Dracula davon, seine Elisabetha aus dem Totenreich zurückzuholen. Er wird auf den Handel eingehen.«

Malcolms Mund klappte auf, dann wieder zu. Calvina fragte in das Schweigen: »Wie kannst du dir da sicher sein?«

Weil sie unwiderruflich verrückt geworden ist, dachte Malcolm. Draußen stampfte jemand auf die Schiffsplanken. Dann rief van Helsing: »Alisa! Komm hoch! Das willst du sehen!«

Malcolm riss sich aus seiner Erstarrung, als Alisa und Calvina aus der Kajüte rannten, und stürmte ihnen nach. An Deck, neben dem Steuer, kam Alisa zum Stehen.

»Was ist?« Van Helsing deutete stumm nach vorn.

Malcolm kniff die Augen zusammen. In einiger Entfernung vor ihnen schwankte ein kleines Segelboot auf den Wellen. Darin kauerten zwei Gestalten.

Ein blonder Haarschopf leuchtete im Mondlicht. Konnte das …? »Leo«, flüsterte er ungläubig.

Wind trieb die Wellen höher, blähte ihre Segel, schob dunkle Wolken vor den Mond. Das war nicht gut. Malcolms Blick fuhr zum Himmel. Auch Alisa blickte in den Sturm, der sich über ihnen zusammenbraute. Schon grollte der Donner heran.

»Das werden sie in diesem winzigen Ding niemals überleben«, wisperte sie. Eine Vorstellung, die offensichtlich all ihre verrückte Gelassenheit von eben vertrieb.

»Sie haben wesentlich bessere Chancen als wir.« Malcolm musste bereits lauter sprechen, denn der Wind nahm mit jeder Sekunde zu. »Sie haben den Rubin meines Clans.« Der Wind heulte und eine Welle hob den Bug ihres Schiffes hoch und höher. »Haltet euch fest!« Schon stürzten sie hinab, knallten auf das Wasser zurück, das Schiff schwankte. Der Wind peitschte den ersten Regen über das Deck. »Da kommen wir nie durch! Wir müssen umdrehen!«, brüllte Malcolm gegen das Chaos an.

Van Helsing klammerte sich an das Steuer. »Nein! Ich schaffe das!«

Großartig. Ihr Steuermann war genauso verrückt wie die Vamalia. Und die schien aus seinem Größenwahn neue Kraft zu schöpfen. »Macht euch bereit!«, befahl sie. Irgendwie gelang es ihr in all dem Schwanken und Schlingern aufrecht zu stehen. »Holt die Segel ein! Bindet alles fest! Kein Sturm wird uns aufhalten!«

Ivy

Das Notizbuch hatte genau dort gelegen, wo Hindrik es hinterlassen hatte. Die Seiten einzeln herauszutrennen, war leicht gewesen. Sie zu sortieren, herauszufinden, welche nebeneinander, untereinander gehörten, damit sie eine lesbare Karte ergaben, stellte sich als deutlich schwieriger heraus.

Inger und Ivy hatten Schnüre quer durch das Schattenquartier gespannt und befestigten die einzelnen Seiten mit Wäscheklammern daran, damit sie bei diesem stürmischen Wellengang nicht verrutschten. Gerade, als sie eine Seite aufhängen wollte, machte das Schiff eine besonders heftige Bewegung, Ivy stolperte und hielt sich in letzter Sekunde an Inger fest. Sie schwankten miteinander, fingen sich. »Entschuldige.«

»Nichts passiert.« Inger zwinkerte ihr zu. »Was hast du da?« Sie nickte zu der Notizbuchseite, die Ivy immer noch festhielt.

»Hast du eine Idee, was das bedeuten könnte?« Ivy zeigte ihr das Papier mit den Zeichnungen von Sicheln, Halbkreisen und vollen Kreisen. Darunter waren Zahlen notiert.

Inger fuhr die Zeichnungen mit einem Finger nach.

»Sieht aus wie ein Mondzyklus.« Sie runzelte die Stirn. »Vielleicht eine Art Chronik …?«

»Meinst du, das sind Daten?«

»Glaube schon. Aber wofür stehen sie?«

Ivy hängte die Seite an eine freie Stelle und starrte auf eine Zeile mit Zahlen. Woran erinnerte sie das? Dieses Datum … das hatte sie schon einmal gesehen. Nur: wo? Sie schlug sich vor die Stirn. Natürlich! »Warte kurz.« Ivy raste ins Schlafquartier der Mädchen und zu Alisas Sarg. Kurz zögerte sie – aber letzten Endes war es für einen guten Zweck. Sie schlug den Sargdeckel auf. Im Gegensatz zu Hindriks Sarg hatte Alisas keine Geheimfächer und sie fand das Buch schnell. *Dracul, eine Vampirgeschichte, Band I.* Ivy und Leo hatten es Calvina gestohlen – in Italien – vor einer Ewigkeit. In einem anderen Leben.

Ivy drängte die Erinnerung weg und eilte zu Inger zurück.

Schwankend blieb sie neben ihr stehen, dann ließ sie sich auf den Boden sinken. Inger zog sie mit sich. »Ich hab was gefunden, glaub ich!«, erklärte sie, während sie durch die Schilderungen von Draculas Leben blätterte. Es musste hier sein. Es musste … Da! Dasselbe Datum! Aufgeregt tippte sie mit dem Finger darauf. »Ich wusste es! An dem Tag hat Dracula seinen Handel mit dem Teufel geschlossen und der Funke ist zum Leben erwacht.«

Inger beugte sich dichter über die Seiten. »Stehen die anderen Daten auch da drin?«

»Keine Ahnung.« Ivy blätterte weiter, hielt bei jeder Zahl inne. Aber es gab keine weiteren Übereinstimmungen mit den Notizen von Alisas Mutter. »Ich hasse Rätsel«, knurrte sie. Etwas Feuchtes tropfte auf ihre Nase. Ivy blickte hoch, und ein zweiter Tropfen fiel genau in ihr linkes Auge, lief über ihre Wange. »Und ich hasse Wasser.« Sie rutschte zur Seite.

Inger lachte leise. »Sind doch nur ein paar Tropfen.« Sanft strich sie ihr die Nässe aus dem Gesicht. »Besser?«

Ihre Blicke trafen sich und Ivy hätte nur zu gern die Wange in Ingers Hand geschmiegt. Das Schiff schlingerte, es donnerte, krachte. Entsetzt klammerten sie sich aneinander. Das Buch schlitterte über den Boden davon, und eine Ratte zischte quiekend davon, als es auf sie zuschoss.

»Scheint ein ganz schöner Sturm zu sein da draußen«, flüsterte Inger, ohne sie loszulassen.

»Immerhin verlassen die Ratten noch nicht das Schiff«, flüsterte Ivy zurück. »Ob Joanne ihre Ratte mitgenommen hat?«, setzte sie hinzu, um sich von Gedanken an berstendes Holz und sinkende Schiffe und das lähmende Wasser, das sie umgab, abzulenken.

»Wird schon.« Inger zog sie noch etwas dichter an sich und lächelte beruhigend. »Die Elisabetha hat schon etliche Stürme überstanden. Schließlich ist schon Dracula mit diesem Schiff –«

»Das Datum da, das kenne ich.«

Die Stimme ließ beide herumfahren. Eine Stimme von einem, der gar nicht an Bord sein sollte. Inger sprang auf. »Tammo! Joanne! Was macht ihr hier?«

Joanne grinste schüchtern und setzte ihrer Ratte hinterher. »Easy, du sollst doch nicht weglaufen«, schalt sie das Tier leise, als sie es wieder eingefangen hatte. Auch Tammo wich Ingers Frage aus, indem er an ihnen vorbei vor die Seite mit den Daten trat.

»Ich glaube, das ist der Geburtstag meiner Mutter – ganz sicher bin ich allerdings nicht. Aber bei dem hier schon.« Er deutete mit dem Finger auf das Datum darunter. Die Seite schaukelte sacht unter seiner Berührung. »Das ist Alisas Geburtstag.«

Dieser Satz fegte die Frage danach, wie Tammo und Joanne sich an Bord geschlichen hatten, aus Ivys Gedanken. Die Liste der Daten endete mit Alisas Geburtstag – und begann mit der Geburt des Funkens!

»Alisa ist die letzte Trägerin des Funkens!« Diesem Beweis würde nicht einmal Alisa widersprechen können. Ivy stürmte zur Tür. »Das müssen wir ihr sofort sagen! Sie muss einsehen, dass wir umdrehen und nach Hamburg fahren müssen! Wir …« Ein neuer Donnerschlag übertönte ihre Worte und schleuderte sie zurück. Das Schiff schwankte heftiger als zuvor.

Joanne taumelte rückwärts gegen die Schiffswand. Sie presste ihre Ratte fest an ihre Brust. »Aber … Was ist mit uns? Wirst du ihr verraten, dass wir an Bord sind?«

Schnelle Schritte näherten sich, dann stand Alisa vor ihnen. Fassungslos starrte sie von Joanne zu Tammo. »Was machst du hier? Du … Du solltest in Norwegen sein!«

»Ich wollte dich nicht allein lassen!«, überschrie Tammo das Dröhnen des Unwetters.

»Du solltest bei Mama bleiben, in Sicherheit!«, brüllte Alisa.

»Ich will dir doch nur helfen!«

Der Streit der Geschwister machte dem Sturm Konkurrenz. War das Alisas Ernst? Es gab Wichtigeres als unverhofft aufgetauchte Passagiere.

»Aber so hilfst du mir nicht!« Erst jetzt schien sie die Seiten wahrzunehmen, die an ihren Schnüren vor und zurück schaukelten. »Und was ist das alles?«

Tammo senkte den Kopf und schwieg. Ivy legte ihm einen Arm um die Schultern. »Der Beweis dafür, dass du die letzte Trägerin des Funkens bist.«

»Und?« Alisa blitzte sie alle aus ihren dunklen Augen an.

Tammo bebte in Ivys Arm, streckte aber trotzig das Kinn vor. »Und? Nach dir wird der Funken einfach verschwinden! Deswegen ist er deine Bestimmung. Es ist genau, wie Mama gesagt hat.«

»Tammo, das sind Mamas Notizen, natürlich –«

»Alisa!« Wild gestikulierend stürmte Malcolm zu ihnen herein. »Wir brauchen dich an Deck, die Sonne geht gleich …« Er verstummte, als er Tammo erblickte. Alisa drängte sich wortlos an ihm vorbei und war verschwunden, bevor Malcolm seine Worte wiedergefunden hatte. »Sind alle Vamalia verrückt geworden? Ist das ansteckend?« Er musterte Joanne. »Was macht ihr hier?«

Ivy stellte sich vor die beiden jüngeren Vampire. »Sie –«

Aber Malcolm fuhr ihr sofort wieder über den Mund. »Egal. Los, raus mit euch. Jede Hand zählt. Wir müssen alles befestigen, was wir befestigen können.« Er scheuchte sie vor sich her. Im Gang vor den Schlafquartieren stieß van Helsing zu ihnen, murmelte etwas von übertriebener Vorsicht und dass die Sonne niemals durch diese dichten Wolken dringen könnte.

Wieso kümmerte van Helsing die Sonne? War der Vampirjäger etwa selbst ein Vampir? Ivy bekam keine Gelegenheit, länger darüber nachzudenken, es gab zu viel zu tun, viel zu viel! Sie flitzte mit den anderen zwischen Messe und Schlafquartieren hin und her, rannte über die versteckte Treppe nach oben in die Kapitänskajüte, verstaute alles, was sich in Schränke stecken ließ, band alles andere fest, während der Sturm immer heftiger tobte. Jeder Schritt wurde ein Kampf gegen das Stolpern. Aber schließlich war alles fest verzurrt und sie trafen sich im Gang wieder.

Erschöpft lehnten sie an den Wänden, hielten sich am Treppengeländer fest und verschnauften. Was jetzt? Hoch zu Alisa? Viel zu gefährlich. Der Himmel musste nur ein einziges Mal aufreißen und sie … Ivy verscheuchte die Bilder von Asche, die im Wind davonwehte. Neben ihr umklammerte Malcolm das Treppengeländer fester, als das Schiff einen Schlag erhielt.

»Los, ihr zwei, Schlafenszeit.« Auffordernd blickte er zu Tammo und Joanne.

»Aber wir wollen helfen!«, begehrte Tammo auf, und Joanne stimmte sofort ein.

Ist doch klar, dass die beiden nicht einfach so gehorchen, dachte Ivy amüsiert. »Ihr habt doch schon geholfen.«

Die Proteste verstummten und Malcolm lächelte ihr einen Dank zu. »Ab in eure Särge.« Er schob die beiden vor sich her in das Schlafquartier. »Ihr helft jetzt am besten, wenn ihr in Sicherheit seid.«

»Ich werde mich auch zurückziehen.« Van Helsing tippte sich an den Hut und schloss sich den dreien an. Ivy hatte nichts dagegen, ihn verschwinden zu sehen.

Inger nahm ihre Hand. Die Geste war inzwischen so vertraut, dass Ivy beinahe das Gefühl hatte, dass Inger in ihr keine Schattenvampirin sah, sondern eine Gleichgestellte. Hand in Hand liefen sie zurück zum Schattenquartier, zu den Seiten.

Schritte hinter ihnen verrieten, dass Calvina ihnen ins

Schattenquartier folgte. Als sie die aufgereihten Notizbuchseiten erblickte, blieb sie verblüfft stehen.

»Alisa muss also diesen – diesen Knoten lösen?«, fragte sie, nachdem sie den Inhalt beäugt hatte.

»Sie ist unsere letzte Chance.« Ivy rieb sich müde über den Nacken. »Nur wenn sie den Knoten löst, verschwinden alle Vampire von der Erde.«

»Was?« Calvina fuhr herum. »Was – was würde mit ihnen …« Sie schluckte. »Mit uns – was würde mit uns passieren?«

»*Wir* werden wieder zu Menschen.« Ivy drückte Ingers Hand. »Und die Geborenen auch.« In all der Aufregung hatte sie noch gar nicht darüber nachdenken können, wie sich das anfühlen würde. Würden ihre Erinnerungen zurückkehren?

»Und wenn Dracula …?«

»Dann würden alle Menschen zu Schattenvampiren.«

»Alle?«

»Alle.« Inger ließ Ivys Hand los und bückte sich nach den Seiten, die noch auf dem Boden lagen.

»Also müssen wir ihm zuvorkommen.« Calvina begann ebenfalls, Seiten aufzuklauben. »Ich versteh das nicht. Warum haben die Noaidi den Knoten in einer Höhle versteckt, die niemand finden kann?« Sie reichte Ivy die eingesammelten Seiten, und Ivy steckte sie in die lederne Hülle, die einmal das Notizbuch gewesen war.

»Wer kann schon sagen, warum die Noaidi irgendwas tun.« Sie nahm die Seiten von Inger ebenfalls entgegen. Auf der obersten war eine Zeichnung des Knotens. Er lag auf einem Steinsockel in einer Höhle und sah aus, als wäre er aus schwerem Tau gebunden. Von oben fiel Licht auf ihn – wenn sie die Zeichnung richtig deutete. Daneben war in winziger, kritzeliger Schrift etwas notiert. »Wer den Knoten lösen will, muss aus ganzer Kraft vom Guten oder Bösen der Tat überzeugt sein«, las sie. »Wer zweifelt, wird den Test nicht –« Mit einem lauten Krachen kippte der Raum zur Seite und sie schlitterte quer über den Fußboden. Das Schiff ächzte und stöhnte. Inger und Calvina landeten direkt neben ihr. Sie drängten sich in der Ecke des Raumes zusammen, in dem nichts mehr richtig war.

»Verfluchter Sturm.« Calvina rappelte sich als Erste auf und half ihnen hoch. »Schauen wir zu, dass wir –« Das Geräusch von auseinanderreißendem Holz schnitt ihre Stimme ab. Nein! Die Schiffswand platzte auf! Wasser drückte durch die ersten Risse und Löcher herein, riss sie weiter auf, strömte, sprudelte, brüllte. Ivy starrte darauf, starrte Inger nach, die zur Schiffswand rannte, die Hände gegen einen der Risse presste. Wasser schoss zwischen ihren Fingern hindurch. Inger stieß einen wütenden Schrei aus – und Ivy konnte sich wieder bewegen.

Sie drückte ihre Hände gegen einen anderen Spalt. Das Wasser toste mit dem Sturm um die Wette. Sie stemmte sich mit aller Kraft dagegen. Das Schiff schlingerte und stöhnte.

Plötzlich hetzte Alisa an ihnen vorbei. Sollte die nicht am Steuer stehen? »Haltet durch!«, schrie sie gegen das Heulen des Windes, das Brüllen des Wassers an. Sie zog ein Seil aus einer Kiste und war wieder fort.

Es waren zu viele Risse und Löcher für sie drei. Schon spürte sie, wie die Nässe durch ihre Schuhe drang, hoch zu ihren Knöcheln stieg. Ihre Hände wurden steif. Gefühllos. *Nein, nein, nein.*

Inger lehnte sich keuchend zu ihr und Calvina herüber. »Wir brauchen etwas, um die Risse zu stopfen!«, rief sie. »Schnell!«

Calvina nickte. »Ich beeile mich!«

Das Schiff zitterte, bebte und erhob sich ächzend aus der Schieflage. Zu zweit schien es noch unmöglicher, das Wasser aufzuhalten. Es prasselte auf sie ein, wollte sie von der Wand wegdrücken. Ivy stemmte sich gegen den Druck und senkte den Kopf. Im Wasser um ihre Füße trieben einzelne Notizbuchseiten, sogen sich voll, die Tinte auf ihnen begann zu verschwimmen. »Nein, nein …« Sie durften die Seiten nicht verlieren! »Bitte – bitte, mach dem ein Ende!« Sie hatte keine Ahnung, wen sie da beschwor. Aber sie schloss die Augen und konzentrierte sich verzweifelt auf ihre Bitte.

Wir dürfen die Karte nicht verlieren. Wir müssen das Wasser stoppen. Wir brauchen Hilfe. Jetzt. Sofort. Bitte. Bitte. Sie wusste nicht, ob sie laut flehte oder stumm, aber sie konnte nichts anderes mehr denken. *Bitte, hilf mir, bitte, hilf mir.* Das Rauschen des Wassers wurde zum Rauschen eines Blätterdaches über ihr. Die Blätter flirrten in Wind und Sonnenlicht. Doch die Sonne jagte ihr keine Furcht ein. Sie streckte sich ihr entgegen, genau wie alle Pflanzen und Blumen und Büsche um sie herum. Blätter und Blüten entfalteten sich, so schnell wie ein Vampir rennen konnte. Auch sie selbst wuchs, blickte über die Baumkronen hinweg ins weite Blau, sah Wälder entstehen, Berge ergrünen, spürte all die Lebendigkeit um sich – in sich. Von ihren Zehen wuchsen Wurzeln weit in die Erde, sogen Kraft auf, die in ihr aufstieg bis in ihre Fingerspitzen, unbändig wie das wildeste Lachen vertrieb sie jede Gefühllosigkeit, jede Lähmung.

»Ivy?«

Die Stimme ... Sie kannte die Stimme. Ivy blinzelte. Kein Grün. Kein blauer Himmel. Nur Stille. *Stille?* Ivy riss die Augen vollständig auf. Es drang kein Wasser mehr ein. »Was ist ...« Sie strich über die Schiffswand, die wieder heil war. Als hätte es nie einen Riss oder ein Loch in ihr gegeben. Neben ihrer Hand wuchs ein kleiner Zweig aus einer Planke, reckte ihr ein grünes Blatt entgegen. Sie berührte es vorsichtig. Es war wirklich da. Die Wand war wirklich geschlossen.

Auch das Wasser zu ihren Füßen war verschwunden. Nur die durchweichten Notizbuchseiten erinnerten noch daran, was geschehen war. Die ausgewaschene Tinte.

»Nein, nein, nein, nein, nein ...« Ivy kauerte sich auf den Boden, strich die Seiten glatt. Sie brauchten die Seiten, sie durften nicht verloren sein!

»Wie ist das möglich?«

Ivy blickte hoch zu Calvina, die mehrere Decken in den Armen hielt und stocksteif mitten im Raum stand. »Wie ist das ...?« Sie starrte auf die Wand. Ivy öffnete den Mund, dann schloss sie ihn wieder. Sie hatte keine Erklärung für das, was passiert war. Beunruhigt sah sie sich nach Inger um.

Die hatte sich vor die Wand geschoben, genau dorthin, wo der kleine Zweig wuchs, und verdeckte ihn. »Es muss das Holz wieder zusammengepresst haben, als das Schiff sich aufgerichtet hat«, sagte sie scheinbar unbeeindruckt.

Calvina runzelte die Stirn. Bevor sie weitere Fragen stellen konnte, wies Ivy auf die durchweichten Seiten, die vor ihr auf dem Boden lagen. »Helft mir mit den Seiten, schnell! Wir müssen so viele von ihnen retten, wie wir können.«

Sofort war Inger an ihrer Seite. Auch Calvina ließ die

Decken auf einen Sarg fallen und kniete sich neben ihnen auf den Boden. Sie arbeiteten schweigend, sammelten die Seiten auf, strichen sie glatt, hingen sie auf die Schnur. Die ganze Zeit über spürte Ivy Ingers Blick auf sich. Eine Frage stand darin, auf die sie keine Antwort hatte.

Alisa

Alisa klammerte sich mit einer Hand an das Steuer, schlang mit der anderen das Seil um sich. Noch einmal würde sie sich von diesem Sturm nicht auf das Deck schleudern lassen. Sie zog das Seil noch etwas fester und streckte das Gesicht in den Wind, reckte sich dem Donner und den Blitzen entgegen. »Komm schon! Ist das alles?« Der Sturm riss ihr die Worte aus dem Mund, schleuderte sie weit über das Meer.

Alisa kniff die Augen zusammen. Aber das Boot von Ragnar und Leo konnte sie längst nicht mehr sehen. *Natürlich, sie haben den Vyrad-Rubin.* Der Sturm verdunkelte über ihr noch immer den Tag, aber weiter vorn erspähte sie einen hellen Streifen.

Alisa presste die Lippen zusammen. Selbst wenn es ihnen gelang, unbeschadet aus dem Sturm zu segeln, wartete da immer noch die Sonne. Und der konnte nur sie trotzen. Sie selbst – und Dracula. Alisa schüttelte die Sorge ab. Sie musste die Hoffnung ebenso festhalten wie das Steuer.

Der Sturm verdunkelte über ihr noch immer den Tag, aber weiter vorn erspähte sie einen hellen Streifen. »Ich komme zu dir, Leo«, flüsterte sie. »Halte durch. Halte einfach durch.« Sie wusste nicht genau, wem sie das sagte. Leo, sich selbst, den anderen unten im Schiffsbauch, dem Schiff, das unter ihr knarrte und knirschte und hoffentlich nicht brach.

Ihre Haare wurden schwer vom Regen, und das Wasser lief ihr von der Kopfhaut über das Gesicht, betäubte ihren Körper, betäubte jedes Gefühl. Sie spürte ihre Hände nicht mehr – aber sie sah das Aufleuchten des Funkens, das Strahlen, das sie einhüllte und aus dem Sturm schleuderte.

Sie fällt in Stille. Vorsichtig setzt sie sich auf. Schnee funkelt in der Sonne. In der Ferne rauscht ein Meer. Ruhig. Sturmlos. Neben ihr erhebt sich ein Wald, über dem Möwen kreischen. Hier ist sie noch nie gewesen. Wo ist Dracula? Alisa steht auf. Im Schatten der Bäume erkennt sie zwei Gestalten. Leo! Und General Ragnar. Ihr ist übel vor Erleichterung. Sie haben Schutz vor der Sonne gefunden. Das Dach des Waldes ist so dicht, dass ihr Licht den Boden nicht erreicht.

»Los, los, vorwärts«, knurrt der General. Er versetzt Leo einen Stoß, treibt ihn vor sich her. Alisa setzt ihnen hinterher, quer durch den Wald. General Ragnar bleibt nah hinter Leo, erteilt Anweisungen, jagt ihn quer durch den Wald.

Sie sehnt sich danach, vorstürzen und den General in die Sonne stoßen zu können. Nie zuvor hat sie ihre Machtlosigkeit in diesen Funken-Zuständen mehr verflucht.

»Stopp!«, befiehlt General Ragnar. An der Waldgrenze ist auch der Schatten scharf abgeschnitten. Alisa tut, was die beiden anderen Vampire nicht können: Sie macht ein paar wenige Schritte hinaus ins grelle Licht und sieht sich um. Sie stehen auf der Kuppe eines sanft abfallenden Hügels. Und Alisa erkennt, wo sie sich befinden.

Die verwitterte Mauer am Fuß des Hügels umschließt einen Friedhof mit großen, alten Bäumen. Außerhalb jeden Schattens, den sie werfen, liegt ein offenes Grab. Daneben warten ein Junge mit dunklen Locken und ein Vampir mit einem Zylinder.

»Was macht *der* hier?«, fragt Leo.

Alisa steht mit dem Rücken zu den beiden, aber sie muss nicht sehen, auf wen er deutet, um zu wissen, dass er Nicu meint.

»Braucht uns nicht zu kümmern«, herrscht General Ragnar Leo an. »Ich gebe Graf Dracula die Rubine und bekomme endlich, was mir zusteht.«

»Das darfst du nicht tun«, beschwört er ihn. »Wenn du das tust … Er wird uns alle vernichten!«

General Ragnar spielt mit den Rubinen vor seiner Brust und lacht harsch. »Ganz im Gegenteil, Leo. Er wird die gesamte Menschheit zu Vampiren machen – und ich werde über sie herrschen.«

Leos Lachen klingt bitter in Alisas Rücken. Sie dreht sich um. »Damit hat er dich gekriegt? Und du glaubst ihm?«

Der General schenkt Leo weder einen Blick noch eine Antwort. Er sieht hinaus in den Sonnenschein. Dracula und Nicu haben sich von dem Grab abgewandt und kommen in ihre Richtung. Nicu trägt das Kästchen aus Silber, das Alisa zuvor bei Dracula in der Kutsche gesehen hat. Als Mensch ist er der Einzige von ihnen, der es anfassen kann. Alisa ahnt, was darin aufbewahrt ist.

»Willkommen.« Dracula bleibt in der Sonne stehen, sieht durch General Ragnar hindurch direkt zu ihr hin. »Wie ich sehe, habt ihr einen ungebetenen Gast mitgebracht.«

»Ungebeten?« General Ragnar, der sie natürlich nicht sehen kann, blickt sich nervös um. »Aber … Graf, Sie wollten die Rubine und Leo.«

»Ah.« Dracula nickt. »Der berühmte Leo af Dracas.« Sein Blick gleitet über Leo, der vor Wut bebt.

»Sie wollten meinen Vater töten!« Er stürzt in Richtung Sonne, in Richtung Dracula, der ihn zurück in den Schatten stößt, hinterherspringt und Leo am Hals packt. Alisa beißt sich vor Schreck auf die Lippen.

»Das war nichts Persönliches.« Dracula drückt langsam die Hände zusammen und redet dabei gelassen weiter. »Ich hatte Calvina befohlen, mir meine Rubine zu bringen. Dein Vater war einfach nur im Weg.«

Leo faucht und schlägt um sich, prügelt auf Draculas Arme ein. Der reißt Leo mit sich in die Sonne. Ein Schrei – Alisa springt vor – auch wenn sie hier nichts für Leo tun kann, dessen Haut an den Händen Blasen schlägt, aufplatzt. Ein feiner Rauch steigt von seinem Hals auf. Dracula schleudert Leo zurück in den Schatten, bleibt jedoch selbst in der Sonne stehen und zieht seinen Mantel zurecht. »Immer mit der Ruhe. Schließlich hat er überlebt. Gerettet von deiner geliebten Alisa.«

Nicu keucht auf. Er ist fast so bleich wie Leo, bemerkt Alisa, die Mühe hat, ihr wild pochendes Herz wieder zu beruhigen. »Meine Mutter wollte jemanden umbringen?«

Dracula verdreht die Augen. »Deine Mutter war eine Vampirjägerin, Nicu. Baron Magnus war nicht der Erste, den sie umbringen wollte.«

Leo ballt seine rasch verheilenden Hände. »Ich werde dich aufhalten!«

»Ach ja?« Dracula breitet die Arme aus. Er hebt das Gesicht in die Sonne. »Dann komm her.«

»Lassen Sie den Jungen«, knurrt General Ragnar.

Dracula neigt den Kopf. »Ach richtig. Du.«

»Sie wollen Ihre Rubine, ich will meine Be–«

Dracula schnellt vor. Doch diesmal verharrt er vor dem Schatten. »General Ragnar«, sagt er spöttisch. »Der eifersüchtige Bruder. Als hätte ich Verwendung für dich.«

»Sie haben mir verspr–«

Dracula greift in den Schatten, packt General Ragnar bei der Kehle und schleudert ihn in die Sonne. Es geht so schnell, der General kann nicht einmal mehr schreien. Alisa reißt entsetzt die Hände vor den Mund und auch Leo ist erstarrt. Nicu umklammert das silberne Kästchen. Ascheflocken tanzen im Wind und sieben Rubine fallen zu Boden. Sie glitzern im Sonnenlicht. Dracula schnippt sich etwas Asche vom Ärmel. »Nicu, heb die Rubine auf.«

Doch Nicu rührt sich nicht. Er sieht aus, als würde er sich nie wieder rühren können.

»Nicu!«

Nicu zuckt zusammen, schüttelt sich. Mit langsamen Bewegungen stellt er das Kästchen im Schnee ab, vermeidet dabei sorgfältig jeden Fleck, auf den die Asche gefallen ist. Der erste Rubin, nach dem er greift, ist der Dracas. Alisa sieht, wie Leo nach vorn zuckt, doch er bleibt im Schatten stehen, die Kiefer zusammengepresst.

»Und nun zu dir.« Dracula beugt sich zu ihm. »Du kommst mit uns.«

»Niemals.« Leos Stimme ist rau.

»Wenn du dich weigerst, bringe ich den Jungen um.« Dracula nickt zu Nicu, der die Rubine, einen nach dem anderen, in das silberne Kästchen legt. Hört er Draculas Worte? Alisa ist sich nicht sicher.

»Na und?«, zischt Leo. »Warum sollte mich das kümmern? Seine Mutter wollte meinen Vater töten.«

Dracula schnalzt mit der Zunge. Es klingt zu laut in dieser stillen Landschaft. »Aber Nicu ist unschuldig. Willst du wirklich genauso herzlos werden wie dein Onkel? Was würde Alisa von dir halten?« Er blickt an Leo vorbei, ihr direkt in die Augen. Lächelt. Alisa spürt ein Zittern entlang ihrer Wirbelsäule. »Denk an sie«, flüstert Dracula. »Denk an Alisa.« Er lacht heiser und stößt Leo in den Schnee.

Ihre Arme schnellen nach vorne, doch sie greift ins Nichts, der Schatten des Waldes zieht sich um sie zusammen, versperrt ihr den Blick, sie macht einen Schritt ins Leere, fällt und taumelt, um sie herum klingt das Lachen, und sie stürzt –

– der Boden unter ihr schwankte. Er schwankte, aber er hielt sie. Kein Schnee. Holz. Vertraute Gesichter blickten auf sie hinab. Ivy, Inger, Malcolm, Tammo, Joanne, Karen, Calvina.

Wieso lag sie hier? Wieso war sie nicht am Steuer? Tammo kauerte neben ihr und strich ihr ein paar Haarsträhnen aus dem Gesicht, doch es war Malcolm, der als Erster sprach.

»Bist du okay?« fragte er. Und fuhr, ohne eine Antwort abzuwarten, fort: »Wir haben dich nach Sonnenuntergang bewusstlos über dem Steuer gefunden. Schlau, dass du dich festgebunden hattest! Du hast uns sicher durch den Sturm gebracht. Van Helsing ist jetzt oben und …«

Alisa setzte sich auf. Der Schwindel in ihrem Kopf war verschwunden, und die Erinnerung an alles, was sie gerade gesehen hatte, stand ihr gestochen scharf vor Augen. Sie spürte Tammos kleine Hand in ihrer.

Für das, was sie zu sagen hatte, musste sie aufstehen. Wenigstens schwankte das Schiff nicht mehr. Alisa kämpfte sich auf die Füße und zog ihre verrutschte Jacke gerade. Sie musste es ihnen sagen. Jetzt.

»Dracula hat alle Rubine.«

Stille. Fassungslose Blicke. Sie wollte nicht weiterreden, aber sie musste, sie musste, sie war es ihnen schuldig! Alisa trat auf Inger zu.

Die hielt sich an Ivy fest. »Was ist?«, fragte sie leise. »Geht es um meinen Vater?«

Sie nickte. Ascheflocken wirbelten statt Worten durch ihren Kopf.

»Hat er Leo etwas angetan?«

»Nein. Er – er ist fort.« Alisa schluckte. »Dracula hat ihn in die Sonne … Es tut mir so leid, Inger.« Inger wich zurück, und Alisa wusste weder, wo sie hinschauen, noch, was sie tun sollte. Inger hatte sich halb weggedreht und starrte die Schiffswand an, als würde sie durch das Holz hindurch auf etwas vollkommen anderes blicken. Worauf, wusste nur sie allein.

In dem Schweigen drückte Tammo sich an Alisas Seite, und plötzlich war sie froh, dass er sich an Bord geschmuggelt hatte. So nah ihr die anderen in diesen Wochen gekommen waren, niemand hier kannte sie so lange und so gut wie ihr kleiner Bruder.

Inger presste eine Faust auf ihre Brust. In ihrer aller Schweigen klang ihre Stimme laut. »Für ihn war ich nie gut genug«, sagte sie tonlos. Sie stand immer noch von ihnen abgewandt. »Nicht gut genug, um seine Tochter zu sein. Fanny hat er geliebt. Mich hat er verachtet.« Ihre Worte schnitten in die Luft wie tausend Messer. »Warum bin ich dann traurig, dass er – fort ist?«

Was sollte man darauf antworten? Alisa wünschte sich den Sturm zurück, denn der war einfacher zu navigieren gewesen als das hier. Aus dem Augenwinkel nahm sie eine Bewegung wahr: Ivy. Sie legte eine Hand um Ingers Faust. Auch Joanne ging zu Inger, Tammo schloss sich ihr an. Die drei hielten Inger in ihrer Mitte – und vielleicht war das die einzig mögliche Antwort. Alisa spürte Malcolm, Calvina und Karen an ihrer Seite, als sie sich ebenfalls zu ihnen stellte. *Wie ein Clan*, schoss ihr durch den Kopf.

Ivy blickte sie über Ingers Schulter hinweg an. »Wir müssen nach Hamburg, Alisa. Wir müssen den Hinweis zur Entschlüsselung der Karten finden, so wie deine Mutter gesagt hat.«

»Das ist jetzt nicht die Zeit für …« Alisa brach ab.

»Mit den Rubinen kann Graf Dracula die Tür zum Knoten öffnen. Wir müssen ihm zuvorkommen«, drängte Ivy.

»Zuerst müssen wir Leo und Nicu retten.« Alisas Herz pochte wütend gegen ihre Brust, jeder Schlag wie ein Stich. Sie wusste, dass Ivy recht hatte, und doch …

»Wenn er vor uns den Knoten erreicht, war alles umsonst!« Ivy schob sich an Inger vorbei und baute sich vor Alisa auf. Ihre grünen Augen funkelten, ihre roten Haare züngelten wie Flammen.

Überrumpelt von Ivys Präsenz wich Alisa einen Schritt zurück. »Ich kann sie nicht im Stich lassen«, versuchte sie es, aber es fühlte sich an, als spräche sie wieder gegen den Sturm an.

»Das musst du aber!« Ivys Stimme wuchs über ihre zarte

Gestalt hinaus. »Hier geht es nicht nur um Leo und um Nicu, es geht um uns alle! Ob es dir gefällt oder nicht, du bist dazu bestimmt, den Knoten zu lösen. Du bist die Einzige, die uns *alle* retten kann.«

Ihr Herz schlug schnell und hart und jeder Herzschlag riss ein neues Loch in sie. Die Entscheidung, die Ivy von ihr verlangte, war unmöglich! Sie blickte die anderen an, konnte sogar auf Ingers Gesicht Mitgefühl entdecken. Aber das half nicht! Alisa wandte sich hilfesuchend an Calvina. »Er ist dein Sohn – auch wenn du dich nicht an ihn erinnerst.«

»Ich weiß.« Die Schattenvampirin hielt ihrem Blick stand. »Aber Ivy hat recht. Manchmal müssen wir Entscheidungen im Sinne aller treffen. Auch wenn das bedeutet, Einzelne … Alisa, du hast gesagt, mein Sohn ist ein Kämpfer. Einer, der sich aufs Überleben versteht.«

Was hatte sie auch erwartet? Calvina hatte alles aus ihrem Leben vergessen, hatte Nicu längst vergessen. Sie wusste nicht mehr, was eine Familie war, ein Clan. Enttäuscht wandte Alisa sich Inger zu. Die musste sie doch verstehen! »Inger, nicht einmal dein Vater hatte eine Chance gegen Dracula. Wie soll Leo –«

»Leo ist stark.« Wie konnte Inger so ruhig klingen? »Stärker, als mein Vater je gewesen ist. Du musst jetzt genauso stark sein, Alisa.«

Warum begriff niemand den Schmerz in ihrer Brust? Wie konnten sie von ihr verlangen, Leo und Nicu zu verraten? Lag das daran, dass sie die Einzige mit einem Herz war? *Soll der verfluchte Funke sich doch wen anderes suchen! Ivy zum Beispiel!* Die wusste offensichtlich genau, was das Richtige war.

Die Blicke der anderen lagen auf ihr wie Hände, die sie alle in eine andere Richtung zerren wollten als die, in die sie selbst wollte. »Ich kann das nicht!« Alisa stieß Ivy zur Seite und flüchtete. Wohin? Wohin? Überall waren Wände. Dieses verfluchte Schiff! Sie riss eine Tür auf und fand sich im Klassenzimmer wieder. Die Ruhe in diesem ließ sie innehalten. Wie ahnungslos sie gewesen war, als sie zum ersten Mal hier hereingekommen war.

Alisa strich über ihr Pult, blickte nach vorn zur leeren Tafel, über die leeren Stühle hinweg. Leo hatte an dem Pult neben ihr gesessen. Was würde sie jetzt um seine Kommentare in ihrem Kopf geben. Oder überhaupt darum, hier wieder im Unterricht zu sitzen – mit der Contessa vorn an der Tafel. Aber Gedanken an die Contessa führten unweigerlich zu deren Tod an Deck dieses Schiffes. Die Contessa war gestorben, um sie und die anderen Erben zu beschützen. Und nicht nur die Contessa – so viele hatten ihr Leben gelassen in diesem elenden Kampf um die Rubine, die Herrschaft über die Clans, Rache, Macht – es war alles so verflucht sinnlos.

Es musste aufhören.

Alisa starrte auf ihre Handfläche, die harmlos aussah und doch diesen verfluchten Funken in sich barg. Der sie ausgesucht hatte.

Der Funken. Alisa schnaubte.

Es musste aufhören.

Leo und Nicu würden zweifellos auf Ivys Seite stehen. Sie fuhr sich mit den Händen über das Gesicht, wischte die Feuchtigkeit von ihren Wangen. *Wie ihr meint.* Sie marschierte zur Tür.

Die anderen hatten sich vor der Tür versammelt, hatten

gewartet, statt weiter in sie zu dringen. Als hätten sie geahnt, dass sie Zeit brauchte.

Alisa nickte ihnen zu. »Du hast recht, Ivy. Kommt mit. Vorwärts.« Sie wartete keine Antworten ab, stürmte nach oben an Deck, die anderen polterten hinter ihr die Treppe hoch in die sternenklare Nacht. Der Sturm hatte nur einen stetigen Wind hinterlassen, der die Segel blähte. Mit wenigen Schritten war Alisa bei van Helsing. »Wir drehen um!«, befahl sie.

»Bist du verrückt geworden?«

Im Gegenteil. Alisa hatte sich nie klarer gefühlt. Oder stärker. »Wir fahren nicht nach Russland.«

»Aber …«

»Kein Aber. Wir nehmen sofort Kurs auf Hamburg.«

»Warum?« Er machte keinerlei Anstalten, ihrer Anweisung zu folgen. »Was ist mit den Rubinen? Mit Leo? Mit Nicu?«

»Dracula hat alle Rubine. Wir können niemanden retten, wenn die Welt verloren ist.« Gestärkt durch die Anwesenheit der anderen, ging sie auf den Vampirjäger zu. »Du hast keine Chance mehr. Er ist jetzt zu stark für dich.«

»Nein!« Er klammerte sich an das Steuer. »Das ändert nichts. Wir drehen nicht um!«

»Du hast sie gehört«, rief Malcolm. »Übergib das Steuer an Alisa, sonst –«

»Sonst was?«, höhnte van Helsing. »Willst du dich mit mir anlegen?«

Die Gruppe trat geschlossen neben sie. Drohend entblößten sie ihre Fangzähne. »Willst du dich mit uns allen anlegen?«, gab Ivy zurück.

Van Helsing fauchte, ließ seine Zähne aufblitzen, wich aber keinen Zentimeter zurück.

»Meine Schwester hat hier das Kommando!«, fuhr Tammo ihn an.

»Und wir stehen alle hinter ihr«, fügte Inger hinzu.

»Gib auf.« Karen.

Wie ein Clan standen sie vor ihm. Alisa fühlte sich mächtiger als jemals zuvor. Sogar das Rauschen des Windes schien sie zu bestärken.

Van Helsing löste die Hände vom Steuer und – lachte. »Schon gut, schon gut. Kein Grund, bissig zu werden. Bitte.« Er trat vom Steuer zurück und deutete eine Verbeugung an. »Bitte, Kapitän, übernehmen Sie. Wir haben ja alle erlebt, wie gut du damit umgehen kannst.«

Er lachte noch einmal, doch niemand stimmte ein. Besänftigend hob er die Hände. »Nur ein Scherz, beruhigt euch. Also dann. Auf nach Hamburg.«

Ohne sie aus den Augen zu lassen, griff er das Steuer und riss es herum.

Alisa verschränkte die Arme und blieb, wo sie war, um zu überwachen, dass er den neuen Kurs auch wirklich hielt. Alles in ihr warnte sie davon, van Helsing zu vertrauen. Ivy stieß sie leicht an und wies mit dem Kopf zur Treppe nach unten. Alisa nickte.

»Kommt«, murmelte Ivy und winkte die anderen mit sich. »Schauen wir, was wir von der Karte noch retten können.«

Während die Elisabetha sich schwerfällig drehte, pfiff van Helsing vor sich hin. Alisa behielt ihn regungslos im Blick. Er ließ ihre Beobachtung stumm über sich ergehen. Erst als sie sicher war, dass er den neuen Kurs hielt, wandte Alisa sich ab und ging unter Deck.

Sie fand die anderen im Klassenzimmer versammelt, wo alle Notizbuchseiten auf mehreren übereinander gespannten Schnüren vor der Tafel hingen.

Das Wasser hatte die Tinte nicht vollständig verwischt, die Karte war immer noch zu erkennen. Und immerhin eines der Rätsel war bereits gelöst.

Joanne streichelte ihre Ratte. »Und wo ist jetzt diese Höhle?«

Ja, Mama, wo ist sie?, fragte Alisa stumm und begutachtete die Karte. Aber obwohl sie mittlerweile vollständig war, fand sie darauf keinen Hinweis.

»Der Schlüssel zur Karte ist im Haus der Vamalia in Hamburg«, erinnerte sie Ivy. »Laut deiner Mutter.«

»Hat sie dir auch verraten, wo genau in unserem Haus?«

»Nein.« Ivy seufzte. »Sie hat nur gesagt, er wäre immer genau hinter dir gewesen.«

»Na toll.« Tammo verschränkte die Arme. »Unsere Mutter ist durchgeknallt.«

»Scheint in der Familie zu liegen«, murmelte Malcolm.

»He!« Tammo versetzte ihm einen Stoß, und Malcolm fuchtelte mit den Armen, stolperte mit übertrieben großen Schritten rückwärts und zwinkerte Tammo dabei zu. Alisa freute sich, ihren Bruder lächeln zu sehen – wenn auch nur kurz. Dann fragte er, mit der Verzweiflung in der Stimme, die auch sie selbst spürte: »Aber wie sollen wir ihn dann finden?«

Malcolm zuckte mit den Schultern. »Jedenfalls nicht, indem wir noch länger auf diese Karte starren. Ich weiß ja nicht, wie es euch geht, aber ich bin todmüde. Wir sollten alle versuchen, etwas Schlaf zu bekommen.« Er tätschelte Tammo die Schultern. »Los, kommt.«

Bei seinen Worten spürte Alisa plötzlich die eigene Müdigkeit. Wie lange war sie wach gewesen? Der Gedanke an einen Sarg und ein paar Stunden Tiefschlaf war mehr als verlockend. Sie folgte den anderen aus dem Klassenzimmer und den Gang entlang. Als hätten sie es abgesprochen, gingen alle ins Schlafquartier der Jungen. Offensichtlich wollte niemand allein bleiben. Nur Karen und Calvina zogen weiter zum Schattenquartier; Inger und Ivy blieben an der Tür stehen und flüsterten miteinander.

Malcolm klappte einen Sarg für Joanne auf, Tammo stieg bereits in seinen. Alisa hockte sich neben ihn. »Ich bin froh, dass du dich an Bord geschlichen hast.« Sie erwiderte sein Grinsen mit einem ernsten Blick. »Aber es war trotzdem leichtsinnig.«

»Du wärst doch aufgeschmissen ohne mich.« Tammo stupste sie über den Sarg hinweg an und Alisa musste lachen.

»Verzweifelt. Das wär ich ohne dich.« Sie zwinkerte ihm zu. »Schlaf gut.«

»Warte.« Tammo hielt von innen gegen, als sie den Sargdeckel schließen wollte. »Ich muss dir noch was sagen.« Er zog sie zu sich hinunter. »Van Helsing hat einen Herzschlag. So wie du.«

»Woher …? Bist du dir sicher?«

Tammo nickte. »Ich bin mit ihm zusammengestoßen, nachdem er dir bei dem Sturm das Steuer übergeben hat. Da habe ich es gespürt – einen Herzschlag, ganz deutlich. Irgendwie ist er wie du.«

»Ich dachte, ich wäre die Einzige …«

Tammo zuckte mit den Schultern. »Aber wenn … also, wenn er das mit dir gemeinsam hat – vielleicht können wir ihm dann doch vertrauen?«

Sie küsste Tammo auf die Stirn und wünschte sich, die Welt wäre wirklich so einfach. Aber wenn van Helsing auch ein Herz hatte, dann wusste er vielleicht mehr darüber, was genau *sie* war – sicherlich kein Mensch, doch auch kein vollständiger Vampir. »Herz oder nicht«, raunte sie Tammo zu, »halten wir uns mit dem Vertrauen lieber noch zurück.«

Tammo protestierte weder gegen den Kuss noch gegen das Schließen seines Sargs. Als sie aufblickte, fiel das erste Morgenlicht zum Bullauge hinein. Alisa rieb sich die Augen. Trotzdem: kein Schlaf für sie, wie es aussah. Sie wünschte Malcolm, der gerade den eigenen Sarg zuzog, einen guten Tag, dann schloss sie die Vorhänge, um die Sonne auszusperren. Sie lächelte Inger und Ivy zu, die noch auf dem Gang standen, und eilte an Deck, um das Steuer von van Helsing zu übernehmen.

Ivy

Ivy ließ sich im Schlafquartier der Mädchen auf einem der Särge nieder und musterte ihre Knie. Links von ihr raschelte Stoff. Sie wagte einen kurzen Blick auf Inger, die sich zum Schlafen umzog. Aber sie sah wieder weg, bevor Inger ihren Blick bemerken konnte. Sicher, sie waren sich nähergekommen – aber trotzdem war sie immer noch ein Schatten und Inger eine Geborene. Noch dazu eine Dracas. Und eine, die gerade ihren Vater verloren hatte.

»Tut mir leid, das mit deinem Vater«, sagte sie leise.

Als hätte sie darauf gewartet, dass Ivy das Thema anschnitt, war Inger mit zwei Schritten bei ihr, setzte sich neben sie und strich mit den Fingern über die Sargkante. »Mir auch. Aber nicht, weil er – fort ist.« Die Finger hielten inne. »Er war ziemlich übel. Ich meine, da ist nicht nur das, was er in den letzten Nächten verbrochen hat.« Die Finger nahmen ihre Bewegung wieder auf. »Was mir leidtut, ist, dass ich ihm nie ins Gesicht werde sagen können, wie glücklich ich jetzt bin. Dass ich hier, mit euch, endlich die sein kann, die ich bin. Die ich sein will.« Die Finger erreichten Ivys, blieben still an ihren liegen.

Ivy musste lächeln.

»Du warst unglaublich heute«, fuhr Inger fort. »Wie du Alisa dazu gebracht hast, umzukehren. Ich bin stolz auf dich.«

»Danke.« Sie stieß Inger sanft mit der Schulter an. Lächelte noch mehr, als Inger die Geste zurückgab.

»Ich hoffe, wir können schlafen nach all dem.« Inger küsste sie auf die Wange und war bereits in ihrem Sarg verschwunden, bevor Ivy den Kopf drehen konnte. Sie berührte die Stelle an ihrer Wange und schöpfte Hoffnung. Vielleicht kümmerten Inger die Unterschiede zwischen Schatten und Geborenen gar nicht. Ihr Lächeln verschwand erst, als sie gähnen musste.

Ivy beugte sich zu ihren Stiefeln und knüpfte die Schnürsenkel auf. Sie rollte die Kniestrümpfe hinunter und erstarrte. Bläuliche Linien zogen sich über ihre Schienbeine und Waden – wie Markierungen! Markierungen, die sie schon einmal gesehen hatte. Ivy zerrte die Strümpfe von ihren Füßen. Auch dort prangten Linien und Punkte. Wie auf den Armen der Noaidi. Ivy schnellte hoch und riss sich die restlichen Kleider vom Leib, musterte ihre Haut. Alles wie immer: blass, unmarkiert.

Mit zitternden Händen streifte sie ein Schlafhemd über. Was geschah mit ihr? Sie stieg in ihren Sarg, obwohl ihre Müdigkeit verflogen war.

Sie streckte sich aus und starrte an die Decke des Raums. Vielleicht war das nur Einbildung gewesen. Genauso wie sie sich diese Begegnungen mit der Noaidi eingebildet haben musste. Nur um ganz sicher zu gehen, dass die Linien echt waren, rieb sie darüber. Sie verschwanden nicht. Natürlich nicht. Ivy starrte weiter an die Decke.

Sie zuckte zusammen, als jemand ihren Namen flüsterte. War sie eingeschlafen? Ivy riss die Augen auf. Ihr Sarg stand noch immer offen und der Raum … war leer. Da war niemand. »Hallo?« Vorsichtig stieg sie aus dem Sarg. Und sah sie. Die Noaidi, direkt an der Tür. Sie winkte sie zu sich.

Ivy folgte der Noaidi durch die Stille des Schiffes hinauf in die Messe. Dort führten zwei Reihen von Fackeln zu einem Zelt aus weißen Planen. Die Noaidi stand bereits an dessen Eingang.

»Hab keine Angst«, sagte sie leise.

Hatte sie Angst? Ivy wusste es nicht. Sie schritt zwischen den Fackeln entlang in das Zelt hinein. Kerzen erhellten den Innenraum, in dem zwei große Trommeln standen. Die Noaidi, die eben noch am Eingang hinter ihr gewesen war, hockte jetzt hinter den Trommeln, strich über die straff gespannten Trommelfelle.

»Wieso bin ich hier? Ich verstehe das alles nicht …« Wie hypnotisiert ging Ivy auf die Trommeln zu und legte ihre Hände ebenfalls auf die Trommeln. Sie zitterten leicht unter dem sanften Rhythmus, den die Noaidi schlug.

»Du wirst verstehen, wenn du gelernt hast zuzuhören.« Die Noaidi unterbrach das Trommeln nicht einmal beim Sprechen. »Dann wirst du sie hören.«

»Wen?«

»Die Mutter von allem und allen.«

Ivy zog die Hände von den Trommeln zurück, als hätte sie sich verbrannt. Der Rhythmus brach ab – und mit ihm verschwanden die Noaidi, die Trommeln, das Zelt, das Licht der Flammen. Ivy fuhr herum, drehte sich um sich selbst – aber sie war allein. Die Messe war einfach nur noch die Messe.

»Was war das?«, murmelte sie.

Hatte sie geträumt? Vampire träumten nicht. Ivy tastete

sich rückwärts aus der Messe. An der Tür zögerte sie. War das eben wirklich geschehen?

Sie blickte hinunter auf ihre Füße. Die Markierungen waren noch da. Besser, sie zog sich Strümpfe an, bevor irgendwer das sah.

Ivy warf einen letzten Blick in die Messe, dann eilte sie in den Gang. Die Tür zum Klassenzimmer stand einen Spalt breit offen. Licht fiel heraus. Ivy drückte sich an die Wand neben der Tür und spähte in den Raum.

Van Helsing saß an einem der Pulte, über ein Papier gebeugt, auf das er eifrig kritzelte. Ivy reckte den Hals, um zu sehen, was er dort schrieb – oder zeichnete. War das die Karte? Der Fußboden unter ihr knarrte. Sie zuckte zusammen, genau wie van Helsing. Ehe er herauskommen und sie ertappen konnte, huschte sie zurück in das Schlafquartier, das sie mit Inger teilte.

Alle Muskeln angespannt lehnte sie sich an die Tür und lauschte nach draußen. Alles blieb still. Noch mal gut gegangen. Aber was wollte van Helsing mit der Karte? Ivy rieb sich über das Gesicht. Unmöglich, jetzt über van Helsing und seine Motive nachzudenken. Nicht solange das Trommeln der Noaidi noch in ihrem Körper widerhallte. Sie blickte auf Ingers Sarg, unschlüssig, ob sie Inger wecken und ihr von dem seltsamen Erlebnis erzählen sollte. Aber was, wenn Inger sie auslachte? Für verrückt hielt? Vollkommen durchgeknallt?

Nein. Ivy schlich zu ihrem Sarg und kletterte hinein. Es dauerte lange, bis sie einschlief.

Leo

Die Kutsche ratterte und schwankte bei dem Tempo, in dem Nicu die Pferde antrieb. Dem Tempo, das Dracula befahl. Leo knirschte mit den Zähnen. Wenn er wenigstens nicht neben diesem Menschen auf dem Kutschbock sitzen müsste. Aber Dracula beanspruchte den Innenraum für sich. Ganz wie es sich für einen arroganten, alten Vampir gehörte. Und Nicu folgte jedem Befehl des Grafen, als könnte er nicht eigenständig denken. Typisch Mensch.

Leo blickte stur geradeaus. Er musste vielleicht neben dem Jungen sitzen, das hieß aber noch lange nicht, dass er ihn anschauen oder sich mit ihm unterhalten musste. Er lehnte sich an die Kutschenwand. Die Rubine waren so nah – und so unerreichbar. Nicht, weil Dracula über sie wachte. Sondern weil Nicu sie auf Befehl des Grafen in ein Kästchen aus Silber gelegt hatte. Sogar der Schlüssel zu dem Kästchen war aus Silber! Und er hing um Draculas Hals.

»Warum bist du auf seiner Seite?«, fuhr er Nicu nun doch an. »Er ist ein Lügner und ein Monster.«

»Ich bin nicht auf seiner Seite.« Nicu schnalzte mit den Zügeln. »Außerdem will er nur diesen komischen Knoten lösen, damit er seine Frau zurückbekommt.«

War der so ahnungslos oder tat er nur so? »Ja, er will *nur* den komischen Knoten lösen«, ätzte Leo. »Und dafür zerstört er alles und jeden in seinem Weg. Ist es das wert?« Sein wütender Blick verpuffte im Nichts, denn Nicu starrte stur über die Pferderücken nach vorne. Dabei sah er vermutlich nicht einmal was in der Dunkelheit. Leo blickte hoch zu den Sternen. Irgendwo unter ihnen war auch Alisa. Hoffentlich auf dem Weg zum Knoten.

Er hatte ihr sagen wollen, dass sie den Knoten lösen musste. Nicht ihm folgen oder ihn retten: den Knoten lösen! Denn er kannte Alisa. Sie würde keinen Vampir zurücklassen wollen. Aber Ragnar hatte ihm die Rubine abgenommen, bevor er seine Gedanken zu ihr hatte schicken können. Hoffentlich hatte sie trotzdem begriffen.

Und wenn nicht, wenn sie es nicht rechtzeitig zum Knoten schaffte, würde *er* Dracula eben davon abhalten müssen, ihn zu lösen. Er hatte noch keine Ahnung, wie, aber ihm würde etwas einfallen. Bestimmt.

»Warum bist du eigentlich noch hier?«, fragte Nicu lauter als nötig.

»Geht dich nichts an.«

»Du traust mir nicht, oder?«

Leo lachte auf. »Wie sollte ich? Du hast dich mit unserem größten Feind verbündet!«

»Ich bin nicht mit ihm verbündet!«, protestierte Nicu. »Er hat versprochen, meine Mutter wieder zurück in einen Menschen zu verwandeln, wenn ich ihm helfe, diese geheime Höhle mit dem dämlichen Knoten zu finden.«

Na bitte! Endlich einmal eine gute Nachricht. Dracula hatte keine Ahnung, wo die Höhle war. Das musste Alisa den nötigen Vorsprung verschaffen. Es musste! »Du schaffst das, Alisa«, flüsterte Leo zu den Sternen hinauf.

Nicu schnaufte wütend.

»Natürlich! Du bist derjenige, der sie so verwirrt hat.«

»Was?« Der Einzige, der hier verwirrt war, war dieser Mensch.

»Alisa.« Leo hasste es, wie weich Nicus Stimme bei ihrem Namen wurde. »Erst hat sie mich wirklich gemocht – und dann hat sie mich plötzlich fortgestoßen.«

Leo zuckte mit den Schultern. »Vampire und Menschen passen halt nicht zusammen.«

»Aber wir haben zusammengepasst. Also, was hast du getan? Ihr diesen Mist über Menschen und Vampire eingeredet? Du hast wohl nicht ertragen, dass sie sich in einen Menschen …«

In einen Menschen – was? »Ich habe gar nichts getan.« Leo wünschte sich weit weg von diesem Gespräch. »Alisa trifft ihre eigenen Entscheidungen.«

Das brachte Nicu zum Schweigen. Von den Pferdemäulern stiegen Dampfwolken auf. *Atemwolken.* Überflüssige Gedanken.

Der Wind frischte auf und Wolken schoben sich vor die Sterne. Aus der Ferne grollte Donner heran. Ein Blitz zuckte über den Himmel. In seinem hellen Licht glänzten die Geschirre der Pferde. Dann kehrte die Dunkelheit zurück und der Wind heulte lauter als zuvor. Bestimmt würde es gleich auch noch regnen.

»She walks in beauty like the night …«, wisperte Nicu.

»Was?«

»Du liest keinen Byron? Alisa mag ihn.«

Leo stöhnte. Wollte der jetzt wirklich einen Beliebtheitswettbewerb veranstalten? Genau das war falsch an Menschen – mitten in einem Sturm fingen sie an, über Gedichte zu reden, um zu beweisen, dass sie besser zu einem Mädchen passten, während es viel wichtiger war, das Monster in der Kutsche hinter ihnen aufzuhalten.

»Das ist jetzt echt nicht dein Ernst«, erwiderte Leo mit dem nächsten Donnerschlag, der weiter weg klang als der erste. Vielleicht würde ihnen die volle Wucht des Sturms erspart bleiben.

»Ihr habt also nichts weiter gemein als die Tatsache, dass ihr beide Vampire seid.« Nicu grinste.

Die Klappe zum Inneren der Kutsche wurde aufgerissen und Dracula funkelte sie aus seinen gelben Augen an. »Ihr wisst schon, dass ich euch hören kann? Kein Wort mehr!« Er knallte die Klappe wieder zu.

Nicu presste die Lippen zusammen und trieb die Pferde an. Ihm sollte es recht sein, immerhin musste er sich jetzt Nicus Gerede nicht mehr anhören. Herausfinden konnte er allerdings auch nichts.

Wenn er wenigstens seinen eigenen Rubin hätte! Dann könnte er Draculas Gedanken lesen, erfahren, was er als Nächstes vorhatte, und einen Weg finden, seine Pläne zu sabotieren. Leo stöhnte, als ihm klar wurde, dass er Hilfe brauchen würde. Und die einzige Hilfe saß neben ihm.

Falls er Nicu davon überzeugen könnte, ihm zu helfen. Er konnte ihm nicht einmal verübeln, dass er seine Mutter zurückwollte. Und Dracula war der Einzige, der sie wieder zu einem Menschen –

Ich Idiot!

Dracula war nicht der Einzige. Wenn Alisa den Knoten löste, würden auch alle Vampire zu Menschen werden. *Alle!*

Ob ihm selbst die Vorstellung gefiel oder nicht, es war ein Argument, das Nicu überzeugen könnte.

Auf einmal konnte er es kaum noch erwarten, wieder mit Nicu zu reden.

Alisa

Der Tag hatte sich elend lang angefühlt. Alisa stützte die Ellbogen auf den Tisch und blickte auf das Rot in ihrer Schale. Nur ein paar Löffel, dann würde sie schlafen gehen. Obwohl es sich merkwürdig anfühlte, nachts zu schlafen. Calvina setzte sich mit einer Schüssel neben sie.

»Ich versuche immer noch, mich daran zu gewöhnen.« Sie deutete mit dem Löffel auf das Rot.

Alisa rang sich ein Lächeln ab. Calvinas Augen erinnerten sie an Nicu. Und es half nicht, jetzt an Nicu zu denken. Oder an Leo. Ohne zu antworten, stocherte sie mit dem Löffel in ihrer eigenen Schüssel herum.

»Ich – ich habe viel an Nicu gedacht«, sagte Calvina. »An das, was du mir erzählt hast. Vielleicht kannst du mir in Hamburg zeigen, wo ihr euch kennengelernt habt. Dieses Dach bei unserer alten Wohnung. Richtig? Vielleicht löst das bei mir eine Erinnerung aus.«

»Schon ...« Alisa zögerte. Sie wollte Calvina keine falschen Hoffnungen machen. »Ich glaube allerdings nicht, dass das so funktioniert.« Sie lächelte, um die Worte abzumildern.

»Glaubst du ... er kann mich jemals wieder als seine Mutter sehen?«

»Du bist seine Mutter.« Alisa schob ihre Schale von sich. Leo, Nicu, van Helsing, Hamburg – sie konnte nichts essen.

»Aber wir haben unsere gemeinsame Vergangenheit verloren.« Auch Calvina rührte lustlos mit ihrem Löffel im Rot. »Ich hoffe, er will trotzdem eine Zukunft mit mir.«

»Er wäre verdammt dumm, wenn er das nicht wollte.« Alisa legte eine Hand auf Calvinas. »Ich verspreche dir, wir zerstören diesen Knoten, und wenn ich ihn gelöst habe, werden wir Nicu finden. Und Leo. Und wir werden sie beide sicher nach Hause bringen.« Wo immer zu Hause dann wäre. Doch darüber würde sie sich später Gedanken machen. Ein Schritt nach dem anderen. Gerade lagen noch viel zu viele Schritte vor ihr.

Als sie sich erheben und endlich zu ihrem Sarg gehen wollte, stürzten Ivy und Inger herein. »Alisa, van Helsing plant irgendwas«, platzte Ivy heraus.

Natürlich. Alisa schloss kurz die Augen. *Ein Schritt nach dem anderen.* Sie sah Ivy abwartend an.

»Ich habe gesehen, wie er die Karte deiner Mutter abgezeichnet hat.«

»Wie bitte?«

Van Helsing wirkte wenig erfreut, als sie an Deck auf ihn zustürmte. »Was hast du vor?«, verlangte sie zu wissen.

Van Helsing runzelte die Stirn. »Äh – uns nach Hamburg bringen?«

Sehr witzig. »Klar. Was für ein Spiel treibst du mit uns?«

»Gar keins«, beteuerte der Vampirjäger. »Ich helfe dir, zu diesem bescheuerten Knoten zu kommen.«

»Ach ja?« Alisa verschränkte die Arme. »Und du hilfst mir also, indem du dir eine Kopie der Karte machst?«

»Ja«, antwortete er schlicht.

Sie stutzte. »Du gibst es zu?«

»Du hast doch selbst gesehen, welchen Schaden so ein bisschen Wasser anrichten kann. Wenn dem Original noch etwas passiert, sind wir aufgeschmissen. Oder etwa nicht? Also hab ich mir gedacht, ich gebe den Ritter in glänzender Rüstung ...« Er zog ein Papier aus der Jackentasche und reichte es Alisa mit einer kleinen Verbeugung. »... und habe eine maßstabsgetreue Kopie parat. Zur Sicherheit.«

»Für mich?« Das war – unerwartet.

»Natürlich.« Van Helsing zuckte mit den Schultern. »Was soll ich damit? Ich will nur die Rubine. Du kannst mir vertrauen.«

»Das ist leicht gesagt.« Alisa drehte das Papier unschlüssig in ihren Händen. »Du hast uns Vampire so lange gejagt. Du bist besessen von den Rubi–«

»Das habe ich nie bestritten. Ich habe dir meine Absichten von Anfang an offen dargelegt. Und im Moment sieht es nun einmal so aus, als würde es mich den Rubinen näher bringen, wenn ich dich dem Knoten näher bringe. Nur so bekomme ich, was ich will.«

Sicher. Alisa strich mit den Daumen über das Papier. *Du kannst reden, so viel du willst. Ich glaube dir kein Wort.*

Van Helsing seufzte. »Gib mir deine Hand.«

Instinktiv verschränkte Alisa die Hände auf dem Rücken. Van Helsing zog die Brauen nach oben, dann löste er eine Hand vom Steuer und streckte ihr seinen Arm hin. »Hier. Leg deine Finger an mein Handgelenk.«

Sie zauderte. Aber auf eines konnte sie sich wohl verlassen: Er würde ihr nichts antun, bis er den Rubinen nahe genug war. Zögernd drückte sie die Finger an sein Handgelenk, wunderte sich über die weiche Haut. Darunter spürte sie ein leichtes Pochen. Alisa umschloss das Handgelenk fester. Eindeutig, ein Pochen. Ein Herzschlag. Tammo hatte recht – van Helsing war wie sie.

Alisa starrte ihn an.

Er nickte. »Ich habe einen Herzschlag.« Mit einer Bewegung, die zu schnell war für jede Reaktion, umfasste er auch ihr Handgelenk. »Genau wie du.« Er grinste. »Ich habe ihn gespürt, als wir uns in dieser kleinen Kirche in Norwegen begegnet sind. Wir gleichen einander, du und ich. Wir sind beide halb Mensch und halb geborene Vampire.«

Alisa riss ihre Hand zurück. »Wie kannst du ein geborener Vampir sein? Du alterst nicht.«

Van Helsing lehnte sich gegen das Steuer und ließ die Schultern sinken. »Ich bin ein unehelicher Sohn von Maximilian, dem Anführer der Tova – und er hat mich stets als seine Schande betrachtet.« Seine Stimme klang bitter. »Sohn eines Vampirs und eines Menschen. Irgendwann hat meine Mutter ihn aufgefordert, zu dieser Wahrheit zu stehen, sich zu mir zu bekennen.« Er lachte kalt auf. »Er hat mich zu einem Schatten gemacht. Nur um ihr seine Verachtung zu zeigen. Er hat mich alles vergessen lassen – wer ich war und wer meine Mutter war. Mich hat er zu seinem persönlichen Diener gemacht. Seinen eigenen Sohn!«

Sie konnte sich vor der Trauer hinter der Bitterkeit nicht verschließen. Gleichzeitig war es kein sehr beruhigender Gedanke, dass auch sie durch einen Vampirbiss zu einem Schatten gemacht werden konnte.

Van Helsing räusperte sich. »Fünf Jahre. Dann konnte meine Mutter mich befreien. Sie hat mir erzählt, was er mir angetan hatte. Stück für Stück hat sie mir meine ganze Vergangenheit erzählt – sie hat sie mir zurückgegeben, so gut sie konnte.« Er wirkte seltsam verletzlich, wie er da über das Meer blickte, und Alisa bezweifelte, dass es das Wasser war, das er sah.

»Deshalb hast du angefangen, uns zu jagen.«

Sein Blick kehrte zu ihr zurück. »Ich habe meiner Mutter auf ihrem Totenbett versprochen, sie zu rächen. Die Welt von Monstern wie meinem Vater zu befreien – sie von Vampiren zu befreien.«

Das klang wieder nach dem van Helsing, den sie kannte. »Warum hast du damit aufgehört? Du hättest uns alle leicht im Schlaf töten können.« Als sie es aussprach, wurde ihr klar, dass es stimmte. Was vielleicht dafür sprach, dass sie ihm doch vertrauen könnte. Zumindest ein wenig.

»Oh, ich habe die Jagd nie aufgegeben. Aber ich habe herausgefunden, dass ich das Übel an der Wurzel packen muss.«

»Dracula.«

Er blickte ihr geradeheraus in die Augen. »Ich stehe auf deiner Seite, Alisa. Wirklich.«

Sie erwiderte seinen Blick und nickte ihm zu.

»Schau.« Er wies über das Meer Richtung Horizont und Alisa drehte sich um. »Hamburg.«

Ihr Herz schlug schneller, als sie die Lichter ihrer Heimatstadt vor sich sah.

Nach dem Anlegemanöver versammelten sie sich in der Messe. Alisa drängte alle Gedanken an die Flucht aus Hamburg weg. Versuchte es zumindest. Das Knistern der Flammen, die sich durch das Holz ihres Hauses fraßen, ließen sich nicht aus ihrem Kopf vertreiben. »Also gut«, bemühte sie sich, das Geräusch in ihrem Kopf mit ihrer eigenen Stimme zu übertönen. »Calvina, Ivy, ihr kommt mit mir. Wir suchen nach diesem Schlüssel für die Karte. Van Helsing wird den Hafen sichern, Inger, du hilfst ihm dabei. Malcolm und Karen, ihr bleibt hier und lasst meinen Bruder und Joanne nicht aus den Augen.«

Malcolm warf Tammo einen bedeutungsvollen Blick zu, doch der grinste nur. Alisa seufzte und winkte ihren kleinen Bruder zu sich, ging mit ihm in die Ecke, die am weitesten von der Tür entfernt war, an der van Helsing lehnte. »Ich weiß, du willst unser altes Haus genauso gern wiedersehen wie ich. Aber ich brauche dich hier. Versprich mir, dieses Mal keine Alleingänge zu machen.«

Tammo nickte und senkte den Kopf. Sie hob sein Kinn hoch, bis sie ihm in die Augen sehen konnte. »Du musst für mich auf van Helsing aufpassen. Kannst du mir das versprechen?«

»Klar.« Dieses Mal war sein Nicken überzeugender.

»Danke.«

Von hinten tippte Ivy sie an. »Und?«, wollte sie wissen. »Was hat er über seine Zeichnung gesagt?«

»Dass er sie für mich gemacht hat.«

»Glaubst du ihm?«

Alisa überlegte kurz. Ihr war, als könnte sie van Helsings Blick auf sich spüren. »Er war sehr überzeugend, aber – nein, nicht wirklich.« Sie war ihm zu nichts verpflichtet, doch nach seiner Offenheit kamen ihr diese Worte wie ein kleiner Verrat vor.

»Weiß er das?«, fragte Ivy.

Sie schüttelte den Kopf. »Wir brauchen ihn auf unserer Seite.« Sie drückte Tammo die Schulter. Er nickte ein drittes Mal, so nachdrücklich, als wollte er sie davon überzeugen, dass er begriffen hatte, wie ernst die Lage war. Also dann. Sie mussten den Schlüssel finden.

An der Tür stellte sich ihr van Helsing in den Weg und zog sie in die Arme. Alisa war zu überrascht, um ihn wegzustoßen. Er wisperte ihr zu: »Bitte behalte meine Geschichte für dich. Ich will nicht, dass die anderen mich für eine verabscheuungswürdige Kreatur halten.«

Verabscheuungswürdig? Sah er sich so? »Meine Lippen sind versiegelt«, gab sie ebenso leise zurück.

»Ich danke dir.« Van Helsing drückte sie noch einmal, dann ließ er sie los.

Es war seltsam, wieder in den Straßen dieser Stadt zu sein – als wäre ein ganzes Leben vergangen, seit sie sie zum ersten Mal betreten hatte. So spät in der Nacht waren nicht viele Menschen unterwegs, und sie fanden bald eine leere Gasse, von der aus sie hinauf auf die Dächer springen konnten. Hier lief es sich freier. Sie rannten über Dachfirste und an Schornsteinen vorbei, sprangen über Straßen hinweg, huschten an dunklen und manchmal auch erleuchteten Fenstern entlang.

Dann waren sie plötzlich auf dem Dach, an das sie sich so gut erinnerte, obwohl sie es nur ein einziges Mal betreten hatte. Alisa stoppte, um Calvina zu beobachten. Doch obwohl die genau auf das Fenster starrte, durch das Nicu damals geklettert war, schien es ihr nichts zu sagen.

Alisa zupfte sie am Ärmel. »Hier bin ich Nicu zum ersten

Mal begegnet.« Sie deutete auf das Fenster. »Da war eure Wohnung.«

Calvina ging zu dem Fenster hinüber und legte die Hände an die Scheibe, spähte in die Dunkelheit dahinter.

»Und welches ist euer Haus?«, fragte Ivy voller Ungeduld.

Die Bilder, die sie die ganze Zeit über wegzuschieben versucht hatte, stiegen nun mit aller Macht in Alisa auf. Flammen und Qualm, das Krachen und Knistern des Feuers. Sie drehte sich zaghaft um und zog Ivy an den Rand des Daches. Suchte … Da! Ihr schwindelte vor Erleichterung. Sicher, die Außenwände waren geschwärzt, ein paar Fensterscheiben gesprungen, ein Teil des Daches eingesunken – aber das Haus stand. Sie deutete darauf. »Das dort, mit den Brandschäden.«

Calvina kam zu ihnen. »Habe ich euch das angetan?«

»Nein, das waren wir. Eine Ablenkung, damit wir Zeit zur Flucht hatten …« Die Erinnerung an die Rotmasken, die in ihr Haus stürmten, ließ sie erschauern.

»Kluger Schachzug«, lobte Calvina.

»Was, wenn dabei der Schlüssel zur Karte verbrannt ist?« Ivy sprach aus, was Alisa nicht zu denken gewagt hatte. Der Hinweis ihrer Mutter durfte nicht verbrannt sein. Er musste …

»Schauen wir nach. Kommt.« Sie setzte zum Sprung an.

»Warte.« Calvina hielt sie am Arm zurück und zog sie mit einer flinken Bewegung in die Hocke. Nun sah Alisa es auch: Vor dem Eingang ihres Hauses hatte sich eine Gruppe Männer versammelt. Männer mit roten Tüchern vor den Gesichtern.

»Das ist jetzt nicht –« Alisa starrte auf die Rotmasken, die *ihr* Haus betraten, als gehörte es ihnen. *Ihr* Haus!

Ivy ließ sich flach auf das Dach fallen. »Wie sollen wir da …« Sie brach ab.

»Ich habe eine Idee.« Calvina bedeutete ihnen, ihr zu folgen. Ivy war im Handumdrehen wieder auf den Füßen und auch Alisa folgte Calvina zur Rückseite des Daches und von dort aus mit einem Sprung auf die Straße.

Calvina lotste sie um den Häuserblock herum, schnappte sich ein rotes Laken von einer Leine, die quer über eine Gasse gespannt war, ohne stehen zu bleiben. Sie riss kleinere Stücke von dem Laken ab und reichte ihnen die Tücher. »Hier, bindet euch die um.« Den Rest des Lakens warf sie über eine Mauer.

Sie hielten erst an, als der Eingang ihres Hauses in Sicht kam. Aus dem Schatten einer Gasse heraus beobachteten sie, wie zwei weitere Rotmasken das Haus erreichten. Der Erste klopfte an die Eingangstür – zwei Mal, kurze Pause, drei Mal. Alisa hatte Mühe, es zu hören, so laut pochte ihr Herz. Die Tür schwang auf und eine Rotmaske versperrte den beiden den Weg. »Passwort?«

»Die Sonne für alle Blutsauger.«

Sie traten ein und die Tür schlug zu. Der Platz vor Alisas Haus lag nun wieder verlassen vor ihnen. Sie konnte keine Sekunde länger stillstehen. Ein Sprung auf den Platz, da zog Calvina sie schon wieder zurück in den Schutz der Gasse.

»Langsam«, raunte sie. »Sonst ist unsere Tarnung sinnlos.«

Natürlich. Vampirgeschwindigkeit würde die Rotmasken aufscheuchen. Gemeinsam traten sie aus der Gasse, Calvina vorne, hinter ihr Alisa und Ivy. Jeder Schritt im Menschentempo schien eine Ewigkeit zu dauern. Endlich standen sie vor der Tür. Calvina klopfte an. Die Tür wurde aufgerissen.

»Passwort?«

Alisa trat neben Calvina. »Die Sonne für alle Blutsauger.« Die Worte riefen Bilder von General Ragnar wach, noch mehr Bilder, die sie lieber vergessen hätte. *Die Sonne für alle Blutsauger. Pah!* Es waren nur Worte.

»Ihr seid spät dran«, rügte der Türwächter und ließ sie ein. Die Tür fiel ins Schloss – und sie standen in der Diele mit der weit geschwungenen Treppe. In *ihrer* Diele. Die voller Rotmasken war. Sogar auf der Treppe drängten sie sich. Alisa war dankbar für das rote Tuch vor ihrem Gesicht, weil es ihre zitternden Lippen verbarg. Unauffällig schaute sie sich um. Hier unten schien das Feuer keinen Schaden angerichtet zu haben. Aber gut, sie hatten es schließlich auch im ersten Stock angezündet.

Dort trat eine Rotmaske an das Treppengeländer und hob eine Hand. Nach und nach verstummten die Gespräche um sie herum. Die Rotmaske am Geländer zog sich die Maske vom Gesicht. »Willkommen zu unserer heutigen Versammlung! Ein besonderes Willkommen allen, die sich uns neu angeschlossen haben. Es erfüllt mich mit Freude, zu sehen, wie viele wir sind und dass wir alle zusammenstehen, um die Welt von diesen Monstern zu befreien!«

Jubel brandete auf, schrillte in ihren Ohren, während der Mann, offenbar der neue Anführer der Rotmasken, die Treppe hinunterschritt, Hände schüttelte, auf Schultern klopfte. Sie mussten hier weg. »Los, kommt«, wisperte sie Ivy und Calvina zu.

Sie schoben sich durch das Gedränge zur Treppe und blieben dabei so nah wie möglich an der Wand. Alisa fürchtete, jeden Moment enttarnt zu werden. Aber niemand beachtete sie, weil alle sich auf den Anführer konzentrierten. Außerdem konnte ihr niemand ansehen, wer sie war – zumindest redete sie sich das ein, während sie langsam in den ersten Stock stiegen. Der Flur oben war frei von Rotmasken, und Alisa merkte erst jetzt, wie angespannt ihre Muskulatur gewesen war.

Sie riss sich die Maske vom Gesicht. In der Luft hing noch immer der Geruch von Rauch. Die Wände waren geschwärzt, halb verkohlte Bücher lagen im Wohnzimmer vor den umgestürzten Regalen. Obwohl das Chaos sie bedrückte, war Alisa dankbar dafür – immerhin bedeutete es, dass die Rotmasken hier seit dem Brand nichts mehr angefasst hatten.

Ivy und Calvina bogen zum Esszimmer ab, während Alisa direkt zu Tammos und ihrem ehemaligen Zimmer schlich. Könnte sie doch nur durch die Tür sehen, was sie darin erwartete! Im Esszimmer hörte sie die beiden Schattenvampirinnen. Den Geräuschen nach zu urteilen, schienen sie das Familienporträt auf der Anrichte zu betrachten. Wie oft hatte Alisa es angesehen und sich nach ihren Eltern gesehnt – ohne die geringste Ahnung zu haben, dass ihre Mutter noch lebte. Sie lehnte die Stirn an ihre Zimmertür.

»Das ist Alisas Mutter, Anna«, hörte sie Ivy murmeln. »Sie sieht noch genauso aus. Und das hier muss ihr Vater sein – und schau, Alisa als kleines Kind. Dann ist der Säugling wohl Tammo.«

»Sie sehen glücklich aus«, drang Calvinas nachdenkliche Stimme über den Flur.

Alisa drückte die Tür zu ihrem Zimmer auf. Glas knirschte unter ihren Stiefeln, als sie eintrat. Beide Särge waren verkohlt. Die Bücherregale hingegen waren von den Flammen verschont geblieben. *Immer genau hinter mir*, rief sie sich ins Gedächtnis. Aber was sollte das bedeuten?

Sie beugte sich über ihren Sarg, tastete den Boden ab. Doch wenn der ein Geheimfach hatte, hätte sie das in all den Jahren, die sie darin geschlafen hatte, sicher bemerkt. Alisa richtete sich auf und drehte sich einmal um sich selbst. Hinter ihr. Das konnte überall sein.

Wenn sie an der Stelle ihrer Mutter gewesen wäre und etwas für sich versteckt hätte, dann hätte sie es in ein Buch getan. Aber welches?

Alisa begann in der obersten Reihe, zog ein Buch nach dem anderen hervor, blätterte es durch, schüttelte es aus, prüfte Ränder und Umschläge – und konnte nichts entdecken. Nur Staub, der ihre Handfläche kitzelte.

Oh nein! Das war kein Kitzeln. Es war das vertraute Kribbeln. *Nicht hier, nicht jetzt!* Sie ließ das Buch fallen, das sie hielt, und schon strahlte der Funke auf. Doch – auf das Licht folgte keine Dunkelheit! Sie fiel nicht. Hatte nicht einmal ein Schwindelgefühl.

Das Licht tanzte um sie herum, glitzerte in den Glasscherben auf dem Boden. Als stünde sie mitten in einem Kaleidoskop. Aber das Zimmer um sie herum verschwand nicht. Was – was hatte das zu bedeuten?

Die Tür schwang auf. Ivy.

Das Licht um Alisa herum zog sich zurück, nur ihre Handfläche leuchtete noch. Verwirrt starrte sie auf das Familienporträt, das Ivy ihr entgegenstreckte, als wollte sie ihr damit etwas sagen. Aber was?

»Immer genau hinter dir!«, rief Ivy – und gleich darauf erscholl Calvinas Stimme vom Flur.

»Still«, zischte sie. »Still.« Dann stürmte sie ebenfalls ins Zimmer und zog die Tür leise hinter sich zu.

»Jemand kommt. Schnell.«

Die einzigen Verstecke im Zimmer waren die verkohlten Särge. Alisa ballte ihre leuchtende Hand zur Faust und sprang in ihren. Ivy legte das Bild hinter dem Sarg auf den Boden, mit dem Rücken nach oben, und warf sich neben sie. Alisa klappte den Deckel über ihnen zu. Neben ihnen schloss sich auch der Deckel des anderen Sarges.

Schritte, den Flur entlang. Türen knarrten. Die Schritte kamen näher. Ivy drückte sich an sie, und Alisa schob ihre Funkenhand unter ihren Rücken, um zu verhindern, dass Licht hinausdrang. *So nicht*, entschied sie. So würde es nicht enden. Nicht mit Rotmasken, die sie in ihrem Zuhause töteten. Alisa spannte ihre Muskeln an, bereit, jedem an die Kehle zu springen, der es wagen würde, den Sargdeckel zu öffnen. Sie zählte ihre Herzschläge und lauschte auf die Schritte. Sie entfernten sich. Verklangen schließlich. Stille.

Alisa zählte weiter. Bei siebenundfünfzig drückte sie den Deckel vorsichtig auf. Calvina stieg aus Tammos Sarg und bezog Wache an der Tür. Ivy schwang sich hinaus und kauerte sich neben das Familienfoto.

»Leuchte mir mal.«

Alisa verstand noch immer nicht, was sie mit dem Bild wollte, aber sie kniete sich neben Ivy und hielt ihre leuchtende Hand über die Rückseite des Gemäldes. Ivy fuhr den Rahmen entlang, schob die Fingernägel in den schmalen Spalt zwischen der Abdeckung und dem Rahmen und löste das dünne Holz vorsichtig heraus. Ein Stück Papier lag dahinter, so groß wie eine Notizbuchseite.

»Du hast es gefunden«, flüsterte Alisa. Ihre Finger zitterten, als sie nach dem Blatt griff. Es hatte ein paar Löcher, schien darüber hinaus aber vollständig. Aufgeregt drehte sie das Papier um. Striche und Punkte. Nichts weiter. »Das soll der Schlüssel zur Karte sein?«, fragte sie enttäuscht.

»Lass mal sehen.« Ivy nahm ihr das Blatt ab und fuhr die Striche nach, als könnten die Berührungen ihr etwas verraten. Schließlich schüttelte sie den Kopf.

Ein lautes Poltern. Beide fuhren herum. »Tut mir leid.« Calvina deutete auf die schwere Vase, die sie umgeworfen hatte. »Verschwinden wir!« Doch bevor eine von ihnen die Tür öffnen konnte, drückte sie jemand von außen auf und schob sich ins Zimmer. Eine Rotmaske!

Alisa fauchte, als die Rotmaske eine Hand hob – doch der Mann zog sich nur das Tuch vom Gesicht.

»Hindrik!«, rief sie. Sie schlang die Arme um ihn und er drückte sie an sich. Er roch, wie es hier eigentlich riechen sollte – nach See und Salz und einem Hauch von Veilchen. Sie schmiegte sich in das Gefühl von Endlich-nach-Hause-Kommen. Der Schlüssel, die Rotmasken – alles konnte warten.

Doch was war das? In ihrem Augenwinkel blitzte etwas! Das Licht des Funkens brach sich in einer Glasscherbe auf dem Boden – und aus dem Glas blickte sie ein Gesicht an, das sie nur zu gut kannte. Dracula. Er tippte sich an die Krempe seines Zylinders.

»Danke, dass du mir den Weg gezeigt hast, Alisa von Vamalia.« Das Licht verlosch und mit ihm verschwanden Dracula und das Kribbeln ihrer Hand. Rasch löste sich Alisa aus Hindriks Umarmung.

»Dracula weiß, wo wir sind.« Sie schluckte. »Und ich glaube, er kommt her.« Es war höchste Zeit zu verschwinden. Sie streckte die Hand nach der Klinke aus – doch sie wurde im gleichen Augenblick von außen aufgerissen.

Verdammt! Eine Rotmaske. Und diesmal keine Familie. Alisa fuhr ihre Fangzähne aus. Die Rotmaske zückte einen silbern glänzenden Dolch. Hindrik stieß Alisa zur Seite, ließ seine Zähne hervorschnellen und baute sich schützend vor ihr und Ivy auf. Die Rotmaske wich zurück, drohte aber weiter mit dem Dolch.

»Vampir!«, brüllte er.

Hindrik schleuderte den Angreifer auf den Flur und schlug die Tür zu.

»Vampir! Vampir!«, schrie die Rotmaske weiter, und die Rufe wurden schnell von anderen aufgenommen.

Leo

Am Horizont zeigte sich das erste Grau. Leo klopfte an die Klappe zur Kutschenkabine. Sie wurde aufgestoßen.

»Was?«, fuhr Dracula ihn an. Wortlos deutete Leo zu dem heraufdämmernden Morgen. Dracula winkte ihn ins Innere der Kutsche. Erleichtert kletterte er durch die Luke und ließ sich auf die freie Bank fallen. Täuschte ihm seine Müdigkeit etwas vor oder wurde die Kutsche langsamer?

»Nicu!« Dracula streckte den Kopf durch die Öffnung. »Je schneller wir nach Hamburg kommen, desto eher bist du bei deiner Mutter.«

»Hamburg? Woher weißt du, dass sie in Hamburg ist?«, gab Nicu zurück.

Der Junge wusste einfach nicht, wann es besser war, den Mund zu halten. Und er hatte natürlich keine Ahnung von dem Funken, der Alisa mit Dracula verband. Wenn diese Verbindung auch in umgekehrter Richtung bestand, hieße das … »Weil Alisa in Hamburg ist«, schlussfolgerte Leo.

Der Graf zwinkerte ihm zu. »Da hat jemand im Unterricht aufgepasst.« Dann stieg er hinaus auf den Kutschbock und knallte die Klappe zu. Der Blick nach draußen war abgeschnitten, aber die Unterhaltung konnte Leo weiterhin hören.

»Warum sind Alisa und meine Mutter in Hamburg?«

Vielleicht war Nicus leichtsinnige Neugier doch nicht so schlecht. Nicht, wenn sie Dracula Antworten entlockte.

»Um einen Schlüssel zu finden.«

Nicht sehr hilfreich. Allerdings musste Draculas Einfluss auf Calvina verschwunden sein, wenn Alisa sie auf so eine wichtige Mission mitnahm.

»Und – hatten sie Erfolg?«

»Ich glaube schon.« Lag da Unruhe in Draculas Stimme?

Leo grinste. *Gut!* Alisa hatte also einen Vorsprung. Was immer dieser Schlüssel war, bestimmt half er mit dem Notizbuch. Also wusste sie jetzt, wo sie den Knoten finden konnte. Am liebsten hätte er gejubelt. Wenn Alisa die Höhle vor Dracula erreichte, nutzten dem auch alle seine Rubine nichts.

Mir würden sie allerdings schon helfen. Leo beäugte das silberne Kästchen, das Dracula auf der Bank ihm gegenüber zurückgelassen hatte. So nah! Wie unter Zwang lehnte er sich vor und streckte die Finger danach aus. *Au! Verdammt!* Er riss die Hände zurück, presste die Lippen zusammen, um nicht laut zu fluchen. Er schüttelte seine geröteten Finger, bis sie begannen zu heilen.

Es ging schnell, und doch – selbst, wenn er den Schmerz aushalten könnte, wären seine Hände vollkommen verkohlt, ehe er das Schloss geknackt hätte. Und er würde es knacken müssen, denn der Schlüssel hing um Draculas Hals. Eines war leider ganz klar: Er würde Nicus Hilfe brauchen. Frustriert schloss Leo die Augen.

Ein Ruck – ein Krachen – und er wurde quer durch die Kutsche geschleudert. Er rappelte sich hoch. Der Wagen hing schief, draußen fluchte Dracula. Das Fluchen kam näher, die Tür flog auf. Leo drückte sich in die am weitesten entfernte

Ecke, um der Sonne auszuweichen, die gleich hereinströmen würde. Doch nur graues Abendlicht fiel herein. Er musste eingeschlafen sein.

»Raus mit dir, mach dich nützlich.«

Draußen mühte sich Nicu damit ab, das linke Hinterrad aus dem Graben zu ziehen, in den es gerollt war. »Hilf ihm!«, befahl Dracula, setzte über den Graben und schlenderte davon. Klar. Der Graf machte sich die Hände nicht schmutzig. Leo sprang zu Nicu in den Graben, nahm das Rad und warf es zurück auf den Weg.

»He, vorsichtig, wir brauchen das noch.«

»Gern geschehen.« Schweigend stiegen sie aus dem Graben und machten sich daran, das Rad wieder an der Achse zu befestigen. Allein wäre er viel schneller, aber jeder Aufschub würde Alisa mehr Zeit verschaffen. Also überließ er Nicu das Schrauben und blickte sich nach Dracula um.

Der Graf stand vor Schilfpflanzen, die vermutlich ein Flussufer verbargen. Nebel kroch aus dem Schilf hervor, breitete sich langsam aus. Wie hypnotisiert hielt Dracula den Blick auf das dichte Weiß gerichtet, als gäbe es darin etwas zu sehen.

Leo beugte sich neben Nicu über das Rad. »Wir müssen an diesen Silberschlüssel kommen«, wisperte er.

»Bist du verrückt?«, zischte Nicu.

»Leise.« Er deutete mit dem Daumen über seine Schulter nach hinten. »Vampirgehör, schon vergessen?« Als Nicu schwieg, fuhr er fort: »Wir müssen an die Rubine kommen, bevor wir Hamburg erreichen. Nur so können wir ihn schwächen.«

»Keine Chance.« Nicu schüttelte entschieden den Kopf.

Aber wenigstens hatte er die Stimme gesenkt. »Das Risiko gehe ich nicht ein.«

»Er wird sein Versprechen nicht halten, Nicu. Denk an meinen Onkel. Er benutzt dich nur. Und hast du Alisa schon vergessen? Wir müssen ihr helfen.«

»Ich muss gar nichts.«

Was war der stur! »Das hier ist wichtiger als persönliche Eitelkeiten, begreifst du das nicht?« Leo rieb sich die Schläfen. Es gab so vieles, was Nicu nicht wusste. »Wir müssen Dracula aufhalten.«

Nicu verschränkte die Arme und zog die Augenbrauen hoch.

»Ja, wir«, wiederholte Leo. »Du und ich. Ich meine, ich kann dich auch nicht ausstehen – deine ganze Spezies nicht. Aber wir müssen uns nicht mögen, um das Richtige zu tun. Oder willst du riskieren, dass Dracula den Knoten löst und alle Menschen zu Schattenvampiren werden?«

Endlich blitzte etwas anderes als pure Ablehnung in Nicu auf. Er sah zweifelnd zu Dracula hinüber, der noch immer in den Nebel starrte. »Und wie willst du das hinkriegen?«

»Wir stehlen die Rubine und zerstören sie.« Es kostete ihn alle Überwindung, es auszusprechen. Die Rubine zu zerstören bedeutete, die Kräfte aufzugeben, die sie verliehen. Aber sie hatten keine andere Wahl. Es war das Einzige, was Dracula aufhalten würde. »Solange Dracula und Alisa durch den Funken verbunden sind, können wir ihn nicht töten«, fügte er erklärend hinzu.

»Funken? Was für ein …?«

Wenn er ihn überzeugen wollte, brauchte Nicu mehr Informationen. In Ordnung, dann musste Leo wenigstens nicht mehr über Kräfte nachdenken, über die er nie wieder verfügen würde. Schnell erklärte er Nicu, was der wissen musste. Als er geendet hatte, warf er einen Blick zu Dracula, der die Arme ausstreckte, als wollte er jemanden zurückhalten. In dem Schweigen, das sich langsam zwischen Nicu und Leo ausbreitete, konnte er ihn hören.

»Halte durch«, flüsterte er. »Ich muss nur noch …« Der Graf verstummte und ließ die Arme sinken. Er wirkte verloren, und Leo konnte sich nicht gegen das Mitgefühl wehren, das ihn beschlich. Der Moment erlosch, als der Graf zu ihnen herumschnellte und sie anblaffte: »Was dauert so lange bei euch? Vorwärts!«

»Hilf uns, wenn du es eilig hast!«, gab Leo patzig zurück. Dann drehte er sich zu Nicu und senkte die Stimme. »Was ist? Bist du dabei?«

Calvina, Alisa und Ivy spähen das alte Vamalia-Haus aus.

Ivy macht Calvina Mut.

Zurück in Hamburg trifft Alisa wieder auf die gefürchteten Rotmasken.

Ivy, Alisa und Hindrik in der Hand der Rotmasken

Joanne, Tammo und Inger warten auf die Rückkehr des Spähtrupps.

Dracula auf der Jagd nach den Rubinen

Nicu und Leo planen Dracula zu überlisten.

Hindrik und Karen kommen sich näher.

Alisa erfährt mehr über Draculas Vergangenheit.

Leo sieht, wie Alisa bewusstlos zusammenbricht.

Alisa ist entschlossen zum Kampf gegen van Helsing.

Van Helsing hat die Erben in seiner Hand.

Die Erben vor der Höhle: Wird Alisa den Knoten lösen?

Leo und Inger müssen sich ihrer dunklen Seite stellen.

Inger und Ivy versichern sich ihrer Liebe.

Alisa und Lars

Alisa

Hindrik und Calvina stemmten sich gegen die Tür. Von draußen prasselten unablässige Faustschläge dagegen. Jemand schrie nach einer Axt. Alisa blickte sich verzweifelt im Zimmer um. Sie würden niemals alle rechtzeitig aus dem Fenster flüchten können, wenn sie die Tür aufgaben.

Calvina zog ihren Dolch. Wollte sie etwa alleine die Rotmasken aufhalten? »Vertraut ihr mir?«, fragte Calvina. Die Faustschläge dröhnten lauter und lauter. Alisa blickte zu Ivy. Die nickte. Hindrik hielt wortlos weiter seine Stellung an der Tür. Von unten tönte eine Stimme, dass die Axt gleich da sei. Hoffentlich hatte Calvina eine gute Idee. Alisa nickte ebenfalls.

»In Ordnung. Also dann.« Calvina nestelte das rote Tuch wieder über ihr Gesicht. Sie deutete mit dem Dolch auf Ivy und Alisa. »Auf die Knie! Sofort!«, brüllte sie so laut, dass sie auch draußen gehört werden musste. Ivy gehorchte als Erste. Zögernd schloss Alisa sich an. Calvina wandte sich an Hindrik. »Du auch.«

Hindrik suchte Alisas Blick. Trotz ihrer eigenen Zweifel nickte sie ihm zu. Er drückte sich von der Tür ab und warf sich an ihrer Seite auf die Knie. Als die Tür aufflog, stand Calvina bereits hinter Alisa, den Dolch an ihre Kehle gedrückt. Die ersten Rotmasken stürmten herein.

»Halt!«, schleuderte Calvina ihnen entgegen.

»Vampire in unserem Hauptquartier!«, kreischte jemand aus der Menge.

»Zurücktreten! Sofort!«, ordnete Calvina mit kühler Stimme an. Der Dolch in ihrer Hand zitterte nicht. Im Gegensatz zu Alisas Händen. »Sie sind unter Kontrolle.«

Die Menge der Rotmasken teilte sich und ihr Anführer trat nach vorn. »Und du bildest dir ein, uns befehlen zu können, weil …?«

Schweigend streifte sich Calvina mit der freien Hand die Maske ab.

»Calvina!« Ein Raunen ging durch die Rotmasken. Sie senkten ihre Waffen und wichen zurück.

»Habt ihr hier eine Zelle?«, fragte Calvina.

»Selbstverständlich.«

»Dann sperren wir sie mal weg.« Sie riss Alisa hoch und zwinkerte ihr kurz zu, als niemand es sehen konnte. Hoffentlich bedeutete das, dass Calvina wirklich einen Plan hatte – auch wenn ihr schleierhaft war, wie eine Zelle dabei helfen sollte.

Mehrere der Rotmasken packten Ivy, Hindrik und sie, führten sie zur Treppe. Sie folgten widerstandslos. »Warum werfen wir sie nicht einfach hinaus in die Sonne?«, schlug der Anführer hinter ihr vor, ganz so, als machte er höfliche Konversation.

»Es sind noch mehr Vampire in Hamburg«, erwiderte Calvina in demselben Ton. »Und diese drei werden uns verraten, wo sie sich verstecken.«

»Was wollten sie überhaupt hier? Und wo warst du die ganze Zeit?«

»Vampire jagen, was sonst?« Calvina lachte spöttisch. »Diesen dreien bin ich bis nach Italien gefolgt. Aber dort haben sie mir eine Falle gestellt und mich gezwungen, sie nach Hamburg zu bringen. Doch ich konnte den Zwang überwinden und sie täuschen.« Ihre Stimme verlor den Plauderton, wurde gefährlich ruhig. »Stell mich nie wieder infrage.«

Bei diesen Worten wurden sie in den Raum gestoßen, der links von der Diele abging. Die ausrangierten, mit Laken abgedeckten Möbelstücke, an die Alisa sich erinnerte, waren an die Wände geschoben worden, sodass in der Mitte Platz war für einen Käfig. Mit Gitterstäben aus Silber.

Rotmasken tasteten sie ab, und Alisa konnte ein wütendes Fauchen nicht zurückhalten, als sie ihr die Seite aus dem Notizbuch ihrer Mutter entrissen. Als Letzte stießen sie sie in den Käfig. Der Schlüssel knirschte im Schloss.

»Sie hatten nur ein durchlöchertes Stück Papier bei sich.« Eine der Rotmasken hielt es dem Anführer hin.

»Das seh ich selbst, Dummkopf.«

Alisa spürte, wie sich eine Schwere auf sie legte. Das musste das Silber des Käfigs sein. Sie hatte noch nie so viel davon so nah erlebt. Ivy lehnte sich an sie.

»Hat sie einen Plan?«, flüsterte sie mit gepresster Stimme. »Wir müssen uns dieses Papier zurückholen.«

»Erst mal müssen wir hier rauskommen.« Der Druck auf ihren Körper verstärkte sich. Hindrik stellte sich hinter sie beide, schirmte ihre Rücken ab. Es half nicht gegen das Silber, aber es fühlte sich trotzdem gut an.

Er deutete mit dem Kopf auf die Wand rechts von ihnen. »Siehst du die Tür dort? Das ist der Eingang zu den Tunneln«, murmelte er.

Sogar für Vampiraugen waren die Umrisse der Tür kaum zu erkennen, aber Alisa wusste, wo sie danach suchen musste. In der Nacht ihrer Flucht hatte sie diese Tür nicht mehr erreicht – und auch jetzt war sie unerreichbar. Zumindest, solange sie hier eingesperrt sein würden.

Der Anführer war immer noch in ein Gespräch mit Calvina vertieft. »Was hat dieses Papier zu bedeuten?«

»Genau das müssen wir herausfinden.« Calvina spielte mit ihrem Dolch herum. Alisa bewunderte ihre Gelassenheit – und ihr Geschick, nie die silberne Klinge zu berühren. »Lass mich mit ihnen allein, damit ich sie in Ruhe befragen kann.«

»Damit sie dich wieder unter Zwang stellen?« Der Anführer schüttelte den Kopf. »Ich lasse dich keine Sekunde mit den Blutsaugern allein.«

Calvina ließ den Dolch kreiseln. »Dann müssen wir ihnen zeigen, wie ernst wir es meinen. Lass einen von ihnen nach draußen werfen. Das wird die anderen zum Reden bringen.« Sie deutete mit der Spitze des Dolches auf den Käfig. »Schauen wir mal, wie ihnen die Sonne schmeckt.«

»Endlich kommst du zur Vernunft!« Der Anführer befahl zwei Rotmasken den Käfig zu öffnen. Sie packten Ivy. »Auf dich wartet die Sonne, kleiner Beißer.«

Gleichzeitig mit Hindriks »Nein!« warf Alisa sich den Rotmasken entgegen.

»Lass sie los! Lass sie in Ruhe!« Sie versetzte einer der Rotmasken einen Stoß. Ivy stolperte zurück in den Käfig. Hände packten Alisa, rissen sie hinaus.

»Erfüllen wir ihr den Wunsch.« Calvina grinste. »Dann also du. Vorwärts.«

»Ganz die alte Calvina.« Der Anführer schlug ihr auf die Schulter. »Gut, dich wieder bei uns zu haben.«

Die Griffe um Alisas Arme verstärkten sich. Sie wehrte sich ein wenig zum Schein, brüllte und protestierte, aber ließ sich von den zwei Rotmasken Richtung Tür schleifen. Die Diele hatte sich ein wenig geleert. Die übrig gebliebenen Rotmasken scharten sich zusammen, um sich das Spektakel anzusehen. Alisa erhaschte einen Blick auf Calvina, die neben dem Anführer stand, den Dolch noch immer in der Hand. Zwei gegen zehn. War das etwa Calvinas Plan?

Eine Rotmaske öffnete die Eingangstür. Die Sonne schickte ihre Strahlen über die Dächer. Alisa stemmte die Füße gegen den Boden. Calvina schwenkte drohend ihren Dolch. Was immer sie vorhatte, sie musste ihr vertrauen. Alisa ließ sich zur Tür schleifen, spürte, wie die Schwere des Silbers in ihr nachließ.

»Hinaus mit ihr!«, befahl der Anführer.

Sie stießen sie durch die Tür.

Alisa taumelte, fing sich, rannte ein paar Schritte auf die Straße und drehte sich zu den Rotmasken um. Sie standen wie erstarrt da, weil sie sich nicht in Rauch und Asche auflöste. Alisa breitete die Arme aus, drehte sich im Kreis und grinste. Calvina zwinkerte ihr zu. Ihr Dolch ruhte jetzt am Hals des Anführers.

Die beiden Rotmasken an der Tür lösten sich aus ihrer Starre, zückten ihre Waffen und stürmten ihr hinterher. Alisa sprang und landete auf dem nächsten Dach. Die Rotmasken blickten sich verwirrt um. Alisa sprang erneut, landete hinter ihren Rücken und brachte sie mit zwei schnellen Tritten zu Fall. Dann raste sie zurück zum Haus, um Calvina zu helfen.

Die verbliebenen sieben Rotmasken hatten sie eingekesselt, doch Calvina hatte immer noch ihren Anführer in der Gewalt. Sie umkreisten sie, wagten aber nicht anzugreifen.

»Weg mit den Waffen!«, forderte Calvina.

Die Rotmasken zögerten, kamen ihrem Befehl aber nicht nach. Calvina drückte ihren Dolch fester gegen die Kehle des Anführers. »Gib mir den Käfigschlüssel.«

»Nur über meine Leiche«, keuchte er.

Alisa sprang mitten in den Kreis der Rotmasken, die sich duckten, auch als sie längst über ihre Köpfe hinweg war. Sie baute sich vor dem Anführer auf. »Den Schlüssel.« Sie ließ ihre Fangzähne aufblitzen. »Oder ich mache dich zu meinem Schatten.«

Zum Glück wusste er nicht, wie leer ihre Drohung war. Widerspruchslos zog er den Schlüssel aus der Manteltasche und reichte ihn ihr mit zittrigen Fingern.

»Und das Papier.« Calvina versetzte ihren Worten Nachdruck mit dem Dolch. Gehorsam reichte er es Alisa. Calvina bedeutete ihr mit dem Kopf, neben sie zu kommen. Sie hielt den Anführer der Rotmasken wie einen Schild vor sie beide. »Bleibt zurück, wenn ihr ihn nicht verlieren wollt.« Der Kreis der Rotmasken öffnete sich, sie ließen sie passieren.

»Ich hätte niemals glauben dürfen, dass du den Zwang überwunden hast«, presste der Anführer wütend hervor. Calvina antwortete nicht.

Schnell liefen sie zu dem Raum, in dem Ivy und Hindrik gefangen saßen. Alisa schob den schweren Riegel von innen vor die Tür. Das würde die Menschen eine Weile lang aufhalten.

Die ersten Fausthiebe gegen das Holz begleiteten sie, als

sie zum Käfig eilte, ihn aufsperrte. Hindrik stützte Ivy, und sie stolperten zusammen hinaus – so weit weg von dem Silber wie möglich, zur Tür zu den Tunneln. Calvina stieß den Anführer in den Käfig und trat die Tür hinter ihm zu. Alisa schloss ab. Fast in Sicherheit. Hastig schlüpften sie in die Tunnel, einer nach dem anderen, und als die Tür hinter ihnen ins Schloss fiel, hatte Alisa zum ersten Mal seit langer Zeit das Gefühl, einen Sieg errungen zu haben: Sie hatten die Karte und den Schlüssel dazu, der ihnen den Ort der Höhle verraten würde, in der sich der Knoten befand. Sie konnte Dracula zuvorkommen!

Malcolm

Malcolm hasste die Sonne. Er hasste es, nichts tun zu können. Er stierte die Treppe zum Deck hinauf, wo das Tageslicht sich Zeit damit ließ zu verschwinden. Warten war das Schlimmste. Aber er hatte Alisa versprochen, auf Tammo und Joanne aufzupassen. Die zwei waren immerhin sicher in ihren Särgen. Alisa und Ivy hingegen steckten irgendwo da draußen.

»Keine Sorge.« Van Helsing kam den Gang hinunter und blieb neben ihm stehen. »Ich werde sie finden.«

Malcolm verzog das Gesicht. Er hielt nichts davon, den Vampirjäger allein gehen zu lassen, aber Karen und Inger hatten ihn überstimmt.

Van Helsing zwinkerte ihm mit seinem gesunden Auge zu. »Glaub mir. Ich bin gut im Aufspüren. Vampirjäger, schon vergessen?«

»Und das soll beruhigend sein?«, knurrte Malcolm, während das Sonnenlicht über ihnen verschwand.

»Ich bringe sie zurück.« Van Helsing legte sich eine Hand auf die Brust, als wolle er schwören. Dann stürmte er die Treppe hinauf und war weg.

Also gut. Malcolm trommelte auf das Treppengeländer. Er blickte rasch in das Schlafquartier, auf die geschlossenen Särge von Tammo und Joanne. Er würde sie noch nicht wecken. Sie würden früh genug erfahren, dass Alisa und Ivy etwas zu lang für ihren Auftrag brauchten. Malcolm ging in die Messe und half Karen, Rot in Schüsseln zu verteilen. Bald darauf kam auch Inger herein, die den Hafen von der Kapitänskajüte aus im Blick behalten hatte. Sie gähnte und entschuldigte sich gleich darauf.

Karen schob ihr eine Schüssel Rot zu. Sie aßen schweigend. Zweifellos dachten sie alle dasselbe, um das zu wissen, brauchte Malcolm keinen Dracas-Rubin.

Viel zu schnell gesellten sich auch Tammo und Joanne zu ihnen. Tammo blickte sich unruhig um. Malcolm stählte sich für das, was zweifellos kommen würde.

»Wo ist van Helsing?«

Das war unerwartet. »Er sucht nach deiner Schwester und den anderen. Sie sind etwas zu lang –«

»Du hast ihn einfach gehen lassen?« Tammo starrte ihn fassungslos an. »Wann?«

»Beruhige dich.« Er legte Tammo einen Arm um die Schultern und wünschte sich, er würde sich auch nur annähernd so ruhig fühlen, wie er klang. »Er wird sie finden. Bestimmt.«

Tammo schnellte hoch und warf dabei seinen Stuhl um. »Ich habe doch gesagt, wir dürfen ihn nicht aus den Augen lassen! Und jetzt treibt er sich allein da draußen rum und …«

»… und wir müssen das Schiff bewachen.« Er stellte Tammos Stuhl wieder auf die Beine. »Und euch. Das habe ich deiner Schwester versprochen.«

»Aber – wir können ihm nicht trauen.« Tammo ließ sich auf den Stuhl sinken.

Inger lehnte sich vor. »Deine Schwester vertraut ihm.«

»Nicht wirklich.« Tammo starrte verzweifelt in seine Schüssel, und sosehr Malcolm etwas Aufmunterndes sagen wollte, ihm fiel nichts ein.

»Wir müssen zuversichtlich bleiben.« Karen lächelte ihnen allen zu. »Er wird sie finden und sie alle sicher zurückbringen. Bis dahin müssen wir stark sein. An sie alle glauben.«

Malcolm nickte dankbar. Von der Stärke dieser Schattenvampirin konnte sich so mancher eine Scheibe abschneiden. Leider schien Tammo von den Worten nichts gehört zu haben. Er starrte an Karen vorbei zum Eingang der Messe. Malcolm folgte seinem Blick. Hindrik! *Wie …* Hindrik legte einen Finger an die Lippen und schlich auf Karen zu. Sie schrie überrascht auf, als er ihr von hinten die Hände vor die Augen legte.

»Wer …?« Sie packte die Handgelenke und zog sie von ihrem Gesicht weg, fuhr herum. »Hindrik!«

»Überraschung.« Er strahlte sie an.

Nicht die beiden auch noch … Malcolm verdrehte die Augen.

»Was – was machst du hier?«

»Freust du dich gar nicht, mich zu sehen?« Hindriks Strahlen wich einem Stirnrunzeln.

»Schon, aber …« Sie verstummte, als Alisa, Ivy und Calvina hineinspazierten. Als wäre nichts gewesen. Inger sprang auf und riss Ivy in ihre Arme.

»Ich hab mir solche Sorgen gemacht!«

Ivy drückte die Dracas fest an sich. »Wäre auch fast übel ausgegangen – aber Calvina hat uns gerettet.«

»Sie war brillant«, fügte Alisa an.

Calvina lachte und hob abwehrend die Hände. »Nur weil du mir so viel von meiner Vergangenheit erzählt hast. Da konnte ich improvisieren.« Sie wirkte aufrechter als zuvor, fand Malcolm. Vielleicht hatte sie sich endlich mit ihrem Vampirdasein angefreundet. Was ja schön und gut war, aber ihn verlangte es nach Fakten.

»Was machst du in Hamburg?«, fragte Karen und lenkte damit die Aufmerksamkeit auf Hindrik. *Falsche Priorität*, fluchte Malcolm still. *Ganz falsche Priorität.*

»Ich habe zwei abtrünnige Erben gesucht.« Hindrik tätschelte Tammo, der sich an Alisa drückte, als wollte er seine Schwester nie wieder freigeben, den Kopf. Immerhin hatten er und Joanne so viel Anstand, kurz betreten zu Boden zu schauen. »Zum Glück hatten unsere beiden Ausreißer hier Luciano in ihr Vorhaben eingeweiht – und er hat uns schließlich verraten, wo ihr seid, bevor eure Eltern sich vor Sorge in den Lichtschild gestürzt hätten. Also habe ich darauf vertraut, dass Alisa am Ende die richtige Entscheidung trifft und nach Hamburg kommt.«

»Aber dann …« Er deutete auf Alisa, Ivy und Calvina. »Ihr habt mir einen ganz schönen Schrecken eingejagt, als ihr einfach so mitten unter die Rotmasken spaziert seid.«

Rotmasken … die haben uns gerade noch gefehlt … aber jetzt komm endlich zum Punkt! »Hattet ihr Erfolg?«, platzte Malcolm heraus.

Alisa hielt ein löchriges Stück Papier hoch. Es wirkte nicht sehr beeindruckend. »Allerdings!«, triumphierte sie. »Aber – wo ist van Helsing?«

Malcolm zuckte mit den Schultern. »Er sucht nach euch. Ihr wart lange weg. Wir waren – besorgt.« Jetzt, wo sie alle wieder hier versammelt waren, schien eher *überbesorgt* der richtige Ausdruck zu sein.

Alisa runzelte die Stirn, verkniff sich aber einen Kommentar. »Wir können nicht auf ihn warten. Los, finden wir heraus, wo der Knoten ist, und verschwinden von hier.«

Endlich schlug sie die richtige Richtung ein. Niemand brauchte den Vampirjäger. Malcolm schloss sich den anderen an und gemeinsam liefen sie zum Klassenzimmer. Alisa öffnete die Tür.

Glas splitterte. Ein Zischen. Dann loderten Flammen auf. Malcolm drängte sich an Tammo und Joanne vorbei zur Tür. Eine zerbrochene Öllampe lag auf dem Boden. Ihre Flammen hatten sich schon einen Weg bis nach vorn zu der Karte gefressen, leckten an den untersten Papieren, stiegen höher. »Wasser!«, rief er. »Schnell!« Er wartete nicht ab, ob jemand auf seine Worte reagierte, sondern rannte selbst los. Karen und Hindrik waren direkt hinter ihm. Aber sie waren zu spät.

Sie konnten alles in dem Raum retten. Alles, nur die Karte nicht. Malcolm blickte auf den grauen Schlamm, zu dem die Asche aufgequollen war.

»Van Helsing«, sprach Ivy seine Gedanken aus.

»Ich wusste, ich kann ihm nicht …« Alisa verstummte, eine Hand in der linken Manteltasche. Sie durchsuchte die rechte und ließ die Schultern hängen. »Die Kopie der Karte, die er angeblich für mich gemacht hat – sie ist auch weg. Er hat mich umarmt, als wir losgezogen sind … dabei muss er sie mir … er muss sie mir …« Sie tastete um sich, als suche sie in der Luft nach der Karte – oder nach Halt. Ihre Knie knickten ein. Hindrik sprang vor und fing sie auf. Aus ihrer Handfläche stieg ein Licht empor, hell wie Sonnenschein.

Alisa

Sie sitzt wieder in der Kutsche. Durch einen schmalen Spalt im Vorhang fällt ein Sonnenstrahl herein, von dem Leo sich sorgfältig fernhält. Dracula hat die Beine ausgestreckt, den Kopf gegen die Wand gelehnt. Er schläft. Sie hat ihn noch nie schlafen gesehen.

»Leo?«, flüstert sie. Aber der reagiert nicht. Natürlich nicht. Wenn sie ihn wenigstens berühren könnte! Alisa drückt sich in ihre Ecke der Kutsche. Leo betrachtet den silbernen Schlüssel, den Dracula an einer Kette um den Hals trägt, mustert die zuckenden Augenlider des Grafen. Als wolle er ganz sicher gehen, dass er wirklich schläft. Leise erhebt er sich.

Alisa hört ihr Herz so laut schlagen, dass sie fürchtet, es könnte Dracula aufwecken. Doch der rührt sich nicht. Leo umgeht den Sonnenlichtstreifen und beugt sich über den schlafenden Dracula.

Was machst du da?, will Alisa ihn anschreien. *Lass das!* Aber sie kann nichts tun. Sie kann nur zusehen.

Vorsichtig hebt Leo die Kette an. Er beißt zwei Kettenglieder durch. Er nimmt die beiden losen Enden der Kette, gibt acht, den Schlüssel nicht zu berühren. Alisa möchte die Zeit antreiben. Aber die dehnt sich. Langsam, langsam hebt Leo die Kette hoch. Dracula zuckt im Schlaf. Leo erstarrt.

Alisas Herz rast. Dracula bewegt die Lippen. Sinkt etwas mehr in sich zusammen.

Er schläft. Er schläft. Er schläft, sagt Alisa sich im Takt ihres Herzschlags.

Leo zieht sich auf seine Bank zurück. Er hält die Kette mit dem Schlüssel in einer Hand, mit der anderen klopft er leise an die Klappe zum Kutschbock.

Die Klappe wird von außen aufgezogen. Alisa hört nichts mehr als ihr Herzrasen. Wenn die beiden Dracula tatsächlich die Rubine stehlen können, ist vielleicht doch noch nicht alles verloren!

Sie ist so auf den Schlüssel konzentriert, dass sie bei der Bewegung auf der Bank gegenüber zusammenzuckt und aufschreit. Dracula wirft sich auf Leo. Reißt den Schlüssel an sich. Die Kutsche stoppt. Genau wie ihr Herz.

Dracula hält Leo in einem Klammergriff, zwingt ihn auf das Fenster zu. Er reißt den Vorhang zurück.

Nein!

Das volle Sonnenlicht fällt in die Kutsche. Dracula zwingt Leo mitten hinein, lässt ihn nicht entkommen. Leo schreit auf.

»Halt!« Nicu taucht an der Öffnung zum Kutschbock auf. »Tu das nicht«, beschwört er Dracula. »Du brauchst Leo zum Schutz gegen Alisa. Bring ihn nicht um. Denk an deine Frau!«

Dracula reißt Leo aus der Sonne, schleudert ihn auf die Bank neben Alisa. Mit einem Fauchen zieht er den Vorhang zu. Er fährt herum und lehnt sich über Leo. »Versuch das noch mal – und es wird euch beiden leidtun.«

Leo streicht sich über Arme und Hals, über das Gesicht –

als müsse er sich vergewissern, dass er noch da ist. Alisa zittert vor Erleichterung.

»Weiter! Und die Augen auf den Weg, Nicu«, befiehlt Dracula. »Ich will in zwei Nächten in Hamburg sein.« Er knallt die Klappe zu und sinkt zurück auf die Bank. Sein Blick ist fest auf Leo gerichtet. Alisa bemerkt er gar nicht. Sie sieht zu Leo, will nie wieder von ihm wegsehen. Er lebt. Er lebt. Ihr Herz schlägt ruhiger. Sie entspannt die Schultern, lehnt sich nach hinten – doch da ist keine Wand mehr. Sie kippt-fällt-stürzt durch Dunkelheit –

– und spürte ihr eigenes Zittern. Dann, dass ihr Kopf auf etwas Weichem lag. Sie blinzelte und blickte in Hindriks Gesicht. Sie lag ausgestreckt auf einer Bank, den Kopf auf seinem Schoß. Alisa schloss die Augen wieder. Hindrik würde ihr Zeit lassen. Und sie brauchte etwas Zeit, bevor sie den anderen begegnen konnte.

Leo lebt. Nicu lebt. Das sagte sie sich immer wieder, bis sie sich stark genug fühlte, um sich aufzusetzen. Hindrik stützte sie, als wäre sie zerbrechlich. Sie lächelte ihm zu, verließ sich darauf, dass er ihren Dank sah.

»Was hast du gesehen?« Ivy drückte ihr eine Hand.

»Leo und Nicu. Sie leben.« *Noch*. Sie stockte. So durfte sie nicht denken.

»Das sind doch gute Neuigkeiten.« Calvina lächelte ihr quer über den Tisch zu.

Genau. Daran würde sie sich festhalten. Auch wenn sie die schlechten jetzt auch aussprechen musste. »Dracula ist mit ihnen hierher unterwegs. Sie werden in zwei Nächten ankommen.« Alisa erhob sich, stützte sich mit beiden Händen auf dem Tisch ab. Sie musterte ihre Verbündeten. Sie waren so weit gekommen. Sie hatten zusammengehalten. Da durften sie jetzt nicht aufgeben. »Wir haben beide Karten verloren. Wir wissen nicht, wo der Knoten ist. Aber wir wissen, dass Leo und Nicu bald hier sein werden. Mit Dracula.«

»Was ist mit van Helsing?«, platzte Ivy in ihre Rede.

Tammo schlug mit einer Faust auf den Tisch. »Wir müssen ihm die Karte wieder abnehmen.«

Alisa nickte. »Erst das … und dann müssen wir die Rubine an uns bringen.«

»Die Rubine? Aber … wie?« Tammo schaute sie mit großen Augen an.

Alisa blickte von ihm in die Runde. »Wir müssen uns auf einen Kampf vorbereiten. Seid ihr dabei?«

Ivy und Inger nickten sofort. Dann Malcolm. Tammo griff nach Joannes Hand und sie nickten gleichzeitig. Karen erwiderte ihren Blick entschlossen und nickte ebenfalls. Hindrik seufzte schwer, aber er sagte nichts. Ein weiteres Ja. Mit all der Unterstützung im Rücken schlug ihr Herz ruhiger. »Also gut«, sagte Alisa. »Wir brauchen einen Plan – und Wachen für das Schiff. Ich übernehme die erste Schicht.«

»Auf gar keinen Fall«, widersprach Hindrik. »Du bist seit achtundvierzig Stunden auf den Beinen. Ich übernehme die erste Wache. Du ruhst dich aus.« Er nahm sie an den Schultern, als wäre sie jünger als Tammo, und drängte sie in den Gang hinaus, ließ sie nicht los, bis sie das Schlafquartier erreichten. Mit verschränkten Armen wartete er an der Tür, bis sie in ihren Sarg stieg.

»Wenn etwas passiert –«

»Wecke ich dich.«

Sie legte eine Hand an den Deckel. »Ich würde wirklich lieber –«

»Du musst dich ausruhen, Alisa. Neue Kräfte sammeln. Sie sind alle hinter dir her …« Er verstummte. Aber sie begriff auch so, wen er neben den Rotmasken meinte.

Hindrik kauerte sich neben ihr an den Sarg. »Versprich mir, dass du wenigstens ein bisschen schläfst.«

Ihr fielen die Augen zu. »Ich bin wirklich froh, dass du hier bist.«

»Ich auch.« Er lächelte sie an. »Schlaf gut.«

Sie ließ ihn den Deckel schließen.

Ivy

Ivy fühlte sich mindestens so aufgewühlt und aufgedreht, wie Tammo und Joanne wirkten. Trotzdem war sie dankbar, als Malcolm den beiden ein Kampftraining versprach und sie so aus der Messe scheuchte.

Inger wich ihr nicht von der Seite, stellte ihr eine Schüssel Rot zur Stärkung hin, wollte alles über ihr Abenteuer erfahren. Es tat gut, darüber zu reden, all den Schrecken und die Furcht auszusprechen.

»Eins ist sicher«, sagte Inger in eine ihrer Redepausen. »Ich lasse dich nicht noch einmal allein losziehen.«

Keine Einwände. Ivy grinste und lehnte sich an sie. Hindrik kam in die Messe zurück. Allein. Offenbar hatte er Alisa wirklich davon überzeugen können, sich auszuruhen. Karen reichte auch ihm eine Schüssel. Ihre Fingerspitzen berührten sich, als er danach griff.

»Danke.«

Karen blickte ihn über die Schüssel hinweg an. »Ich habe dich vermisst«, murmelte sie leise.

»Ich dich auch«, erwiderte er ebenso leise.

Am liebsten hätte Ivy sich unsichtbar gemacht, damit die beiden diesen Moment für sich hatten. Aber ihnen schien gar nicht bewusst, dass sie Gesellschaft hatten. Karen sah auf die Finger, die sich berührten, und gab schließlich, leise lachend, die Schüssel frei. Seite an Seite verließen sie die Messe.

Ivy tauchte den Löffel wieder ins Rot, war aber auf einmal zu müde, den Löffel wieder an den Mund zu heben.

»Du solltest dich auch ausruhen.« Inger nahm ihr den Löffel ab, bevor er ihr aus der Hand fallen konnte.

Sie hatte recht. Ivys Kopf war schwer. Inger sagte noch irgendetwas, dann war sie allein. Ihr schwerer Kopf zog sie nach unten. Unten …

Sie stand wieder vor dem Zelt. Die Flammen der Fackeln warfen Schatten in den Raum. Die Noaidi trat vor sie. »Hab keine Angst. Komm mit mir. Komm.«

Die Noaidi schien ihr Zögern zu spüren. Sie winkte ihr zu.

»Keine Angst. Komm herein.«

Auch im Zelt war alles wie zuvor – das Licht der Flammen, die beiden Trommeln, hinter denen die Noaidi schon Platz genommen hatte.

»Setz dich, mein Kind.«

Das Zögern fiel von ihr ab. Ivy hockte sich vor die Trommeln, strich über die glatten Felle.

Die Noaidi legte ihre Hände ebenfalls auf die Trommeln. »Folge meinem Rhythmus.«

Dumpfe Trommelschläge füllten das Zelt, die Felle zitterten unter Ivys Fingerspitzen. Sie hob eine Hand, versuchte, sie im selben Moment wie die Noaidi auf die Trommel zu senken. Erst die linke, zwei Schläge, dann – sie war einen Moment zu spät, der Rhythmus klang schief. Die Noaidi ließ sich nicht beirren.

»Mit diesem Rhythmus rufen wir den Mond. Konzentriere dich. Du kannst das«, redete sie Ivy zu. »Folge dem Rhythmus. Versuch es.«

»Ich versuche es ja!« Ivy schlug wieder diesen kurzen Moment zu spät auf das Fell. Und wieder. Dann erwischte sie drei Schläge richtig, kam wieder aus dem Takt.

»Streng dich an«, mahnte die Noaidi.

Ivy presste die Lippen zusammen. Aber was sie auch tat, wie viel Mühe sie sich auch gab: Die Schläge kamen immer zu schnell oder zu langsam. Die Noaidi ließ nicht locker, drängte sie, es weiter und weiter zu versuchen. Ivy biss sich auf die Unterlippe, bis sie Blut schmeckte.

»Ivy?«

Sie schreckte hoch. Da war kein Zelt, keine Trommel – da war nur Ingers Hand auf ihrem Arm.

»Alles gut?«

Ivy fuhr sich über das Gesicht. Sie musste eingeschlafen sein, hier am Tisch. »Ich hatte – einen seltsamen Traum.«

Inger setzte sich neben sie. »Vampire träumen nicht.« Wusste sie ja. Aber wie sollte sie sich das alles sonst erklären? »Irgendwas passiert mit mir«, gestand sie.

»Deine Augen waren ganz weiß«, sagte Inger leise, als könnte ein falsches Wort Ivy verscheuchen. »So wie …«

»Wie?«

»Am Tag von dem Sturm. Da waren sie auch weiß, als du das Schiff geheilt hast.« Aus Ingers Mund klang das, als wäre es etwas, das man einfach so sagen konnte. Tun konnte.

»Als ich …?« *Das Schiff geheilt habe*, wollte ihr nicht über die Lippen. Inger schien nichts Verrücktes daran zu finden, sie wartete geduldig ab, bis Ivy Mut gefasst hatte. »Ich muss dir was zeigen.« Bevor sie es sich anders überlegen konnte, zog sie Stiefel und Strümpfe aus und streckte Inger ihre Füße hin. Mit den Markierungen, die aussahen wie die der Noaidi. Inger betrachtete sie mit offener Faszination.

»Darf ich?« Sie kniete sich vor Ivy und zeichnete vorsichtig die Linien nach, von ihren Füßen bis über die Schienbeine. »Das sind Noaidi-Zeichen.« In Ingers Stimme lag Ehrfurcht.

»Sie verschwinden nicht.« Ivy lehnte sich vor. Um zu sehen, dass sie sich das alles nicht einbildete, dass Inger es auch sah, dass es ... wirklich war.

»Natürlich nicht.« Inger schaute zu ihr hoch. »Sie kommen von innen.« Ihre Finger lagen jetzt ruhig an Ivys Fußgelenken. »Sie sind wunderschön.«

Ivy spürte ein Kribbeln über ihre Haut laufen, nicht nur dort, wo Inger sie berührte. Es war schwer, ihr weiter in die Augen zu schauen. Aber wegsehen wollte sie auch nicht.

»Ich weiß, was mit dir passiert.« Inger erhob sich und nahm ihre Hände. Als Inger sie hochzog, rutschten Ivys Hemdsärmel zurück – auch dort zogen sich auf einmal Linien, Punkte, Kreise, Spiralen über ihre Haut. Ivy könnte schwören, dass sie vor ihrem Traum von eben noch nicht da gewesen waren. Überfordert schloss sie die Augen und hielt sich an Ingers Händen fest.

»Was?«, fragte sie scheu. »Was geschieht mit mir, Inger?«

»Du wirst die nächste Noaidi.«

Ivy riss die Augen auf. »Ich ...?«

»Ich zeig's dir. Komm mit.«

Hilflos folgte Ivy ihr aus der Messe und über den Gang bis zum Schattenquartier, bis zu der Stelle, an der das Wasser eingedrungen war. Stumm deutete Inger auf die Wand, an der kein Riss mehr zu sehen war. Ein kleiner Zweig spross daran. Er trug drei leuchtend grüne Blätter. Ivy berührte sie vorsichtig. Sie blieben da. Genau wie die Zeichen auf ihrer Haut.

»Das war ich?« Ihre Stimme klang rau. Dann war das Gefühl von Wurzeln und Wachstum nicht nur in ihr gewesen. Es war auch aus ihr hinausgeflossen. Sie hatte etwas Neues wachsen lassen. Ivy zog ihre Ärmel noch einmal hoch, um die neuen Linien zu betrachten. Und dann, einem Impuls folgend, hob sie den Saum ihres Hemdes. Auch an ihrer Hüfte waren Linien, zogen sich über ihren Bauch und wanden sich weiter nach oben. Ivy spähte in ihren Ausschnitt. Die Linien zogen sich auch über ihre Brust.

»Die sind überall«, entfuhr es ihr. Dann wurde ihr bewusst, dass Inger ihr zusah. Rasch ordnete sie ihre Kleidung, zog ihr Hemd glatt und betrachtete ihre nackten Füße, auf denen das alles begonnen hatte. Wenn die Zeichen erst ihre Hände und ihren Hals, ihr Gesicht erreichten, würden sie sich nicht länger verbergen lassen. Sie verschränkte die Arme.

Inger lächelte ihr zu. »Sie wachsen von unten nach oben – von der Erde hinauf zum Himmel.«

»Was wächst?«

Bei der neuen Stimme fuhren sie beide herum. Alisa stand an der Tür. Inger blickte Ivy fragend an. Sie seufzte. Auch wenn sie lieber noch ein paar Momente – Nächte, Jahre – Zeit gebraucht hätte, um sich an all das zu gewöhnen, winkte sie Alisa näher. »Das hier.« Erneut schob sie ihren Ärmel hoch und entblößte die Zeichen.

Inger legte ihr eine Hand auf den Rücken, während Alisa schweigend ihre Haut bestaunte. »Es sind die Zeichen deiner Verwandlung«, erklärte Inger. »So erzählen sie es bei uns zu

Hause. Das Alte wandelt sich in das Neue. Die Geburt eines Orakels.«

Ivy zog ihren Ärmel wieder hinunter und steckte die Hände unter ihre Achselhöhlen.

»Wie fühlst du dich?«, fragte Alisa ruhig. Es lag keinerlei Ablehnung in ihrer Stimme.

»Verunsichert.« Ivy schluckte. »Ängstlich.«

»Du musst keine Angst haben«, beteuerte Inger. »Im Gegenteil. Das ist ein Geschenk von Mutter Natur. Du wirst ihre Stimme hören können. Und ihre Prophezeiungen.«

Sollte sie das beruhigen? Es war zwar gut zu wissen, dass sie nicht verrückt wurde – aber wie bei ihrer Wandlung zum Vampir geschah schon wieder etwas mit ihr, ohne dass sie ein Mitspracherecht hatte.

»Wie geht das weiter?«, erkundigte Alisa sich bei Inger.

»Das weiß ich auch nicht. Es hat noch nie eine Vampir-Noaidi gegeben.«

Noch nie? Das half ihrer Verunsicherung nicht wirklich – Ingers Hand auf ihrem Rücken schon eher. Ivy lehnte sich ein klein wenig mehr dagegen. *Aber die Noaidi hat mich ausgesucht – sie muss gewusst haben, was sie tut,* sagte sie sich. Eine Bewegung lenkte sie ab. Karen stand in der Tür und rang die Hände.

»Alisa? Da ist jemand für dich …« Sie trat zur Seite und gab den Weg frei für Malcolm und Hindrik. Sie hielten van Helsing zwischen sich, hatten ihm die Arme auf den Rücken gedreht. Calvina schlenderte nach ihnen in den Raum, alle Waffen van Helsings in ihren Armen. Sie warf sie an der Tür ab und blieb daneben stehen.

Van Helsing wehrte sich nicht dagegen, festgehalten zu

werden. Er blickte lediglich grimmig drein. »Was soll dieses plötzliche Misstrauen?«, wandte er sich an Alisa. »Ich bin freiwillig hier, kein Grund –«

»Du hast wegen der Karte gelogen. Und du hast das Original vernichtet.« Alisa verschränkte die Arme vor der Brust.

Van Helsing zuckte, so gut es ging, mit den Schultern. »Reine Vorsichtsmaßnahmen.«

Na klar. Und morgen spazieren wir alle durch die Sonne, ohne zu verbrennen. Ivy verzog angewidert den Mund.

Tammo und Joanne zwängten sich an Calvina vorbei und drückten sich neben ihr an die Wand. Offenbar wollte das hier niemand verpassen.

Van Helsing verdrehte sein gesundes Auge. »Können wir etwas Privatsphäre haben?«

Alisa musterte ihn einige Sekunden lang. Dann nickte sie. »Bringt ihn in die Kapitänskajüte.«

Hindrik übergab seinen Posten an Calvina, die van Helsing mit Malcolm zusammen abführte. »Willst du wirklich allein mit ihm reden?«, fragte er.

»Welche Wahl habe ich schon?« Alisa seufzte. »Ohne die Karte ist der Schlüssel nutzlos. Oder hast du eine bessere Idee?«

»Nein«, räumte Hindrik ein. »Aber mir gefällt das trotzdem nicht.«

Das konnte Ivy gut nachempfinden. Ihr gefiel es auch nicht. Überhaupt nicht! Immerhin bestand Hindrik darauf, mit an Deck zu kommen, um in der Nähe zu sein, falls van Helsing auf dumme Gedanken kam. Karen schloss sich ihm wortlos an.

Tammo stieß sich von der Wand ab und ging Richtung

Tür, blieb dann aber unschlüssig stehen. »Können wir ihnen nicht nachschleichen? Ich will wissen, worüber sie reden.«

Der Kleine hatte recht – wie praktisch wäre es jetzt, wenn sie den Lycana-Rubin hätten! Trotzdem musste sie ihn zurückhalten. »Alisa will dich in Sicherheit wissen, Tammo. Nur so kann sie sich auf das konzentrieren, was sie tun muss.« Sacht strich Ivy über die Blätter des Zweiges, den sie hatte wachsen lassen. Sie waren zart und doch voller Kraft. Ihr Blick streifte Inger.

»Das Holz«, murmelte Inger. »Natürlich, es ist das Holz ...« Sie pochte gegen die Schiffswand. »Wenn ein Baum gefällt wird, bleibt die Kraft von Mutter Natur in ihm. Deswegen konntest du Kontakt mit dem Holz aufnehmen und ihn heilen.« Sie gab dem kleinen Zweig einen Stups. Er zitterte leicht und kitzelte Ivys Fingerkuppen. Inger blieb in ihren Erklärungen versunken. »Es heißt, die Noaidi sprechen mit den Seelen von Bäumen, von der Erde – sogar von Steinen.«

Ivy lauschte dem Kitzeln an ihren Fingerspitzen nach, lauschte den Blättern und dem Zweig, lauschte dem Holz, aus dem er wuchs. Sie spürte die Wurzeln, die sich in ihr ausbreiteten, aus ihr herauswuchsen. Sie raunten und wisperten von Blättern im Wind, und der Wind trug ihr eine neue Stimme zu. »Ich bin hier. Ich bin ewig. Ich habe dich von Anfang an begleitet. Ich habe gesehen, wie du gelernt hast, Freundschaften eingegangen bist und als Noaidi gewachsen. Frag mich, was immer du willst.«

Die Stimme hüllte sie ein wie eine Umarmung. Eine Umarmung, in der sie geborgen war – und auch wenn ihr die Erinnerung daran fehlte, wusste Ivy, dass sie dieses Gefühl aus ihrem Leben zuvor kannte. Sie schmiegte sich hinein.

Dumpfe, warme Trommelschläge. Ein Rhythmus, der diese Stimme trug. Ivy spürte pures Glück in sich, als sie begriff, dass sie es war, die diesen Rhythmus schlug. Die Frage kam ganz leicht zu ihr. »Kannst du hören, worüber sie oben reden?«

»Selbstverständlich.«

»Kannst du es mir sagen?«

»Besser noch – ich kann es dich hören lassen.« Jetzt stützte die Stimme den Takt ihres Trommelspiels. Dünne, unsichtbare Wurzeln wanden sich von ihren Fingern die Schiffswand entlang, verschwanden im Holz, stiegen nach oben, suchten sich ihren Weg bis in das Holz der Kapitänskajüte, in der Alisa und van Helsing einander an dem großen Tisch gegenübersaßen. Ivy konnte sie sehen und hören, als wäre sie mit ihnen in dem Raum.

»Du weißt, was ich will«, sagte van Helsing.

»Die Rubine.« Alisa lehnte sich zurück.

»Genau. Und ich habe, was du willst.«

Alisa musterte ihn schweigend. Van Helsing klopfte auf den Tisch. Zog dann seine Hand zurück. »Glaubst du wirklich an diesen Knoten? An seine Existenz?«

Ivy wusste, dass es ihn gab, mit derselben Sicherheit, mit der sie wusste, dass sie selbst existierte. Aber sie konnte nichts sagen, nur lauschen.

»Du nicht?«

Van Helsing zuckte mit den Schultern. »Ich glaube an Greifbares. Wie die Macht der Rubine. Mit ihnen werde ich Dracula besiegen.«

Alisa grinste. »Dann wird es dich interessieren, dass ich weiß, wo Dracula demnächst sein wird.«

Blitzschnell beugte van Helsing sich vor. »Wo?«

»Das verrate ich dir im Austausch gegen die Karte.«

»Nicht so schnell.« Van Helsing lehnte sich noch weiter über den Tisch. »Ich habe etwas, das du brauchst. Du hast nichts, was ich will. Du stehst mit leeren Händen da. Und hinter mir steht eine Armee von Rotmasken, die darauf brennen, gegen dich und Dracula zu kämpfen. Ich habe hier das Sagen.« Sein Gesicht war nur noch wenige Zentimeter von Alisas entfernt, und jetzt war er es, der grinste.

Deswegen bist du also in die Stadt gegangen! Um dich mit den Rotmasken zu verbünden – nicht um uns zu suchen. Wahrscheinlich hast du von Anfang an mit ihnen unter einer Decke gesteckt. Vampirjäger.

Der Klang ihres Trommelns nahm der Erkenntnis den Schrecken. Im Trommeln fühlte sie sich sicher. Alisa hingegen war ihre Beunruhigung deutlich anzusehen. Doch sie wich kein Stück vor van Helsing zurück.

»Wenn du mir so überlegen bist, warum bist du dann hier?«

Ivy wünschte sich, sie könnte wirklich bei Alisa sein, ihr den Rücken stärken. Sie ließ den Wunsch in ihre Hände fließen, ihren Takt.

»Sag nichts, ich weiß es ohnehin schon.« Alisa stieß van Helsing leicht gegen die Brust. »Du brauchst mich, um Dracula zu besiegen. Selbst mit einer Armee kannst du ihn nicht überwältigen. Deswegen hast du die Karte zerstört. Damit wir gezwungen sind, zusammenzuarbeiten. Denn sobald Dracula die Rubine einsetzt, kann sich nur noch eine mit ihm messen. Ich.«

Van Helsing wich langsam auf seinen Stuhl zurück. Er

legte die Fingerspitzen aneinander und musterte Alisa. »Gut erkannt. Schließen wir also einen Handel. Du hilfst mir – und ich gebe dir die Karte.«

Alisa schnaubte. »Auf dein Wort ist kein Verlass. Ich kann dir nicht vertrauen.«

»Vertrauen.« Van Helsing lachte abfällig. »Darüber sind wir doch längst hinaus. Wenn du mir nicht hilfst, wird Dracula dir mit diesem Knoten zuvorkommen. Also, wie lautet deine Entscheidung, Captain?«

Alisa zögerte. Ivy wollte ihr mehr Mut zukommen lassen, aber etwas zupfte an ihrer Konzentration, brachte sie aus dem Takt.

»Du hast genug gesehen«, flüsterte die Stimme. »Jemand will mit dir reden.«

Ivy konnte nichts dagegen tun, dass ihr Rhythmus sich änderte, dass die Kajüte mit Alisa und van Helsing darin vor ihren Augen verschwand. Eine Hand umschloss ihre, während sich um sie herum eine neue Landschaft formte. Sie erfasste einen flüchtigen Eindruck von einem Wald hinter ihr, von Weite zu ihren Seiten. Doch was sie vor sich sah, ganz deutlich, war die Felswand, vor der die Noaidi und sie standen. Die Tür darin war eine andere als die zum Gefängnis des ewigen Lichts. Sie wirkte noch massiver. Undurchdringlich.

Daneben erhob sich eine kurze Steinsäule, auf der dreizehn kleine Vertiefungen kreisförmig um einen Handabdruck angeordnet waren. So, wie Ivy es schon einmal gesehen hatte, auf einer Zeichnung in Alisas Schulheft.

Die Noaidi drückte ihre Hand. »Keine Angst, Tochter. Ich will dir nur etwas zeigen.«

»Den Knoten? Ist er dort drin?«

»Ja. Wir brauchen allerdings etwas Hilfe, um das Tor zu öffnen.«

Ivy starrte auf die dreizehn Vertiefungen in der Steinsäule. »Aber – ich habe die Rubine nicht.«

»Wir brauchen nur einen Funken.« Die Noaidi lächelte. »Und damit kann uns deine beste Freundin helfen.«

Vor ihrem inneren Auge sah Ivy das vertraute Leuchten des Funkens. Der Abdruck der Hand strahlte auf. Das Tor ächzte und knarrte, gab langsam den Weg frei.

»Ich danke dir, Alisa«, sagte die Noaidi gelassen. Dann zog sie Ivy sanft an der Hand. »Komm.«

Fels und Dunkelheit. Doch dann, nach ein paar Schritten, erhellten Feuerschalen den Tunnel. Die Wände waren von Zweigen und Blättern überwachsen. Ivy streckte die Hände zu beiden Seiten aus, um sie anzufassen. »Sind wir wirklich hier?«

»Ja und nein.« Die Noaidi lief mit sicheren Schritten voraus.

»Also sind wir in meinem Kopf.« Die Pflanzen fühlten sich vollkommen echt an, genauso wie der Felsboden unter ihren Füßen.

»Wir sind in unser aller Gedächtnis«, erklärte die Noaidi, ohne sich zu ihr umzudrehen. »Wir haben diese Höhle geschaffen, um den Knoten vor allen Augen zu verbergen. Vampiren wie Menschen. Allein Draculas Herz sollte sie öffnen können.«

»Aber … Alisa …« Ivy berührte unwillkürlich ihre Brust, in der nichts schlug. Alisa war diejenige mit dem Herz, nicht Dracula.

»... hat den Funken. Ja.« Die Noaidi wandte sich zu ihr um, berührte ihre Stirn. »Aber du weißt jetzt, dass der Funke und die Rubine zusammen Draculas Seele bilden. Sein Herz. Der Funke ist die letzte Verbindung zu seiner Menschlichkeit.«

Die Noaidi blickte in eine der Feuerschalen, hielt die Hände über die leise knisternden Flammen. »Als Dracula den Handel mit dem Teufel geschlossen hat, schuf Mutter Natur den Knoten, um das Gleichgewicht zu bewahren. Wenn Dracula den Knoten löst und dabei seine Menschlichkeit in sich trägt, wird die Welt von Vampiren befreit. Ist jedoch nur Leere in ihm, wird die Welt den Vampiren gehören.«

Irgendwie leichtsinnig, fuhr es Ivy durch den Kopf. Sie räusperte sich. »Mutter Natur hat also nicht damit gerechnet, dass Dracula den Funken verlieren könnte.«

Die Noaidi schüttelte den Kopf und wandte sich von dem Feuer ab. »Aber als es geschah, begann der Funken nach einer guten Seele zu suchen, die den Knoten an Draculas Stelle lösen kann. So ist er von Vampir zu Vampir gewandert.«

Ivy sah wieder die Liste mit den Daten vor sich – mit Alisas Geburtstag als letztem Eintrag. »Und Alisa ist die Letzte in der Reihe?«

Die Noaidi nickte. »Alles bewegt sich in Kreisen. Das Leben, das Universum. Und wenn ein Kreis vollendet ist, kann daran nichts mehr verändert werden. Der Funken wird vergehen. Und die nächste Mondfinsternis zeigt dieses Ende an.« Die Noaidi setzte sich erneut in Bewegung.

Die nächste Mondfinsternis? Ivy versuchte, ihre Gedanken zu ordnen. Doch zwischen allem, was auf dem Schiff vor sich ging, ihren neu entdeckten Fähigkeiten und dem, was die Noaidi erzählt hatte, geriet sie ins Stocken. Mit tausend Fragen im Kopf schloss sie zu der Noaidi auf. Die ließ sie jedoch gar nicht zu Wort kommen, sondern sprach weiter, als hätte sie nur auf sie gewartet.

»Alisa wird deine Hilfe brauchen, wenn sie sich den fünf Prüfungen der Seele stellt. Nur wenn sie die besteht, darf sie den Knoten lösen.«

Schlagartig vergaß Ivy alles andere. »Was für Prüfungen? Was muss sie tun? Wie kann ich ihr helfen?«

»Das kann ich dir nicht sagen. Das ist ihre Reise.« Sie traten aus dem Tunnel in eine weiträumige Höhle. In der Mitte erhob sich eine breite Steinsäule und darauf lag ein zum Knoten geschlungenes Tau. Nebelfarbenes Licht fiel auf ihn.

Ivy starrte ihn an. Was tat sie hier? Die Noaidi hätte Alisa an ihrer Stelle hierherführen sollen! Das hätte wirklich geholfen. »Warum bin ich dann hier?«

»Sieh hin.« Die Noaidi deutete auf die gewölbte Höhlendecke. Über der Säule mit dem Knoten war eine kreisrunde Öffnung im Felsen. Der Mond stand darüber und schickte sein Licht herein. Während Ivy hinaufschaute, schob sich eine rötliche Färbung über den Mond, bedeckte ihn ganz, veränderte auch das Licht in der Höhle.

»Die Mondfinsternis ist in drei Tagen. Wenn der Knoten nicht vor ihrem Ende gelöst wird, ist die Welt verloren.«

»Aber –« Ivy musste noch so viel mehr wissen. Vor allem, wo diese Höhle genau war. Wo sie sie finden konnten. Doch die Noaidi war mit ihrem letzten Wort verschwunden. Die Höhle, das rote Licht der Mondfinsternis, der Knoten – alles löste sich vor Ivys Augen auf. Und wieder formte sich etwas

Neues um sie herum. Es war Lärm und Chaos. Und ein vertrautes Gesicht. »Inger?«

»Du bist zurück!« Inger zog sie an sich.

Ivy war dankbar für die Umarmung, den Moment, den sie ihr schenkte, um zu begreifen, dass sie sich wieder auf dem Schiff befand. Wütendes Schreien und Fauchen ließ sie den Kopf heben. Calvina stürmte mit entblößten Fangzähnen auf Hindrik und Karen los.

»Ich töte euch alle!«

Karen sprang hinter die tobende Vampirin, umklammerte ihre Arme. Ivy konnte nicht einmal blinzeln, da war Hindrik bereits an Karens Seite. Gemeinsam rangen sie Calvina nieder.

»Bringt sie in eine Zelle! Sofort!«, befahl Alisa, die Tammo hinter sich geschoben hatte, um ihn vor dem Kampf in Sicherheit zu bringen. Karen und Hindrik rissen die immer noch fauchende und grollende Calvina auf die Füße und führten sie ab. Sie wand sich, wehrte sich gegen jeden Schritt. Ihr Toben war noch lange zu hören.

»Was ist in sie gefahren?«, wollte Tammo wissen.

Erschöpft stützte sich Alisa mit einer Hand auf Tammos Schulter ab. »Ich denke, Dracula ist hier.«

Stille folgte auf ihre Worte. Zu wissen, dass Dracula erwacht war, und mit ihm in derselben Stadt zu sein, waren zwei ganz verschiedene Dinge.

»Sie ist sein Schatten«, fuhr Alisa leise und mit gesenktem Kopf fort. »Wenn er in der Nähe ist, steht sie wieder unter seinem Einfluss.«

Ivy schwindelte von all den schnellen Wechseln, von allem, was sie gesehen und erfahren hatte. *Dracula! Hier!*

Aber sie durfte sich nicht von Panik ablenken lassen. Auch wenn sie noch mehr schlechte Nachrichten zu überbringen hatte. Sie löste sich aus Ingers Umarmung und ging zu Alisa. Leider fiel ihr nichts ein, um ihre Botschaft abzumildern. »Dir bleiben noch drei Tage, bis du den Knoten gelöst haben musst.«

Alisa riss ihren Kopf hoch. Drei?, formte sie lautlos mit den Lippen.

»Drei Tage. Sonst ist alles verloren.« Ivy packte sie bei den Schultern. »Wir brauchen die Karte, Alisa. Du musst auf den Handel mit van Helsing eingehen. Lass ihm die Rubine. Wir müssen Dracula besiegen!«

Alisa schwieg, aber sie wandte den Blick nicht ab. In dem Raum zwischen ihnen meinte sie, Alisas Herz schlagen zu hören. Wie das Echo einer Trommel. Ihrer Trommel. »Du musst auf den Handel eingehen«, wisperte Ivy.

»Ich weiß«, wisperte Alisa zurück. Sie richtete sich auf und schaute alle im Raum an. »Lasst Calvina frei.«

»Wie bitte?« Hindrik, der bei ihrem letzten Satz zur Tür hereinkam, starrte sie an. »Du hast sie doch gesehen! Sie wird –«

»Sie wird uns zu Dracula führen«, erklärte Alisa ruhig. »Und van Helsing wird uns mit seinen Rotmasken helfen, ihn zu besiegen. Denn nur so bekommt er die Rubine – und wir die Karte.«

Leo

Es war eine Wohltat, endlich keinen holpernden, ruckelnden Kutschenboden mehr unter sich zu haben. Das war aber auch schon alles, was Leo der neuen Lage an Gutem abgewinnen konnte.

In diesem Backsteingebäude hatte schon ewig niemand mehr gewohnt. Es war dreckig und zugig, der Gestank erinnerte ihn an die Nacht an London, in der Malcolm mit seinem Vater an Bord der Elisabetha gekommen war. Die Erinnerung schien so fern, dass es auch ein Märchen sein könnte. Der schreckliche Geruch allerdings war leider real.

Leo beäugte das Baugerüst, das sich müde an die Wand der Stirnseite stützte. Von dort aus könnte er ohne Probleme durch das Oberlicht und weiter aufs Dach des Gebäudes gelangen. Allerdings würde Dracula ihn erwischen, bevor er auch nur den Fuß des Gerüstes erreicht hatte.

Sein Blick schweifte von dem Kleiderhaufen, neben dem er hockte, zu dem Käfig mit den Fledermäusen. Vielleicht würde er jetzt endlich erfahren, warum Dracula mit ihnen einen Umweg über seine Burg gemacht hatte, um einen Käfig voller Fledermäuse mitzunehmen. Ihr helles Kreischen zerrte an seinen Nerven. Er musste einen Weg finden, Alisa zu warnen. *Aber wie? Wie?*

Dracula trat an den Käfig, der in der Mitte der Halle

stand. Er streifte sich die Kette mit dem Schlüssel ab und warf sie Nicu zu, der an einer Säule lehnte. »Gib mir den Lycana-Rubin«, befahl er.

Sobald Nicu das silberne Kästchen geöffnet hatte, strömte die Kraft der Rubine heraus, hinüber zu Leo. Ein leises, lockendes Rufen. So unerreichbar, dass sein ganzer Körper davon schmerzte.

Nicu kniete vor dem Kästchen, starrte hilflos auf die Rubine. »Welcher ist der Lycana?«

Eine Sekunde nur. Ein Sprung und er wäre bei Nicu. Mit etwas Glück könnte er einen der Rubine berühren, bevor Dracula ihm das Genick brechen würde. Leo spürte seine Fangzähne hervorschießen.

»Der mit dem Falter«, gab der Graf ungeduldig zurück. Nicu griff in die Kiste und zog den Ring der Lycana heraus, warf ihn Dracula zu und verschloss das Kästchen wieder.

Zu spät. Er zwang seine Zähne zurück. *Du bist genauso nutzlos wie der Mensch*, höhnte eine Stimme in ihm. *Ein echter Dracas würde lieber sterben als nicht tun.* Ein bitteres Lachen stieg in ihm auf. *Tot bin ich auch nutzlos.* Leo knüllte eine Jacke aus dem Kleiderhaufen zusammen und pfefferte sie quer durch den Raum. Was genauso idiotisch war, wie sich in seinem Kopf mit seinem Vater zu unterhalten.

»Ein bisschen Respekt vor dem Eigentum anderer Leute«, fuhr Dracula ihn an, während er in den Käfig griff und eine Fledermaus herausfischte. Er hielt den Rubin an ihre Stirn. Sofort begann die Fledermaus zu zucken, sich zu winden – sich zu wandeln. Dracula schaute gelassen zu. »Zeit, deine Tochter zu rächen, König Livius«, sagte er. »Ich weiß, wer die arme, kleine Tonka in die Sonne geschickt hat.«

Der nackte Vampir erhob sich mühselig, als hätte er verlernt, wie er seinen Körper benutzen sollte. Er knurrte Dracula an. Der lächelte und tätschelte ihm die Wange. »Deine Zeit und die aller Upiry ist gekommen, Krieger-König.« Er zog eine Flasche aus seinem Mantel. »Hier, trink etwas Rot.«

Upiry! Tonka ist nicht die Letzte ihres Clans gewesen. Voller Schrecken starrte Leo in das Fledermausgewirr in dem Käfig. Es gelang ihm nicht, sie zu zählen, aber es waren auf jeden Fall mehr Vampire, als Alisa an ihrer Seite hatte.

Livius trank gierig und wurde mit jedem Schluck Rot sichtlich kräftiger und jünger. Dracula lachte erfreut. »Das wird wie in alten Zeiten.« Er schnipste mit den Fingern zu Leo hin. Als wäre er ein Schatten! »Gib ihm was zum Anziehen«, befahl Dracula, ohne ihn eines Blickes zu würdigen. Leo wühlte wahllos einige Kleidungsstücke aus dem Haufen und schleuderte sie hinüber.

Dracula zog die Augenbrauen hoch, sagte aber nichts. Als der Upiry sich angezogen hatte, reichte er ihm mit einer angedeuteten Verbeugung den Lycana-Ring. »Befrei den Rest deines Clans und dann werden wir gemeinsam in den Kampf ziehen. Für deine Tochter Tonka! Für die Freiheit! Für mich!«

Der Upiry verneigte sich tief. »Ja, mein Gebieter.«

Eifrig begann er, eine Fledermaus nach der anderen mit dem Rubin zu berühren. Und eine nach der anderen verwandelte sich zurück in den Vampir, der sie gewesen war. Leo konnte sehen, wie sie das Ur-Rot tranken und unmittelbar erstarkten. Angewidert wandte er sich ab und beobachtete stattdessen Nicu, der sich neben ihn gehockt hatte und mit dem Schlüssel zu den Rubinen herumspielte. Nie zuvor hatte er einen Menschen derart beneidet. Auch wenn Nicu alles andere als glücklich wirkte, wie er dasaß und auf den Schlüssel starrte.

»Wenn Dracula den Knoten löst … dann werde ich wie meine Mutter …«, murmelte er.

Der Junge war echt hoffnungslos. »Ja«, ätzte Leo. »Aber du wirst dich nicht an sie erinnern. Genauso wenig wie sie noch an dich denkt.«

»Ich wäre wie Alisa.«

Leo schnaubte. Als ob! »Und du glaubst, das verbessert deine Chancen bei ihr?«

Nicus Gesichtsausdruck wirkte seltsam verträumt. »Wenn sie mich wiedersieht, wird ihr wieder einfallen, was wir hatten.«

»Und das war?« Warum hatte er diese Frage gestellt, statt sich die Zunge abzubeißen?

»Eine Verbindung. Du kannst mir nicht weismachen, dass du das nicht gemerkt hast.«

Vielleicht war es doch eine gute Idee, wenn Nicu zu einem Schatten würde. Dann könnte er ihn zumindest nicht länger mit diesem Mist nerven. Im Moment hatten sie wirklich größere Probleme. »Wenn du sie wiedersiehst, wird sie den Kampf gegen Dracula anführen. Und du wirst eine Entscheidung treffen müssen.« Er sah Nicu in die Augen. »Kämpfst du mit Alisa gegen Dracula – und gibst jede Hoffnung für deine Mutter auf – oder kämpfst du an Draculas Seite und gegen Alisa?« Er jedenfalls wusste ganz genau, wo er stand, doch Nicu schwieg.

Das war zwar besser als das Gequatsche zuvor, aber es brachte sie leider kein Stück weiter. Denn dass Leo wusste, auf wessen Seite er stand, hieß noch lange nicht, dass es die

Seite war, die gewinnen würde. Die Upiry wussten auch, für wen sie kämpfen würden, waren vom Ur-Rot gestärkt und wirkten mordlustig.

Eine Armee für Dracula. Und Alisa? Sie hatte gerade mal eine Hand voll Vampire bei sich. Alle jünger und mit weniger Kampferfahrung als die Upiry. Und ganz sicher viel schwächer als Dracula.

Alisa

Alisa wartete den Protest ab, mit dem sie gerechnet hatte. Die Idee, Calvina freizulassen, musste ziemlich sonderbar wirken. Als wieder Stille eingekehrt war, erläuterte sie ihren Plan näher. »Wir haben nicht die Zeit, ganz Hamburg nach Dracula abzusuchen. Aber Calvina, als sein Schatten, wird zu ihm hingezogen. Also lassen wir sie frei und folgen ihr heimlich.« Die Logik schien sich auch den anderen zu erschließen, zumindest widersprach niemand mehr. »Inger, Karen, ihr sorgt dafür, dass Calvina freie Bahn hat, um vom Schiff zu verschwinden. Malcolm, Hindrik, wir folgen ihr.«

»Ich komme mit«, sagte Ivy sofort.

»Nein, Ivy«, widersprach Alisa. »Was, wenn du wieder in eine Trance fällst? Bitte, bleib hier, bei Tammo.«

Ivy strich sich gedankenverloren über die Arme und seufzte dann. »Seid vorsichtig.«

»Versprochen.« Alisas Blick suchte ihren kleinen Bruder. Er stand mit Joanne bei Hindrik und Malcolm, die den beiden leise zuredeten. Ihr Herz raste. Wenn sie ihn noch länger ansehen würde, würde sie nie den Mut finden loszugehen. Sie wandte sich wieder Ivy zu. »Pass gut auf sie auf, ja?«

»Versprochen.«

Sie lächelten einander zu und Alisa schlüpfte nach draußen.

Als sie das Deck betrat, hatte ihr Herzschlag sich so weit beruhigt, dass sie van Helsing äußerlich gelassen gegenübertreten konnte.

»Haben wir einen Deal?«, fragte der ohne Umschweife.

Alisa nickte. »Wo sind deine Rotmasken?«

»In Bereitschaft. Sie warten nur auf mein Signal. Wann geht es los?«

»Jetzt.« Sie streckte van Helsing ihre Hand entgegen. »Die Rubine im Austausch gegen die Karte.«

Van Helsing schlug ein. »Wie Ihr wünscht, Captain.«

»Nenn mich nicht so.« Sie ließ seine Hand los und sprang den anderen voran von Deck. Hinter ein paar großen Frachtkisten versteckten sie sich, um auf Calvina zu warten.

So spät in der Nacht war nur wenig Betrieb im Hafen und große Teile lagen ganz im Dunkel. Der Qualm der Stadt legte einen Schleier vor Sterne und Mond, die Silhouetten von Häusern und Schiffen schränkten den Blick ein. Die Weite des Meeres fehlte ihr – und auch die Weite von Norwegen. Und Leo – sie kniff die Augen zusammen. Für solche Gedanken war jetzt keine Zeit.

Malcolm knuffte sie in die Seite, als Calvina von Bord schlich. Ja! Ihr Plan schien aufzugehen! Alisa drückte sich enger an das splitterige Holz der Frachtkiste. Die Schattenvampirin blickte sich nach allen Seiten um, hob den Kopf, als nähme sie eine Witterung auf. Dann spurtete sie los.

Alisa schoss aus ihrem Versteck, van Helsing, Hindrik und Malcolm ihr hinterher. Sie hetzten von einer Deckung zur nächsten, und mehrmals fürchtete Alisa, Calvina aus dem Blick zu verlieren. Die Schattenvampirin stürmte mit sicheren Schritten durch den Hafen, bog in ein Gewirr von

Gassen ein, hielt niemals inne, drehte sich niemals um. Dann stoppte sie plötzlich. Alisa streckte einen Arm aus, spürte, wie Hindrik und Malcolm gegen sie prallten und zurückschreckten. Sie verbargen sich im Schatten einer Hauswand.

Vor ihnen endete die Gasse in einem mit Kopfstein gepflasterten Gelände. Calvina setzte sich erneut in Bewegung und schlängelte sich zwischen verstreut stehenden Fässern und Kisten hindurch, hielt auf ein allein stehendes Backsteingebäude zu. Die hohen Fensterscheiben waren gesprungen und blind vor Dreck. Auf dem Dach erhoben sich schlanke, halb eingefallene Schornsteine. Eine aufgegebene Fabrik, vermutete Alisa. Calvina blieb vor der hohen Stahltür stehen, legte eine Hand darauf.

»Hier muss es sein«, flüsterte Alisa. »Gib deinen Rotmasken Bescheid.«

»Aye, Captain.« Van Helsing salutierte und war fort, ehe Alisa noch etwas sagen konnte.

»Hoffentlich sehen wir den wieder«, murmelte Hindrik.

Das Quietschen der Tür hallte durch die Nacht. Alisa zuckte zusammen, spürte Hindriks Hand auf ihrer Schulter. Das vertraute Gefühl schenkte ihr etwas Ruhe. Die Tür fiel hinter Calvina zu. »Los«, wisperte Alisa.

Sie konnten unmöglich denselben Weg wählen, aber Alisa entdeckte einen Schuppen, der sich auf der Rückseite an die Fabrik schmiegte. Von dort aus war es nur noch ein kurzer Sprung aufs Dach. Hindrik bestand darauf, die Vorhut zu machen. Sie sah ihm hinterher, spürte ihren Herzschlag stärker als je zuvor. Dann winkte Hindrik ihr und Malcolm von der vorderen Dachkante zu. Sie ignorierte das Gefühl in ihrer Brust und schnellte zu ihm hinauf. Hindrik deutete auf eine Glasscheibe, die einen Luftschacht abschloss. Alisa beugte sich darüber, doch etwas versperrte ihr den Blick auf den Boden. Eine Holzplattform, die sich innen gegen die Stirnseite des Gebäudes lehnte. Sie schien stabil genug, um darauf zu stehen! Sie warf Malcolm und Hindrik einen warnenden Blick zu und legte den Finger an die Lippen. Dann schob sie die Glasscheibe beiseite und öffnete den Schacht.

Durch die Luftzufuhr schallte nun lautes Knurren und Fauchen zu ihnen hoch. Alisa glitt durch die Öffnung auf die darunterliegende Plattform. Sie hielt tatsächlich. Rasch ließ sie sich auf den Bauch fallen, um sich so unsichtbar wie möglich zu machen. Malcolm und Hindrik folgten ihrem Beispiel. Es kam ihr wie ein Wunder vor, dass die beiden ihren donnernden Herzschlag nicht hörten, obwohl sie so dicht rechts und links von ihr lagen. Noch mehr wunderte sie sich, dass es keine Angst war, die ihr Herz so wild schlagen ließ. Im Gegenteil. Mit jedem Schlag spürte sie neuen Mut. Als wären sie nicht nur zu dritt hier, sondern hätten die ganze Kraft eines Clans hinter sich versammelt.

Aber … Vielleicht war das auch nur Wunschdenken. Denn unten in der weitläufigen Fabrikhalle stand Calvina einer Gruppe von dreißig Vampiren mit gebleckten Fangzähnen gegenüber – und sie schien nur zu bereit, es allein mit ihnen allen aufzunehmen.

»Etwas Zurückhaltung bitte«, ertönte Draculas Stimme über dem Lärm. »Sie ist eine von uns.«

Die Vampire wichen gehorsam zurück. Calvina schritt zwischen ihnen hindurch auf Dracula zu. Nicht weit hinter ihm erkannte Alisa Leo und Nicu. Seite an Seite! Sie wagte nicht, die beiden zu lange anzublicken, weil sie sonst hinunterspringen würde, um sie mit sich fortzureißen. In Sicherheit. Was eine unglaubliche Dummheit wäre. Sie schob eine beruhigende Hand auf ihr rasendes Herz.

»Willkommen zurück, Calvina.« Dracula lüftete seinen Zylinder.

Und endlich schien auch Nicu zu begreifen. Er stürzte an Dracula vorbei auf seine Mutter zu, schlang die Arme um sie. »Ich habe dich so vermisst«, sagte er leise, aber deutlich hörbar für alle Vampirohren. Calvina stand stocksteif da. »Mama?« Auch seine brechende Stimme entlockte der Schattenvampirin keinerlei Reaktion.

Alisa hingegen vermochte kaum stillzuhalten. Hindrik legte ihr eine Hand auf den Arm. Gleichzeitig war ihr, als würde sie wieder die Trommelschläge der Noaidi hören. Ruhig, sicher und wie ein Echo ihrer Herzschläge.

Unten wirbelte Nicu zu Dracula herum. »Gib sie mir zurück. Sofort!«

»Geduld«, winkte Dracula ab.

»Du hast es versprochen!« Nicu stieß Dracula gegen die Brust. »Du hast es versprochen!«

Alisa spannte alle Muskeln an, bereit zum Sprung. Doch Leo kam ihr zuvor. Mit ein paar Schritten war er neben Nicu und hielt ihn fest, bevor er seinen leichtsinnigen Angriff auf Dracula fortsetzen konnte. Der zeigte sich davon gänzlich unbeeindruckt.

»Du wirst sie zurückbekommen. Aber jetzt brauchen wir sie in ihrer vollen Stärke. Kampfbereit.« Er legte den Kopf in den Nacken und blickte Alisa direkt in die Augen. »Denn wir haben Gesellschaft.«

Das reicht! Alisa sprang. Als ihre Füße den Boden berührten, hörte sie Malcolm und Hindrik hinter sich landen. Ihr Herz und das Trommelecho klangen so laut in ihren Ohren, dass alle es hören mussten. »Van Helsing!«, rief sie.

Nichts geschah.

Dracula grinste.

Die Eingangstür quietschte. Draculas Grinsen verschwand, als van Helsing hereinstürmte, gefolgt von zwanzig Rotmasken. Leo nützte die Unruhe und war mit einem einzigen Sprung an Alisas Seite.

»Was machst du hier?«

»Dich retten.« Konnte ein Herz auch zu schnell schlagen? Sie zwinkerte ihm zu. »Euch beide.«

Leo grinste. »Hast dir lange genug Zeit gelassen.«

Bestärkt durch die Rotmasken in ihrem Rücken wandte Alisa sich wieder den Vampiren zu, die sich ihnen gegenüber drohend zusammengerottet hatten. Dracula, in ihrer Mitte, lächelte noch immer, den Blick nun auf Nicu und Calvina geheftet, die auf der freien Fläche zwischen ihren beiden Gruppen standen und sich nicht rührten.

»Nicu«, rief Alisa. Keine Reaktion. Er hatte nur Augen für seine Mutter.

Dracula löste sich aus der Gruppe und schritt langsam auf ihn zu. »Kämpf an meiner Seite, Nicu, und du bekommst deine Mutter zurück.«

Seine Worte waren über den immer lauter werdenden Trommelschlägen in ihrem Inneren kaum zu hören. Mit jedem Schlag wurde Alisa ruhiger, zuversichtlicher, und wünschte, sie könnte diese Zuversicht mit Nicu teilen. Doch als er endlich zu ihr schaute, lag nichts als Trauer in seinem Blick.

»Ich muss sie beschützen«, flüsterte er. »Ich muss.«

Alisa schüttelte den Kopf, das Trommeln war zu stark, um zu sprechen, es füllte sie aus, nahm ihr alle Worte.

»Er wird sie nie gehen lassen!«, drang nun Leo auf Nicu ein. Der schob sich noch etwas näher an seine Mutter heran.

»Ich muss es versuchen«, sagte er leise. »Es tut mir leid.«

Sie hörte Leo neben sich murmeln. Offensichtlich zählte er die Vampire hinter Dracula. »Wir sind immer noch in der Unterzahl.«

Unvermittelt brach das Trommeln in ihrem Inneren ab.

»Nein, sind wir nicht«, widersprach eine vertraute Stimme neben Alisa. Tammo! Ivy. Inger. Karen. Joanne.

»Wie – was macht ihr hier?«

Ivy grinste. »Zusammen sind wir stärker.« Sie strahlte dieselbe Zuversicht aus, die in den Trommelschlägen gesteckt hatte. Die Zuversicht, dass niemand sie aufhalten konnte, wenn sie Seite an Seite kämpften, wie ein Clan. Alisa strahlte sie an, dann nahm sie den Platz an der Spitze ihres Clans ein.

Ihr gegenüber stand Dracula. Alle Rubine blitzten auf seiner Brust und an seinen Fingern.

Erstaunlicherweise stärkte dieser Anblick Alisas Zuversicht. Sie spürte die Kraft der Rubine in sich pulsieren. Allen voran der vertrauteste, ihr eigener, Vamalia. Verstärkt von Dracas, Vyrad, Pyras, Lycana, Nosferas, Upiry, Belov, Arrufat, Tova, Caminada, Vikla, Grimur. Sie war bereit.

»Endlich«, dröhnte Draculas Stimme. »Das war auch an der Zeit!« Er riss einen Arm in die Höhe und deutete dann nach vorn, auf sie – und ein Sturm brach los.

Alisa sah, wie Ivy einen Upiry niederrang, Malcolm sich

auf einen anderen stürzte. Alisa stürzte an ihnen vorbei, ihr Ziel fest im Blick: Dracula.

Ein Stoß warf sie zur Seite. Calvina! Alisa taumelte, fing sich. Doch die Schattenvampirin erwischte sie.

»Ich kämpfe für meinen Gebieter!«, fauchte sie.

Alisa wand sich aus ihrem Griff, drängte an Calvina vorbei, doch die ging auf ihre Kehle los.

Alisa wehrte Calvina ab. »Dracula ist nicht dein Gebieter!«, zischte sie. »Erinnere dich an mich – erinnere dich an deinen Sohn, Nicu.« Sie bekam Calvina zu fassen und presste sie gegen eine Säule. Die Schattenvampirin fletschte die Zähne. Alisa wich aus. Mit all den Kräften, die sie durchströmten, wäre es ein Leichtes, Calvina auszulöschen. Aber sie war Nicus Mutter. »Ich werde dich nicht töten«, presste sie hervor. Calvina zappelte, bekam einen Arm frei und drückte ihn ihr gegen die Kehle.

Alisa presste sie mit einer Hand weiter an die Säule, umklammerte mit der anderen den Arm, um Calvina daran zu hindern, ihr den Hals zu zerquetschen. Um sie herum tobte der Kampf. Wie durch Watte hörte sie Schmerzensschreie und Triumphgeheul, Stöhnen und Schläge, Körper, die zu Boden fielen – und plötzlich Nicus Stimme, dicht neben ihr. Er redete panisch auf seine Mutter ein, flehte sie an, Alisa zu verschonen.

»Verschwinde, Kleiner«, höhnte Calvina. Und doch … sie stieß Alisa von sich weg, stürzte sich in das Getümmel.

Alisa packte Nicu an den Schultern. »Geh! Beschütze sie! Sie ist immer noch deine Mutter!«

Nicu starrte sie an, als könnte er nicht begreifen, was sie sagte. Dann zog er sie an sich, sie spürte seine Lippen auf ihren, spürte seinen Herzschlag an ihrer Brust. Bevor sie wusste, wie sie reagieren sollte, gab er sie frei und stürzte seiner Mutter nach.

Der Lärm des Kampfes brach wieder über sie herein. Jemand wirbelte sie herum. Dracula. Sie entblößte ihre Zähne, spürte die Kraft der Rubine, die in ihr sangen. Dracula hatte beide Hände um ihre Kehle gelegt, aber sie schickte ihren Schatten hinter ihn, ließ ihn die Arme zum Schlag heben – da wurde er von Draculas Schatten gepackt und zu Boden gerungen. Der Druck auf ihren Hals verstärkte sich. Der Boden unter ihren Füßen war fort. Sie baumelte in der Luft. Wurde zur Seite geschleudert und gleich darauf wieder hochgerissen.

»Lass sie los!«, brüllte Leo Dracula an. Der lachte höhnisch und riss ihn ebenfalls hoch. »Du kannst sie nicht vor mir beschützen«, spottete er und schleuderte ihn zu Boden.

Zu spät begriff Alisa, dass sie Dracula dank der Rubine zwar ebenbürtig, er ihr durch die Kraft seiner Jahrhunderte jedoch deutlich überlegen war. Er hielt sie weiter in der Luft, so leicht, als würde sie sich nicht wehren. Seine freie Hand streckte er in die leere Luft, zog sie zusammen, als würde er jemanden würgen, und Leo fasste sich knurrend an den Hals.

Nicht Leo! Alisa riss Dracula einen Rubin von der Brust – erwischte aber den Dracas, nicht den Vikla, mit dem er Leo den Hals abdrückte. Immerhin lenkte der Ruck, mit dem sie die Kette losriss, Dracula ab.

Er griff nach dem Rubin, doch Alisa erspähte Inger im Kampfgetümmel und warf ihr den Dracas-Rubin zu.

Dracula tobte, schüttelte sie, aber diesmal war sie es, die

sich an ihm festkrallte. Sie riss ihm einen weiteren Rubin von der Brust, schleuderte ihn diesmal zu Ivy, die Rücken an Rücken mit Inger gegen die Upiry kämpfte.

Ein lauter Knall! Draculas Griff um ihren Hals lockerte sich. Ein scharfer Schmerz in ihrer Hand. Sie starrte darauf. Da war ein Loch. Da waren Silberspuren. Alles drehte sich. Sie fiel.

Leo

Die Erleichterung darüber, dass Dracula von ihm abließ, verschwand sofort, als er Alisa zusammen mit ihm fallen sah. Leo wollte aufspringen, doch über ihm ragte van Helsing auf und zielte mit dem Gewehr auf ihn, mit dem er eben noch auf Dracula geschossen hatte. *Silberkugeln*, fuhr es Leo durch den Kopf, als er Alisa regungslos neben Dracula liegen sah. Die verfluchte Verbindung zwischen ihnen hatte sie ebenso niedergestreckt wie den ersten aller Vampire.

Die Gewehrmündung über ihm zwang ihn zur Tatenlosigkeit. *Sie ist nicht tot, sie ist nicht tot*, redete er sich ein, hielt sich vor Augen, wie lange sein Vater durchgehalten hatte. Dass sein Vater das Silber überlebt hatte.

Van Helsing grinste auf ihn hinunter. »Upiry!«, schrie er laut genug, um von allen Kämpfenden gehört zu werden. »Wenn ihr eure Rache wollt, bringt mir die Rubine!«

Hilflos beobachtete Leo, wie die Upiry sich auf Dracula stürzten, die Rubine von seiner Brust und seinen Fingern klaubten. Das auf ihn gerichtete Gewehr hielt auch die anderen davon ab, einzugreifen.

Van Helsing ließ sich die Rubine reichen, ohne das Gewehr zu senken, und zwinkerte ihm zu. »Wir sehen uns wieder!«

Das Gewehr blieb auch noch auf ihn gerichtet, während

van Helsing rückwärts auf die Tür zuschritt, flankiert von Rotmasken. Drei von ihnen zogen Malcolm und Joanne mit sich. Sie zerrten seine Freunde aus der Halle und er konnte nichts tun. Die Upiry schlossen sich den Rotmasken an. Sobald die Tür hinter van Helsing zuschlug, war Leo auf den Füßen.

Sofort hielten Karen und Hindrik ihn zurück. »Sie sind zu viele.« In Karens Stimme lag Bitterkeit. Leo riss sich von den beiden Schatten los und wandte sich von der Tür ab. Nicu stand am anderen Ende der Halle, umklammerte Calvina, während die regungslos auf ihren gefallenen Gebieter starrte.

Tammo kauerte an der Seite seiner Schwester. »Wach auf, Alisa, bitte, wach doch auf.«

Leo zog ihn sanft von Alisa fort. Er legte eine Hand auf ihre Brust, fühlte den Herzschlag darin. Schwach, aber noch da. »Sie ist nicht tot«, flüsterte er rau und drückte Tammos Hand auf Alisas Brust, damit er es ebenfalls spüren konnte.

Ivy kniete sich zu ihnen. »Wir müssen sie aufs Schiff bringen.«

Sie hatte recht. Leo hob Alisa auf seine Arme. *Du wirst das schaffen, hörst du? Wag es ja nicht, zu sterben.* Natürlich hörte sie ihn nicht, aber er sprach ununterbrochen in Gedanken auf sie ein, während er sie aus der Halle trug. Hindrik warf sich Draculas Körper über die Schulter, Inger und Ivy führten eine widerstandslose Calvina zwischen sich. Tammo ging neben ihm.

Erst auf dem Schiff, nachdem er Alisa auf einen Tisch in der Messe gelegt hatte, bemerkte er, dass auch Nicu sich ihnen angeschlossen hatte. Und erst jetzt gestand er sich ein, dass er genauso nutzlos für Alisa war wie der Menschenjunge.

Ohne den Dracas-Rubin konnte er nicht zu ihr durchdringen, konnte für sie nicht tun, was sie für seinen Vater getan hatte. Er hatte sie im Kampf im Stich gelassen und er konnte ihr auch jetzt nicht helfen. *Nutzlos.*

Er lauschte Tammo, der Alisa anflehte aufzuwachen, Dracula beschimpfte, hörte Hindrik, der versuchte ihn zu beruhigen, wünschte sich, er könnte so jung sein, dass auch ihn jemand beruhigen wollen würde. Schämte sich für den Gedanken. Er hob den Kopf, als Inger und Ivy hereinkamen, die Calvina nach unten in eine Zelle gebracht hatten. Auch Inger hatte er im Stich gelassen, als er den Tod ihres Vaters nicht hatte verhindern können.

Sie kam zu ihm. »Was machen wir jetzt?«

»Woher soll ich das wissen?«

»Du bist der Anführer unseres Clans.« Inger drückte ihm etwas in die Hand. Etwas Scharfkantiges. Vertrautes. Fassungslos starrte Leo auf den Dracas-Rubin, sicher, dass er ihn nicht verdiente.

Es war von Anfang an eine Falle, ertönte Ingers Stimme in seinem Kopf. *Niemand von uns hatte eine Chance, van Helsing hat uns verraten. Du konntest nichts tun.*

Mein Vater hätte –

Dein Vater ist nicht hier, schnitt Inger ihm das Wort ab.

Und deiner auch nicht. Und das ist meine Schuld, Inger. Dracula hat ihn in die Sonne geworfen, aber ich habe ihn nicht daran gehindert.

Wie denn auch? Sie legte ihm die Hände auf die Schultern. *Glaubst du wirklich, ich werfe dir das vor, Leo? Es ist nicht deine Schuld. Nichts davon.*

Wie gerne hätte er ihr geglaubt. Aber Tatsache war, dass

alle um ihn herum verletzt wurden. Starben. Er blickte zu Alisa hinüber. Hindrik wischte ihr mit einem Tuch über die verschwitzte Stirn, während Karen den protestierenden Tammo hinausführte.

Inger legte ihre Hand um seine, mit der er noch immer den Rubin umklammerte, den er nicht verdiente. *Wir brauchen dich, Leo.*

Gerade als er widersprechen wollte, trat Ivy zu ihnen. Ihre grünen Augen funkelten ihn an. »Alisa braucht dich«, sagte sie, als hätte sie Ingers Gedanken gehört.

Die scharfen Kanten des Rubins schnitten in seine Haut. Verdiente er es wirklich, ein Anführer zu sein? Und: Hatte er gerade eine Wahl? *Reiß dich zusammen*, ermahnte er sich, stand auf und streifte sich die Kette mit dem Dracas-Rubin über den Kopf. Es tat gut, dieses winzige Gewicht wieder zu fühlen.

Alisa lag Kopf an Kopf mit Dracula. Beide waren sie bewusstlos und fiebrig. *Verfluchtes Silber*. Sanft strich er Alisa ein paar Haarsträhnen aus der Stirn.

»Kannst du sie wirklich zurückholen?« Nicu, ihm gegenüber, umklammerte Alisas unverletzte Hand.

»Das werden wir sehen.« Er legte seine Finger an Alisas Schläfen und schloss die Augen. *Du kannst das.* Schließlich hatte er es schon einmal getan. Er konzentrierte sich auf Alisa, ließ ihren Herzschlag in sich übergehen, suchte nach einem Zugang zu ihrem Gedankenlabyrinth.

Er spürte, wie das Silber sich ihm entgegenstellte. Aber er konnte ihm ausweichen und zu ihr durchdringen. Alles sah anders aus in ihren Gedanken, anders als die Alisa, die er kannte. Hohe, scharfkantige Felswände, die in seine Gedanken schnitten, Wind, der wie Geisterstimmen über sie hinwegheulte, ihn zurückdrängte. Das war nicht das Silber, das war –

Leo riss seine Gedanken, seine Hände zurück. »Ich kann nicht …« Mit weit aufgerissenen Augen blickte er auf die beiden reglosen Gestalten. »Sie sind zu sehr miteinander verbunden – so als … als wäre Dracula mit ihr verschmolzen. Ich kann nicht in zwei Köpfe gleichzeitig eindringen. Das ist unmöglich.« Sogar mit einem Rubin war er nutzlos.

»Was machen wir jetzt?«, wollte Ivy wissen.

Leo ballte die Hände zu Fäusten. »Sie muss das Fieber allein bekämpfen, sie muss ihren eigenen Weg finden.« Er starrte auf die Wunde an Alisas Hand, die wegen des Silbers nicht abheilte. »Wir müssen warten.«

»Und Dracula lassen wir einfach hier liegen?«, fragte Inger. »Was, wenn er vor Alisa aufwacht?«

»Du hast recht.« Hindrik räusperte sich. »Natürlich. Bringen wir ihn nach unten in eine Zelle.« Er nahm Draculas Schultern, Karen packte seine Beine. Gemeinsam hoben sie ihn von dem Tisch. Der Graf stöhnte leicht, seine Lider flackerten, als sie ihn Richtung Tür trugen.

Alisa wimmerte.

»Alisa?«

Sie wimmerte lauter, als Leo ihre Stirn betastete, die förmlich brannte. Unruhig warf sie den Kopf von einer Seite zur anderen. »Halt!«, rief Leo die Schattenvampire zurück. »Das macht es nur schlimmer.« Er bedeutete ihnen, Dracula wieder an die alte Stelle zu legen. Kaum ruhte sein Kopf neben Alisas, beruhigten sich beide.

Sie versammelten sich um Alisa, offenbar wollten die

anderen sie ebenso wenig allein lassen wie er. Obwohl sie nichts tun konnten. Ihm gegenüber griff Nicu erneut nach Alisas unverletzter Hand. Leo strich ihr über die Stirn und ließ seine Hand auf ihrer Schulter liegen.

Komm zu uns zurück, Alisa. Ist mir egal, für wen du dich entscheidest, solange du nur zurückkommst.

Alisa

Alisa blinzelte. Sie erinnerte sich an den Schmerz in ihrer Hand, aber als sie auf sie hinabsah, war da keine Wunde. Um sie herum war es so still. Sollten nicht mehr Leute hier sein? Sie blickte sich um. Sie war eindeutig auf der Elisabetha, aber während ihrer Bewusstlosigkeit hatte jemand die Einrichtung verändert.

Vorsichtig schwang sie die Beine von einem Tisch, der größer und massiver war als alle, die eigentlich in der Messe stehen sollten. Bunte Vorhänge hingen vor den Bullaugen. Es gab Sofas und Kissen, deren Bezüge mit Blumen bestickt waren. Noch unbegreiflicher: Die Sonne fiel herein. Was ging hier vor?

Auf dem Boden lagen aus Holz geschnitzte Figuren, Murmeln. Sie hörte schnelle Schritte, helles Kinderlachen und wirbelte herum. »Tammo? Bist du das?«

»Fang mich, wenn du kannst!«, rief jemand.

»Tammo?«, wiederholte sie verunsichert.

»Wo bist du?«, erklang eine dunklere Stimme vom Gang her. »Ich werde dich finden!«

»Versuch's doch, Dada!« Die Kinderstimme kam vom anderen Ende des Raumes. Alisa ging langsam in die Knie und spähte unter den Tisch, aber da war niemand. Sie suchte weiter und wurde unter dem Sofa fündig. Ein kleiner Junge lag dort auf dem Boden, lachte sie an und legte einen Finger vor die Lippen.

Hinter ihr öffnete jemand die Tür und sie fuhr hoch. Dracula! Aber genau wie ihre Umgebung sah auch er nicht wie der Vampir aus, den sie kannte. Der Zylinder fehlte. Er war jünger. Unbeschwert. Und er schien sie nicht einmal zu bemerken.

»Wo bist du, Radu?« Dracula schlenderte durch den Raum. Ein fröhliches Glitzern lag in seinen Augen. »Wo bist du?« Er bückte sich und spähte unter den Tisch. »Ich weiß, dass du hier bist.«

Sie konnte nichts von der Bedrohung spüren, die sonst von ihm ausging. Er schien tatsächlich – zu spielen. Wie ein Vater mit seinem Sohn.

»Wo kannst du nur stecken?« Dracula drehte sich langsam um sich selbst. »Du bist einfach zu gut im Verstecken.« Er ließ sich abrupt auf den Boden fallen und zeigte lachend auf Radu. »Da bist du! Ich hab dich!« Sie lachten gemeinsam, und Dracula zog Radu unter dem Sofa hervor, kitzelte ihn, und sie lachten und lachten.

Alisa konnte sich von dem Anblick nicht losreißen – und begriff, wo sie war: in Draculas Kopf. Was sie sah, musste eine Erinnerung an eine Zeit sein, in der er noch ein Mensch gewesen war. Als er noch Vlad hieß und nichts von seiner Zukunft als Vampir ahnte. Radu versteifte sich plötzlich.

»Wer ist das, Dada?« Er blickte sie direkt an.

»Siehst du wieder Gespenster, mein Kleiner?« Dracula – Vlad – kitzelte seinen Sohn noch heftiger, und der kicherte und wand sich, bis er seinem Vater entkommen konnte und feixend davonstob. Vlad blickte ihm schmunzelnd hinterher.

Schwindel überkam sie, alles drehte sich, sie taumelte, tastete um sich, fand keinen Halt, es wurde dunkel – sie bekam etwas Festes zu packen, die Tischkante. Sie klammerte sich daran fest, bis der Schwindel verging.

Vor den Bullaugen war jetzt Dunkelheit. Jemand schrie. Vlad sprang auf und stürzte aus der Messe. Alisa folgte ihm. Als Mensch war er ungewohnt langsam. Erst in der Kapitänskajüte hielten sie an. Ein Himmelbett, darauf Elisabetha mit dem weinenden Radu in ihren Armen.

»Du weißt doch, dass es keine Monster gibt.« Sie strich dem Jungen über die Haare. »Sie sind nur Figuren in Geschichten, die dir Angst machen sollen. Sie existieren nicht in der Wirklichkeit.«

Vlad setzte sich auf die Bettkante und streichelte seinem Sohn den Rücken. »Schon wieder einer dieser Albträume?«

Elisabetha nickte. Vlad hockte sich vor das Bett, sodass er mit seinem Sohn auf Augenhöhe war. Er blickte ihn ernst an. »Ich will ehrlich sein: Es gibt Monster. Aber sie haben weder Hörner noch spitze Zähne. Sie sehen aus wie du und ich.«

»Wie die, gegen die du kämpfst?«, fragte Radu schniefend.

»Genau.« Vlad nickte. »Es gibt keine Monster, aber es gibt böse Menschen.«

Jemand tippte Alisa auf die Schulter. Sie fuhr herum. Es war Dracula – so wie sie ihn kannte. Er lehnte neben ihr am Türrahmen und betrachtete die Szenerie vor ihnen.

»Findest du es nicht unhöflich, dich in den Erinnerungen eines anderen herumzutreiben?«

»Ich bin nicht freiwillig hier«, gab sie zurück.

Draculas Augen verdunkelten sich vor Trauer, während er dem Geschehen weiter zusah. »Ich habe damals gelogen«, bekannte er leise.

Vlad legte seinem Sohn die Hände auf die Schultern. »Ich werde dich immer vor ihnen beschützen.«

Und genau das hatte er nicht geschafft. Alisa meinte, Sehnsucht in Draculas Blick zu entdecken, während er seine verlorene Familie betrachtete. Eine Sehnsucht, die sie nur zu gut verstand.

Dracula wandte sich ab. »Komm mit.«

Sie kehrten in die Messe zurück – die Messe aus Vlads Zeiten. Darin saß Elisabetha allein an dem großen Tisch, Diener servierten ihr ein Essen, schenkten Wein in ein Kristallglas, während sie einen Brief öffnete.

Alisa blieb neben Dracula an einem der Bullaugen stehen. »Wie kann ich in deinen Erinnerungen sein?«

Dracula zuckte mit den Schultern. »Ich vermute, das Silber in mir wirkt sich auch auf dich aus. Aber es lässt bereits nach. Ich spüre, wie es schwächer wird.«

Elisabetha schleuderte ihr Glas zu Boden, es zersprang klirrend, die Scherben verteilten sich über den Boden. Schluchzend zerknitterte sie den Brief in ihrer Hand.

»Meine Feinde haben unseren Sohn entführt«, erklärte Dracula tonlos.

Alisa erinnerte sich, davon gelesen zu haben. »Und sie haben Elisabetha glauben lassen, du wärst auf der Suche nach ihm gestorben.«

Dracula nickte. »Und ihr geschrieben, dass auch unser Sohn tot sei.«

»Aber du bist zurückgekommen und hast sie –«

»Wie heißt das so schön?«, schnitt Dracula ihr das Wort ab. »Der Rest ist Geschichte.«

»Die wir alle nur zu gut kennen«, brachte Alisa noch heraus, bevor der Schwindel sie erneut überfiel. Sie klammerte sich an den Rahmen des Bullauges, bis er verging.

Dieses Mal blickte sie auf sich selbst. Sie lag auf einem der Tische in der Messe, so wie sie sie kannte. Leo saß neben ihr und hielt ihre unverletzte Hand, streichelte mit dem Daumen über ihren Handrücken. Die Alisa auf dem Tisch schlug die Augen auf.

Leo beugte sich vor. »Alisa? Bist du wach?«

Doch die Alisa reagierte nicht. Ihr Blick war starr nach oben gerichtet.

»Alisa«, flüsterte Leo.

Sie wünschte sich, sie könnte zu ihm gehen, ihm sagen, dass sie hier war, dass sie zu ihm zurückkommen würde. Die Sorgen aus seiner Miene vertreiben.

Hindrik und Karen stürzten herein. »Hast du Tammo gesehen?«, erkundigte Hindrik sich voller Panik.

»Er ist nicht in seinem Sarg und wir können ihn nirgends finden.« Karen blickte sich unruhig in der Messe um, als erwartete sie, Tammo unter einem der Tische zu entdecken.

Leo hielt noch immer die Hand der anderen Alisa und sah die beiden verwirrt an. »Er ist nicht hier.«

»Tammo!«, rief Alisa, auch wenn es nutzlos war, auch wenn sie den Schwindel schon wieder herannahen spürte – sie musste hierbleiben, sie musste Tammo suchen. Aber sie wurde erneut in die Dunkelheit gerissen.

Als sie wieder zu sich kam, saß sie mit Dracula an dem großen Tisch aus seiner Erinnerung. *Nein, nein, nein – ich muss zu Tammo.* Doch nichts veränderte sich, sie blieb, wo sie war.

In der Messe hing jetzt ein großes Gemälde von Elisabetha mit Engelsflügeln. Alisa starrte darauf. »Es muss einen Grund geben, warum wir hier sind.« Sie blickte zu Dracula. »Es muss einen Sinn haben, warum ich das alles sehe, warum wir hier feststecken.«

Dracula blickte unverwandt auf das Gemälde, hörte ihr gar nicht zu. »Sie war mein Ein und Alles, mein Engel. Menschen haben unser Leben zerstört.«

Alisa runzelte die Stirn. »Deswegen bist du auf den Handel mit dem Teufel eingegangen?«

»Ja.« In dem Wort lag so viel Trauer, dass sich Alisas Herz zusammenzog. Als Mensch war er wirklich durch die Hölle gegangen. Sie rieb ihre Hand, die ungewohnt juckte.

Aus dem Gemälde löste sich Elisabetha und kam auf Dracula zu, der aufgesprungen war. Sie hatte sich verändert, ähnelte eher der Elisabetha aus Alisas Visionen. Älter – und in sich zusammengesunken.

»Warum hast du es getan, Liebster?«, fragte sie sanft.

»Was getan?« Er streckte eine Hand nach ihr aus, ließ sie jedoch sinken, ehe sie sich berührten.

»Warum bist du auf den Handel eingegangen? Warum hast du zugelassen, dass er mich in ein Monster verwandelt?«

Dracula sah zu Boden. »Ich kann das nicht«, murmelte er. Er drehte sich von ihr weg, doch Elisabetha hielt ihn fest.

»Du klingst nicht wie mein Vlad. Er konnte alles erreichen, wenn er nur wollte.«

Dracula lächelte schmal. »Vielleicht bin ich nicht mehr er.«

»Doch, das bist du.« Elisabetha griff seine Hände. »Du hast Ehre. Würde. Du hast noch immer eine wunderschöne Seele, Liebster. Es ist nur … du trägst sie nicht mehr in dir.« Sie wandte den Kopf Alisa zu. »Sie hat sie.«

Alisa blickte auf ihre Handfläche, die noch immer juckte. Die Wunde darin begann zu heilen.

»Ihr seid euch ähnlicher, als du denkst. Vergiss das nicht!«, folgte ihr Elisabethas Stimme in eine neue Dunkelheit und durch den Schwindel, der dieses Mal schneller verging.

Sie war in ihrer eigenen Zeit zurück. Aber noch immer nicht in ihrem Körper. Der lag nach wie vor auf dem Tisch, Kopf an Kopf mit Dracula. Der noch immer neben ihr stand. Er blickte mit abfällig verzogenem Mund auf seinen Körper, der in Ketten gelegt war.

Tammo stürmte in die Messe. Hindrik packte ihn, hielt ihn fest. »Wo warst du?«

»Ich habe van Helsing gesehen und –«

»Du hast was?« Hindriks Finger krampften sich um Tammos Schultern. Der riss sich ungeduldig los.

»Willst du es jetzt wissen oder nicht?«

Hindrik seufzte, aber er nickte.

»Ich habe mit van Helsing gesprochen, und er ist bereit, einen Deal mit uns zu machen.«

Alisa konnte nicht glauben, was sie da hörte. Tammo, ihr kleiner Bruder, hatte eine Begegnung mit van Helsing nicht nur überlebt, er hatte mit ihm – verhandelt?

»Was will er?«, schaltete Leo sich ein, der von den anderen offenbar der Einzige war, der seine Sprache wiederfand.

»Drei Rubine«, antwortete Tammo. »Für Joanne, Malcolm und die Karte.«

Alisa sah Dracula an, der ihren Blick erwiderte. Mit Sicherheit dachte auch er gerade daran, wo der Belov-Rubin steckte. Und sie wussten beide, dass sie ihm im Kampf nur zwei abgenommen hatte. »Wir brauchen die Karte«, beschwor Alisa ihn. »Beide. Wir müssen zusammenarbeiten.«

»Warum sollte ich darauf eingehen?«

»Weil du mich für den Kampf gegen van Helsing brauchst. Mit den Rubinen ist er zu mächtig für dich allein. Es ist immer um uns beide gegangen, nicht um van Helsing. Zusammen können wir ihn überwältigen. Danach können wir unser Wettrennen zum Knoten wiederaufnehmen.«

»Sei vorsichtig mit deinem Vertrauen, Alisa von Vamalia«, raunte ihr Dracula ins Ohr. »Ich lasse mich auf deinen Vorschlag ein, aber du musst deine Freunde von mir fernhalten.«

»Das werde ich. Aber ich habe auch eine Bedingung.« Sie kämpfte gegen den einsetzenden Schwindel, hielt sich an Dracula fest und flüsterte ihm ihre Bedingung ins Ohr.

Leo

Alisas Augenlider bewegten sich, ihre Hand zuckte in seiner. Langsam schlug sie die Augen auf. Ihr Blick schien wacher als bei dem Mal zuvor.

»Alisa?«

Sie lächelte ihm zu. Sie war wach! Wirklich wach! Ketten rasselten und erinnerten ihn daran, dass nicht nur Alisa erwacht war. Noch schien Dracula schwach, denn die Ketten hielten. Aber er zeigte bereits seine Fangzähne. Worauf nicht nur Leo sofort reagierte. Auch die beiden Vamalia gingen in Kampfstellung.

»Beruhigt euch. Alle.« Alisa richtete sich auf. Sofort konzentrierte Leo sich wieder auf sie, half ihr mit Nicu zusammen aufzustehen. Sie schien mit jedem Augenblick ein Stück mehr ihrer alten Stärke zurückzugewinnen. Dracula riss und zerrte an seinen Ketten und knurrte Alisa an, als sie sich vor ihm aufbaute.

»Haben wir immer noch einen Deal?«, fragte sie mit angespannter Stimme.

Die Ketten erschlafften. Dracula zog seine Fangzähne ein. »Haben wir.«

Alisa betrachtete ihn einen Moment, dann nickte sie. »Macht ihn los.«

Leo konnte nicht fassen, was er da hörte. *Ein Deal mit*

Dracula? Er wird niemals Wort halten, das muss dir doch klar sein! Er ist –

Gefährlich. Ich weiß, unterbrach ihn Alisa.

Es tat so gut, ihre Stimme wieder in seinen Gedanken zu hören, dass er ihr für den Moment nicht einmal übelnehmen konnte, dass sie so etwas Verrücktes getan hatte, wie sich auf einen Handel mit Dracula einzulassen.

»Wir haben einen Deal geschlossen«, fuhr Alisa an alle gerichtet fort. »Dracula wird uns gegen van Helsing beistehen.«

»Das ist nicht dein Ernst.« Tammo starrte seine Schwester an. »Bitte, sag, dass das –«

»Ich erkläre euch das alles später. Jetzt macht ihn los.«

Es war Hindrik, der ihrer Aufforderung schließlich nachkam. Typisch Schatten. Trotz aller Erleichterung, Alisa wieder aufrecht und wach zu sehen, fragte Leo sich, ob das Silber sie nicht vielleicht verrückt gemacht hatte.

Dracula schwang die Beine vom Tisch und rieb sich die Handgelenke. Alisa baute sich so dicht vor ihm auf, dass sie ihn am Aufstehen hinderte. »Wirst du deinen Teil der Verabredung einhalten?«

Er nickte. »Du hast mein Wort.«

»Sein Wort?« Nicu lachte bissig. »Hat das irgendeine Bedeutung?« Ausnahmsweise war Leo mit dem Menschenjungen einer Meinung.

Alisa hingegen redete weiter, als hätte er nichts gesagt. »Nicu, begleite ihn zu deiner Mutter.«

Dass Nicu zögerte, wunderte Leo nicht. Bei allem Vertrauen, das er selbst in Alisa hatte: Das hier war wirklich viel verlangt. Alisa legte Nicu eine Hand auf die Wange. Leo musste wegschauen. Ja, er hatte gesagt, ihm wäre egal, für wen sie sich entschied, wenn sie nur zurückkäme. Aber es zu sehen war schmerzhafter, als er sich selbst eingestehen wollte. Er sah weg und biss sich auf die Unterlippe. Weghören konnte er leider nicht.

»Vertrau mir«, beschwor Alisa den Menschenjungen.

Leo schmeckte Blut auf seiner Lippe. Schnell leckte er es weg. Trotz des Tumultes in ihm blickte er wieder hoch. Nicu marschierte Dracula und Karen voraus aus der Messe. Er war offenbar genauso leichtsinnig wie Alisa. Auf dem Gang hörte er Dracula sagen: »Ihr könnt mir zeigen, wo sie ist. Aber was ich tun muss, muss ich allein tun. Glaub mir, Nicu, das willst du nicht sehen.«

Eine weitere Tür wurde geöffnet und schlug zu. Dann waren von draußen keine Stimmen mehr zu hören. Auch in der Messe sagte niemand etwas. Inger kam zu ihm und legte ihm eine Hand auf die Schulter. Aber sie war rücksichtsvoll genug, ihn mit seinen Gedanken allein zu lassen.

Schneller als erwartet kehrte Karen mit Nicu zurück. Sie schob ihn vor sich her, drückte ihn an einem der Tische auf einen Stuhl. Nicu fiel es offensichtlich schwer, stillzusitzen, er blickte sich immer wieder um, als könnte er durch Wände sehen. Alisa ließ sich ihm gegenüber nieder. Die Stille dauerte an. Nicus Nervosität tränkte auch dann noch den Raum, als er aufhörte, wild um sich zu blicken, und stattdessen mit hängenden Schultern und gesenktem Kopf dahockte. Alisa hielt reglos mit ihm Wache.

Natürlich hörte sie vor Nicu die Schritte. Genau wie Leo selbst und alle anderen. Zwei Paar Stiefel. Bis auf Nicu wandten sie alle die Köpfe zur Tür. Ein Stuhl krachte auf den

Boden, als Nicu begriff. Er war aufgesprungen und verharrte bewegungslos, während die Schritte sich näherten.

Langsam schwang die Tür auf.

Calvina blieb im Türrahmen stehen und schaute ihren Sohn an. Leo konnte sehen, wie sie mehrmals die Lippen bewegte, bevor endlich ein Wort herauskam. »Nicu …«

Nicu rannte auf sie zu und schlang die Arme um seine Mutter. Er hielt sie fest und sie hielt ihn fest. Sie lachten und weinten.

Offenbar hatte Dracula sein Versprechen gehalten. Zumindest eines seiner Versprechen. Leo betrachtete den Vampir, der die beiden Menschen beobachtete. Lag da so etwas wie Sehnsucht in seinem Blick?

Malcolm

Joanne hockte wie ein Häufchen Elend auf der einen Holzbank, die in dem Silberkäfig stand. Malcolm wünschte sich, er könnte seinem Frust wenigstens mit dem Rütteln an den Gitterstäben ein wenig Luft verschaffen – aber sie blieben aus Silber. Dass er hier war – in Ordnung. Aber welche Monster sperrten Kinder wie Joanne in dieses Folterinstrument? Die Antwort befand sich außerhalb des Käfigs: Rotmasken.

Er hätte sich niemals von ihnen überwältigen lassen dürfen! Es waren bloß Menschen. Er hätte stärker sein müssen, schneller. Er hätte Joanne beschützen müssen.

»Sieben gegen einen«, flüsterte Joanne mit schwacher Stimme. »Du hast dir wirklich nichts vorzuwerfen.«

Und ob er das hatte. Aber Malcolm rang sich ein Lächeln für sie ab. Es erstarb, als er durch die Gitterstäbe auf van Helsing blickte. Der Vampirjäger stand vor einem Tisch und hatte ihnen den Rücken zugewandt. Vor ihm lagen die Rubine ausgebreitet. Und obwohl Malcolm nur seinen Rücken sah, konnte er die diebische Freude des Vampirs spüren. Den Triumph. *Mieser Verräter.* »Wir hätten ihm niemals vertrauen dürfen«, presste er hervor.

Eine Upiry näherte sich dem Vampirjäger vorsichtig und räusperte sich in respektvoller Entfernung. »Wann schnappen wir uns endlich Dracula?«, zischte sie.

»Geduld, Upiry.« Van Helsing blickte nicht von den Rubinen auf.

»Geduld?«, begehrte die Vampirin auf. »Du hast uns Rache versprochen. Nur deswegen haben wir die Seiten gewechselt. Wir haben geschworen, Dracula zu vernichten für das, was er uns angetan hat! Und wir haben uns schon über Jahrhunderte *gedulden* müssen.« Sie spuckte das Wort förmlich aus.

»Nichts als Rache im Sinn. Ihr Upiry seid doch alle gleich«, gab der Vampirjäger gelassen zurück. »Ihr müsst weiterdenken – erst wenn wir die letzten drei Rubine haben, wird mich niemand mehr aufhalten können.«

»Uns«, korrigierte die Upiry sofort. »Uns wird niemand mehr aufhalten können.«

Van Helsing musterte sie von oben bis unten und nahm einen der Rubine vom Tisch. Ohne sie anzufassen, trieb er sie quer durch den Raum, drückte sie gegen die Wand. Sie wand sich, kämpfte – aber gegen den Vikla-Rubin hatte sie keine Chance.

Fast tat sie Malcolm leid, als der Vampirjäger langsam auf sie zuschritt. »Niemand stellt mich infrage.« Er schob sie die Wand hoch, presste sie mit unsichtbaren Kräften dagegen, so lange und so fest, bis sie jeden Widerstand aufgab.

»Natürlich nicht«, würgte sie hervor.

»Wie war das?«

Die Upiry senkte den Blick. »Natürlich nicht, Gebieter.« Sie krachte zu Boden und blieb liegen, als wagte sie nicht einmal mehr sich zu rühren.

Dieser Kerl war widerlich. Malcolm wandte sich ab. Er hockte sich vor Joanne. »Wir müssen hier raus.«

»Ich weiß …« Sie klang noch schwächer als zuvor.

Wieso griff das Silber sie so viel stärker an als ihn? Sicher, er spürte auch die Wirkung des Metalls, das sich schwer auf ihn legte, und auch sein Kopf schmerzte immer heftiger – aber Joanne sah mit jedem Moment elender und blasser aus. »Wann hast du das letzte Mal etwas gegessen?«

Joanne wich seinem Blick aus. Malcolm fuhr herum und stellte sich vor die Gitterstäbe. So nah übte das Silber noch mehr Druck auf ihn aus – und die zwischen den Stäben eingearbeiteten Kreuze machten die Sache nicht besser. Es kostete Malcolm alle seine verbliebenen Kräfte, gelassen zu wirken. »Hey!«, rief er. »Wir brauchen was zu essen.«

Mit einem Sprung war van Helsing am Käfig. Er grinste Malcolm spöttisch an und spielte mit dem Nosferas-Rubin. »Du bist nicht wirklich in der Position, Forderungen zu stellen.«

Malcolm zwang sich, freundlich zu bleiben. Joanne brauchte das Rot. »Wenn du uns gegen die Rubine eintauschen willst, brauchst du uns gesund und munter. Schau sie dir an.« Er deutete zu Joanne. »Wenn sie kein Rot bekommt, wird sie das hier nicht mehr lange durchhalten.«

Van Helsing grinste. »Dann hoffen wir mal, dass Alisa euch nicht im Stich lässt.« Die Tür schlug hinter ihm zu, während Malcolm noch um Fassung rang. Die Upiry schnellte hoch und eilte ihrem neuen Gebieter nach. Sie waren allein. Er hockte sich wieder zu Joanne.

»Tut mir leid«, murmelte er.

»Alisa wird uns schon finden.« Joanne lächelte ein wenig. »Mach dir keine Sorgen.«

Na klar. Und der Tag wird zur Nacht. Als er Alisa das letzte

Mal gesehen hatte, war sie bewusstlos gewesen, aber das behielt er wohl besser für sich. Hilflos tätschelte er Joanne den Kopf und schritt unruhig im Käfig auf und ab, um sich unauffällig in dem Raum umsehen zu könne.

Auf dem Tisch mit den Rubinen lag auch van Helsings Kopie der Karte. Die half auch nicht weiter.

Der Schlüsselbund unweit davon schon eher. Er lag auf einem aufgeschlagenen Buch. Oben auf der Seite war ein Datum notiert. Malcolm schaute noch einmal hin, um ganz sicher zu gehen. Der Siebzehnte! Mit seinem ersten aufrichtigen Lächeln seit ihrer Gefangennahme fuhr er zu Joanne herum. »Du darfst mir zum Geburtstag gratulieren.«

Joanne blickte ihn an, als zweifelte sie an seinem Verstand. Er wollte ihr gerade erklären, weshalb das eine gute Nachricht war, als die Tür knarrte. Ein Upiry näherte sich ihrem Käfig und schob eine Schüssel Rot durch eine Holzklappe in der Tür. »Das ist nur für das Mädchen«, knurrte er.

Joanne hob die Schüssel, als wollte sie ihm zuprosten. Er zwinkerte ihr zu, als sie den ersten Schluck nahm. Aus der Diele drangen Stimmen herein. Offenbar kamen neue Rotmasken an. »Haben sie euch beobachtet?« Das war van Helsing.

»Allerdings«, antwortete ihm jemand.

»Sehr gut.« Die Zufriedenheit in van Helsings Stimme verursachte ihm Übelkeit. »Dann können wir jetzt unsere Vorbereitungen treffen.« Die Tür flog auf, van Helsing winkte den Upiry hinaus und schickte eine Rotmaske zu ihnen hinein. »Behalte die Gefangenen im Blick. Ich will keine Überraschungen.« Bei seinem boshaften Lächeln biss Malcolm die Zähne zusammen. »Genießt die Stärkung«, rief van

Helsing ihm zu. »In wenigen Stunden seid ihr entweder frei oder tot. Ich werde so oder so gewonnen haben.«

Malcolm ließ seine Fangzähne hervorschnellen. Der Kerl war einfach unerträglich. Der Vampirjäger lachte und schloss die Tür. Jetzt waren es nur noch die Rotmaske, er selbst und Joanne. *Sehr gut.*

Malcolm geduldete sich, bis von draußen nichts mehr zu hören war. »Hey, Roter!«

»Was machst du?«, flüsterte Joanne. Sie wirkte panisch, aber ihre Stimme schien kräftiger, deutlich gestärkt vom Rot.

Malcolm zwinkerte ihr zu.

»Mach dich mal nützlich!«, rief er der Rotmaske zu.

»Deine Arroganz wird dir bald vergehen, Vampir«, höhnte die Rotmaske, schlenderte aber an den Käfig heran.

»Beschränken wir die entbehrlichen Äußerungen doch auf ein Minimum, einverstanden? Sehr gut.« Malcolm hatte oft genug gesehen, wie sein Vater Menschen – und aufmüpfige, minderjährige Vampire – unter Zwang gestellt hatte. Er musste dem Opfer fest in die Augen sehen und höflich, aber bestimmt aussprechen, wozu er ihn zwingen wollte.

Es gab keinen Raum für Zweifel, keinen für Nervosität. Er würde das hinbekommen. Und die Rotmaske wusste schließlich nicht, dass das sein erstes Mal war. »Sei so gut und lass uns frei.«

Die Rotmaske lachte. »Guter Witz.«

Was machst du da?, tönte Joannes Stimme in seinem Kopf.

Still, ich muss mich – Malcolm stoppte abrupt. Wie war das möglich?

Du kannst mich hören? Du kannst mich hören! Leo muss den Dracas-Rubin –

Joanne! Ich muss mich konzentrieren. Aber er spürte die gleiche Freude, die er in ihrer Stimme hörte. Mit neuer Zuversicht sagte er laut: »Geh zum Tisch und bring mir den Schlüssel für die Käfigtür.«

»Netter Versuch«, erwiderte die Rotmaske und lachte vor sich hin.

Bist du sicher, dass du volljährig geworden bist?

Witzig. Van Helsing muss ihn schon unter Zwang gestellt haben, bevor er ihn zu uns reingeschickt hat. Diese Überlegung gab ihm eine neue Idee. »Dann bring mir die Karte vom Tisch.«

Das Lachen der Rotmaske brach ab. »Ja, mein Gebieter.«

Es hat funktioniert! Joanne trat neben ihn und drückte seinen Arm.

Malcolm grinste sie an. Die Rotmaske kehrte zurück und reichte ihm die Karte zwischen den Gitterstäben hindurch. Dann stand der Mann mit ausdruckslosem Gesicht abwartend da.

Und jetzt?, fragte Joanne.

Ich bin offen für gute Vorschläge. Malcolm starrte auf das reichlich nutzlose Papier in seiner Hand.

Was, wenn van Helsing zurückkommt? Wir müssen die Karte rechtzeitig wieder loswerden. Sie nagte an ihrer Unterlippe und beäugte die Tür.

Malcolm legte ihr einen Arm um die Schultern. »Er wird uns nichts tun. Er braucht uns für den Austausch.« Zumindest hoffte er das. Allerdings klang das, was er aus der Diele gehört hatte, verdächtig nach einer Falle für Alisa und die anderen. Selbst wenn van Helsing sie beide freilassen würde, traute er ihm zu, die Karte aus reiner Gehässigkeit zu zerstören. Er blickte zu Joanne, die immer noch ängstlich auf die Tür starrte. Eine Ablenkung würde ihr guttun. *Wir müssen uns die Karte einprägen. Eine Kopie in unseren Köpfen machen. Einverstanden?*

Endlich löste Joanne den Blick von der Tür und nickte. Malcolm breitete die Karte auf der Bank aus und sie hockten sich davor. Mit dem Finger zog er eine Trennlinie über das Papier. *Du nimmst diesen Teil und ich beginne ab hier*. Joanne war nach wenigen Momenten tief in ihre Aufgabe versunken. Malcolm konzentrierte sich ebenfalls.

»Da kommt jemand«, wisperte sie. Wie viel Zeit war vergangen? Er schnappte sich die Karte und fuhr herum. Van Helsing kam mit einigen Upiry herein. *Verdammt, verdammt, verdammt*. Er schob die Karte zwischen den Gitterstäben hindurch zu der Rotmaske, die immer noch wartend dort stand.

»Leg sie zurück auf den Tisch«, flüsterte er. Hoffentlich mit genug Überzeugungskraft.

»Ja, mein Gebieter.«

Mit einem mulmigen Gefühl beobachtete er, wie die Rotmaske brav zum Tisch marschierte. Es sollte nicht so leicht sein, anderen den eigenen Willen aufzuzwingen. Prüfend blickte er zu den Upiry und van Helsing. Er brauchte ein Ablenkungsmanöver – und zwar schnell.

»Hey, Upiry. Glaubt ihr wirklich, ihr könnt dem vertrauen?« Er wies auf van Helsing. »Uns hat er auch betrogen!«

»Wir wollen nur unsere –«

»Rache«, beendete van Helsing den Satz für den Upiry. »Und die werdet ihr auch bekommen.« Als er die Rotmaske am Tisch bemerkte, war er mit einem Satz bei dem Mann.

»Was zum Teufel machst du mit der Karte?«, herrschte er ihn an. Dann stieß er ihn weg. »Du stehst unter Zwang!« Er schnellte zum Käfig herum, als er begriff. »Sieht so aus, als wärst du kein Kind mehr«, stellte er fest. »Durchsucht sie!«, wies er die Upiry an. »Sie müssen sich eine Kopie gemacht haben.«

Keine Angst, Joanne. Sie können nichts finden.

Ich weiß. Widerstandslos ließen sie sich aus dem Käfig führen. Still duldete Joanne, dass die Upiry sie abtasteten, ihre Taschen durchwühlten. Malcolm stand ihr gegenüber, ignorierte die rau zupackenden Hände auf seinem eigenen Körper. Keine Sekunde ließ er Joanne aus dem Blick. Auch wenn sie keine Angst zeigte: Er würde einen Weg finden, es diesen miesen Kerlen heimzuzahlen.

Endlich ließen sie von ihnen ab. »Nichts zu finden.«

Nachdenklich musterte van Helsing Joanne und ihn. Dann zuckte er mit den Schultern. »Spielt keine Rolle. Bald ist sowieso alles vorbei. Bringt sie raus!«

Unsanft wurden sie aus dem Raum geführt. An Flucht war nicht zu denken. Dafür waren sie von zu vielen Upiry und Rotmasken umgeben.

Wir hätten einen Plan machen sollen, statt uns die Karte einzuprägen, bemerkte Joanne zaghaft.

Warten wir ab, wo sie uns hinbringen. Sobald sich eine Gelegenheit ergibt, rennen wir. Es war kein ausgefeilter Plan, und er hätte Joanne gern zur Beruhigung die Hand gedrückt, aber die Upiry hatten ihm die Arme auf den Rücken gedreht. Ebenso wie ihr. *Mistkerle.* Er fand Stärke in seiner Wut darüber, wie die Upiry und Rotmasken mit Kindern umgingen. Irgendwie würden sie ihnen entkommen.

Leo

In der Messe waren alle in ihre Vorbereitungen vertieft. Hindrik und Karen kontrollierten Calvinas alte Waffensammlung. Calvina selbst war mit Nicu unterwegs, um die Gegend auszuspähen. Inger und Ivy experimentierten mit Ivys neuen Kräften – mit viel Frust und Ungeduld auf Ivys Seite. Inger hingegen zeigte erstaunlich viel Geduld, redete der Lycana immer wieder ermutigend zu. Das waren ganz neue Seiten an seiner Kusine. Ganz zu schweigen von den neuen Seiten an Ivy. *Eine Vampir-Noaidi!* Leo grinste. Wenn alles gut ging, würde van Helsing eine böse Überraschung erleben. Allerdings mussten sie erst Malcolm und Joanne in Sicherheit bringen. Und zwar so schnell wie möglich.

Endlich schlenderte seine Aufgabe herein: der Graf, mit einem leichten Lächeln auf den Lippen. Leo konzentrierte sich. Mit größter Vorsicht spähte er in die Gedanken des alten Vampirs. Dracula bemerkte ihn nicht – und wenn er dem glauben konnte, was er in den Gedanken des alten Vampirs las, war ihm nicht aufgefallen, dass der Schlüssel zur Karte, den er abgezeichnet hatte, eine Fälschung war. Ihr Trick war also gelungen. Und Dracula immer noch ein Verräter.

Dracula beugte sich neben ihm über den Tisch und studierte die Skizze des Vamalia-Hauses und den Plan des alten

Fabrikgebäudes, die er vorhin erstellt hatte. Er murmelte vor sich hin, ergänzte ein paar Linien hier, ein paar weitere dort.

Leo schob eine Hand in seine Jackentasche, um sich zu vergewissern, dass der echte Schlüssel zur Karte noch immer dort steckte. *Mission erfüllt.*

»Ich brauch mal frische Luft«, sagte er und verließ die Messe. Erst an Deck beschleunigte er seine Schritte. Vor der Kapitänskajüte verharrte er – und zog dann, verärgert über sich selbst, die Tür auf, ohne anzuklopfen. Alisa stand am Fenster und wandte sich nicht um, als er hereinkam. Sie drehte den Belov-Rubin zwischen den Fingern. Leo ging zu ihr. Lange hielt er die Stille zwischen ihnen nicht aus.

»Was ist?«, erkundigte er sich.

»Nichts. Ich bin nur beunruhigt.«

Das wäre ich auch, wenn ich einen Rubin in der Hand hätte, den Dracula ausgehustet hat. Er schauderte bei der Erinnerung daran, behielt den Gedanken aber für sich. »Worüber?«, fragte er stattdessen.

Alisa sah ihn endlich an. »Alle in Gefahr zu bringen.«

Er hätte sie gern berührt. Aber er war sich nicht sicher, ob die Geste erwünscht war. »Wir glauben alle an dich.« Sehr hilfreich, verhöhnte er sich selbst, als Alisa die Arme um sich schlang.

»Eben darum. Ich bin nur – ich.«

»Eben darum«, erwiderte Leo. Aber das schien nicht genug. Worte waren so verflucht schwierig. Er schluckte. »Du hast etwas ganz Besonderes an dir, etwas Unglaubliches –«

»Ja, diesen bescheuerten Funken.« Alisa drehte ihre Handfläche nach oben und starrte darauf.

»Nein. Du – du hast ein Herz. Und ich meine nicht dein echtes Herz.« Bei ihrem Lächeln wagte er doch eine Berührung. Er legte die Hand auf ihren Brustkorb, dort, wo er ihr Herz schlagen spüren konnte. Alisa strich über seine Finger. »Du bist gut. In dir, meine ich. Du bist die stärkste, klügste, schönste Vampirin, der ich je begegnet bin.« Er drehte langsam seine Hand um, verschränkte seine Finger mit ihren. »Und ja, du hast den Funken … und das heißt, wir müssen den Knoten vor Dracula erreichen, damit die Welt nicht wahrhaftig zu einer Hölle wird …«

»Das auch«, seufzte Alisa.

»Ja, das auch. Aber wir alle wollen dir helfen. Du bist nicht allein. Komm schon. Wir schaffen das!« Übermütig reckte er ihre verbundenen Hände in die Luft. »Auf zum Knoten!«

Alisa lächelte. »Erst befreien wir Malcolm und Joanne. Und holen uns die Karte. Ohne die finden wir den Knoten sowieso nicht.«

»Alles, was du sagst. Du bist der Boss.«

»Allerdings.« Jetzt grinste sie richtig.

Wieder eine Mission erfüllt. Leo grinste zurück.

Alisa blickte erneut zum Fenster. »Wo bleiben sie nur? Calvina und Nicu sollten längst –«

Sofort ließ Leo ihre Hand los. »Du magst ihn immer noch, oder?« Jetzt verschränkte er die Arme vor der Brust, gegen das leere Gefühl darin. Als ob das helfen würde!

»Ich kann nicht gegen meine Gefühle an, Leo.« Sie löste sich endlich von dem Fenster. »Auch wenn ich nur dich lieben will«, fügte sie leise hinzu.

Er spürte, wie die Leere in ihm sich füllte. Ein klein wenig nur, aber es musste für den Moment genug sein. »Ich verlange ja gar keine Entscheidung von dir«, erwiderte er ebenso leise.

Sie schwiegen und standen reglos voreinander. Er spürte, dass sie noch immer beunruhigt war. Früher hätte er einfach in ihren Gedanken nach dem Grund gesucht. Aber das war vorbei.

Danke. Alisa lächelte.

Wofür?

Sie deutete stumm auf seinen Rubin. »Ich weiß nicht, was mit mir passiert, wenn ich den Knoten löse«, gestand sie schließlich.

Leo brauchte einen Moment, um dem Themenwechsel zu folgen. »Wieso?«

»Ich bin kein echter Vampir. Aber ich bin auch kein Mensch. Ich weiß nicht einmal, ob ich ewig leben kann wie wirkliche Vampire.«

Das war doch – das konnte nicht stimmen. Oder? »Was hat das alles mit …?«

»Ich meine – vielleicht ist es besser, mich nicht zu lieben. Vielleicht bin ich nicht mehr lange da.«

Das soll ein Grund sein, dich nicht …? Leo schüttelte entschieden den Kopf. »So darfst du nicht denken.« Er nahm ihre Hände. »Ich liebe dich, so wie du bist …« Hatte er das gerade wirklich gesagt? Ja. Hatte er. Und es fühlte sich gut an. Richtig. Auch wenn Alisa weiter schwieg. »Mit allem anderen werden wir schon fertig. Wenn es so weit ist.« Versuchte er Alisa zu beruhigen oder sich selbst? Und warum erklangen ausgerechnet jetzt Schritte auf dem Deck? Calvina und Nicu … Spät, aber viel zu früh. »Los, komm.« Er stupste sie

Richtung Tür. »Du musst dir den Bericht deiner Späher anhören und die Truppen vorbereiten.«

Das brachte sie wieder zum Lächeln. Leo verbuchte es als weiteren Erfolg. Sie hatten drei Rubine, eine angehende Noaidi, eine Vampirjägerin – und mit Nicu noch einen halben –, dazu Hindrik und Karen, die einige Jahrhunderte Kampferfahrung einbrachten. Sowie einen uralten, verbitterten, auf die Vernichtung der Welt sinnenden Vampir. Was sollte schon schiefgehen? Leo hielt Alisa die Tür auf. Sie folgten Calvina und Nicu unter Deck.

Alisa

Die vertrauten Geräusche ihrer Stadt umgaben sie – das Klatschen von Wellen gegen Stein, Möwengeschrei, in der Ferne vereinzelte Stimmen von Menschen, die trotz der Nachtstunde unterwegs waren, das Rumpeln von Holzrädern über Kopfsteinpflaster. Alisa duckte sich neben Nicu hinter ein paar Holzfässer. Van Helsing hatte das alte Fabrikgebäude als Treffpunkt vorgeschlagen, und sie würden bestimmt nicht hineingehen, ohne den Ort vorher auszukundschaften.

»Danke, dass du uns hilfst«, flüsterte sie Nicu zu.

»Du musst dich nicht bedanken. Nicht bei mir. Nie.« Er flüsterte zu laut für Vampirohren. Alisa legte ihm schnell einen Finger an die Lippen und Nicu lächelte. Er nahm ihre Hand und führte sie an seine Brust. »Spürst du das?«

Wie könnte sie nicht? Sein Herzschlag bebte an ihren Fingerspitzen. *Das hält ihn am Leben*, dachte sie. *Ein so zerbrechliches, kleines Ding.*

»Es schlägt für dich. Du hast ein Herz wie ich. Du bist mehr Mensch als Vampir. Das weiß ich genau.«

Vorsichtig schob sie seine Hand weg. »Das ist jetzt nicht die richtige Zeit, Nicu.« Sie dachte an das, was sie Leo gesagt hatte. Was würde mit ihr geschehen? Keinesfalls wollte sie Nicu verletzen. Oder sein Herz.

»Doch«, beharrte Nicu. »Gerade jetzt. Falls wir – falls ich

das hier nicht überlebe, will ich, dass du weißt, wie ich für dich empfinde. Und ich weiß, dass du auch etwas für Leo fühlst. Aber ich will einfach, dass du weißt, dass ich für dich da bin, wann immer du mich brauchst.«

Alisa wusste nicht, wo sie hinschauen sollte. Sie konzentrierte sich wieder auf den Eingang zu dem Fabrikgebäude. Etwas Solides. Eindeutiges.

»Was soll ich darauf antworten?«, wisperte sie und wusste nicht einmal, ob die Frage Nicu galt oder der Nacht um sie herum.

»Du musst gar nichts sagen.« Nicu beugte sich vor und küsste sie. Seine Lippen pressten sich an ihre, und sie spürte wieder seinen Herzschlag – sein Herz raste schneller, als ihres je geschlagen hatte.

Sie seufzte und schob ihn von sich weg. »Komm, die anderen müssen inzwischen da sein.« Bevor er noch etwas sagen – oder tun – konnte, erhob sie sich. Gemeinsam schlichen sie zwischen den Fässern und Kisten hindurch zu dem Schuppen, von dem Alisa bereits gestern auf das Dach gelangt war.

Erst als sie auf dem Schuppendach stand, wurde ihr bewusst, dass Nicu ihr nicht einfach hinterherspringen konnte. Aber er war findig und rollte bereits ein Fass an die Schuppenwand. Leider reichten seine Fingerspitzen nur bis kurz unter das Dach, als er darauf geklettert war. Alisa reichte ihm eine Hand und zog ihn mit Leichtigkeit zu sich nach oben. Er starrte sie mit großen Augen an, als er neben ihr stand. Sie zuckte mit den Schultern. *Wohl doch mehr Vampir als Mensch, oder?* Aber das behielt sie für sich. Als sie über das Schuppendach hinüber zur Fabrik eilten, passte Alisa ihre Schritte Nicus Tempo an.

Auf dem Fabrikdach trafen sie auf Leo und Inger, nickten ihnen still zu. Als hätten sie nur auf dieses Zeichen gewartet, schlichen auch die anderen von ihren verschiedenen Posten heran.

»Sieht alles aus wie erwartet«, meldete Calvina.

Alisa war froh, sie auf ihrer Seite zu haben. Schließlich hätte sich das mit ihrer Zurückverwandlung in einen Menschen auch ändern können. *Einmal Vampirjägerin … nicht immer Vampirjägerin, offensichtlich.*

Dracula war der Letzte, der sich zu ihnen gesellte. Alisa ließ das Schweigen für einen kurzen Moment andauern. Wenn sie erst zu sprechen beginnen würde, gab es kein Zurück mehr. Sie lauschte auf ihren Herzschlag, bis er ganz ruhig war. »Wissen alle, was sie zu tun haben?« Zustimmendes Gemurmel, dann reichte Inger Leo den Caminada-Ring. Er betrachtete ihn kurz. Dann streifte er ihn über – der Rubin leuchtete tiefrot auf, und Leo war unsichtbar. Gleich darauf tauchte er wieder auf und sah Tammo auffordernd ins Gesicht. »Letzte Probe.«

Wieder blitzte der Rubin auf. Dieses Mal verschwand erst Tammo, dann Leo. Als sie wieder für alle sichtbar waren, flüsterte Tammo: »Hätte nie gedacht, dass ich das mal sage, aber ich bin echt froh, dass ich im Unterricht aufgepasst habe.«

Alisa schloss sich dem leisen Gelächter der anderen an. Sogar Dracula schmunzelte. Doch als sich ihre Blicke kreuzten, erstarb sein Lächeln, und auch sie wurde ernst. »Morgen stehen wir wieder auf verschiedenen Seiten, Alisa«, sagte er schroff. »Doch heute kämpfen wir zusammen. Alle bereit für die Schlacht?«

Hoffentlich können wir eine Schlacht vermeiden. Alisa straffte die Schultern und schaute zu Tammo. *Bist du wirklich sicher? Noch kannst du zurück aufs Schiff.*

Ich bin ganz sicher.

Also dann. Sie trat zu Leo. Er streifte den Dracas-Rubin ab und hielt ihn ihr ohne jedes Zögern hin. Sie umschloss seine Hand. Ihn musste sie nicht fragen, ob er sicher war. Zwei Herzschläge lang stand sie mit ihm da, ihre Hand in seiner. Ein letzter Aufschub.

»Also dann … los.«

Ivy, Calvina, Nicu, Karen und Hindrik huschten davon. Ein kurzes Aufblitzen des Caminada-Rings und Leo, Tammo und Inger waren unsichtbar. Dracula reichte ihr die Eisenketten und hielt ihr dann seine Hände entgegen. Sie legte ihm die Ketten an. Mit den Unsichtbaren im Gefolge sprangen sie vom Dach. Die Tür des Fabrikgebäudes quietschte und knarrte laut durch die Nacht.

Alisa war froh, dass sie nicht wirklich allein mit Dracula eintrat, auch wenn es für die Rotmasken und Upiry so aussehen musste. Sie standen überall in der Halle verteilt, lehnten an Säulen und Kisten, beobachteten jeden ihrer Schritte, ließen sie aber unbehelligt passieren. Van Helsing, ausgestattet mit den gestohlenen Rubinen, wartete in der Mitte der Halle. Malcolm und Joanne konnte sie nirgends entdecken. Hoffentlich hielt er wenigstens so weit Wort, dass sie in der Nähe waren.

Van Helsing verschränkte die Arme. »Hätte nie gedacht, euch beide mal Seite an Seite zu sehen. Habe ich nicht gesagt, du sollst allein kommen, Alisa?«

Furchtlos schritt sie weiter auf ihn zu, führte Dracula an

der Kette mit sich. »Du hast auch gesagt, dass du alle drei Rubine willst.«

»Hat er den Belov also immer noch in sich.« Van Helsing lachte leise. »Keine Sorge, den kriege ich schon raus. Aber wie erklärst du die anderen, die wir draußen aufgespürt haben?« Auf seine Worte hin führten einige Rotmasken Ivy, Calvina, Nicu, Karen und Hindrik herein.

Alisa musste ihr Zusammenzucken nicht einmal spielen. An diesen Anblick würde sie sich nie gewöhnen – geplant oder nicht. »Hast du wirklich geglaubt, dass ich dir noch einmal traue?« Sie deutete auf die Upiry und Rotmasken, mit denen er klar in der Überzahl war. Der Vampirjäger grinste. Alisa griff nach dem Dracas-Rubin in ihrer Tasche. »Willst du reden oder bist du bereit für den Austausch?« Sie hielt ihn hoch.

Das Grinsen des Vampirjägers wich einem gierigen Ausdruck, als er den Rubin erblickte – dann stutzte er. »Wo ist der Caminada?«

»Den habe ich versteckt.«

»Unser Deal heißt aber drei gegen drei.«

Alisa zuckte mit den Schultern. »Wir wissen mittlerweile alle, dass du dich an keine Absprachen mehr hältst, sobald du die Rubine hast.« Sie riss kurz an der Kette und Dracula stolperte zwei Schritte vorwärts. »Der Belov und der Dracas gegen Joanne, Malcolm und die Karte. Wenn du den Dracas hast, kannst du in meinen Gedanken lesen, wo ich den Caminada versteckt habe.«

»Ich mag keine Spielchen«, wehrte van Helsing ab.

Alisa zog eine Augenbraue hoch. »Ach ja?« Um sie herum schien die ganze Halle vor Anspannung zu erstarren.

Sie schloss die Hand um den Dracas. Er half ihr, ruhig zu bleiben. Alisa und van Helsing musterten sich über die leere Fläche hinweg, die zwischen ihnen lag. Allein ihre Herzschläge verrieten Alisa, dass die Zeit nicht anhielt. Dann schnipste van Helsing mit den Fingern und die Erstarrung löste sich.

Eine Upiry trat hinter einer Säule hervor. Sie führte Malcolm und Joanne vor sich her. Joannes Schultern waren gekrümmt und Malcolms Schritte schwerfällig. Und Alisa sah auch gleich warum: Ihre Hände waren mit Handschellen gefesselt, an denen Kreuze befestigt waren. »Alles gut bei euch?«, vergewisserte sie sich.

»Das hier ist eine Falle«, stieß Malcolm hervor. »Er will niemanden entkommen lassen!«

»Bring ihn zum Schweigen!«, herrschte van Helsing die Upiry an. Sie riss Malcolm zurück und presste ihm eine Hand auf den Mund. Malcolm zappelte wütend. Weitere Upiry sprangen ihr zu Hilfe.

Jetzt!

Eine Kette an van Helsings Hals riss und er schrie überrascht auf. Der Nosferas-Rubin verschwand von seiner Brust. Aber van Helsing fasste sich schnell, schloss die Arme um einen der Unsichtbaren. Leo tauchte in seinem Griff auf. Trotzdem war van Helsing zu spät, denn Leo hielt den Nosferas-Rubin.

»Lauf, Joanne!«, rief Tammo, nur an seiner Stimme zu erkennen. Aber etwas musste seine Konzentration gebrochen haben, denn gleich darauf wurde auch er sichtbar – und sofort von einem Upiry gepackt. Alisa wollte ihm zu Hilfe eilen, aber Malcolm hatte bereits seine Handschellen abgeschüttelt und kam ihr zuvor. Mit einem Sprung war er an Tammos Seite und stieß den Upiry von ihrem kleinen Bruder weg. Als sie ihn in Sicherheit wusste, blickte Alisa wieder zu van Helsing. Von seinem Hals verschwanden weitere Rubine. Er konnte nichts dagegen tun, da er immer noch Leo festhielt.

Neben ihr rissen Eisenketten. Sie fuhr herum. Zu spät. Dracula stürzte sich auf van Helsing. Inger tauchte auf und verstellte ihm den Weg. Er schleuderte sie zur Seite.

Van Helsing stieß Leo von sich weg. Einer der Rubine leuchtete auf und Dracula wurde in die Luft gerissen.

Im Handumdrehen waren alle an ihrer Seite. Doch Alisa konnte den kleinen Sieg nicht auskosten, denn in diesem Moment stürzten die Rotmasken und Upiry vereint auf ihre kleine Gruppe.

Ein Stoß von hinten. Sie wirbelte herum. Die Upiry, die sie angegriffen hatte, gönnte ihr keine Sekunde, um ihr Gleichgewicht wiederzufinden – sie schlug sofort zu. Alisa taumelte, fing sich und packte die Upiry. Sie rangen miteinander. Um sie herum Keuchen und Stöhnen und dumpfe Schläge. Plötzlich wurde die Upiry von ihr fortgerissen und Leo stand neben ihr. Die Upiry rappelte sich hoch und flog auf sie beide zu.

Ein Pfeil riss sie mitten im Sprung zu Boden. Alisas Blick suchte nach dem Schützen und fand … Nicu! Er stand auf dem Gerüst und hob grüßend seinen Bogen. Dann legte er den nächsten Pfeil an.

Alisa ging mit Leo auf eine kleine Gruppe Rotmasken los, schleuderte zwei von ihnen quer durch die Halle. Wo war Ivy? Wie viel Zeit würde sie noch brauchen? Suchend blickte

Alisa sich um und machte Ivy am anderen Ende der Halle aus. Sie hielt sich von den Kämpfen fern, schien aber nicht zu finden, was sie suchte.

»Alisa!«, brüllte Leo, und gerade noch rechtzeitig bemerkte sie die drei Rotmasken, die sich ihr näherten. Sie spannte die Muskeln an. Während sie an Leos Seite weiterkämpfte, schallten van Helsings und Draculas Stimmen über den Lärm in der Halle.

»Deine Zeit ist um!«, schrie van Helsing. »Ich bin stärker als du, und ich werde über die Vampire herrschen, wenn du vernichtet bist!«

Dracula, der immer noch scheinbar hilflos in der Luft hing, war nichtsdestotrotz voller Verachtung. »Du willst ein Herrscher sein? Du bist bloß ein Schatten. Die echten Vampire werden dich niemals akzeptieren!«

»Das werden sie müssen, sobald ich alle Rubine habe!«

Alisa warf eine Upiry zu Boden. Sie war näher an Dracula und van Helsing, als sie gedacht hatte. Die Wut in van Helsings Augen brannte wie pures Silber. Unsichtbare Hände zogen an einer Kette um seinen Hals. Van Helsing brüllte auf und seine Konzentration brach. Dracula krachte zu Boden, wo er regungslos liegen blieb. Van Helsings Hände fuhren zu seinem Hals, er zerrte an der Kette, bis sie erschlaffte. Sobald van Helsing Inger sehen konnte, hob er sie mit der Macht des Vikla-Rubins in die Luft, ließ sie mehrere Meter über dem Boden schweben.

»Inger! Nein!«, schrie Ivy vom anderen Ende der Halle.

In diesem Augenblick spürte Alisa, wie der Boden unter ihren Füßen verschwand, wie sie selbst hochgerissen wurde – und nicht nur sie. Mit ihr hingen Leo, Tammo, Malcolm,

Hindrik, Karen und auch Nicu und Calvina in der Luft. Mit einer machtvollen Geste hielt van Helsing sie alle in dieser Position, mit der nächsten ließ er die Rubine zu sich fliegen.

Ivy stand als Einzige von ihnen noch auf dem Boden, hinter seinem Rücken, und rührte sich nicht. *Komm schon, Ivy!*, dachte Alisa, doch ohne den Dracas-Rubin konnte sie die Gedanken ihrer Freundin nicht erreichen. Schweißperlen zeigten sich auf van Helsings Stirn. Wenigstens schien es ihn einige Anstrengung zu kosten, sie alle gleichzeitig festzuhalten. Und solange Ivy hinter ihm blieb, konnte er den Vikla-Rubin nicht auch noch gegen sie richten.

»Du schaffst das, Ivy.« Inger sprach voller Zuversicht über van Helsings Kopf hinweg. »Ich glaube an dich.«

Ihre Worte lösten Ivy aus der Starre. Sie blickte sich um, schien endlich zu finden, was sie suchte. Sie kniete sich vor einen Spalt im Boden und grub die Finger in die Erde darin.

»Komm schon, Rotschopf, zeig dich«, höhnte van Helsing. Doch er konnte sich nicht umdrehen, musste sie alle im Blick behalten, wenn er die Macht über sie wahren wollte.

Etwas drückte gegen Alisas Kehle. Ihre Hand zuckte nach oben, als sich der Druck verstärkte.

»Aufhören!« Ivys Stimme bebte.

Van Helsing lachte. Er drehte sich langsam um, langsam genug, um sie alle zugleich anzuschauen und mit sich zu drehen. Wenigstens ließ der Druck auf ihren Hals dabei ein wenig nach.

Ivy kauerte noch immer auf dem Boden, die Hände in der Erde. »Gib sie alle frei, sofort!«, befahl sie. »Sonst muss ich dir wehtun!«

Der Vampirjäger lachte schallend und streckte drohend eine Hand in Ivys Richtung. Die ruhig auf dem Boden verharrte. Als er bemerkte, dass der Vikla-Rubin keinerlei Einfluss auf sie hatte, verstummte van Helsings Lachen. Auch Alisa schaute Ivy verblüfft an. Dann erst sah sie das zarte Grün, das sich zwischen Ivys Händen emporwand. Unglaublich! Ihre neuen Noaidi-Fähigkeiten schienen sie vor den Rubinen zu schützen!

»Lass sie frei«, verlangte Ivy wieder, ruhig und klar.

»Niemals!«

Der Druck auf Alisas Hals kehrte zurück – sie hörte die anderen um sie herum keuchen und würgen, wehrte sich verzweifelt gegen die unsichtbare Macht, die ihr den Hals zusammendrückte.

»Nein!« Ivys Augen wurden weiß. Das kleine Grün zwischen ihren Händen wuchs. Schon brachen Wurzeln den Steinboden auf, breiteten sich in rasendem Tempo in der Halle aus. Der Boden bebte, riss Upiry und Rotmasken von den Füßen. Einzig van Helsing hielt sich noch aufrecht, hielt sie alle in der Luft, ihre Hälse gepackt.

Erst als Wurzeln um ihn herum aus dem Boden schossen, sich um ihn schlangen, spürte Alisa den Druck nachlassen. Die Wurzeln fesselten ihn, durchsuchten seine Taschen mit ihren feinen Trieben, fanden die Karte, pflückten die Rubine von seiner Brust, aus seinen Händen, ließen sie um ihn herum hinabregnen.

Als der Vikla-Rubin fiel, verschwand auch der Druck um Alisas Hals vollständig. Sie stürzte zu Boden. Einen kurzen Moment lag sie einfach nur da und beobachtete fassungslos, wie Wurzeln und Zweige van Helsing immer dichter umschlangen, sich zu einem Baumstamm formten, in dem er schließlich ganz verschwand.

Hinter ihm brach Ivy zusammen.

Sie sprangen auf, alle zugleich, und stürmten zu ihr, scharten sich um Ivy, die blinzelte und sich vorsichtig aufsetzte.

»Du hast uns gerettet«, strahlte Alisa.

Inger bückte sich zu Ivy und half ihr auf. »Ich wusste, dass du es schaffst.«

Mit einem müden Lächeln ließ Ivy sich in Ingers Arme sinken.

Alisa blickte sich in der Halle um. Sie hatten es geschafft. Sie hatten es wirklich geschafft! Der Baum in der Mitte der Halle breitete seine Zweige und tiefgrünen Blätter über das Chaos am Boden aus. Seine Wurzeln umschlangen Upiry und Rotmasken. Aber – Alisa stutzte. »Wo ist Dracula?«

Alle fuhren herum, ließen ihre Blicke alarmiert durch die Halle schweifen. Leo und Hindrik setzten über Steinbrocken und Wurzeln hinweg, erfolglos. Es war Leo, der es aussprach.

»Er ist weg.«

Nicu war zu dem Baum hinübergegangen und suchte den Boden ab. »Und er hat die Rubine mitgenommen.«

»Die Karte auch«, fügte Hindrik tonlos hinzu.

Leo

Den Weg zurück zum Schiff legten sie stumm zurück. Sie beeilten sich, da der Himmel bereits heller wurde. Die ganze Zeit hielt sich Leo an dem einzigen Trost fest, den er hatte: Dracula hatte den gefälschten Schlüssel zur Karte kopiert. Der Schlüssel würde ihm also nicht helfen.

Genauso wenig wie ihnen der echte Schlüssel ohne Karte nutzen würde.

Malcolm sprang als Erster an Deck. Wie konnte der in einer solch ausweglosen Situation derartig unverschämt grinsen?

»Kann ich jetzt endlich was sagen?«, fragte Malcolm, als sie allesamt das Deck erklommen hatten. Alisa nickte stumm. Malcolm tippte sich an den Kopf. »Die Karte steckt hier drin.«

»Und hier.« Joanne imitierte die Geste. Und das Grinsen. »Wir konnten sie uns einprägen, als wir in diesem Käfig festgesessen haben.«

Was? Wie? Bevor Leo eine Frage herausbekam, lieferte Malcolm schon die Antworten. Was er erzählte, war so unglaublich, dass sie alle sprachlos blieben, bis Alisa schließlich flüsterte: »Wir haben noch eine Chance.« Ihr Lächeln war so strahlend wie der Funke, der in genau diesem Moment aufleuchtete. Sie fiel – und er fing sie auf, bevor sie zu Boden stürzen konnte.

»Ich bringe sie nach unten.« Er winkte ab, als Nicu beim Tragen helfen wollte, trug sie alleine und sehr vorsichtig in die Messe und bettete sie dort auf eine Bank. Die anderen wichen ihm nicht von der Seite. »Lasst ihr ein wenig Raum.« Er scheuchte sie etwas zurück.

»Malcolm, Joanne, könnt ihr mit dem Zeichnen loslegen? Karen, besorgst du ihnen Stifte und Papier?« Weitere Aufgaben fielen ihm leider nicht ein. Also lauschten sie angespannt dem Kratzen der Bleistifte auf dem Papier. Vor den Fenstern wurde es immer heller. Wortlos zog Hindrik die Vorhänge zu.

Leo ließ Alisa nicht aus den Augen – bis der Funke erneut aufstrahlte und sofort wieder erlosch. Gleich darauf blinzelte Alisa, stemmte sich hoch und rieb sich die Augen. »Dracula ist irgendwo über Land unterwegs – er hat die Karte entschlüsselt.« Sie grinste. »Glaubt er. Wir haben etwas Zeit gewonnen. Malcolm, Joanne, wie weit seid ihr?«

»Wir arbeiten dran«, gab Malcolm zurück, ohne aufzublicken.

»Gut.« Alisa winkte Nicu zu sich. Leo beschloss, dass er sich das nicht ansehen musste. Er war zu aufgekratzt, um sich in einen Sarg zu legen, zu rastlos, um sich zu setzen, und war beinahe erleichtert, als Hindrik sich an ihn wandte.

»Hilfst du mir, etwas Rot für alle zu holen? Ich glaube, wir vertragen alle eine Stärkung.«

Als sie zurück in die Messe kamen, waren Nicu und Calvina verschwunden. Leos Stimmung hob sich beträchtlich. Er trug mit Hindrik die Schüsseln voller Rot auf. *Wer weiß, wie oft wir das noch essen werden*, schoss ihm durch den Kopf. Wenn sie den Knoten rechtzeitig erreichten, würden bald andere Sachen auf ihrem Speiseplan stehen. Er tauchte den Löffel ins Rot. Nur Joanne und Malcolm aßen nicht, zeichneten unermüdlich weiter.

Leo meinte, einen Blick auf sich zu spüren, und schaute auf. Alisa lächelte ihn an. Er mochte ihre dunkel glänzenden Augen, besonders, wenn sie so lächelten. Doch unvermittelt verdunkelte sich ihr Blick, und es wirkte, als sähe sie gar nicht mehr ihn, sondern – irgendetwas Düsteres. Leo erhob sich, um zu ihr zu gehen, aber sie sprang auf und lief hinaus. Enttäuscht sank er auf seinen Stuhl zurück. Vielleicht wollte sie einfach allein sein. *Oder*, der Gedanke tat weh, *sie zieht eine andere Gesellschaft vor*. Er vermisste den Dracas-Rubin.

Leo schreckte hoch. Die Vorhänge waren wieder offen und das Graublau der Abenddämmerung leuchtete herein. War er wirklich am Tisch eingeschlafen?

»Willkommen zurück, Langschläfer«, neckte ihn Malcolm, der noch immer zeichnete.

Leo schüttelte den Rest seiner Schläfrigkeit ab. »Immer noch nicht fertig?«

Das Gekratze von Stift auf Papier stoppte. »Versuch du mal, eine Karte in jedem Detail korrekt und maßstabsgetreu aus dem Gedächtnis zu zeichnen.« Malcolm richtete die Spitze seines Stifts auf ihn. »Dann reden wir weiter.«

Auch wieder wahr. Leo stand auf. »Braucht ihr was?«, fragte er anstelle einer Entschuldigung. Malcolm schüttelte den Kopf, dann zeichnete er weiter.

Leo stöhnte. Keine Sekunde länger würde er herumsitzen und … warten. Warten war das absolut Letzte. *Raus hier.*

Beim Anblick des Himmels überkam ihn Ruhe, zumindest, bis ihn die Geräusche nach unten ins Hafengelände blicken ließen. Nicu. Klar, der musste jetzt ja überall sein. Zu seinem Pech hatte Nicu ihn ebenfalls entdeckt. Betont lässig schlenderte Leo Richtung Reling, als wäre das von Anfang an sein Plan gewesen.

»He!«, rief Nicu von unten herauf. »Du könntest uns gern helfen.«

Leo verdrehte die Augen, stieß sich von der Reling ab und machte sich auf den Weg zu Nicu und Calvina, die Kisten auf das Schiff luden. Es wirkte mühsam und Leo kamen erneut beträchtliche Zweifel am Menschsein. Wortlos packte er zwei der Kisten und sprang mit ihnen an Bord. Woraufhin ihn Nicu natürlich sofort darauf hinwies, wie leichtsinnig das wäre, schließlich durften sie nicht auffliegen, bla, bla. Leo ignorierte ihn, hielt sich bei den nächsten Kisten aber zurück. Calvina brachte die letzte Kiste an Bord.

»Das war's.« Sie fuhr mit den Fingerspitzen über ein paar Orangen. »Stell dir vor, wie es sein muss, das alles zum ersten Mal zu kosten«, sagte sie zu Nicu.

Darüber wollte Leo jetzt wirklich nicht nachdenken. Er zog sich etwas zurück, hatte aber noch keine Lust, auf den offenen Himmel zu verzichten. Die Stimmen der beiden Menschen ließen sich nicht ausblenden.

»Können wir etwas tun, um es Alisa leichter zu machen? Das ganze Gewicht der Welt auf so schmalen Schultern.«

»Sie ist stärker, als sie aussieht.« Da hatte Nicu ausnahmsweise recht.

»Schon. Trotzdem ist es verdammt hart.«

»Deswegen werde ich mit ihr gehen«, sagte Nicu schnell.

Calvina nickte, als wäre das eine Selbstverständlichkeit.

Als könnte Nicu Alisa wirklich helfen. »Natürlich. Ich auch. Wir lassen sie doch jetzt nicht im Stich.«

»Nein.« Nicu schüttelte den Kopf. »Bitte. Bleib du hier. Ich kann dich nicht noch einmal verlieren. Ich muss dich hier in Hamburg, in Sicherheit wissen.«

»Ich bin deine Mutter, Nicu – ich muss dich beschützen.«

»Du hast mir alles beigebracht, was ich wissen muss, um mich selbst zu beschützen. Lass mich gehen. Allein. Bitte.«

Als er diese Unterhaltung hörte, war Leo zum ersten Mal erleichtert, dass sein Vater in einem Sarg im Smaragdwald lag, um von seinen Verletzungen zu genesen. Der würde ihn nämlich niemals zum Knoten gehen lassen – weder allein noch in seiner Begleitung. Sicher, sein Vater würde alles tun, um Dracula aufzuhalten, ihn zu vernichten – alles! Nur würde er auf keinen Fall zulassen, dass der Knoten gelöst wurde.

»Wie ähnlich du deinem Vater bist«, brach Calvinas Stimme in seine Gedanken ein, und er brauchte einen Moment, um sich zu erinnern, dass sie mit Nicu sprach. »Zum ersten Mal siehst du sogar aus wie er.«

Nicu feixte. »Er hat gut ausgesehen, oder?«

Eingebildet. Leo schnaubte leise.

»Sehr gut. Und er war sehr mutig.« Sie breitete ihre Arme aus. »Komm her.«

Leo schaute weg, als die beiden sich umarmten. Er war sich sehr sicher, dass sein Vater sich nie so von ihm verabschieden würde. Was auch immer. Er brauchte das nicht. Er starrte über die Reling auf den Hafen und gab vor, nichts zu hören.

»Pass gut auf dich auf, versprochen?«, bat Calvina.

»Versprochen. Ich liebe dich, Mom.«

»Ich liebe dich auch.«

Die beiden sagten nichts mehr, aber es dauerte eine Ewigkeit, bis er Schritte hörte, die von Deck gingen, und noch einmal eine Ewigkeit, bis Calvina quer durch den Hafen Richtung Stadt davoneilte.

Irgendwann kam Nicu und stellte sich neben ihn an die Reling. »Wie geht es unten voran?«

Leo zuckte mit den Schultern. »Langsam.«

Sie schwiegen.

»Was wird aus Alisa, wenn sie den Knoten löst?«, fragte Nicu. »Ich meine, sie ist weder Vampir noch Mensch, also ...«

»Ich weiß es nicht.« Leo stieß sich von der Reling ab und wandte dem Hafen den Rücken zu. »Sie erwartet nichts Gutes. Vermutlich hat sie recht.«

»Warum?«

Der Junge stellte zu viele Fragen. Leo verschränkte die Arme vor der Brust. »Ist einfach, was ich glaube.«

»Nein. Das ist, wovor du Angst hast. Ich weiß, du kannst mich nicht leiden, aber ich liebe sie – genau wie du. Ich muss wissen, warum du glaubst, dass das nicht gut für sie ausgeht.«

Leo musterte Nicu. Hatte dem niemand beigebracht, dass man vorsichtig mit dem sein sollte, was man wissen wollte? Er ging zu den Kisten hinüber und nahm sich drei Orangen. Er hielt in jeder Hand eine und mit ihnen die dritte dazwischen fest, sodass sie eine Reihe bildeten. »Sie ist das Beste aus beiden Welten. Vampir und Mensch. Ich glaube, es ist dieses Gleichgewicht zwischen Licht und Dunkel, das sie zusammenhält. Wenn sie den Knoten löst und eines der Elemente verschwindet …« Er verstummte und demonstrierte, was er meinte.

Die Orange in der Mitte schlug auf den Boden und platzte auf.

Entsetzt betrachtete Nicu das herausgequollene orangefarbene Zeug. »Aber warum dann überhaupt …?«

Leo legte die zwei heilen Orangen zurück. »Weil es sonst Dracula tut. Und dann haben wir die Hölle auf Erden. Im wahrsten Sinne des Wortes. Welche Wahl hat sie also?«

Nicu starrte immer noch auf die aufgeplatzte Orange. »Können wir nichts tun, um das alles zu verhindern?«

Das war die Frage, auf die er nur eine Antwort hatte. Und die würde Nicu nicht gefallen. »Alles, was wir tun können, ist für sie da zu sein. Ihr beistehen. Sie braucht uns beide.«

Nicu kickte die zerplatzte Orange über Bord. Er stand eine Weile schwer atmend da, dann wandte er sich mit einem Ruck zu Leo um. »Du hast recht. Wir müssen aufhören, uns zu streiten. Gemeinsam an ihrer Seite sein.«

Ja, er hatte recht. Es gefiel ihm nicht, aber es war das, was Alisa brauchte. Obwohl alles in ihm das Gegenteil tun wollte, streckte Leo Nicu eine Hand entgegen. Nicu schüttelte sie.

Ivy

Sie bildeten eine Kette mit Nicu und Leo, die ihnen die Kisten von Deck anreichten, damit sie sie nach unten bringen konnten, während Hindrik das Schiff aus dem Hafen steuerte. Gemeinsam mit Inger trug sie die Kisten hinunter in den Schiffsbauch. Ivy stellte ihre ab und strich über die Orangen. Ihre Haut war fest und hubbelig und kitzelte sie an den Fingerspitzen. Bald würden sie die kosten können! »Kannst du dir das vorstellen? Wir werden wieder Menschen sein.«

»Ich weiß.« Inger hob die nächste Kiste auf den Stapel, ohne Ivy anzusehen. Gerade noch rechtzeitig gelang es ihr, ihre Hand wegzuziehen, bevor die schwere Kiste darauf landete. Inger stapelte unbeeindruckt weiter. »Aber ist das was Gutes?«

»Natürlich!« Alle Schatten würden sich wieder an ihr altes Leben erinnern. Und es gäbe so vieles zu kosten und zu entdecken. »Warum sollte es das nicht sein?«

Inger drehte sich weg. »Es fühlt sich falsch an, zu etwas anderem zu werden.«

Ivy starrte auf ihren Rücken. »Bin ich dann auch falsch?«

»Was?« Inger wirbelte so schnell zu ihr herum, dass sie ein wenig schwankte. »Natürlich nicht. Du bist – perfekt. So wie du bist.«

»Aber was bin ich?« Ivy lehnte sich gegen die Kisten. »Ich war ein Mensch, dann ein Schatten und jetzt …« Sie deutete auf die Linien, die mittlerweile ihre Handgelenke erreicht hatten. »Das. Halb Vampir, halb Noaidi – und ich habe van Helsing in einen Baum verwandelt!« Ausgesprochen klang es noch unfassbarer.

»Ja, und das war verdammt beeindruckend.« Inger strich über die Linien auf ihren Handgelenken. »Und ich mag dich in jeder Form.«

»Auch als Mensch?« Sie hielt Ingers Arm fest.

»Natürlich.«

»Wo ist dann das Problem?«

Inger sah zu den Orangen, auf den Boden, überallhin … nur nicht zu ihr. »Sind wir nicht richtig und – gut genug – so, wie wir sind?«

Sie klang so niedergeschlagen, dass Ivy das Erste sagte, was ihr in den Kopf kam, um sie aufzumuntern. »Du wirst so viel Neues entdecken können – Sonnenschein! Schwimmen gehen – einen Herzschlag spüren … Eis essen –«

»Eis essen!« Inger starrte sie entgeistert an. »Ist das dein Ernst? Was ist mit Hindrik, mit Karen? Mit all den älteren Vampiren? Unseren Ehrwürdigen? Luciano wird auch noch seinen Vater verlieren! Tammo seine Großmutter, Joanne ihre Mutter – alle um uns herum werden zu Staub zerfallen! Hör auf, nur an dich zu denken!« Inger stürmte die Treppe hinauf und warf die Tür hinter sich zu.

Einen Moment lang war Ivy wie versteinert. Wie hatte sie so unbedacht sein können? Sie hatte genau das getan, was sie sonst den meisten des Dracas-Clans zum Vorwurf machte: die Welt ausschließlich aus ihren eigenen Augen gesehen. Sie würde niemanden aus ihrem Clan verlieren, denn es gab nur Seymour und sie. »Warte!«

Reichlich verspätet raste sie hinter Inger her, suchte sie an Deck, spähte in alle Räume – und fand sie schließlich ausgerechnet im Schattenquartier. Inger strich über die tiefgrünen Blätter, die langsam die Wand eroberten, die Ivy geheilt hatte.

»Inger? Es tut mir leid. Ich –«

»Mir auch. Ich weiß, du sehnst dich danach, wieder menschlich zu sein. Ich hätte nicht so selbstsüchtig sein dürfen.«

Ivy eilte zu ihr und ergriff ihre Hände. »Doch. Natürlich darfst du das sein. Ich habe nicht daran gedacht, was das alles für dich bedeutet.«

Inger zuckte mit den Schultern und blickte ihr direkt in die Augen. »Ich habe einfach nur Angst. Ich kann mir nicht vorstellen, wie das alles sein wird, wie sich das anfühlt.« Sie schluckte.

»Ich habe auch Angst«, gab Ivy zu. Und plötzlich wusste sie, was sie vorhin hätte sagen sollen. Weil es einfach stimmte. »Aber was auch geschieht, wir werden zusammen sein.« Sie blickte in Ingers leuchtend blaue Augen und zog sie an sich, spürte Ingers Hände auf ihrem Rücken und umschloss ihr Gesicht mit ihren eigenen. Schmiegte sich an sie, näher, noch näher, bis ihre Lippen sich berührten.

In diesem Moment wusste sie, dass sie recht hatte: Es war völlig gleichgültig, was sie wurden, was sie waren. Sie gehörten zusammen. Und das Gefühl von Ingers Lippen an ihren war das beste Gefühl auf der Welt.

Lauter Jubel katapultierte sie zurück in die Realität.

Erschrocken blickte Inger sich um – aber der Jubel kam von weiter weg. »Sie müssen die Karte entschlüsselt haben.« Sie legte die Stirn an Ingers. Ein Moment, ein kurzer Moment, dann lösten sie sich voneinander und Inger griff ihre Hand.

»Komm.«

Sie liefen dem Jubel nach ins Klassenzimmer. Leo drehte sich lachend zu ihnen um, als sie hereinkamen. Er deutete aufgeregt zur Tafel, wo die Karte hing. Ein neuer Ort war auf ihr eingezeichnet.

»Wir wissen, wo der Knoten ist!«

»Wir sind ihm endlich einen Schritt voraus«, fügte Alisa hinzu. Sie klang erleichtert und strahlte sie alle an. »Seid ihr bereit?«

Nicu bejahte sofort, Leo ebenfalls. Tammo, Malcolm, Joanne nickten wie eine Einheit. Ivy drückte Ingers Hand. Sie nickten gleichzeitig. Hindrik legte Karen eine Hand auf die Schulter und sie griff danach.

»Wir sind bereit«, antwortete Hindrik.

Sie standen alle beieinander und schwiegen. Draußen klatschten die Wellen laut gegen das Schiff. Der Wind drückte gegen die Bullaugen. Heulte. Gleich darauf krachte ein Donnerschlag hoch über ihnen.

»War ja klar«, seufzte Malcolm.

»Ich übernehme das Steuer«, entschied Alisa. »Ihr wisst ja, was zu tun ist.«

Alisa

Sie hielt das Steuer fest gepackt. Der Wind zerrte an ihren Haaren, Regen peitschte ihr ins Gesicht, und die Wolken hatten alle Sterne ausgelöscht. Nur die Blitze warfen ihr Licht über die See mit ihren hohen Wellenkämmen und den Abgründen darunter.

Aber Alisa schreckte das wilde Auf und Ab des Schiffes nicht. Sie hielt das Steuer fest gepackt und war in Gedanken bei dem Moment, in dem sie die Karte entschlüsselt hatten. Wie simpel das am Ende gewesen war. Wenn man das Papier zwischen eine Lichtquelle und die Karte hielt, stimmten die Punkte und Linien auf dem Schlüssel mit denen auf der Karte überein. Und dort, wo das Licht durch die Löcher im Papier fiel und auf der Karte landete, war der Ort der Höhle. Sie grinste, als sie sich an Tammos Triumphschrei erinnerte. Er klang ihr lauter in den Ohren als jeder Donner.

Hindrik trat zu ihr und legte ihr einen Umhang gegen den Regen um die Schultern. »Danke.« Er verharrte neben ihr, bis sie seinen Arm drückte. »Geh wieder runter. Du hast doch bestimmt Besseres zu tun, als dich hier durchregnen zu lassen.«

»Mein Platz ist an deiner Seite«, sagte er ruhig.

Tammos Jubel in ihrem Kopf verklang, als sie sich erinnerte, was auf sie zukam. Hindrik würde … Die Vorstellung schnürte ihr die Kehle zusammen. »Hindrik, bitte.« Sie war dankbar für seine Vampirohren, denn ihre Stimme war kaum mehr als ein Flüstern. »Ich kann dich nicht – ich kann dich nicht bei mir haben, wenn ich –«

Er drückte sie. »Was auch geschieht, ich will dich beschützen, solange ich kann.«

Der Regen schmeckte plötzlich salzig.

»Ich kann nicht – Hindrik, ich kann dich nicht neben mir haben, wenn ich diesen verfluchten Knoten löse. Wie soll ich das aushalten? Ich kann das nicht. Ich kann nicht dabei zusehen, wie du stirbst!« Ihre Stimme brach.

Hindrik hielt sie fest und ließ sie weinen. Sein Murmeln war ein tröstliches Lied. Er strich ihr die Nässe von den Wangen, obwohl das sinnlos war im Regen. Sie versuchte ein Lächeln und wusste nicht, ob es gelang.

»Schon gut.« Hindrik strich mit dem Daumen über ihren Mundwinkel. »Ich werde immer bei dir sein. Auch wenn ich nicht da bin. Vergiss das nicht.« Ein Kuss auf ihre Stirn und er war fort.

Alisa presste die Faust gegen ihre Brust. Es half nicht, also umklammerte sie das Steuer mit beiden Händen und schrie ihren Schmerz in den Sturm.

Ein helles Licht durchschnitt die Dunkelheit. Dann zog sie sich noch dichter um sie zusammen, riss sie in einen Wirbel, sie taumelte, fiel –

– und steht immer noch im Regen. Eine Kutsche rast über einen Landweg. Bremst ab. Der Kutscher springt von seinem Sitz. Er öffnet die Tür. »Was kann ich für Euch tun, mein Gebieter?«

Dracula erscheint in der Öffnung. »Lass mich in Ruhe.« Er stößt den Kutscher – einen Schattenvampir, vermutet Alisa – zur Seite, geht achtlos an ihm vorbei. Ebenso beiläufig stoppt er den Regen, den Sturm, das Dröhnen.

Die plötzliche Stille schmerzt ihr in den Ohren. Dracula starrt den Weg entlang und ihr Blick folgt seinem. Da ist nichts weiter als noch mehr Weg.

Dracula schnellt herum. »Ich habe gesagt –« Er verstummt. Hinter ihm steht Elisabetha und zieht erschrocken ihre Hand zurück. Als er sie erkennt, verändert sich Draculas Miene. »Meine Liebste!«

»Gib nicht auf, Vlad. Du bist so nah am Ziel.« Sie streicht ihm über das Gesicht und küsst ihn.

Alisa spürt, wie schwer es Dracula fällt, sich von Elisabetha zu lösen. »Ich habe die Rubine. Aber die Karte ist nutzlos ohne den richtigen Schlüssel. Ich habe den Weg zu dir verloren.« Er klingt gequält.

Elisabetha nimmt sein Gesicht zwischen ihre Hände. »Nein«, widerspricht sie. »Das hast du nicht. Noch nicht. Die Rubine werden dir den Weg zeigen.« Sie wird mit jedem Wort durchscheinender. Dracula greift nach ihr, doch er kann sie nicht festhalten, kann nicht verhindern, dass sich Elisabetha vor seinen Augen auflöst. »Du musst deine Tränen und mein Blut befreien.« Ihre Stimme verhallt und Dracula greift nichts als Luft.

Alisa kann seinen Schmerz fühlen. Doch sie kann nichts sagen, die Dunkelheit greift schon wieder nach ihr, schleudert sie herum, lässt sie stürzen-taumeln-fallen –

– Alisa wischte sich über die Augen. Sie musste den Kurs

halten. Sie musste hoffen, dass Elisabethas Worte für Dracula genauso wenig Sinn ergaben wie für sie.

Der Sturm tobte noch in ihr, nachdem er längst vergangen war. Er tobte und wühlte sie auf, als der Himmel längst schwieg und sie weit entfernt am Horizont die Küste erspähte.

Kurz vor der Morgendämmerung kam Nicu an Deck, um das Steuer zu übernehmen. »Land in Sicht.« Sie deutete nach vorn. Sein strahlendes Lächeln erinnerte sie daran, dass es gute Gründe gab, den Knoten zu lösen. Auch wenn das den Schmerz in ihr nur wenig milderte.

»Na los, unter Deck mit dir«, befahl Nicu. »Wer kann schon sagen, ob Dracula den Belov trägt oder nicht.«

Er hatte recht. Sie lächelte ihr erstes echtes Lächeln seit dem Sturm. Und er nickte ihr liebevoll zu. »Schon deine Kräfte. Und vielleicht magst du ja auch noch ein bisschen Zeit mit …« Er verstummte und eine Welle von Dankbarkeit durchflutete sie.

Unten schlief niemand. In der Messe saßen Ivy und Inger mit Karen zusammen. Tammo schmiegte sich an Hindrik und neben ihnen hielt Malcolm Joanne fest. Alisa zog sich wieder zurück. Wenn sie jetzt dort hineinging, würde sie nicht über sich bringen, was sie würde tun müssen.

Im Klassenzimmer fand sie Leo, der an seinem alten Pult lümmelte und die Karte anstarrte. Hier hatte alles begonnen. »Ich weiß, was du denkst«, sagte sie und schlenderte hinein.

Leo drehte sich zu ihr um. »Das war mal mein Trick.«

Sie hockte sich auf sein Pult. »Wie fühlt sich das an, nicht mehr ständig die Kontrolle zu haben?«

»Die hab ich doch schon länger nicht mehr.« Er lächelte, als fände er das gar nicht so schlimm. »Und das hat nichts mit Rubinen zu tun. Sondern damit.« Seine Hand auf ihrem Herz, automatisch bedeckte sie sie mit ihrer. Gemeinsam schwiegen sie und spürten Alisas Herzschlag.

»Bald wirst du auch eins haben.«

Leo senkte seine Hand, zog ihre mit. »Ich brauche keins. Deins ist groß genug für uns beide.« Da war nicht einmal mehr die Spur eines Lächelns auf seinem Gesicht. Und wieder wusste sie genau, woran er dachte.

»Was auch immer passiert, ist meine Bestimmung. Daran können wir nichts ändern.«

»Was, wenn der Knoten gar nicht gelöst werden muss? Warum kann nicht einfach alles so bleiben, wie es ist?«

»Dracula –«

»Ich weiß! Ich weiß.« Leo rieb sich über die Stirn und griff erneut nach ihrer Hand.

Ihre Finger verschränkten sich.

»Ich will dich nicht –«, begann Alisa. Weiter kam sie nicht. Ihre Hand leuchtete auf und gleich darauf packte sie der Schwindel. Sie fiel kopfüber, drehte sich wieder und wieder –

– und hockt mit Dracula in der Kutsche. Das wird sie ganz sicher nicht vermissen. Auf seiner bevorzugten Sitzbank, den Rücken in Fahrtrichtung, legt Dracula einen Rubin nach dem anderen auf die Karte, jeden auf sein Clan-Land.

Was immer er sich davon erhofft, nichts geschieht. Er knurrt und fegt die Rubine mit einer heftigen Handbewegung zu Boden. Starrt auf die glitzernden roten Steine, als müssten sie ihm verraten, was Elisabethas Worte bedeuten. Alisa ist dankbar, dass die Rubine stumm bleiben.

Sie drückt sich in die Ecke auf ihrer Seite der Kutsche und

hofft, diese Begegnung wird so schnell vorübergehen wie die letzte. Sie hat Leo noch nicht einmal sagen können, dass die Küste näher kommt. Und auch nicht –

Dracula hebt einen der Rubine auf. Der Vamalia. Er ist aus der Brosche ihrer Großmutter gebrochen und wirkt seltsam nackt.

»Du musst deine Tränen und mein Blut befreien«, murmelt Alisa und hört Draculas Stimme wie ein Echo ihrer eigenen dieselben Worte aussprechen. Und wie er, begreift auch sie. Entsetzt beobachtet sie, wie Dracula die Rubine aufklaubt und aus ihren Fassungen bricht.

Einen nach dem anderen platziert er die befreiten Rubine zurück auf die Karte. Dieses Mal geschieht etwas. Die Rubine leuchten, werden heller und heller. Ihr Licht vereint sich zu einem Strahl, der auf den Ort der Höhle weist.

Nein, nein, nein!

Draculas Lächeln strahlt so hell wie das Licht der Rubine. Er sammelt sie wieder ein und legt alle bis auf einen zurück in das silberne Kästchen, flucht nicht einmal, als er sich daran die Finger verbrennt. Lachend schließt er die Faust um den Rubin, den er nicht zurückgelegt hat. »Ich bin näher am Ziel als gedacht, kleine Vamalia!«

Sie kann nur hoffen, dass er noch weit von dem Ort entfernt ist, weiter als sie. Alisa fällt rückwärts in die Dunkelheit, sie taumelt-wirbelt und fällt und fällt –

– ihr Kopf lag an Leos Schulter. Er hielt sie. Am liebsten würde sie sich nicht bewegen, einfach so liegen bleiben … Aber sie richtete sich auf. »Dracula hat den Weg zum Knoten gefunden.« Sie rannte zum Fenster und riss den Vorhang zurück, um nach der Küste Ausschau zu halten. Leo heulte auf und floh in eine Ecke.

»Entschuldige, entschuldige.« Alisa schob den Vorhang bis auf einen Spalt wieder zu.

»Nichts passiert.« Er zuppelte seine Jacke zurecht, räusperte sich. »Wie hat er …?«

»Die Rubine.« Sie starrte auf die Stelle auf Leos Brust, an der der Dracas-Rubin hängen sollte, und wünschte, er wäre dort, dann müsste sie keine Worte finden, sondern könnte Leo einfach zeigen, was sie eben gesehen hatte. »Elisabetha – sie hat ihm gesagt, er muss sein Blut und ihre Tränen befreien … wir haben das erst nicht verstanden.« Alisa blickte wieder aus dem Fenster. Die Küste war nah. Aber noch nicht nah genug.

So schnell sie konnte, redete sie weiter. Erzählte von Draculas Wut. Dem herausgebrochenen Vamalia-Rubin. Wie sie es beide gleichzeitig begriffen hatten. Vielleicht lag das an der Verbindung zwischen ihnen, vielleicht war es Zufall. Schließlich schluckte sie. »Und dann, als sie dann auf der Karte lagen, haben sie alle geleuchtet … und ihm gezeigt, wo die Höhle ist. Jetzt ist er dorthin unterwegs.«

Immerhin konnte er mit den Rubinen keine Pferde antreiben. Ein weiterer Blick aus dem Fenster. Die Küste war noch immer zu weit weg, die Sonne stand niedrig, aber noch nicht niedrig genug für die anderen. *Komm schon, komm schon, komm schon.* Aber auch die Sonne ließ sich nicht antreiben. Nicht einmal mit dem Vyrad. Alisa zog den Vorhang vollständig zu und ließ die Stirn dagegen sinken.

Sie spürte, wie Leo hinter sie trat. Spürte seine Hand auf ihrer Schulter. Warten. Sie konnten nur warten.

Ivy

Echten Boden unter den Füßen zu spüren fühlte sich gut an. Ivy wollte die Stiefel abstreifen und die Zehen durch den Schnee in die Erde graben. Doch sie war ohnehin schon zu lange stehen geblieben. Die anderen hasteten an ihr vorbei, und Inger griff sie im Vorbeigehen bei der Hand und zog sie mit sich.

Sie mussten Rücksicht auf den Menschen in ihrer Mitte nehmen. Selbst ihr gebremstes Vampirtempo brachte ihn zum Keuchen. Ivy sog den Geruch des Waldes ein, durch den sie eilten, spürte das winterlich-schläfrige Leben in den Bäumen. Sie nahm das Gefühl mit sich, als sie den Wald verließen und über eine weite Fläche auf einen Hügel zuhielten.

Vor ihr stoppten alle abrupt – alle, bis auf Nicu, der keuchend weiterrannte. Geradewegs hinein in einen Wald aus kahlen Holzkreuzen. Sie standen so dicht gedrängt, dass es kaum einen Weg hindurch gab. Inmitten der Kreuze blieb Nicu stehen und drehte sich zu ihnen um, Verwunderung im Blick.

Inger beäugte diesen sonderbaren Wald und schüttelte sich. »Ich verstehe das nicht. Wieso Kreuze aufstellen, wenn ein Vampir den Knoten lösen soll?« Gute Frage, dachte Ivy. Leider hatte sie keine Antwort darauf.

»Vielleicht weil der Vampir die Rubine dabeihaben

sollte?« Malcolm zog die Schultern hoch und starrte die Kreuze an.

Zögernd machte Alisa einige Schritte auf den Hügel zu. »Fühlt ihr euch irgendwie geschwächt?«, fragte sie über ihre Schulter.

Ivy runzelte die Stirn und spürte der Frage nach. Nein. Sie fühlte keine Auswirkungen der Kreuze. Was auch an den Veränderungen liegen mochte, die in ihr vorgegangen waren – schließlich hatten auch die Kräfte der Rubine ihr nichts anhaben können. Fragend betrachtete sie Inger. Die ebenfalls den Kopf schüttelte, genau wie alle anderen. Trotzdem wagte sich niemand vor.

»Schmerzen?«, vergewisserte sich Alisa. »Nein? Das sollten wir aber spüren, oder? Wir sind nah genug dran.« Sie lief weiter bis zum Fuß des Hügels. »Nichts!« Noch zwei Schritte, dann drehte sie sich zu ihnen um. »Die sind nur Abschreckung! Kommt!«

»Wenn du dich irrst, sind wir Geschichte.« Malcolm blickte finster drein. »Und vielleicht schützt dich der Funke oder so was«, murmelte er.

»Vertraut ihr mir?« Alisa machte einen weiteren Schritt rückwärts zwischen die Kreuze.

»Ohne jeden Zweifel.« Leo stürmte an ihr vorbei und mitten in den Kreuzwald hinein. Er blieb stehen und schaute zu ihnen zurück. »Alles gut! Kommt!«

Niemand zögerte mehr. Wie ein Wind fuhren sie durch den Kreuzwald, den Hügel hinauf, das Geräusch ihrer Schritte das einzige in der Stille zwischen den Holzgebilden. Ivy konnte diese unheimliche Stille nicht abschütteln, auch als sie die Kreuze weit hinter sich ließen.

Nebel kroch über den Boden, verhüllte die Räder einer verlassenen Kutsche. »Dracula«, wisperte Alisa, und sie rannten noch schneller.

Schließlich erreichten sie die große Holztür, an die Ivy sich von ihrer Reise mit der Noaidi erinnerte. Die kleine Steinsäule mit dem Handabdruck befand sich gleich daneben. Allerdings waren die dreizehn Vertiefungen nicht mehr leer. In jeder von ihnen lag ein Rubin.

»Er ist uns zuvorgekommen.« Alisa starrte auf die geschlossene Tür. Leo suchte nach einem Griff, trommelte gegen das Holz, aber die Tür rührte sich nicht.

Der Funke. Ivy erinnerte sich: Es war der Funke gewesen, der der Noaidi und ihr die Tür geöffnet hatte. »Deine Hand mit dem Funken …«, stieß sie hervor.

Zu ihrer Erleichterung begriff Alisa sofort. Sie legte ihre Hand mit dem Funken auf den Abdruck zwischen den Rubinen. Kaum, dass sie den Stein berührte, strahlte der Funke auf. Die Tür knarrte und stand weit offen. »Bereit?«, fragte Alisa, als könnte sie immer noch nicht glauben, dass sie ihr überallhin folgen würden.

Niemand zögerte. Anders als in Ivys Erinnerung erhellten keine Feuerschalen ihnen den Weg. Nur das Licht des Funkens strich über die Wände, entblößte das Gewirr von Zweigen und Blättern, die die Tunnelwände überzogen.

Sie betraten eine Höhle, an die Ivy sich nicht erinnerte. Hier gab es Fackeln, ihr Licht brach sich in Spiegeln, die kreuz und quer in der Höhle aufgebaut waren. Unweit des Eingangs lagen runde Steine, die Ivy unwiderstehlich anzogen. Sie kniete nieder und bemerkte auf ihnen ähnliche Zeichen wie auf ihrer Haut. Verrieten sie ihr etwas über diese

Höhle? »Die Noaidi hat etwas von fünf Tests gesagt«, murmelte sie.

Ein lauter Schrei. Ivy wirbelte herum. Es war Alisa gewesen, die geschrien hatte. Sie stand nur wenige Schritte von Dracula entfernt. Der rührte sich nicht, hatte den Blick starr auf den Spiegel vor sich gerichtet.

Im Spiegel erkannte Ivy sein Ebenbild. Sie musste mehrere Male hinschauen, bevor sie ihren Augen traute. Dracula hatte ein Spiegelbild.

»Wie ist das möglich?«, fragte Leo.

»Ich weiß nicht.« Alisa hob ihre Hand, die nicht mehr leuchtete, als wollte sie Dracula berühren, riss sie aber zurück, als Draculas Spiegelbild sie angrinste. Der Dracula neben ihr, vor dem Spiegel, hatte nach wie vor keine Miene verzogen.

Ivy blickte sich vorsichtig um. Tammo hatte sich bereits weiter vorgewagt und wanderte in der Höhle zwischen den Spiegeln umher. »Es sind dreizehn«, sagte er.

Dreizehn Spiegel, dreizehn Clans, dachte Ivy.

Und, als wollte sie ihre Gedanken bestätigen, fügte Inger hinzu: »Über jedem steht ein Clan-Name.«

Ivy wandte Dracula den Rücken zu und kehrte zu den Steinen am Eingang zurück. Vielleicht verrieten die ihr etwas über diese Spiegel. Von irgendwo hörte sie Malcolm. »Bei denen der verlorenen Clans sind die Glasscheiben blind geworden.«

Sie bemerkte aus dem Augenwinkel, wie Tammo vor dem Vamalia-Spiegel zurückwich, als er sein Spiegelbild erblickte. Nur, um sich dann neugierig wieder anzunähern. Auch die anderen suchten nach ihren Spiegeln. Ivy hingegen kniete sich wieder vor die Steine. Sie berührte die Zeichen darauf – sie wisperten ihr etwas zu. »Du bist, wer du bist«, wiederholte sie.

»Hilfreich«, kam es spöttisch von Leo – ganz so, als wäre er wieder der arrogante Dracas, als den sie ihn zuerst kennengelernt hatte.

»Mehr steht hier nicht.« Ivy stand auf und lief nun ebenfalls neugierig zwischen den Spiegeln umher. Joanne spähte in den der Pyras.

»Vielleicht soll das heißen, dass wir alle in unsere Spiegel schauen sollen …?«

»Vermutlich.« Malcolm stellte sich zögernd vor den Vyrad-Spiegel. Auch die anderen suchten sich ihre Spiegel. Alisa ging zu Tammo, Leo und Inger sahen sich nach dem Dracas-Spiegel um.

In sich spürte Ivy einen scharfen Stich der Sehnsucht nach Seymour. *Reiß dich zusammen*, ermahnte sie sich. *Sobald wir das alles hier überstanden haben, sobald der Knoten gelöst ist, kannst du ihm eine großartige Abenteuergeschichte erzählen!*

Falls sie es überstanden. Bevor die Stimme des Zweifels zu laut werden konnte, schritt Ivy an den Spiegeln entlang, suchte und fand den der Lycana.

Ihr Spiegelbild zwinkerte ihr zu. Sie war sich sicher, keinen Muskel an den Augen bewegt zu haben. Ihr Spiegelbild hob eine Hand. Ihre eigenen Arme hingen bewegungslos neben ihrem Körper.

»Leute, seid ihr sicher?«, wunderte sich Nicu irgendwo hinter ihr. »Ich meine …« Seine Stimme wurde gedämpfter. Unwichtiger. Ihr Spiegelbild winkte ihr zu, bedeutete ihr, näher zu kommen. Fasziniert schritt Ivy auf den Spiegel zu. Ihre Beine wurden mit jeder Bewegung schwerer. Sie beugte sich nach vorn, um ihrem Spiegelbild noch näher zu sein – es reckte ihr eine Hand entgegen. Ivy berührte ihre Fingerspitzen. Die andere Ivy packte sie an den Handgelenken und zog sie durch das Glas.

Von weit fort hörte sie Nicus Stimme: »… Leute, das ist nicht witzig. He, wacht auf … sagt was … Leo? Malcolm? Alisa?« Dann war die Stimme fort.

Alisa

Alisa kämpfte gegen sich selbst. Hinter ihr rief Tammo um Hilfe. Sie wand sich im Griff von – der Anderen, die sie in den Spiegel gezogen hatte. »Tamm!« Sie warf sich herum, konnte aber die Arme der Anderen nicht abschütteln. »Lass mich los!«

»Das hättest du wohl gern. Aber mich wirst du nicht los. Ich bin dein wahres Ich.« Die Andere grinste sie mit gelben Augen an, entblößte ihre Fangzähne.

Niemals. Das war nicht ihr wahres Ich. Das war eine Täuschung. Eine, die sich durch die gelben Dracula-Augen verriet.

Gelb-Auge grinste, als würde sie jeden ihrer Gedanken mitbekommen und sie dafür auslachen. Dann stieß sie Alisa von sich weg. Sie strauchelte. Als sie sich wieder aufrichtete, öffnete sich vor ihr ein neuer Raum.

Sie blickte in das Klassenzimmer der Elisabetha. Auf sich selbst, auf eine Unterrichtsstunde, die sie zu gerne vergessen hätte. Ihre erste Stunde im Gedankenlesen. Die Szene von außen zu sehen, war noch schrecklicher, als sie zu durchleben.

Fanny hatte sie unablässig provoziert, ihre Gedanken verdreht und vor den anderen offengelegt. Es schmerzte zu sehen, wie sie selbst dort stand, geduckt, während Fanny sie verhöhnte. »Du glaubst, du bist stärker als wir … du Monster … Freak …«

Niemand hatte ihr beigestanden. Nicht einmal die Contessa, die damals ruhig an ihrem Pult gestanden hatte und auch jetzt regungslos zuhörte, wie Fanny allen verriet, dass Alisa Gefühle für zwei Jungen hatte, zwei Jungen, von denen einer ein Mensch war. Leo und Nicu. Alisa konnte sehen, wie die Furcht in ihrem jüngeren Ich in Wut umschlug. Die Alisa von damals fauchte, fletschte ihre Fangzähne und schleuderte Fanny quer durch den Raum. Ihre Augen leuchteten gelb.

Nein, dachte Alisa, *das bin nicht ich! Die das getan hat, das war Gelb-Auge.*

Gelb-Auge, die neben ihr stand und höhnte: »Schau nur hin! Das bist du. Das ist dein wahres Ich. Deine Seele ist so abgründig wie die Draculas.«

»Du lügst!« Aber sie konnte die Augen nicht vor der Erinnerung verschließen, davor, wie Gelb-Auge im Klassenraum Draculas Rubine nutzte, um die Contessa anzugreifen. So, wie sie selbst es damals getan hatte.

»Auch wenn du den Knoten löst«, spottete Gelb-Auge, »wird die Welt sich in eine Hölle verwandeln. Du wirst eine Mörderin sein! Du wirst niemals vergessen können, wen du alles umgebracht hast!«

Verzweifelt blickte Alisa im Klassenzimmer umher – und entdeckte ihren Bruder. Der Tammo von damals beobachtete mit großen, ängstlichen Augen, wie seine Schwester tobte. Dann fuhr er plötzlich herum und wandte sich an den echten Tammo, der auf einmal neben ihr stand.

»Sag dich von ihr los«, beschwor Spiegelbild-Tammo

ihren Bruder. »Du hast deine Schwester schon lange verloren. Du bist ihr gleichgültig. Sie liebt dich nicht. In ihrem Herzen ist nur Platz für die beiden Jungen, die sie liebt, Nicu und Leo.«

Wie konnte er es wagen …? Das war gelogen! »Hör nicht auf ihn«, flehte sie Tammo an, der auf sein Spiegelbild starrte. »Ich liebe dich.«

»Hör nicht auf sie«, ätzte der Spiegelbild-Tammo. »Sie ist nicht einmal deine echte Schwester – sie ist ein Monster, halb Mensch, halb Vampir.«

Ein Fluchtweg!, dachte Alisa. Sie mussten hier raus. Wo war der Spiegel, durch den sie hier hereingekommen waren? »Sie lügen, Tamm«, beschwor sie ihren Bruder. »So sind wir nicht.«

»Du belügst dich selbst«, raunte Gelb-Auge. »Sieh her. Das bist du.«

Und wieder spielte sich vor ihren Augen ihr Angriff auf die Contessa ab. Sie musste zusehen, wie Gelb-Auge die Contessa hochriss, sie durch den Raum schleuderte, wie zuvor Fanny. Sie sah die verzweifelte Wut in den draculagelben Augen – und Scham. In diesem Moment fielen ihr die Worte ein, die Ivy ihr in der Höhle vorgelesen hatte. »Du bist, wer du bist.«

Gelb-Auge fuhr zu ihr herum, betrachtete sie misstrauisch. Alisas Herz pochte laut in ihren Ohren. »Du hast recht. Das bin ich. Ich bin all das. Dunkelheit und Licht.« Sie wandte sich von den gelben Augen ab. Sich einzugestehen, dass sie das war, hieß noch lange nicht, dass sie es auch sein wollte.

Spiegelbild-Tammo ließ nicht locker. »Wenn sie den Knoten löst, wirst du ganz allein zurückbleiben. Hindrik stirbt.

Deine Großmutter stirbt. Alisa stirbt. Und du wirst allein sein.«

Der Tammo neben ihr wirkte so viel kleiner, als er war. Er blickte zwischen ihr und dem Tammo im Klassenzimmer hin und her. Alisa beugte sich dicht zu ihm. »Ich kann dir nicht versprechen, dass ich immer da sein werde, Tamm. Aber Angst ist nicht immer etwas Schlechtes.«

»Hör nicht auf sie«, zischte Spiegelbild-Tammo.

Alisa beachtete ihn nicht. Sie legte ihrem Bruder einen Arm um die Schultern und wies auf die Szene im Klassenzimmer. »Damals hast du auch Angst gehabt. Vor mir. Aber trotzdem hast du mich aufgehalten. Weißt du noch?«

Tammo schluckte. »Ich … ich weiß.«

»Du hast mich zurückgeholt. Das kannst du jetzt auch, Tamm.« Sie drückte ihn an sich. »Hol mich zurück.«

Tammo schaute zu der Alisa im Klassenzimmer, deren Augen noch immer gelb leuchteten, während sie der Contessa mit ihren Fangzähnen drohte. Dann zu dem Tammo, der an seinem Pult saß, hämisch das Gesicht verzog und den Kopf schüttelte.

Tammo versteifte sich in ihren Armen und löste sich von ihr. Langsam schritt er auf den Klassenzimmer-Tammo zu, der ihm panisch entgegenblickte und aufsprang. »Nein, nein, nein!« Doch Tammo sah ihn ruhig an, so lange, bis der eine Tammo mit dem anderen verschmolz.

Vor Alisas Augen!

Und Tammo, ihr mutiger kleiner Bruder, ging weiter, direkt zu der Alisa mit den gelben Augen, die grollte und ihm mit ihren Fangzähnen drohte. Tammo legte ihr sanft eine Hand auf den Arm.

»Alisa. Bitte. Hör auf damit. Komm zu mir zurück.«

Alisa schnappte nach ihm, knurrte, schien ihn gar nicht zu hören. Tammo ließ sich nicht einschüchtern. »Komm zurück. Wir sind in der Höhle mit dem Knoten und ich brauche dich. Wir alle brauchen dich. Bitte. Hör auf.«

Seine Stimme war so sanft, so bestimmt … Die gelbäugige Alisa im Klassenzimmer erschauderte, als erwachte sie aus einer Betäubung. Ihre Augen verloren die gelbe Farbe und sie zog ihre Fangzähne ein.

»Es tut mir leid«, wisperte sie.

»Das muss es nicht«, erwiderte Alisa ihr, nein!, sich selbst. Wie zuvor bei Tammo löste die Alisa im Klassenzimmer sich auf, floss wie ein Nebel auf sie zu. Kurz war sie darin eingehüllt, spürte die Berührung am ganzen Körper. Dann wurde alles klar und ihr Herz schlug ruhig und voll.

Tammo stürmte auf sie zu und schlang die Arme um sie. Alisa hielt ihn, so fest sie konnte. Und dann, plötzlich, waren sie zurück in der Höhle. In der Nicu auf sie zustürzte.

»Bin ich froh, euch zu sehen! In Bewegung!« Er umarmte Tammo und sie gleichzeitig, hielt sie beide einen langen Moment fest. Dann trat er einen Schritt zurück und deutete auf die anderen, die vor ihren Spiegeln standen, gefangen in der gleichen Starre wie Dracula. »Ich habe versucht, euch aus dieser Trance zu holen – aber nichts hat geholfen, bei keinem!«

»Ich weiß.« Bei dem Gedanken an Gelb-Auge seufzte Alisa leise, dann lauschte sie ihrem vollen Herz. »Und ich weiß jetzt auch, wie wir ihnen helfen können.« Für lange Erklärungen hatte sie leider keine Zeit, sondern musste ihn stehen lassen. Tammo war schon auf dem Weg zu Joanne, und

Alisa wandte sich dem Spiegel neben ihrem eigenen zu, vor dem Malcolm stand. Vorsichtig spähte sie hinein.

Was sie sah, ähnelte ihrem eigenen Spiegel auffallend: das Klassenzimmer, in dem jemand wütete. In diesem Spiegel war es allerdings ein vom Ur-Rot berauschter Malcolm, der die anderen Erben mit seinen Fangzähnen bedrohte und willkürlich Blitze durchs Klassenzimmer schleuderte. Sein Vater betrachtete seinen tobenden Sohn voller Verachtung. Neben ihm stand der andere Malcolm, der echte, mit hängendem Kopf.

Nachdem sie ihren eigenen Ausraster hatte betrachten müssen, konnte Alisa nur allzu gut nachempfinden, wie er sich bei dem Anblick seines tobenden Ichs fühlen musste. Alisa legte dem erstarrten Malcolm eine Hand auf die Schulter und flüsterte ihm ins Ohr: »Du musst nicht perfekt sein, Malcolm. Auch nicht für deinen Vater.« Er reagierte nicht. Konnte er sie nicht hören? Sie musste zu ihm durchdringen, sie musste! »Wir haben alle Fehler gemacht – niemand ist schlecht oder eine Enttäuschung nur wegen eines Fehlers«, beschwor sie ihn. »Was da passiert ist, ist ein Teil von dir. Nur ein Teil. Du kannst ihn annehmen. Und du kannst entscheiden, was du damit machst.«

Das Bild verschwamm vor ihren Augen. Der Malcolm neben ihr blinzelte, schüttelte seine Starre ab. Er schaute einen weiteren Moment auf das Glas, dann nickte er Alisa knapp zu und ging hinüber zu Tammo und Joanne, die ebenfalls aus ihrer Starre erwachte.

Mit wenigen Schritten war Alisa bei Ivy. Sie musste nicht in den Spiegel der Lycana schauen, um zu wissen, wovor Ivy sich fürchtete. Sie wusste selbst, wie es sich anfühlte, eine

Aufgabe zu übernehmen, um die man nicht gebeten hatte. Deren Folgen man nicht kannte. Sie legte die Stirn an Ivys Schläfe. »Ich weiß, du fürchtest dich, weil du nicht weißt, zu wem du gerade wirst. Aber es ist in Ordnung, sich zu fürchten.«

Ein Lächeln zuckte über Ivys Gesicht, als sie wieder zu sich kam. Sie tauschten einen raschen Blick, dann eilten sie zu dem Dracas-Spiegel, vor dem Leo und Inger standen. Alisa spürte die Furcht in ihrem Nacken und wiederholte innerlich die Worte, die sie gerade zu Ivy gesagt hatte. *Es ist in Ordnung, sich zu fürchten.*

Sie stellte sich neben Leo, derweil Ivy an Ingers Seite schlüpfte.

Zögernd hob sie den Blick. Leo stand vor seinem Vater, dessen Hand schwer auf seiner Schulter ruhte. Baron Magnus presste seine Stirn an Leos und sagte etwas. Alisa konnte nicht hören, was er sagte, aber der Stolz auf seinen Sohn war ihm deutlich ins Gesicht geschrieben. Etwas abseits kauerte der andere Leo auf dem Boden über einer leblos am Boden liegenden Gestalt. Alisa schluckte. Das war sie! Leo kniete neben ihrem Körper und sie war … tot? Sie brauchte ein paar Momente, bis sie sprechen konnte.

»Du bist nicht dein Vater, Leo«, erinnerte sie ihn leise. »Du musst es auch nicht sein.«

Und vielleicht, sagte sie sich selbst, *muss ich auch nicht sein wie meine Mutter – so besessen von ihrer Aufgabe, dass sie alles andere dafür geopfert hat*. Leo neben ihr reagierte nicht.

Auf seiner anderen Seite hörte sie Ivy, die sich zu Inger beugte. »Du kannst sein, was und wer immer du sein willst, Inger. Dein Vater hat keine Macht mehr über dich.«

Alisa wiederholte die Worte für Leo. Es funktionierte! Das Bild im Spiegel löste sich auf wie Rauch im Abendlicht. Leo und Inger regten sich gleichzeitig. Sie wandten sich einander zu und strahlten sich an. Auch Alisa grinste Ivy erleichtert an – und fand sich gleich darauf in Leos Armen wieder. Sie klammerten sich aneinander fest, als hätten sie beschlossen, sich nie wieder loszulassen.

»Danke«, murmelte Leo.

Irgendwann ließen sie voneinander ab und Alisa sah sich um. Ivy und Inger standen Hand in Hand bei den anderen, und alle waren in Bewegung, wie um sicherzugehen, dass sie die Trance wirklich abgeschüttelt hatten.

Einzig Dracula stand noch immer reglos vor seinem Spiegel, und wenn es nach Alisa ging, konnte er dort für Jahrtausende bleiben.

»Das war dann wohl der erste Test.« Alisa drückte Leos Hand. »Wir müssen annehmen, wer wir sind.« Sie bemerkte, wie Nicu den Kopf abwandte, und ließ Leos Hand wieder los. »Was jetzt?«

»Da hinten ist eine Tür.« Ivy zeigte auf die Wand gegenüber dem Höhleneingang.

»Die war vorhin noch nicht da«, wunderte sich Leo.

»Das heißt vermutlich, wir haben den Test alle bestanden.« Alisa lächelte breit und ging entschlossen auf die Tür zu. Ehe sie die Klinke herunterdrückte, wandte sie sich noch einmal um. »Bereit?«

Malcolm

Du bist auch nicht so perfekt, blaffte Malcolm innerlich, als stünde er immer noch seinem Vater gegenüber. Vorne öffnete Alisa die Tür, und so viel er noch zu sagen hatte, er beschloss, dass sein Vater für den Moment gern in dieser Höhle mit all ihren Spiegeln zurückbleiben konnte.

Er eilte den anderen hinterher.

Wo er eine weitere Höhle oder zumindest einen neuen Felstunnel erwartet hatte, tat sich eine bekannte Umgebung auf: ihr Schiff. Oder zumindest ein Teil davon. Ihm gegenüber war die Wand, die Ivy geheilt hatte – nur war diese hier in ihrer gesamten Breite von Grünzeug überzogen.

Ivy hatte sich bereits weiter in den Raum gewagt und umrundete langsam ein Gebilde aus Metall – ein Gefäß, aus dem ein helles Licht nach oben strahlte. Ivy strich über den breiten Rand, auf dem er kryptische Zeichen erkennen konnte.

»Schließt euch zusammen, um zu überleben«, las Ivy vor.

»Was überleben?« Niemand hatte eine Antwort auf Ingers Frage. Doch plötzlich knarrte es auf allen Seiten, und der Raum schwankte, als wären sie tatsächlich auf einem Schiff. Wellen krachten von außen gegen die Wände – und dann brach das Holz, und Wasser strömte herein. Ohne ein Wort stürzten sie alle in den Raum, verteilten sich, drückten ihre

Hände gegen die entstandenen Risse und Löcher, während das Wasser um sie herum dröhnte, unaufhaltsam, immer neue Lecks in die Wand schlug.

»Das bringt nichts!«, hörte er Leo gegen den Lärm anschreien.

Er hatte recht. Nur: warum? Malcolm spürte das Wasser an seinen Beinen hochsteigen. Was sollte das? Sie taten genau das, was die Inschrift verlangte, sie arbeiteten zusammen.

»Ich kann meine Hände nicht mehr spüren!«, klagte Inger.

»Was passiert mit euch?« Nicu presste sich mit seinem ganzen Körper gegen mehrere Lecks in der Wand.

Während Alisa den Menschen aufklärte, versuchte Malcolm einen kühlen Kopf zu bewahren. Er stemmte sich weiter gegen sein Leck und starrte das Metallgefäß an, das immer noch ungerührt in diesem Chaos stand und vor sich hin leuchtete. Auf dem breiten Rand waren Kreise und Halbkreise eingeritzt und Sicheln – wie Phasen des Mondes. Und hatte der Mond nicht Einfluss auf das Meer? Das hieß doch …

Malcolm kniff die Augen zusammen. War sein Gedanke logisch oder wurde er verrückt? Egal, er musste es versuchen. Mit tauben Händen stieß er sich von der Wand ab – sofort schoss das Wasser mit voller Kraft durch das Loch, das er zugehalten hatte.

»Was machst du denn?«, schrie Inger ihn an, während er zu dem Metallgefäß watete. Er hielt sich an dessen Rand fest, wischte sich das Wasser aus dem Gesicht.

»Wir sollen uns zusammenschließen – aber wir versuchen es alle einzeln.« Er wies auf die anderen, die immer noch an den Wänden verteilt standen. »Wir müssen uns zusammentun, um das Wasser aufzuhalten«, drängte er.

»Tun wir doch!«, rief Leo, aber Malcolm schüttelte den Kopf. »Nicht wirklich. Kommt her!«

Leo fixierte ihn, als hätte er den Verstand verloren. »Wenn wir das Wasser nicht aufhalten, dann …«

Als wüsste er das nicht selbst! »Vertraut mir«, bat Malcolm.

Alisa war die Erste, die zu ihm kam. Als hätte das einen Bann gebrochen, folgten ihr die anderen. Endlich standen sie um das Metallgefäß herum. Alle Blicke ruhten auf ihm.

Jetzt konnte er nur hoffen, dass seine Idee richtig war. Er streckte Alisa eine Hand hin. »Schließt euch zusammen, um zu überleben.« Wortlos nahm sie seine Hand, streckte Ivy ihre andere hin – der Kreis schloss sich, als Nicu nach seiner griff.

Nichts.

Das Wasser strömte weiter herein.

Der Lärm um sie herum schwoll weiter an.

Doch dann fuhren mit einem leisen Klicken zwei Stangen aus dem Gefäß. Aber auch sie dämmten die Wasserfluten nicht ein.

»Was jetzt?«, fuhr Nicu ihn an. Erwartete der, dass er alle Antworten hatte? Malcolm spürte seine Füße nicht mehr. Es war doch nur eine Idee gewesen, ein Gedanke! Einer weiteren Eingebung folgend, packte Malcolm die Stange. Ein leichter Ruck fuhr durch seinen Körper. Ihm gegenüber griffen Tammo und Joanne nach der anderen Stange.

»Auf drei!«, wies Malcolm sie an. »Eins, zwei –«

»Drei!«, stimmten Joanne und Tammo ein.

Sie stemmten sich gegen die Stangen und langsam setzten sie sich in Bewegung. Metallspitzen schoben sich aus dem Rand des Gefäßes, mit jedem Schritt ein wenig weiter. Sie teilten das Licht aus dem Inneren des Gefäßes in Streifen. Die Taubheit kroch an Malcolms Beinen hoch. Er biss die Zähne zusammen und ging weiter, hörte Tammo und Joanne auf der anderen Seite keuchen. »Durchhalten«, flüsterte er, verließ sich darauf, dass sie es hörten. Gemeinsam stemmten sie sich gegen die Stangen, einen Schritt vor den anderen.

Ein Stoß ging durch Malcolms Körper. Alle Bewegung brach ab. Ebenso wie das Dröhnen des Wassers. Die spitz zulaufenden Metallstreifen, die sich über das Gefäß geschoben hatten, waren geschlossen. In ihrer Mitte ließen sie eine kreisrunde Öffnung frei. Mit dem Licht, das zwischen den einzelnen Ritzen hervorstrahlte, und dem Kreis in ihrer Mitte sah es aus, als formten sie eine kleine Sonne. Malcolm stützte sich erschöpft auf die Stange und beobachtete, wie das Wasser zu seinen Füßen versiegte.

»Die Sonne vertreibt den Mond und seinen Einfluss auf das Wasser«, sagte Inger ehrfürchtig.

»Malcolm, du Genie!« Leo schlug ihm auf den Rücken.

Malcolm grinste. »Es hat wirklich funktioniert.« Er war noch zu erschöpft, um in das erleichterte Gelächter der anderen einzustimmen. Ein lautes Krachen ließ alle verstummen.

Nicht schon wieder! Malcolm wollte herumfahren – aber er konnte die Hände nicht von der Stange lösen. Vorsichtig drehte er den Kopf. Immerhin war es kein neues Leck und kein Wasser strömte herein. Eine der Wände klaffte auseinander und öffnete einen Durchgang in eine verschneite Landschaft.

Alisa ging langsam näher. »Das muss der Weg zum nächsten Test –«

»Ich kann nicht weg«, schrie Tammo.

»Meine Hände«, kam es von Joanne, »ich krieg meine Hände nicht los.«

Malcolm fluchte still vor sich hin. Die beiden also auch.

Besorgt stürzte Alisa zu Tammo und versuchte, seine Hände von der Stange wegzuziehen. Sinnlos. Malcolms Hirn ratterte und er begriff. Es sah ganz so aus, als bestünde ihr Test darin, zurückzubleiben. *Ganz so, als …* »Ich denke, wir haben mit diesem Ding nicht nur das Wasser vertrieben, sondern auch dieses Tor geöffnet.« Er bemühte sich um einen leichten Tonfall. »Und jetzt – nun, ich vermute, wir sind die Glücklichen, die hierbleiben und den Rückweg sichern.«

Alisa wich keinen Schritt von Tammos Seite. »Ich will dich nicht zurücklassen.«

»Du musst«, erwiderte er fest.

»Aber –«

»Wir sind hier, damit du den Knoten lösen kannst. Du musst gehen!«

In Alisas Miene lag eine Mischung aus Stolz und Trauer, als sie ihren kleinen Bruder betrachtete. »Was, wenn ich nicht zu dir zurückfinde?«

»Das wirst du.« Er schluckte mehrere Male, so hart, dass Malcolm es sehen konnte. »Du wirst einen Weg finden. Und ihr«, herausfordernd sah er einen nach dem anderen an: »Beschützt meine Schwester.«

»Werden wir«, versprach Leo.

Dann waren sie an der Tür. Dann rannten sie über den in Mondlicht getauchten Schnee. Dann waren sie fort.

»Keine Sorge.« Malcolm rang sich ein Lächeln ab. »Sie werden das schaffen. Sie kommen zurück.«

Und sie würden warten müssen. Malcolm hatte nicht gewusst, dass Zeit sich so unendlich dehnen konnte. Ab und an fiel ein Tropfen von den Blättern an Ivys Wand, klatschte auf den Boden. Wasser. Wenn er ein Mensch sein würde, konnte ihm das nichts mehr anhaben. *Wie es wohl ist, zu schwimmen?* Er war sich nicht sicher, ob er das ausprobieren wollte.

»Was wollt ihr als Erstes machen, wenn ihr Menschen seid?«

»In die Sonne gehen«, antwortete Tammo sofort. Joanne schrak neben ihm zusammen, aber Tammo stupste sie neckend mit der Schulter an. »Weil sie uns dann nicht mehr auslöschen kann. Ich will wissen, wie sie sich anfühlt.«

Joanne blickte auf die kleine künstliche Sonne zwischen ihnen. »Ich werde es vermissen, mit meinen Tieren zu sprechen.«

Falsche Richtung. Ganz falsche Richtung. Malcolm räusperte sich. »Kennt ihr die Geschichte von –« Er brach ab, als er Schritte aus der Richtung der Spiegelhöhle hörte. Tammo und Joanne drückten sich aneinander. Und auch Malcolm wusste sofort, wer sich ihnen näherte, sie hatten schließlich nur einen zurückgelassen. Er presste die Hände fester um die Stange, nicht, dass er etwas anderes tun könnte, er war zur Bewegungslosigkeit verdammt, während … Tammo und Joanne drückten sich aneinander.

Graf Dracula trat mit einem Lächeln ein.

Sie mussten ihn aufhalten! Ein Blick zu Tammo und Joanne, die ihm beide entschlossen zunickten. Wortlos begannen sie rückwärts zu laufen, zogen an den Stangen, und mit jedem Schritt schloss sich die Öffnung in der Wand etwas mehr. Doch gleichzeitig knackte und krachte es in den anderen Holzwänden gefährlich. Schon schwankte der Boden leicht unter ihren Füßen. Schon wurde das Klatschen von Wellen laut.

Graf Dracula betrachtete sie mit schräg gelegtem Kopf. »Sosehr ich euer Opfer zu schätzen weiß … Seid ihr sicher, dass ihr das tun wollt?«

»Warum nicht? Wir werden dich aufhalten!« Wem sprach er da Mut zu? Den Kleinen? Sich selbst?

»Schon.« Dracula blieb gelassen. »Aber wenn ihr das Tor schließt, könnten die anderen für immer auf der anderen Seite gefangen sein. Dann wirst du deine Schwester nie wiedersehen, Tammo. Willst du das wirklich?«

Verunsichert hielten Tammo und Joanne inne. Malcolm konnte sich gut vorstellen, was sie dachten. Sie hatten versprochen, den Rückweg offen zu halten. Ein Versprechen, das sie halten mussten. Trotzdem fühlte es sich wie das schlimmste Versagen an, als sie sich wieder in Bewegung setzen. Vorwärts dieses Mal. So lange, bis das Tor wieder ganz offen stand und die bedrohlichen Geräusche verstummt waren. Die Bedrohung allerdings war noch da.

Graf Dracula tätschelte Tammo im Vorübergehen den Kopf. Tammo ließ seine Fangzähne aufblitzen. »Meine Schwester wird dir zuvorkommen!«

»Darauf zähle ich«, erwiderte der Graf. Und mit diesen rätselhaften Worten verschwand er auf der leeren verschneiten Fläche.

Malcolm starrte ihm hinterher. »Alisa ist ihm überlegen.

Sie wird ihn besiegen.« Er nickte vor sich hin, blickte wieder zu den beiden anderen. »Mach dir keine Sorgen, Tammo.«

»Mache ich nicht.«

Joanne legte den Kopf an Tammos Schulter.

Ivy

Plötzlich war der Wald zu Ende. Und nicht weit vor ihnen stand ein Zelt, das Ivy nur zu vertraut war. Das Zelt einer Noaidi.

Sie verharrten dicht beieinander. Alisa löste sich als Erste aus ihrer Gruppe und setzte auf das Zelt zu. Leo und Nicu folgten ihr. Ivy zögerte und wusste selbst nicht recht, warum.

»Komm.« Inger winkte sie hinter sich her und Ivy holte schnell zu ihr auf. Gemeinsam betraten sie das Zelt. Da waren die Trommeln – auf denen sie das letzte Mal so kläglich versagt hatte, weil sie den Rhythmus der Noaidi nicht begriffen hatte. Durch die obere Öffnung des Zeltes schickte der Vollmond sein Licht herein. Es fiel auf mehrere Kieselsteine, die mit den inzwischen vertrauten Zeichen bemalt waren.

Ivy hockte sich vor die Steine. So, wie sie dort lagen, ergaben die Zeichen keinerlei Sinn. Sie schob sie umher, ordnete sie so lange neu an, bis sie die Aussage verstand. »Vertraue dir selbst«, las sie leise vor. *Nichts leichter als das.* Ivy starrte auf die Steine. Was sollte das bitte für ein Test sein?

Während sie noch auf die Steine blickte, sich fragte, ob sie sie wirklich richtig sortiert hatte, veränderte sich das Licht. Es färbte sich rötlich. Ivy legte den Kopf in den Nacken, als Alisa einen erschreckten Schrei ausstieß.

»Die Mondfinsternis! Sie hat begonnen! Das darf nicht sein – das … Wir brauchen mehr Zeit!«

Sie hatte recht. Der Knoten musste vor dem Ende der Mondfinsternis gelöst werden, hatte die Noaidi gesagt. Die Mondfinsternis begann und sie … waren noch nicht einmal dort.

»Ivy.« Inger, hinter ihr. »Die Trommeln. Du kannst die Mondfinsternis aufhalten.«

Ivy schüttelte den Kopf. Genau das konnte sie nicht. Aber mit Inger im Rücken wagte sie wenigstens einen Blick auf die Trommeln. Das rote Licht füllte das Zelt und die erwartungsvolle Stille der anderen bedrängte sie. Mit schweren Beinen stand Ivy auf. Sie würde sie alle enttäuschen müssen. Sie war keine Noaidi. Nicht wirklich.

Das Gefühl der straff gespannten Trommelfelle unter ihren Händen war immerhin etwas Vertrautes. Sie strich darüber, versuchte Zuversicht darin zu finden. Versuchte, die Stimme der Noaidi zu hören. Den Rhythmus, den sie geschlagen hatte.

»Du kannst das.« Inger setzte sich hinter Ivy und legte die Arme um sie. »Der Mond wird auf dich hören.« Vielleicht konnte sie sich auf diese Zuversicht stützen, bis sie ihre eigene fand. Zögernd bewegte Ivy die Hände über die Trommel. Es klang viel zu zaghaft.

»Ich bin hier«, flüsterte Inger ihr zu. »Ich werde dir nie von der Seite weichen. Ich bin hier.«

Ivy spürte Ingers Stärke an ihrem Rücken. Ein stetes Pulsieren. Ivy nahm es auf, ließ es in ihre Hände fließen. Ihre Schläge wurden kräftiger, sie fand den Rhythmus in diesem Pulsieren, lauschte und trommelte, lauschte dem dumpfen

Klang der Trommel, lauschte auf das hereinfallende Licht, das sich allmählich veränderte, lauschte und folgte dem Rhythmus.

»Es funktioniert«, drang Leos Stimme zu ihr durch.

Sie spürte den Rhythmus und die Kraft, die darin lag. Sie erwuchs aus der Erde und stieg hinauf bis zum Mond. Sie kam aus ihr und aus Inger. Sie trommelte und spürte eines ganz deutlich, während die Mondfinsternis sich langsam zurückzog: Hier gehörte sie hin.

»Du bist unglaublich, Ivy.« Alisa lächelte ihr über die Trommeln hinweg zu.

»Du musst gehen, Alisa. Ich halte den Mond auf, solange ich kann.«

Ingers Brust an ihrem Rücken. »Solange wir können.«

Ivy lächelte. Das stimmte. Sie gehörten beide hierher. Zusammen. Sie trommelte weiter, ruhig und sicher, nichts konnte sie mehr aus dem Takt bringen.

Leo kam zu ihnen. »Du machst unserer Familie Ehre, Inger. Unserem ganzen Clan.«

Durch ihre Verbindung spürte Ivy, wie er Ingers Schulter drückte, spürte Ingers Lächeln. Alles floss in ihren Rhythmus, verlieh ihr noch mehr Kraft.

Alisas Gesicht tauchte plötzlich vor ihr auf. »Du bist die beste Freundin, die ich mir je hätte wünschen können. Ich –«

»Stopp, stopp, stopp!« Ivy schüttelte lächelnd den Kopf, verpatzte keinen einzigen Trommelschlag. »Das ist kein Abschied für immer.« Sie bemühte sich um einen strengen Blick. Alisa würde es schaffen. Etwas anderes kam gar nicht infrage. Sie war sich genauso sicher, wie sie sich des Rhythmus' sicher war und Ingers. Die Zuversicht in ihr wuchs, bis sie sich fühlte, als würde sie bis in den Himmel reichen.

Ivy lehnte sich über die Trommeln. »Ich weiß, du glaubst, dass du sterben musst, wenn du den Knoten löst. Aber ich weiß, dass du einen Weg zu uns zurück finden wirst. Ich weiß es, Alisa. Geh. Geh die Welt retten.« Sie sah ihrer Freundin in die Augen und hoffte, ihr etwas von ihrer Zuversicht mitgeben zu können. Alisa nickte stumm zu. Dann verließ sie mit den beiden Letzten ihres Gefolges, Leo und Nicu, das Zelt. Ivy gab ihnen mit ihren Trommeln das Geleit.

Leo

Er spürte das Pulsieren der Trommel noch, als sie aus dem Zelt traten, obwohl die Umgebung eine andere war. Diese Noaidi-Magie war verflucht verwirrend. Er wollte gar nicht erst darüber nachdenken, ob sie wirklich in einer Gasse in Hamburg standen oder das alles nur eine Illusion war und sie noch immer in irgendwelchen Tunneln und Höhlen herumirrten.

Alisa blickte sich in der Gasse um. »Hier habe ich zum ersten Mal etwas von der Welt gesehen.« Ihr Blick glitt an den Häusern empor und plötzlich hatte sie ein rotes Tuch in der Hand. Eines, wie die Rotmasken es trugen. Leo spähte schnell in alle Richtungen. Aber sie waren allein. »Hier habe ich das erste Mal Menschen gesehen«, fügte Alisa hinzu. Sic klang traurig.

»Was ist passiert?«

»Sie hatten Angst vor mir.«

»Die haben dich nicht gekannt«, sagte Nicu schnell.

Leo musterte die Straßenlaternen, deren Licht auf feuchtes Kopfsteinpflaster fiel und über Papierfetzen, die der Wind vor sich hertrieb. »Menschen fürchten sich vor dem, was sie nicht kennen. Was sie nicht verstehen. Sie wollen, dass alle sind wie sie.«

»Ist das nicht dasselbe, was der Knoten will?«, erkundigte

sich Nicu aufgeregt. »Er will, dass du die Entscheidung triffst. Dass du wählst. Zwischen Menschen und Vampiren.«

Leo verschränkte die Arme. »Zwischen ihm und mir.« Er hielt Alisas Blick ebenso stand, wie Nicu es tat. Auf einmal war er froh, dass er den Dracas-Rubin nicht mehr hatte. Die Versuchung wäre viel zu groß gewesen.

Wie aus dem Nichts befanden sich zwei Rotmasken mit ihnen in der Gasse. Je eine silberne Pfeilspitze war auf Nicu und auf ihn gerichtet. Leo biss die Zähne zusammen und zwang sich, weiterhin ruhig dazustehen.

Alisa schüttelte den Kopf. »Nein.«

Leo drückte die Arme fester an seine Brust. Es war die einzige Bewegung, die er sich erlaubte. »Du musst dich entscheiden, Alisa.« Er versuchte, alles in seine Stimme zu legen, was er sonst in Gedanken übermittelt hätte, hoffte, sie würde sich an ihr Gespräch auf dem Schiff erinnern. *Ich liebe dich, so wie du bist.*

»Ich liebe dich«, platzte Nicu heraus. »Wirklich. Aber ich weiß, dass du ihn mehr liebst.«

»Nicu …« Alisa blickte zu den Rotmasken.

»Es ist mir eine Ehre, gegen ihn zu verlieren.«

»Nicu, du musst nicht«, versuchte es Leo, aber Nicu ließ ihn nicht zu Wort kommen.

»Das ist mein Ernst, Leo.« Nicu sah zu ihm hinüber, ohne den Kopf zu drehen. »Du verdienst ihr Herz. Ich weiß jetzt, warum ich hier bin. Ich bin der vierte Test.«

»Ich kann das nicht«, flüsterte Alisa.

Die Rotmasken traten ein paar Schritte vor. Plötzlich war die silberne Pfeilspitze so nah, dass Leo den Druck des Silbers spürte.

»Hör auf dein Herz«, drängte Nicu. »Du weißt, wem es gehört. Entscheide dich für Leo.«

Unter dem Druck des Silbers erinnerte Leo sich, wie dieses Gespräch begonnen hatte. Diese Entscheidung war größer, es ging um mehr als um Nicu und ihn.

»Nein«, widersprach er. »Entscheide dich für Nicu. Er ist ein Mensch. Wenn du dich für mich entscheidest, werden sie alle zu Vampiren. Entscheide dich für Nicu!« Das musste es sein, das musste dieser Test bedeuten. Das musste auch Alisa begreifen – dafür hatten sie den Kampf mit Dracula doch überhaupt erst aufgenommen. Damit nicht alle Menschen auf der Welt zu Draculas Schatten wurden!

Während Alisa wortlos vor ihnen stand, veränderte sich das Licht. Die Nacht färbte sich rot. Ihre Zeit lief ab. »Alisa, jetzt ist nicht die Zeit, zu zögern«, murmelte Leo, so sanft er konnte.

»Aber das ist nicht richtig!«, protestierte Alisa. »Es fühlt sich nicht richtig an, es –«

»Du musst dich entscheiden! Jetzt!« Es zerriss Leo, die Verzweiflung auf ihrem Gesicht zu sehen.

»Entscheide dich für ihn«, bat Nicu.

»Nein.« Leo reckte das Kinn vor.

»Tu es für mich«, drängte Nicu leise.

Doch Alisa, seine wunderbare, sture Alisa, schüttelte den Kopf. »Ich werde diese Entscheidung nicht –!« Dunkelheit verschluckte ihre Stimme.

Alisa

»Nein, nein, nein, nein!« Sie wirbelte herum, immer wieder, aber Leo und Nicu waren fort – genau wie die zwei Rotmasken. Fort. Von einem Moment auf den anderen.

»Liebe …« Dracula lehnte ebenso plötzlich, wie die beiden verschwunden waren, an der Hauswand neben ihr. »Das mächtigste aller Gefühle.« Er zwinkerte ihr zu. »Aber so zerbrechlich. Was wir nicht alles tun aus Liebe …« Er schüttelte den Kopf.

»Was machst du hier? Wie bist du hergekommen?«

Dracula lächelte. »Dank dir und deiner Freunde musste ich keinen dieser lästigen Tests bestehen – ohne Seele hätte ich ohnehin keine Chance dazu gehabt.«

Seine Gelassenheit schürte ihre Panik. »Was hast du mit ihnen gemacht? Meinem Bruder? Meinen Freunden?«

»Nichts.« Dracula zuckte mit den Schultern. »Lass mich den Knoten lösen. Dann kannst du zu ihnen zurück. Zu deinen Freunden, deiner Familie … selbst zu diesem Hindrik. Zu deiner Mutter. Ihr könnt alle zusammen sein. Noch sind die Tore offen.« Er stieß sich von der Hauswand ab und blickte ihr in die Augen. »Dir ist schon klar, dass nur einer von uns zurückkehren wird, wenn wir jetzt beide weitergehen?«

Alisa spürte das Pochen ihres Herzens wie einen steten,

kräftigen Trommelrhythmus. Ivy. Sie erwiderte Draculas Blick, ohne zu zucken. »Sie zählen auf mich. Sie vertrauen mir. Bringen wir es zu Ende.«

Dracula zog die Augenbrauen hoch. »Wenn wir den Knoten erreichen, werden wir kämpfen müssen.«

»Ich weiß.«

»Es wird mir keine Freude bereiten, dich zu töten«, seufzte Dracula.

»Danke …?« Der Funke strahlte auf. Sein Licht fiel in eine Gasse, die eben noch nicht da gewesen war. Alisa hob ihre Hand und leuchtete hinein. Die Gasse sah aus – wie eine Gasse. Kopfsteinpflaster. Häuserwände. Sie gingen gleichzeitig los.

Alisa blieb auf Hindernisse gefasst, auf einen weiteren Test. Und sie versuchte, nicht darüber nachzudenken, ob sie mit ihrer Nicht-Entscheidung den vierten nicht bestanden – oder schlimmer noch: Leo und Nicu getötet – hatte. Aber nichts geschah, bis die Gasse in eine weitere Höhle mündete.

Rotes Licht füllte sie aus.

Inmitten des Lichtes ruhte der Knoten auf einem breiten Steinsockel. Aber es war nicht der Knoten, der Alisa innehalten ließ.

Es waren die drei Gestalten, die über ihm schwebten. Auf der linken Seite hing Leo reglos in der Luft – und auf der rechten Nicu. Zwischen ihnen schwebte Elisabetha.

Dracula eilte auf den Sockel zu, ohne einen Blick auf den Knoten zu werfen. »Elisabetha.«

Erst seine Bewegung brachte Alisa dazu, auf den Knoten zuzugehen. »Leo«, flüsterte sie. »Nicu.«

Keiner der drei regte sich.

Langsam wandte Alisa sich Dracula zu. Sie standen sich am Sockel des Knotens gegenüber. Sie blickten sich in die Augen. *Für Leo*, dachte Alisa, *und für Nicu. Für Tammo. Für Ivy. Für Inger, für Malcolm. Für Joanne*. Jeder einzelne Name gab ihr Kraft. Sie ließ ihre Fangzähne hervorschnellen. Dracula duckte sich zum Sprung, fauchte sie drohend an.

Der Funke strahlte heller und heller. In seinem Licht zuckten Bilder aus ihren Erinnerungen auf. Leos Faszination, als er sah, dass sie den Funken hatte. Wieder Leo, als er zu ihr sagte: »Als Dracula zum Vampir wurde, verlor er sein Herz und damit seine Verbindung zu seiner Menschlichkeit. Der Funke ist seine letzte Verbindung zur Welt der Menschen.«

Ivy, die sie ernst anblickte. »Es war, als wäre Dracula in dir gewesen.«

Und schließlich Elisabetha. »Du hast immer noch eine wunderschöne Seele, Liebster. Aber sie ist nicht mehr bei dir. Sie hat sie.«

Und plötzlich wusste sie genau, was sie tun musste. Sie hob die Hand mit dem Funken, hielt das Licht Dracula entgegen und ging langsam auf ihn zu. Der Funke, Draculas Seele, strahlte heller als je zuvor. Alisa legte die Hand mit dem Funken flach auf Draculas Brust. In Draculas Augen spiegelte sich Verwirrung.

»Was tust du da?«

»Nicht ich muss den Knoten lösen, sondern du!« Der Funke strahlte so hell, dass sie die Augen schließen musste.

»Was geschieht mit mir?«, flüsterte Dracula.

»Du bekommst zurück, was du verloren hast. Du bist der letzte Test. Deine Seele – sie wollte nicht zum Knoten. Sie wollte die ganze Zeit über zurück zu dir.« Sie blinzelte. Dracula blickte auf seine Brust hinab, in die das Licht einsickerte, bis es nicht länger sichtbar war. Erst dann zog Alisa ihre Hand zurück.

Dracula griff sich an die Brust. »Was …?« Er schaute zum Knoten, dann hoch zu Elisabetha.

»Sie wollte nie ein Vampir werden«, erinnerte ihn Alisa leise. »*Monster* hat sie uns genannt, weißt du noch? Mach sie nicht zu einem, nur weil du dich einsam fühlst. Mach nicht die ganze Welt zu einer Hölle, nur weil du deine Frau nicht retten konntest.« Sie stand direkt neben Dracula und hatte zum ersten Mal keine Angst vor ihm.

»Elisabetha … mein Sohn …« Dracula sah immer noch zu ihr, und Alisa wusste nicht, ob er überhaupt ein Wort von dem hörte, was sie sagte. Aber sie konnte nicht aufgeben, sie musste ihn erreichen.

»Deine Elisabetha ist fort – wenn du sie zurückholst, wird sie nicht dieselbe sein.« Sie strich ihm vorsichtig über den Arm. »Deine Seele hat durch mich überlebt. Sie hat mir die Augen geöffnet. Ich habe keine Angst mehr vor dir. Ich vertraue dir. Du hast die Welt zu der gemacht, die sie heute ist. Und nur du kannst das ändern.«

Dracula wandte ihr den Kopf zu. Das Gelb verschwand aus seinen Augen. Immer mehr Worte ballten sich in ihr zusammen, wenn sie es schaffte, sich klar genug auszudrücken, würde sie ihn erreichen. Er würde ihr zuhören, da war sie sicher. Vorsichtig sprach sie weiter.

»Ich glaube, die Welt muss sich gar nicht ändern. Will sich gar nicht ändern. Wir alle sind gut, wie wir sind. Alles gehört zusammen. Kein Licht ohne Dunkelheit, keine Dunkelheit ohne Licht. Wir – wir sind nicht hier, um eine Entscheidung zu treffen – wir …« Als Dracula sie ansah, sie wirklich ansah, brach ihre Stimme. Er hatte Tränen in den Augen. Und sie wusste, dass sie ihm beweisen musste, dass es ihr ernst war mit ihren Worten. Sie trat von dem Knoten zurück.

Es kostete sie alle Kraft zu schweigen. Keine Bewegung zu machen. Ihr Herz schlug so laut, dass sie kaum hörte, was Dracula sagte, als er vor dem Knoten stand.

»Es tut mir leid, Liebste. Sie hat recht. Das alles endet hier mit mir. Ich liebe dich.«

Graf Dracula hob die zu Fäusten geschlossenen Hände. Dann riss er sie hinab und zerschmetterte den Knoten. Die Höhle füllte sich mit strahlend hellem Licht. Leo und Nicu stürzten zu Boden. Auch Elisabetha stürzte, aber sie fiel durch den Boden hindurch, als wäre er für sie nicht vorhanden. Als sie verschwand, zerfiel Dracula zu Staub.

Das Licht erlosch.

Alisa öffnete die Augen. Über ihr erstreckte sich der weite Nachthimmel. Sie war nicht mehr in der Höhle. Sie lag davor – lang ausgestreckt im Schnee.

Über ihr: Gesichter. Leo. Nicu. Tammo. Ivy. Inger. Malcolm. Joanne. Sie lächelte und stützte sich auf die Ellbogen.

»Immer langsam«, mahnte Malcolm. »Du hast einen ganz schön heftigen Schlag abbekommen.«

So könnte man das wohl nennen, dachte sie.

»Du hast es geschafft.« Leo grinste sie fassungslos an, und auch Nicu schüttelte den Kopf, als könnte er immer noch nicht glauben, was geschehen sein musste. Geschehen war.

»Dracula hat den Knoten zerschlagen!«

Dann wieder Leo: »Woher hast du gewusst, was du tun musst?«

Alisa setzte sich auf. »Wir sind, wer wir sind. Vampir oder Mensch – oder beides. Oder auch etwas ganz anderes.« Sie lächelte Ivy zu. »Wir sollten uns für niemanden ändern müssen. Nicht in getrennten Welten existieren … unsere Welten gehören zusammen. So wie wir.« Sie streckte die Arme aus und ließ sich von den anderen aufhelfen.

Wie gerne wäre sie liegen geblieben, hier im Schnee, umgeben von ihren Freunden, wie gerne würde sie schlafen, endlich schlafen! Aber es gab noch eine Sache, die sie tun musste. »Nicu?« Sie lotste ihn ein paar Schritte von der Gruppe weg. Manche Dinge mussten unter vier Augen besprochen werden. »Hast du das ernst gemeint, was du zuletzt zu mir gesagt hast?«

»Ja.« Nicu nickte, dann zog er sie kurz an sich. »Geh zu ihm.« Es lag kein Bedauern mehr in seiner Stimme. Alisa löste sich von ihm und drehte sich um.

Etwas abseits von den anderen stand Leo und sah zu ihnen hinüber. Die eigentlich leuchtend blauen Augen wirkten dunkel. Sie spürte seinen Schmerz und wollte ihn keine Sekunde mehr im Ungewissen lassen. Alisa war bei ihm, so schnell, wie es nur Vampire konnten. Sie schlang die Arme um ihn und küsste ihn. Hörte die anderen hinter sich jubeln und lachen. Löste sich von Leo und suchte seine Augen, aus denen jede Traurigkeit verschwunden war. »Ich liebe dich mit meinem ganzen Herzen.«

Leo zog sie wieder an sich, und sie spürte, wie ihr Herz zwischen ihnen pochte, als seine Lippen ihre berührten. Sie fiel in seinen Kuss. Eine Ewigkeit verging. Und fast keine Zeit. Dann sah er ihr wieder in die Augen und zwinkerte ihr zu. »Ich würde dasselbe sagen, wenn ich auch eines hätte.«

Alisa lachte und küsste ihn noch einmal. Einfach, weil sie es wollte. Sie nahm seine Hand und ging mit ihm zu den anderen.

Tammo schmiegte sich an sie, und dann spürte sie Ivys Arme um sich und alles, was sie miteinander durchgestanden hatten. Wie ein Clan standen sie zusammen. Ein Clan, in dem Raum für alle war.

Alisa schaute hinüber zu der Höhle, deren Tür wieder verschlossen war. Die Rubine leuchteten noch immer auf der kleinen Steinsäule daneben. Sie lächelte ihrem Clan zu. »Los, holen wir unsere Rubine und gehen unsere Familien befreien! Bereit?«

Epilog

Auf dem Friedhof war es still. Nur der Wind strich über die Gräber. Über einem hielt er inne, als betrachtete er die Figur, die auf dem steinernen Deckel ruhte.

Der Steindeckel begann, sich zu bewegen. Stein schabte über Stein, zerriss die Stille. Eine Krähe flog empört auf.

Eine Hand schob sich über den Rand des Sarges.

Eine Gestalt zog sich langsam daran hoch. Sie blickte verwirrt um sich. »Wo bist du, Liebster?«, flüsterte sie in die zurückgekehrte Stille.

Dann ließ Elisabetha ihre Fangzähne hervorschnellen.

Autorin

Maike Stein ist Jahrgang 1969 und lebt seit frühester Kindheit in Berlin. Hier hat sie eine Lesebühne mitgegründet und sich nach diversen Jobs in ihren Ausbildungsberufen (Clown, Betriebswirtin, Fremdsprachenkorrespondentin) fürs Schreiben entschieden. Neben dem Schreiben von Romanen und Kurzgeschichten übersetzt sie Bücher vom Englischen ins Deutsche.

Von Maike Stein sind bei cbj erschienen:
Die Erben der Nacht – Draculas Erwachen (31331)
Die Erben der Nacht – Kampf um Licht und Schatten (31401)

Autorin der ursprünglichen Buchreihe, die dem Film zugrunde liegt

Ulrike Schweikert, Jahrgang 1966, beherrscht sowohl das historische als auch das fantastische Genre meisterhaft. Ihre historischen Romane für Erwachsene sind Bestseller und ihr »Drachenkrone«-Zyklus ist ein Fantasy-Muss. Die »Erben der Nacht«, ihre erste Fantasy-Saga für Jugendliche, wurde auf Anhieb ein großer Erfolg. Jetzt kommt sie ins Fernsehen. Das Drehbuch zur TV-Serie stammt von Maria von Heland und Diederik van Rooijen.

Mehr über cbj auf Instagram unter @hey_reader